Bettina Balàka

Eisflüstern

Bettina Balàka

Eisflüstern

Roman

Umwelthinweis:
Dieses Buch und der Einband wurden auf
chlorfrei gebleichtem Papier gedruckt.
Die Einschrumpffolie – zum Schutz vor
Verschmutzung – ist aus umweltverträglichem
und recyclingfähigem PE-Material.

Ungekürzte Lizenzausgabe der Buchgemeinschaft
Donauland Kremayr & Scheriau, Wien,
und der angeschlossenen Buchgemeinschaften

© by Literaturverlag Droschl, Graz – Wien 2006
Schutzumschlaggestaltung: Mag. Marlies Braunschmied
Herstellung: Finidr s. r. o.

Buch-Nr. 84918 2
www.donauland.at

INHALT

DÉJÀ-VU 13

TEIGRAUSCH 18

VARIÉTÉ-WITZCHEN 26

DUNKELMUS 39

SCHUSSKANÄLE 57

ATELIERFOTOGRAFIE 67

GESPINSTE 76

GEDANKENAUFMÄRSCHE 88

CUTAWAY 106

MOTECUZOMA 117

TROMPE-L'ŒIL 128

FAHNEN 137

PFERDELEBER 144

EISSTOSS 151

HERZENSGÜTE 158

TRANSSYLVANISCHE HEXEREI 174

ESELSMILCH 189

TABUBÜNDEL 208

ZWIEBELGULASCH 217

PLONGEON 231

ÜBERMOLCH 240

GUARNERI DEL GESÙ 258

LIEBESGABEN 262

SOLE 287

WINTERHALTER 295

LAMETTA 305

SEELCHEN 310

ROSENBLÄTTER...317

SCHNABELTIER..321

OBSEQUIEN 336

WALHALLA..347

ARABESKEN 354

HEIRATSMÄRKTE..363

ZUCKER...373

BÜHNENBLUT (EPILOG)...................................387

Once, I remember, we came upon a man-of-war anchored off the coast. There wasn't even a shed there, and she was shelling the bush. It appears the French had one of their wars going on thereabouts. Her ensign dropped limp like a rag; the muzzles of the long eight-inch guns stuck out all over the low hull; the greasy, slimy swell swung her up lazily and let her down, swaying her thin masts. In the empty immensity of earth, sky and water, there she was, incomprehensible, firing into a continent.

Joseph Conrad

Und in dem Augenblick, da ich die Waffe gegen meine Schläfe hob, in diesem Augenblick erschien am Himmel ein ungeheures Meer von Glut, das loderte und brannte in einer Farbe, die ich nie zuvor gesehen hatte, und ich kannte ihren Namen, Drommetenrot hieß sie, meine Augen waren geblendet von dem Orkan der grauenvollen Farbe, Drommetenrot war ihr Name, und sie leuchtete dem Ende aller Dinge.

Leo Perutz

...Immerhin lege ich spielerischen Wert auf das Faktum daß ich gestorben bin. Dies fiel mit der Morgenröte der großen Zeit zusammen. Somit sieht man sich hier allerdings einem Spuk gegenüber. Aber solche Phänomene sind häufig, jedes ehrliche Gespenst schreibt seine mémoires d'outre-tombe, und alles kommt nur auf die Vitalität der Abgeschiedenen an.

Ferdinand Hardekopf

Man soll sich nicht scheuen, das Süße so zu nennen.

Joseph Roth

Ende September 1922

DÉJÀ-VU

Als Inspektor Julius Ritschl zum »Tatort« kam und die »Leiche« sah, musste er lachen.

»Das ist ja beinahe ein Kunstwerk«, sagte Dr. Prager.

Er sah sie von der Seite an, das Morgenlicht, das durch einen Spalt zwischen den Häusern in den Hinterhof schien, ließ an ihrer Schläfe winzige farblose Härchen aufleuchten, und er fand es sehr bedauerlich, dass sie wohl niemals heiraten würde. Tote waren ihr ganzes Glück. Mit Vornamen hieß sie Anna, aber den sprachen wohl nur ihre Eltern aus, mit denen sie lebte. Ritschl behandelte sie wie einen männlichen Polizeiarzt, mit dem Unterschied, dass er ab und an eine Tür für sie aufhielt. Das war nicht immer so gewesen, anfangs war er irritiert gewesen von den Röcken und hatte sie »Kindchen« genannt. Dann hatte sie oft gar nichts mehr gesagt, und es stellte sich später heraus, dass das, was sie nicht gesagt hatte, von äußerster Wichtigkeit gewesen war. Das heißt, sie hatte ihm, Ritschl, nichts mehr gesagt, sondern direkt mit seinem Vorgesetzten, Karl Moldawa, gesprochen. Und Moldawa war ein Duzfreund ihres Vaters, des alten Dr. Prager, des berühmten Chirurgen. »Wie ein Sohn« sei Moldawa für ihn, hieß es, so dass Anna Prager quasi als Moldawas kleine Schwester anzusehen war.

Das Skelett lag mitten im Coloniarium schön aufgebreitet auf einem Stück grünen Filzes, wie man ihn auf Schreibtischen oder Billardtischen verwendete. Eine Eberesche, deren Wurzeln die Steinplatten in allerlei schiefen Winkeln nach oben drückten, stand still darübergebeugt. Kiselak und drei andere Polizisten waren damit beschäftigt, die Hausbewohner zu den Stiegen 1 und 2 zurückzudrängen.

»Es gibt hier nichts zu sehen!« hörte Ritschl sie sagen, was
natürlich ein kapitaler Unsinn war. Das Skelett zwischen den
Coloniakübeln bot einen überaus interessanten Anblick. Die
beiden Finderinnen standen etwas abseits, von einem weiteren
Polizisten bewacht, und warteten darauf, von Ritschl vernom-
men zu werden. Als er zu ihnen hinging, versuchte er, wie immer,
wenn Dr. Prager anwesend war, sein Hinken so gut als möglich
zu verringern. Er wusste, dass es nicht zu verbergen war, er
wusste auch, dass man ihn hinter seinem Rücken den »Hinke-
Bischof« nannte. Sein Hinken hatte er von einem Kindheits-
unfall davongetragen und »Bischof« wurde er genannt, weil er
in seiner Schreibtischlade die Bibel, einen Katechismus und ein
Psalmenbuch liegen hatte – in denen er angeblich während des
Aktenschreibens bisweilen las, als würde er daraus Hinweise zur
Klärung von Mordfällen erhalten.

Die eine Finderin war etwa vierzig Jahre alt, trug eine flecken-
lose, gebügelte Schürze und war eine Hausbewohnerin. Die
andere war etwa gleichaltrig, hatte das Haar zu bizarr absethen-
den Knödeln verfilzt und sprach einen schwer verständlichen
Dialekt, den Ritschl nicht einordnen konnte – offenbar eine
Strotterin. Wie es schien, hatte es die Hausbewohnerin wie jeden Morgen auf sich genommen, noch bevor irgend jemand
anderer auf den Beinen war, die Strotterin davon abzuhalten, in
den Coloniakübeln nach Ess- oder Brauchbarem zu suchen. Seit
es keinen Hausmeister mehr gab, weil niemand einen solchen
bezahlen mochte, erzählte die Frau, kamen immer wieder »haus-
fremde« Personen ungeniert in den Innenhof und ins Haus.
Ritschl warf einen schnellen Blick zu den Fenstern hinauf und
schätzte das L-förmige Eckhaus als ehemals gutbürgerlich, aber
in den Kriegsjahren heruntergekommen ein. Wahrscheinlich waren viele Bewohner weggezogen, Wohnungen waren geteilt und
nochmals geteilt worden, Aftermieter waren eingezogen.

»Wie lange wohnen Sie schon hier?« fragte Ritschl die Frau mit
der Schürze.

»Vier Jahre!« antwortete sie stolz. »Und vom ersten Tag an habe ich mit dieser hier Begegnung gemacht.« Sie deutete auf die Strotterin, die grinste. »Ist ja eh nix drin in den Kübeln! Manchmal hab ich ihr schon einen Teller mit Kartoffelschalen herausgebracht, damit sie irgendwas hat!«

Ritschl musste daran denken, dass seine Mutter früher immer hinausgegangen war, um die Katzen mit Essensresten zu füttern.

»Und heute morgen?« fragte er. Sie sei gleichzeitig mit der Strotterin im Innenhof angekommen, sagte die Frau, man hatte sich offenbar mittlerweile synchronisiert, aber bevor noch eine Debatte über Abfälle und unbefugtes Betreten einsetzen konnte, habe man die merkwürdige »Leiche« gesehen. Nun fiel ihr die Strotterin ins Wort und erzählte, sie habe Angst bekommen, man würde ihr etwas anhängen wollen, und so schnell wäre sie noch nie bereit gewesen, sich aus dem Innenhof zu verdrücken. Aber jetzt wollte die Frau, die sie Tag für Tag verjagt hatte, nicht mit der »Leiche« alleine bleiben und zwang sie hierzubleiben! War das nicht verrückt?

Keine der beiden hatte einen Dritten gesehen, jede bürgte für die andere, dass diese niemals imstande wäre, eine »Leiche« hier auf grünem Filz aufzubahren. Ritschl zweifelte daran nicht. In so einem Wiener Wohnhaus standen viele Leute schon mit oder sogar vor der Morgendämmerung auf, das Kunstwerk musste also in der Nacht mithilfe einer Lampe geschaffen worden sein. Ein Risiko, wenn auch der »Aufbahrungsort« vor einem guten Teil der oberen Fenster durch die Krone der Eberesche verborgen war.

Ritschl entließ die beiden Frauen und beauftragte Kiselak, die zurückgedrängten Hausbewohner kursorisch danach zu befragen, ob etwas gesehen oder gehört worden war. Kurz kehrte Ordnung ein, Stirnen runzelten sich, man legte eine Reihenfolge der zur Aussage Vortretenden fest. Doch es hielt nicht, immer mehr Leute kamen hinzu, Ärger, Rempeleien und Tohuwabohu brachen aus. Ein abgemagerter Choleriker wollte sich vordrängen und behauptete, er sei »Polizist«, wurde aber sofort wieder von der Menge in den Hintergrund geschoben. Was die Hausbewohner nicht wussten, war, dass Ritschl der Sache wenig Bedeutung zumaß, seinem Gefühl nach hatte er es weniger mit einer Leiche als mit einem archäologischen Fund zu tun.

Er ging zurück zu Dr. Prager, die neben dem Skelett kniete und einzelne Knochen aufhob, um an ihnen zu riechen und sie unter dem Vergrößerungsglas zu betrachten. Sie war in den letzten Wochen dazu übergegangen, weite, pyjamaartige Hosen unter ihrem weißen Kittel zu tragen, was zweifellos praktisch war. Manchmal, um die Routine aufzulockern, scherzten sie über die seltsamen Namen der Modefarben, über die Prager ihn auf dem Laufenden hielt.

»Was ist das für eine Farbe?« fragte Ritschl auch jetzt und deutete auf Pragers Hosenbein.

»Das war einmal ›beurre‹, bevor ich mich hier hingekniet habe.«

»Und wann war das einmal eine Leiche?«

»Vor dreißig Jahren, würde ich vermuten. Muss aus irgendeiner Gruft herausgeholt worden sein. Kleinere Teile wie einzelne Hand- oder Fußknochen fehlen, aber der Rest ist recht ordentlich arrangiert. Anatomisch korrekt.« Sie hielt Ritschl eine Skizze hin, die sie von dem Skelett gemacht hatte. Auch recht ordentlich, dachte Ritschl, aber wohl eine unnötige Fleißaufgabe. Er hockte sich hin, begutachtete den Beckenknochen und sagte: »Ein Mann.« Die Chancen standen gut, dass es sich um einen Mann handelte. Ritschl war sich nicht ganz sicher, die Öffnungen, Winkel und Abstände am Becken richtig gedeutet zu haben, so oft hatte er schließlich auch nicht mit Knochen zu tun, aber er hatte den Eindruck, diese Knochen wären von typisch robuster, geradliniger, männlicher Art.

»Ja«, sagte Dr. Prager, »an den Ossa pubica ganz deutlich.« Mit dem Zeigefinger fuhr sie die Wirbelsäule entlang: »Schwere Skoliose«, sagte sie fasziniert.

»Gewalteinwirkung?« Ritschl wurde ungeduldig.

»Nichts zu sehen.«

»Ich glaube, das hier ist nichts für uns. Jemand hat sich einen Scherz erlaubt. Dumme Buben.«

»Wahrscheinlich«, sagte Dr. Prager. »Was mich nicht loslässt«, fügte sie nachdenklich hinzu, »ist die Tatsache, dass ein Oberschenkelknochen fehlt.«

Das war ihm auch schon aufgefallen, allerdings hatte es ihn sofort wieder losgelassen.

»Das macht aus dem Kerl auch keine Leiche«, sagte Ritschl und hob den grünen Filz an seinen vier Zipfeln auf, so dass die Knochen in die herabhängende Mitte hineinschepperten. Er schüttelte sie, bis sie so gut lagen, dass man sie wie in einem Beutel forttragen konnte.

Als sie gingen, erzählte ihm Kiselak, er stünde unter dem Eindruck eines merkwürdigen Déjà-vu: er sei sich ziemlich sicher, er hätte den Choleriker, der Polizist sein wollte, vor ein paar Tagen bei Moldawa gesehen.

TEIGRAUSCH

Oberleutnant Balthasar Beck war schon seit drei Tagen in Wien, ohne seine Frau und sein Kind aufgesucht zu haben. Er saß im Türkenschanzpark und beobachtete ein Eichhörnchen, das Bucheckern herumtrug, ohne sie aufzuknacken und die winzigen, nussig schmeckenden Körner darin zu verzehren. Wie verwirrt rannte es Baumstämme hinunter und hinauf, durch das Gras hin und her zwischen den Bäumen, legte auch bisweilen eine Buchecker, die es lange im Mäulchen mit sich getragen hatte, wieder auf den Boden, um eine andere, offenbar schönere aufzunehmen und damit hastig davonzuhaken, als würde es von jemandem verfolgt, der ihm die Beute abjagen wollte. Beck konnte nicht feststellen, ob das Eichhörnchen die Buchenfrüchte tatsächlich sammelte, ob es zahllose Verstecke anfüllte, die es sofort wieder vergaß, ob tatsächlich irgendwo ein räuberischer Vogel lauerte, vor dem es auf der Flucht war, ob es planlos herumhüpfte oder gemäß einem eigenen, nur für Beck undurchschaubaren Plan. Manchmal hielt es sekundenlang inne, ließ die Buchecker auf die Vorderpfoten nieder und starrte vor sich hin, zitternd, durch die ganze Flanke pochte das Herz.

Nach einer Weile stand Beck auf, so dass das Eichhörnchen in langen Sätzen davonschoss, und begann die Taschen seines Waffenrocks mit Bucheckern zu füllen. Auch er suchte sich die schönsten aus, es waren ja genug da, im Geist teilte er den Boden in Streifen ein, die er schrittweise absuchte, als würde er Patronenhülsen suchen. Als seine Taschen voll waren, setzte er sich wieder auf die Bank, saß lange in der Herbstsonne, brach die haarigen Kapseln auf und zerdrückte die Kerne mit den Zähnen.

Nachts schlief er auf der Bank und genoss es, dass keine Wanzen da waren, die ihm das Gesicht zerbissen. Er lag auf dem Rücken, den Kopf angenehm erhöht durch den Tornister mit seinen Habseligkeiten, und sah zu den Sternen und den von den Stadtlichtern violett angeleuchteten Wolken hinauf. Links von ihm rauschte und knackte der Buchenhain, die Bucheckern tropften mit sanftem Aufschlag auf die Erde. Beck schlief und saß gerne auf einem Hügel, Steigungen zogen ihn instinktiv an, und auch Bäume zogen ihn an, je höher, desto besser. Manchmal dachte er daran, dass sich auf diesem Hügel einst das osmanische Heer verschanzt hatte. Der Polenkönig Sobieski hatte mit seinem Entsatzheer die Wienerwaldberge vom Leopoldsberg bis zur Sofienalpe besetzt. Die Befreiung Wiens war geglückt, und der Kaiser war in die Stadt zurückgekehrt, das war lange her. Früher hatte Beck eine sehr malerische Vorstellung von den Türkenkriegen gehabt, er hatte Prozessionen in bunten Märchengewändern, mit glänzenden Requisiten vor Augen gehabt, auch das war lange her.

Wenn er hinunterging von seinem Hügel und hinaus aus dem Türkenschanzpark auf die Straßen, interessierten ihn vor allem die Hunde und Pferde. Er sah den Droschken nach und den Fiakern und den vielen Wägen, die Lasten transportierten – einspännige, zweispännige, manchmal sogar vierspännige Gefährte –, den kleinen Wägelchen, die von stämmigen Hunden gezogen wurden, er bewunderte die schönen Jagdhunde, die präzise in gleichbleibendem Abstand neben ihrem Herrn herliefen, ebenso wie die Streuner, die schlau darin waren, irgendwo einen Bissen zu stehlen, und blitzschnell zurückwichen, wenn jemand versuchte, ihnen einen Tritt zu versetzen.

Einmal erregte eine schwarze Stute seine Aufmerksamkeit, die vor einen leeren Lastkarren gespannt war und am Straßenrand geduldig wartete. Wie Pferde, die lange stehen müssen, es zu tun pflegen, hatte sie ein Hinterbein entlastet und auf der Hufspitze aufgestellt, was ihr etwas Leichtes, Tänzerisches gab. Beck umkreiste sie ein paar Mal und sah dabei, dass der Karren in einfachen bunten Mustern bemalt war. Die Reihen von grünen Halbkreisen und roten Dreiecken und weißen Umrandungen wurden einmal schmäler, einmal breiter, einmal schief, dann wieder gerade, als hätte vor langer Zeit einmal ein fröhlicher Knecht sich an diesem Kunstwerk versucht, jemand, der genug Freude in sich hatte, sich die Zeit mit einem plumpen Pinsel zu vertreiben, doch nun war die Farbe fast gänzlich ins Holz zurückgewichen und von den Witterungen zerschabt.

Nach einer Weile, als der Kutscher noch immer nicht zurückgekehrt war und Beck annahm, dass dieser in einem der umliegenden Läden oder Wirtshäuser aufgehalten wurde, näherte er sich dem Pferd, wie es Pferden gebührt, vorsichtig von vorne, murmelte in jenem tiefen, beruhigenden Ton, mit dem man sich Pferde zu Freunden macht, begrüßende Worte, ho, ganz ruhig, so eine Schöne, so eine Brave, musst hier warten, und die Stute spielte mit ihren Ohren und senkte freundschaftlich den Kopf. Auf ihrer Kruppe lockte die Sonne kastanienfarbene Reflexe hervor. Ein ungarisches Halbblut, vermutete Beck, es hatte die wendige Eleganz der besten Reitpferde, überlagert von der muskulösen Statur eines baumstämmeschleppenden Försterrosses, und schwarze, rehartige Augen wie das Lieblingspferd eines arabischen Sultans. Um seine Nüstern wuchsen in größeren Abständen harte, lange Barthaare, über die Stirn hing ein dicker, geflochtener Zopf. Hinter den Ohren war ein Teil der Mähne zu einem weiteren Zopf geflochten, der an der rechten Schulter herabhing – als hätte derselbe zur Asymmetrie neigende Knecht, der den Wagen bemalt hatte, sich als Coiffeur dieser Stute versucht. Immer wieder fühlte sie mit vorsichtigen Lippen über Becks Handfläche, er wusste, dass es sie nach einer Rübe, einer Brotkruste verlangte, immer wieder hielt er ihr die leere Hand hin, um sie immer wieder zu enttäuschen. Er sah, dass

sie frei von Ungeziefer, nicht zuschanden gehetzt und sorgfältig
gepflegt war.

Er dachte an die prachtvollen, wie Prinzessinnen umsorgten
Pferde in der k.u.k. Reit- und Fahranstalt in Schloss Hof mit
seinem von zwei steinernen Löwen bewachten Exerzierplatz,
und an den barocken Sandsteinbrunnen auf der anderen Seite
des Schlosses, von dem aus man auf ein unendliches Österreich-
Ungarn sah. Er dachte daran, wie er an windigen Sommertagen
an der Ostseite des Springbrunnens gestanden war, um sich in
dem zerstäubten Wasser zu kühlen. Er dachte daran, dass es lange
Jahre in seinem Erwachsenenleben gegeben hatte, in denen er
nicht geritten war, nicht reiten konnte, und versuchte sofort, diesen Gedanken zu vertreiben. Er versuchte sich vorzustellen, dass
von demselben Brunnen in Schloss Hof, das auf einem Hügel
lag, der Blick nun in ein fremdes Land fiel, das Tschechoslowaki-
sche Republik hieß, und versuchte den Gedanken zu vertreiben.
Plötzlich hatte er Früchte vor Augen, die bunt im Blattwerk
saßen wie Karfunkelsteine im Geröll, Zwetschken und Äpfel,
Birnen und Marillen, das Obst war in großen Eimern gesammelt
und an die Pferde verfüttert worden. Man hatte nach Übergabe
des Lustschlosses an die k.u.k. Armee all die gestutzten Zier-
bäumchen in der barocken Gartenanlage gefällt und dicht an
dicht Obstbäume gepflanzt, man hatte Obst angebaut eigens als
Nascherei für die Pferde. In der angeschlossenen Meierei wurde
der Rohstoff für die menschliche Speisekarte gehegt, es gab Zie-
gen und Kühe, Gänse und Schweine und glänzende Federwische
von Kapaunen, die den ganzen Tag Kukuruzkörner pickten und
goldenes Fett ansetzten dabei. Es war ein Ort, an dem Milch und
Honig flossen und die Pferde auf die leiseste Fersenberührung,
ein unsichtbares Zügelsignal reagierten, ganz ohne Peitsche und
Sporen. Beck versuchte, auch diesen Gedanken zu vertreiben.
Er dachte daran, dass er einmal einen Hund besessen hatte, der
Simjon hieß und der vermutlich aufgegessen worden war. Beck
hatte versucht, die Schlachtung des Hundes zu verhindern, passt

mir auf auf den Simjon, hatte er gesagt, bis Simjon eines Tages verschwunden war und wohl nur mehr ein Haufen Knochen und etwas Fleisch auf den Knochen von Menschen, die ohnehin bald danach starben oder sich umbrachten, es sei denn, sie hatten die kühle Durchhaltelogik von Beck, der überlebt hatte für etwas, von dem er nicht wusste, was es war.

Er versuchte, sein Gesicht an die Wange der schwarzen Stute zu legen, aber sie hielt ihren Kopf nicht still. Ihm fiel auf, dass sie heftig an ihrer Trense kaute, da das Geschirr zu fest angelegt worden war. Er sah sich noch einmal um, ob sich der Kutscher blicken ließ, lockerte mit geübtem Handgriff die Schnallen und ging dann davon.

Einmal betrat er eine Bäckerei & Zuckerbäckerei mit der Absicht, einen einfachen Laib Brot zu kaufen. Von außen hatte das Geschäft sehr bescheiden ausgesehen – zumindest sagte sich Beck das immer wieder: von außen hat es sehr bescheiden ausgesehen – doch kaum stand er in dem Ladenraum, hatte er das Gefühl, in einer orientalischen Pfefferkammer zu sein. Es war früh am Morgen und der Duft der gerade erst erzeugten Mehlspeisen, des Milchbrotes und des mit geriebenen Kümmel- und Korianderkörnern gewürzten Schwarzbrotes fesselte ihn auf der Stelle wie der Flüsteratem eines Inkubus. Becks Auge glitt erschreckt über all die sich wölbenden, goldbraunen Formen, die zarten fünfspaltigen Rundsemmeln und die saftigen zweispaltigen Langsemmeln, die gewickelten Kipferln und geflochtenen Flösserln, er fühlte in seiner Vorstellung seine beiden Hände in so eine knusprige Kruste hineindrücken, bis sie splitterte und das flaumige Innere preisgab. »Kaisersemmeln« hatte man die großen, runden Semmeln immer genannt – ob sie jetzt »Republiksemmeln« hießen? Er mühte sich, über all das Lockende hinwegzusehen, wie bei schrecklichen Dingen nur einen ihn nicht betreffenden Schleier zu sehen, dabei stolperte sein Auge immer wieder über ein breites

Blech mit Kuchen, aus dem geschälte Apfelhälften ragten, und der Duft des karamellisierten Staubzuckers, der auf ihnen glänzte, machte ihn schwach und schwindelig, wie kein Entsetzen und Alptraum es seit langem vermocht hatten. Plötzlich war Beck davon überzeugt zu halluzinieren, er hatte von Hungersnot und Hungerschlangen und Hungeraufständen gehört, er hatte gehört, dass die Brotlaibe geachtelt worden waren und selbst dann für die letzten in der Schlange nicht reichten. Im Hinterland des Großen Krieges sei ebenso gehungert worden wie dort, wo er gehungert hatte, in jener baumlosen, berglosen Kältesteppe an der Grenze zur Mandschurei – die ja, von russischer Seite besehen, ebenfalls Hinterland war. Er war überzeugt gewesen, dass die Hungersnot ein Leben lang dauern müsse. Sein Leben lang und das Leben aller, die nach ihm noch lebten.

Außer ihm war niemand im Ladenraum, auch kein Bäcker ließ sich blicken, seine Finger glitten immer schweißiger werdend über das Päckchen Geldscheine in seiner Hand. Er fühlte sich wie in einem Serail, betäubt von Düften und Anblicken, und, sollte er dieser Trunkenheit nachgeben, ins sichere Verderben geführt: am Morgen danach würde er gefesselt erwachen und einen Dolch an seiner Kehle spüren. Er wollte dieser Trunkenheit nachgeben, er spürte ihren Sog, so wie man gerade in der tödlichsten Kälte den Wunsch spürt, einzuschlafen und zu träumen, langsam zu erstarren und dabei im Kopf gleißende Bilder anwachsen zu sehen, anstatt immer wieder aufzuspringen, die Hände zusammenzuschlagen, den Tod zu verjagen, der seinen Sirenengesang angestimmt hatte und Trost versprach, der Erschöpften und Aufgegebenen Paradies. Doch Beck hatte sich selbst abgeschnitten von jeglichem Wahn. Er wusste, wenn er dem Wahn nachgeben würde, würde er alles hier hinunterschlingen in einem Zucker- und Fett- und Topfen- und Teigrausch, einen vollen Tag lang würde er alles wieder erbrechen, wahnsinnig werden und das Erbrochene wieder aufessen wollen, er würde im Erbrochenen nach Marillenstückchen und Karamellklümpchen suchen und sie verschlingen, er würde letztlich seinen eigenen Mund nicht wiedererkennen und in einem Rausch von Magensäure ewig erbrechen, er hätte alles vertan und würde sich ausbluten vor Ekel und Gier.

Als der Bäckersbursche endlich kam und ihn nach seinen Wünschen fragte, wählte Beck einen Laib Brot, der auf einem hinteren, dunklen Regal lag, der ganz flach war und grau und billig aussah. Fünftausendsiebenhundert Kronen hatte er zu bezahlen für einen Laib, der vor dem Krieg vielleicht sechsundvierzig Heller gekostet hätte. »Unser wohlfeilstes Brot«, sagte der Bursche. Vor dem Krieg hatte Beck zweihundertzweiunddreißig Kronen und achtundachzig Heller für Mariannes Brautgeschenk ausgegeben, ein goldenes Armband mit vielen bunten Steinen darauf, deren Namen er vergessen hatte. Rodolit? Citrin? Die Steine waren zu kleinen Blüten zusammengesetzt, die auf einem Relief von goldenen Blättchen und Ranken saßen, Beck fand diesen Schmuck zu kindlich, zu spielzeughaft für eine Dame, aber Marianne liebte ihn, sie liebte alles »Florale«.

Auf seiner Bank im Türkenschanzpark packte Beck ein feines leinenes Taschentuch aus, in dessen Ecke zwei kyrillische Buchstaben gestickt worden waren von einer Frau, die im Übrigen weder lesen noch schreiben konnte, sie hatte die Anfangsbuchstaben ihres Namens für Beck an Tagen abgepaust und eingestickt, an denen weiß Gott keine Zeit für derlei Sentimentalitäten und Kinkerlitzchen bestand, und wann immer Beck aß, breitete er sich dieses unsinnige Tuch über die Knie und legte jegliche Speise darauf. Er aß das wohlfeile graue Brot und dachte dabei »Roggen, Salz, Kümmel«, er aß sehr schnell, als könnte ihn jemand überfallen und ihm die Roggenbeute entreißen, er konnte nichts übriglassen und pickte zuletzt die Krümel sogfältig von seinem Tuch.

War das gerecht? War das anständig? Er hatte das Tuch von einer Russin geschenkt bekommen, der er Gründe gegeben hatte, ihn so zu bedenken, und nun war er nach sieben Jahren wieder in Wien und noch immer nicht daheim bei seiner Frau. Bei Marianne, deren Fotografie er in einem Frühjahr im Lager von S. begraben hatte, als der Frostboden aufgetaut war und die Leichen beerdigt wurden, er hatte einfach die Fotografie seiner Frau unter ungezählten Leichen mitbegraben, nachdem er gesehen hatte, wie all die verendet waren, die an Fotografien und Frauen und Sehnsüchten hingen.

Er hatte gewusst, dass er nur überleben konnte, indem er sich ganz und gar in eine innere Eiswelt zurückzog, in der ein Tag so bedeutungslos wie der andere verging, jeden Morgen fand er sich festgefroren an seiner Pritsche in einem Erdbunker, er hatte Mariannes Bildnis begraben in einem grauenvollen Leichenhaufen von Kameraden, ungezählte, die von den Pritschen herabgestürzt waren, die monatelang im Hof aufgestapelt lagen wie Scheiter, und die er mit anderen grauen Menschen im Frühjahr begrub.

Seit er sich vor etlichen Tagen von Fischer und Koutensky am Nordbahnhof getrennt hatte, war etwas mit Beck geschehen. Als hätte ihn die Gegenwart der Männer zum Offizier gemacht und als wäre er ohne sie nichts mehr, geschichtsloser Knochenmüll. Oder: Als hätten sie ihn festgehalten und er würde nun wegschweben, mit Heißluft gefüllt. Beck wusste nicht einmal, ob seine Frau noch lebte, und ob sein Kind noch lebte, von dem er überdies nicht wusste, ob es ein Bub oder ein Mädchen war. Er hatte keinen Plan übrig für etwas, das außerhalb seiner Kaiserwelt lag, an der er sich festgehalten hatte, und die es nach allgemeiner Zeitungsaussage schon lange nicht mehr gab. Alles Kaiserliche war des Landes verwiesen worden, und das Land nur mehr der Schrumpfkopf von einem Land.

VARIÉTÉ-WITZCHEN

Dass Sesta sich noch im letzten Moment das Rückgrat brechen hatte müssen, ließ Beck keine Ruhe. Er hatte Sesta erst in dem Lager an der Grenze zur Mandschurei kennengelernt und nicht wie Fischer schon in S. oder wie Koutensky noch früher, im Gefangenenlazarett. Er war also mit Sesta nicht durch S. hindurchgegangen wie mit Fischer und Koutensky, war mit ihm nicht im Güterwaggon am Baikalsee entlanggefahren, auf der Bahnstrecke, von der es hieß, dass unter jeder Schwelle die Leiche eines verdursteten oder erfrorenen Arbeiters lag, von denen sich viele unfreiwillig am Bau der Bahnlinie beteiligt haben sollten. Immer weiter nach Osten waren sie transportiert worden, durch endlose Zwischenlager, in denen Beck stets neues Expertenwissen in der Rattenvernichtung erwarb. Er erinnerte sich an riesige Blumenfelder als etwas Verrücktes, bis zum Horizont gelbe und feuerrote und rosafarbene Flächen von Blumen, die kein Mensch essen konnte und die nicht einmal der Zar und sämtliche Grafen bis hinauf ins Baltikum je an ihre Damen würden heften können, eine lodernde Blumenorgie bis zum Horizont, in der winzige graubraune Menschen sich bückten, und dann der Baikalsee, der groß wie ein Meer war und doch ganz und gar nicht beruhigend wie ein Meer. Mit jeder Schwelle, die sie überfuhren, gelangten sie einen halben Meter weiter nach Osten, Beck hatte jeden halben Meter schmerzhaft unter sich hinweggleiten gespürt, eine einzige Tagesreise konnte unendlich viele Schwellen und halbe Meter in Richtung Osten verschlingen, die genau die falsche Richtung war, immer weiter weg von Heim und Heimat und Heimkehr, Beck hatte im Güterwaggon Schwelle für Schwelle die furchtbarste Panik unterdrückt, obwohl er nie beim Anblick der furchtbarsten Waffe oder des furchtbarsten Feindes je Panik empfunden hatte. Er wollte sich in den süßlichen Blumengeruch hineinstürzen und Schwelle für Schwelle zurückkriechen nach Westen, die Toten unter den Schwellen kümmerten ihn nicht, er hätte liebend gerne jede Nacht nur durch wenige Zentimeter Erde von einem Toten getrennt geruht. Er wäre liebend gerne über tausende Tote hinweg nach Westen gekrochen, hätte tausende Schwellen und Tote umklammert und wäre im süßlichen Blumengeruch halb erstickt, anstatt diese tatenlose Panik ersticken zu müssen, nach dieser tatenlosen Panik auszuholen wie mit einer Fliegenklatsche und sie doch nie zu treffen. Es war das Schlimmste, das er je erlebt hatte, innerlich, obwohl er mit Fug und Recht sagen konnte, dass er über acht Jahre hinweg beinahe täglich hätte sagen können, er hätte das Schlimmste, das er je erlebt hatte, erlebt.

Denn auch das Schlimmste war noch zu unterscheiden, es gab äußerlich betrachtet sehr schlimme Situationen, die man mit großer innerer Gelassenheit überstand, es schien sogar, als würde man sich in den allerschlimmsten Momenten der allerunaussprechlichsten Unmenschlichkeit in einen Automaten verwandeln, der keineswegs weinte, schrie oder wahnsinnig wurde, im Gegenteil, die allerunaussprechlichste Unmenschlichkeit ließ die Menschen versteinern oder metallisieren, sie wurden langsam und stumm und machten vorsichtige Gesten, sie standen still und vergruben die Hände in den Taschen oder hoben die Hand, um mit dem Fingernagel einen Speiserest zwischen den Zähnen hervorzukratzen oder um plötzlich einen Knopf zu polieren, der jahrelang der Beachtung entgangen war, als müsste man noch etwas Geringfügiges geraderücken im Angesicht der Zertrümmerung der Gesetzlichkeit dieser Welt. Im Moment des Wahnsinns hatte Beck noch keinen wahnsinnig werden sehen.

Dann aber gab es das Schlimmste, das eintrat, wenn Ruhe eintrat, wenn sich die Bedingungen verbesserten, es genügte schon, wenn sich die Verpflegung oder die Beheizung oder die Läuseplage geringfügig verbesserten, die meisten Wahnsinnigen hatte

Beck im Offizierslager mit seinen geringfügig besseren Bedingungen und nicht im Mannschaftslager erlebt, nicht beim Leichenschleppen selbst, sondern dann, wenn das Leichenschleppen für den betreffenden Tag abgeschlossen war. Das Allerschlimmste, innerlich, hatte er beim Anblick der Blumenfelder und des Baikalsees auf dem Weg nach Osten erlebt, vielleicht, weil dieser Anblick in ihm die Erinnerung an die Gärten und das Meer in Abbazia wachrief, von denen er sich immer weiter entfernte: weil das, von dem er sich unwiderruflich entfernte, zum Greifen nahe erschien. Er war nachts in Abbazia spazierengegangen mit Freunden, die schmale Strandpromenade an Klippen entlang auf und ab, Geißblatt hatte aus den Gärten der Villen geduftet und allerlei Blumen, deren Namen er nicht kannte, er hatte einen rundlichen, gebratenen Fisch verspeist, dessen Namen er nicht kannte, einen dunklen Rotwein getrunken mit längst vergessenem Namen, er war nachts auf der Terrasse der väterlichen Villa gesessen und hatte nichts weiter gedacht als: So lasse ich mir den Winter gefallen. Er war wenige Tage später zurück nach Wien gereist, war – kostümiert als Ludwig XIV. – zu einer entsetzlich langweiligen Redoute gegangen und hatte dort Marianne kennengelernt, er hatte zum ersten Mal in seinem Leben das nonchalante Bedürfnis verspürt, eine Frau zu erobern, und hatte sie auch schon bald erobert.

Abgesehen von diesen allerschlimmsten Zugmomenten war für Beck der Weg nach Osten durch die Bekämpfung der Rattenplage geprägt, er hatte Monate oder vielleicht Jahre seines Lebens darauf verwendet, immer neue und effizientere Wege der Rattenvernichtung zu erdenken, er war findig und erfinderisch geworden in der Vernichtung der Ratten und hatte generalstabsmäßig tausende von Ratten erlegt. Er hatte die Ratten genau beobachtet und festgestellt, dass die Weibchen unmittelbar nach dem Werfen kopulierten, um sogleich wieder trächtig zu werden, dass ein junges Weibchen bei seinem ersten Wurf vielleicht drei Junge bekam, beim nächsten aber schon zehn oder elf, dass ihr die halbwüchsigen Jungen aus dem ersten Wurf bei der Brutpflege halfen. Er hatte schnell gelernt, dass zuallererst die Weibchen vernichtet werden mussten, da fünf Männchen immer fünf Männchen blieben, fünf Weibchen aber sich innerhalb kürzester Zeit zu hunderten von Ratten vermehrten, er hatte gelernt, die Weibchen daran zu erkennen, wie sie mit äußerster Todesverachtung ihren Wurf verteidigten, und vernichtete dann ihren Wurf. Einzelne Ratten zu erschlagen war sinnlos, das machte man nebenher, die effizienteste Methode war die Flutung der Quartiere. In jedem Lager waren neue Wege zu finden, wie am besten Wasser einzuleiten wäre in die Fußböden und Höhlungen der Ratten, die Flutung musste komplett sein und durfte keine Lufttaschen lassen, da erwachsene Ratten hervorragende Schwimmer waren. Das Wasser mitsamt den ersäuften Ratten musste bis zum Abend wieder abzuleiten sein, damit die Männer in ihren Quartieren schlafen konnten, ohne durch Wasser und Rattenkadaver zu waten.

All das hatte Beck mit Fischer und Koutensky, aber nicht mit Sesta erlebt. Sesta hatte er erst im äußersten Osten, an der Grenze zur Mandschurei kennengelernt, Sesta war ihm nie sonderlich sympathisch gewesen, Sesta war ein belangloser schnauzbärtiger Niemand, den man pflichtschuldigst mitgenommen hatte, ein Zufallskamerad, und doch war Sesta in dem Moment, als er die schmale Treppe zum Frachtraum des Donauschleppers hinuntergefallen war und sich das Rückgrat gebrochen hatte, kurz nach Hainburg, zum Alptraum geworden. Warum hatte er nicht die paar Stunden noch aushalten können, warum musste er verrecken, als man schon den Leopoldsberg sah, warum war er nach acht Jahren Krieg und Gefangenschaft wie ein Vollidiot über die eigenen Füße gestürzt?

Nachdem Sesta wie ein Vollidiot über die eigenen Füße gestürzt und die schmale Treppe, fast eine Leiter, in den Frachtraum hinuntergekollert war, blieb er mucksmäuschenstill liegen. Wie eine Marionette, dachte Beck, die in sich selbst und also einen Haufen Stoff zusammengefallen war, weil man all ihre Fäden mit einem einzigen Säbelhieb durchtrennt hatte. Man sah sofort, dass etwas unheilbar an der Körperordnung verstellt war, denn Rumpf und Becken und Glieder schienen nicht mehr richtig zusammenzupassen. Mucksmäuschenstill und mit offenen Augen lag Sesta da wie ein Reh, das auf den Fang wartete, und als man ihn fragte, ob er denn aufstehen könne, meinte er: Nein, das lohne sich nicht mehr. Koutensky beugte sich daraufhin dicht über ihn und begann ihn anzufeuern wie einen zu Boden gegangenen Boxer, den man wieder auf die Beine bekommen musste, ehe der Gong geschlagen wurde. Sesta lächelte schwach und rührte keinen Finger. In diesem Moment erschien, als ob er etwas geahnt hätte, oben auf der Hühnerleiter der Kapitän. Der Kapitän war ein Rumäne mit sehr starken Wirbeln in den Haaren, die er gerade so kurz schnitt (aber nicht zu kurz), dass sie wie Löwenzahnsamen von seinem Kopf abstanden. Er lächelte immerzu und sprach durchwegs in einem überaus freundlichen Tonfall, so dass man große Angst vor den Momenten bekam, in denen sein Lächeln erstarb. Immer, wenn Beck den Kapitän sah, musste er daran denken, dass Rumänien, der einstige Bündnispartner, zu guter Letzt Kriegsgegner gewesen war – irgendwann 1916, während Beck gerade eine Flecktyphusepidemie im Lager von S. überlebte, soll die rumänische Zivilbevölkerung sehr unter den Truppen der Mittelmächte zu leiden gehabt haben, hatte Beck gehört, jegliches Vieh hatte man den Menschen geschlachtet, das Getreide zugweise an die Heimatfront abtransportiert. Der Mann war aber freundlich genug gewesen, er hatte gelächelt und ihr Geld genommen und sie nach Deutsch-Österreich mitgenommen.

Beck, der hinter Koutensky und Sesta im Frachtraum stand, beobachtete genau, wie der Kapitän mit seitwärts gedrehten Füßen, die Unterschenkel an die Stufen gelehnt und sich mit einer Hand festhaltend, die Hühnerleiter behende herunterstieg, und beschloss, diese Klettertechnik ab sofort exakt zu imitieren. Fischer beeilte sich, die untersten Treppensprossen zu verlassen, und sprang über Sestas Körper hinweg, um dem Kapitän Platz zu machen. Dieser ging noch auf der Leiter in die Knie und auf die Zehenspitzen, dabei an einem Arm von einer Sprosse baumelnd wie ein exotischer Lemure, beugte sich über Sesta, sah ihm direkt in die Augen, richtete sich wieder auf und sagte nur: »Räumt ihn weg.« Es klang wie die Diagnose eines Arztes, der seine Kunst hier am Ende wusste und das Geschehen an den Priester übergab. Beck fragte sich, ob der Kapitän schon öfter Anlass gehabt hatte, über die Hühnerleiter Gestürzte zu begutachten; indessen hatten Fischer und Koutensky keine Diagnose, sondern einen Befehl gehört und begannen, Sesta unter den Achseln zu fassen und ihn um- und geradezudrehen. Der eben noch mucksmäuschenstille Sesta brüllte los wie auf den Spieß gesteckt, die Kameraden schleiften ihn über den Fußboden zu ihrem Lager weiter hinten im Frachtraum, und bis zu seinem Tod wenige Stunden später hatte Sesta nicht mehr zu brüllen aufgehört.

Beck wusste, dass Sesta seiner Mutter 1914 versprechen hatte müssen, »gesund wieder heimzukehren«, Sesta hatte es oft genug erzählt und gelacht und lauthals seiner Mutter gedankt, die ihm dieses damals so selbstverständliche Versprechen abgenommen hatte, denn nur aufgrund dieses Versprechens gegenüber seiner Mutter hatte Sesta, wie er sagte, so lange durchgehalten, war er immer wieder von Krankheit gesundet, von Verwundung geheilt worden, nach einem Schub der Verzweiflung umso hoffnungsstärker gewesen. Nur weil seine Mutter damals, 1914, so klug gewesen sei, sagte Sesta, im Gegensatz zu so vielen anderen Soldatenmüttern die Möglichkeit in Betracht zu ziehen, dass man aus einem Krieg versehrt oder gar nicht mehr heimkommen könne, hatte er dieses Gelöbnis abgelegt, das nun wie eine Heilquelle in seinem Inneren Stärkung abtropfte und ihm immer wieder half, ein Jahr nach dem anderen in der furchtbarsten Gefangenschaft zu überstehen. Beck war ein wenig neidisch gewesen, verärgert, dass Marianne ihm nicht ein ähnliches Gelöbnis abgenommen hatte – denn im Gegensatz zu Sestas Mutter hatte sie wohl nicht eine Sekunde lang die Möglichkeit in Betracht gezogen, dass ausgerechnet ein Soldat, der für sie von existenzieller Bedeutung war, aus dem Krieg versehrt oder gar nicht mehr heimkommen könne.

Nun aber, da Sesta nur wenige Stromkilometer nach Hainburg durch die Auwälder brüllte, bestand kein Zweifel mehr, dass die stärkende Wirkung des Gelöbnisses eine trügerische gewesen war, dass nichts und niemand auf der Welt den Tod davon abhalten konnte, seine Varieté-Witzchen zu reißen, denn auch der Tod war ein Kerl mit einem ewigen Grinsen im Gesicht, ständig ließ er sich neue Späße einfallen, und Sesta acht Jahre lang in Krieg und Sibirien nicht sterben zu lassen, um ihn dann wenige Stromkilometer vor Wien doch sterben zu lassen, war zweifelsohne ein ganz besonders perverser Spaß. Während Sesta also durch die Auwälder brüllte, kehrte sich Becks Gefühl Marianne gegenüber um in Dankbarkeit, dass sie ihm ein solch verbrecherisches Versprechen nicht abgenommen hatte, in Bewunderung für ihre Klugheit, ihm einen solch grauenvollen Tod ersparen zu wollen, der die zusätzliche Peinigung durch Schuldgefühle mit sich trug, ein heiliges Versprechen der Frau oder Mutter gegenüber nicht gehalten zu haben. Vielleicht brüllte Sesta ja auch deshalb so laut, weil er seine Mutter verfluchte, die ihn nicht in Ruhe sterben ließ. Eine solche Gedankenlosigkeit vonseiten der Mutter hielt Beck mit jedem Stromkilometer flussaufwärts für immer ungeheuerlicher, wie konnte man einen Sohn derartig festbinden, dass er wohl noch als Untoter umherstreifen würde müssen, wie konnte man einem Menschen, der in den Krieg zog, von vornherein jeglichen Todesfrieden wegnehmen, wie hatte sich Sestas Mutter das vorgestellt, hatte sie denn nicht an das zusätzlich von ihr verursachte Todesleiden gedacht?

Der Schleppkahn hatte Roggen geladen, eine Art Zwergroggen, noch nie zuvor hatte Beck so winzige Roggenkörner gesehen. Eine Art Krüppelroggen, dachte Beck, kranker, verkümmerter, unterernährter Roggen vielleicht, obwohl der Kapitän stur und fest und lächelnd behauptete, es wäre ganz normaler Roggen, der in Odessa in den Frachtraum geschüttet worden war. War es möglich, fragte sich Beck, dass er, Beck, durch den Krieg geistig beeinträchtigt worden war? Dass er überall Verkrüppelung und sogar verkrüppelte Getreidekörner vermutete, wo tatsächlich alles beim Alten und vollkommen unbeeinträchtigt war?

Der Roggen war schlecht gedroschen und gereinigt, sodass man mit jedem Atemzug Staub und Spelzen in die Nasenflügel einsog, dazu guckte immer wieder ein Rattennäschen aus den Körnerhaufen hervor, im ganzen Frachtraum hörte man ein ständiges Rascheln und Trippeln und Fiepen, die Ratten lebten hier im Paradies, sie mussten nur die Schnauze aufmachen und Krüppelroggenkörner fielen hinein. Beck, den eigentlich vor nichts mehr ekeln hätte dürfen, der in punkto Ekel durch die denkbar härteste Schule gegangen war, der sich so zugrunde und zu Tode geekelt hatte, dass er eigentlich über jeden Ekel hinausgewachsen war, konnte nicht umhin, sich ständig vorzustellen, wie Rattenurin und Rattenkot in viele Brote hineingebacken wurden, wie Menschen Roggenbrot und damit die ekelhaftesten verfaulten Rattenausscheidungen aßen.

Bis vor wenigen Stunden war Sesta noch unverbogen gewesen, sogar einen Rest von Schneidigkeit hatte er sich bewahrt, kein Buckel, kein Humpeln, kein nachschleifender oder fehlender Fuß, kein durchtrennter Nerv und herabhängende Gesichtsmuskulatur, kein weggeschossener Unterkiefer, kein amputierter Arm, kein abgefaulter Armstumpf, keine entstellende Narbe, nicht einmal sein Nacken war vor Kummer oder Hunger gebeugt. Als Sesta, der seinen Kopf nicht heben konnte, Erbrochenes aus dem Mund quoll, drehten ihn die Männer rasch auf die Seite, damit er nicht daran erstickte, so dass es auf die Körner hinunterquoll, und Beck dachte an das Brot und die Mühle, die Sestas Erbrochenes zu Brotmehl zerreiben würde.

Nachdem Sesta seinen letzten staubigen Atemzug getan hatte,

stieg Beck, sich mit beiden Händen festhaltend, die Hühnerleiter hinauf an Deck und sah über Sandbänken und Dunst und verkrüppelten Ulmen in der Ferne den Leopoldsberg.

Bei Stromkilometer 1918 ließ der Kapitän sie an Land rudern. Beck hatte den Eindruck, dass er sie loswerden wollte, man war doch noch ein gutes Stück von der Stadt entfernt, der Kapitän lächelte und gab vor, wegen der Strömung in der Kehre in der Folge einen großen Bogen machen zu müssen, die Donau fließe nun mal nicht durch den ersten oder achten Bezirk, sagte er, was für die Heimkehrer in Hinblick auf ihre Heimkehr sicherlich unbequem sei, aber hier könne man das rechte Donauufer gut erreichen und damit sei die Sache erledigt. Beck kannte sich zwar nicht aus in diesem Donaulabyrinth, am Fluss und seinen Nebenarmen, toten Armen, Kanälen, Dämmen, Überschwemmungssümpfen, dem Gefilz von Untiefen und Inseln war er ein Fremder, ein Expeditionsreisender am Amazonas, und doch wehrte er sich, er wollte nicht jetzt schon abgesetzt werden. Was wusste der Mann überhaupt vom ersten oder achten Bezirk – gehörte er etwa zu jenen Rumänen, die vor wenigen Jahren noch Österreicher waren? Und wenn ja, machte ihn das freundlich oder feindlich gesonnen?

Der Kapitän lächelte und begann etwas auf Rumänisch zu erklären, das war ein schlechtes Zeichen, wenn er keinen Wert mehr auf Verständigung legte, ließ er Beck stehen mit seinem Deutsch oder Russisch und fiel ins Rumänische, dabei holte er plötzlich aus, um ein Stück Holz in den Wasserstrudel vor ihnen zu werfen. Das Holzstück kreiste und kreiste, ohne aus dem Strudel ausbrechen zu können und ohne unterzugehen, in einer ohnmächtigen Karussellfahrt wurde es über die Wasseroberfläche gerissen, und Beck verstand, dass er dem nichts entgegenzusetzen hatte, und befahl seinen Männern, Sestas Leiche in dem Ruderboot zu verstauen.

War der Erzherzog-Thronfolger Franz Ferdinand auf seiner

Weltreise je von Bord der »Kaiserin Elisabeth« gegangen, in einen Einbaum gestiegen und in die Sümpfe hinter dem Indischen Ozean gefahren? Hatte der Erzherzog-Thronfolger, der die Kriegsmarine und die Torpedorammkreuzer in Pola liebte, jemals mit einer Zille die Stechmückenwildnis am Kragen der Hauptstadt befahren? Der Pola liebte, den fröhlichen Kriegshafen der k.u.k. Marine mit seinem prächtigen Offizierscasino, das weiß und geschwungen glänzte wie Windgebäck, damals, als man vom Krieg noch eine festliche Vorstellung hatte – als wäre der Krieg ein Tanz in bunten Kostümen, nach dem man sich höflich verneigte.

Kaum hatte das Ruderboot sich von dem stampfenden Motorgeräusch des sich flussaufwärts plagenden Schleppkahns entfernt, wurde es urzeitlich still, der Wasserspiegel glättete sich, Beck sah darauf eine riesige Ringelnatter ihre Körperschlingen verschieben. Und schon glitten Laute aus der Stille, das Gluckern des Wassers, das millimeterweise stieg, das Rascheln und Jammern in den Baumkronen, wenn sie aneinander streiften, Stimmen von Tieren – Wildschweinen, Kröten, Vögeln, man wusste es nicht. Wie von Atemhauch beschlagenes Glas lagen Nebelflecken über dem Kraut der Lianen, Gebüsche und Weiden. Hatte der Erzherzog-Thronfolger seine Admiralsuniform durch die Luftfeuchtigkeit von Guadalcanal getragen? Hatte er Kronenkraniche auffliegen sehen, wie Beck (mit einem Gefühl des erhabenen Weltzaubers) über der Donau die Reiher? Hatte er mit seinem Kabinettsdolch eigenhändig Safttrichter in die Haut von Kautschukbäumen geritzt?

Unter den Bänken des Ruderbootes eingeklemmt lag der groteske Leichnam Sestas. Der Gagause, der sie ans Ufer ruderte, hatte ein Bein links und eines rechts von der Leiche abgestellt, was aussah, als würde er auf ihr reiten. Damit Sestas Kopf nicht im Bilgewasser liegen musste, hatte Fischer ihn mit seinen Knien abgestützt, in stillem Einverständnis hatten Beck und Koutensky das Abstützen von Sestas Kopf Fischer überlassen, da dieser seit

S. nicht mehr ganz bei Verstand und es ihm daher, so dachten sie, am ehesten zuzumuten war. Sestas Fingerspitzen der linken, beharrlich aufragenden Hand tippten immer wieder, wenn das Boot schaukelte, sachte an Becks Wade wie die einer Geliebten.

Stromkilometer 1918, plötzlich sah Beck die Zahl vor sich und begriff, dass es eine Jahreszahl war, nicht eintausend-neunhundertundachtzehn sondern Neunzehnhundertachtzehn, eine Leuchtzahl, blank wie das Mondlicht, das Jahr, in dem der Weltkrieg endete, aber nicht für Beck, das Jahr, in dem Öster-reich-Ungarn zerfiel wie ein schlecht gerollter Semmelknödel im Kochwasser, in dessen deutsch-österreichischen Restfetzen Beck aber immerhin hätte heimkehren können, wären da nicht ein Bürgerkrieg und allerlei Wirrwarr dazwischen gekommen. Becks Lager an der Grenze zur Mandschurei lag zu weit weg vom Schuss, die Wachmannschaften wechselten von Weiß zu Rot und wieder zurück in diesem Jahr, und weder Weiß noch Rot wagten es, die Kriegsgefangenen freizulassen, aus Angst, sie könnten sich der anderen Seite anschließen und die eigene bekämpfen. Nach den Jubelausbrüchen über das Kriegsende waren die Gefangenen in die finsterste Verzweiflung gestürzt, sie wussten sich einge-schlossen auf einem unbekannten Erdteil, auf einem Zeitfloß, das genauso gut in den Weltenraum schwimmen hätte können. Im Offizierslager forderte man voneinander Satisfaktion, da man an die Republikgründer in Deutsch-Österreich nicht herankam, während im Mannschaftslager schon die Revolution gärte und bald nicht nur die »Herrschaft des Volkes«, sondern auch die »Diktatur des Proletariats« auf Zustimmung stieß.
Und jetzt, Stromkilometer 1918, so knapp vor dem Ziel, so weit davon entfernt. Beck blickte zurück zu dem Schleppkahn, der dunkel im Gegenlicht fuhr, und versuchte auszumachen, ob das Gesicht des Kapitäns immer noch grinste, aber der Kapitän war nur mehr eine Silhouette, und grüne Flecken hüpften auf seinem Gesicht.

Sie schleiften Sesta auf und über einen Holzsteg, es waren einige
Leute da, Fischer, Ausflügler, in ihren Gesichtern stand Neugier,
wohliges Sonntagsschaudern, in einigen aber auch der Ausdruck
derer, die den Anblick von Leichen gewohnt waren. Ihre Sprache
war das vertraute Deutsch mit den langgezogenen Vokalen, den
Nasalen und weichgeschliffenen Konsonanten, von dem Beck
geglaubt hatte, es sei mit der Monarchie in die Schlünde der
Geschichte gestürzt, für deren letzte, im Aussterben begriffene
Sprachinsel er sich und seine Kameraden gehalten hatte, nun, da
sich alle auf ihre Nation besonnen und ihrer Sprache gemäß neu
formiert hatten, da die deutschen Kriegsgefangenen immer noch
Deutsche waren, aber die österreichischen, sofern sie nicht Tschechen oder Kroaten oder Polen waren, mit einem Mal gar nichts,
nicht deutsch, aber auch nichts anderes. Aber da war sie, diese
sentimentale, mokante, lamentierende Variante des Deutschen,
in die der Balkan und die Adria, die Vojvodina, Bukowina, Herzegowina, Schlesien, Lodomerien, Mähren, Galizien, Dalmatien,
Siebenbürgen, Böhmen und Fiume, der Galgenwitz der Juden
und die zelebrierte Traurigkeit der Zigeuner (oder umgekehrt?)
für alle Zeiten eingezogen waren – zumindest wollte Beck das
glauben in diesem Moment, als er inmitten von Wildfremden,
die dieselbe Sprache sprachen, zuhause angekommen war.
Koutensky hatte rote, scharlachartige Flecken am Hals und auf
den Wangen, er schämte sich, in seinem zerlumpten Aufzug
eine entsetzlich verkrümmte und nach Erbrochenem stinkende
Leiche an Land zu hieven, er hielt die Lider gesenkt, während Fischer ständig Sestas Füße fallen ließ, da er wie so oft, wenn er von
Fremden angestarrt wurde, in seine Umnachtung hinübergeglit-
ten war. Beck spürte förmlich Koutenskys Scham, die trotz aller
inneren Gegenwehr schnell zu seiner eigenen wurde, es waren
Damen anwesend, Städter, die von der hölzernen Plattform eines
Gasthauses aufgestanden waren, immer mehr Menschen kamen
herbei, Frauen und Kinder aus den Pfahlbauten, Fischer verließen ihre geruhsamen Plätze neben den großen, quadratischen

Senknetzen, um anstelle der zappelnden Zander die drei Ge-
strandeten mit ihrer Leiche zu sehen. Als Sesta endlich zwischen
Sand und Riedgras halbwegs würdevoll niedergelegt war, richtete
Beck sich auf, strich sich Haare und Schnurrbart in Form – er
überlegte, Koutensky zuzuflüstern: »Hören Sie auf, sich zu genie-
ren, Sie Trottel!«, vielleicht der Geheimhaltung halber ins Russische übersetzt, da fiel sein Blick auf das grünbemalte Schild des
Gasthauses, auf dem in weißen Buchstaben GASTHAUS ZUM
FRIEDHOF DER NAMENLOSEN stand.

DUNKELMUS

Immer wieder durchquerte Beck auf langen Fußmärschen die Straßen und Gassen dieser Stadt, in der er einst wie ein normaler Mensch gelebt hatte. In der er aufgewachsen war, eine Anstellung gehabt, einen Hausstand gegründet hatte mit Dienstmädchen und umsichtig zusammengesuchtem Mobiliar. Er war hier herumgeschlendert mit Hexerl, seiner Istrischen Bracke, er hatte Bekannte gegrüßt. In den Auslagen der Galanteriewarengeschäfte hatte er Handtaschen und Schals begutachtet, um sie seiner Frau als kleine Überraschung mitzubringen, er war mit seiner Frau beim Frühstück gesessen, hatte sie zum Lachen gebracht und eine mit Obers zubereitete Eierspeise verzehrt. Er hatte sich gesorgt, wenn seine Frau hustete (dann hatte er dem Dienstmädchen strenge Anweisungen zu ihrer Pflege gegeben) oder wenn die Börsenkurse nachließen, das war auch schon das Schlimmste, was ihm damals passieren konnte, oder ein ritterlicher Streit mit einem Freund oder ein ungemütliches Diner oder ein lahmendes Pferd. Er war schon verärgert gewesen, wenn das Mädchen morgens die Fenstergardinen auseinanderzog und das Wetter nicht nach seinem Geschmack war, wenn seine Stiefel an einer einzigen Stelle nicht makellos glänzten oder das Lieblingsrestaurant seinen Ruhetag hielt, und fand es nun lächerlich, unbegreiflich, als hätte er die Zeit seines Lebensglücks mit absurdesten Kleinlichkeiten und Sorgen und Ärgernissen vergeudet, anstatt so glücklich zu sein, wie er es rückblickend eigentlich gewesen war. Beck fand keinen Anschluss an diese Zeit, er konnte sich erinnern in Bildern und Sätzen und Ereignisabläufen, ohne je zurückzufinden in dieses Gefühl, dass er sein eigener Herr war, dass das Leben nach Regeln der Logik und Gutwilligkeit ablief, dass auf seiner Schulter ein Schutzengel thronte und ihn selbst-

verständlich belohnte für seine eigene Logik und Gutwilligkeit.
Die Ringstraße erschien ihm nun wie ein pompöser Aufzug von
Übermutsgebäuden, Scharlatanerie, wie die Robe eines Richters
ohne Jurisdiktion, jeder Platz, jede Straße, die breiter als eine
Wagenbreite war, erkannte er als Verschwendung von Raum,
der Menschen fehlte, die anderswo zusammengedrängt hausen
mussten.
Ein vierter Tag war vergangen, ein fünfter, ein sechster, Beck
zählte nicht mehr mit. Er beobachtete Menschen und fragte
sich, ob sie wahnsinnig waren, wenn sie lachten oder gestiku-
lierten, als hätten sie unendlich viel Kraft, er konnte nicht mehr
zurückkehren in sein Wien, in dem ihn einmal die Kastanienblü-
te entzückt hatte und der Anblick der geschmeidigen Kastanien
im Herbst.
Wenn Beck müde wurde, was wie bei einem Greis in kurzen
Abständen vorkam, obwohl er erst vierunddreißig Jahre alt war,
setzte er sich irgendwohin, auf eine Hausstufe oder einen Stoß-
stein oder direkt auf das Kopfsteinpflaster, am liebsten aber auf
eine Bank in einem Park. Es gefiel ihm, dass insbesondere in den
kleineren Parks immer noch Menschen anzutreffen waren, die
auf ihrem während des Krieges erworbenen Recht bestanden, auf
der fetten Parkerde Kartoffeln oder Rüben zu ziehen.
Einmal saß er im Stadtpark, der im Vergleich zu seiner Sonn-
tagserinnerung eine gewisse Schäbigkeit aufwies, vom Wien-
fluss wehte kloakenhafter Gestank herüber, als würden dort
Rattenkadaver in einem Sud aus menschlichen Exkrementen
verwesen, aber die Bäume, die hohen alten Bäume, die er so
liebte, schienen unangegriffen, sie schirmten und schäumten mit
ihren funkelnden Geweihen. Vor dem Krieg, glaubte Beck sich
zu erinnern, waren im Stadtpark Stühle vermietet worden, ja,
weiße Stühle mit verstellbaren Lehnen waren vermietet worden
von einer Frau mittleren Alters, die wahrscheinlich fliederfarbene
oder malvenfarbene Kleider trug, nun gab es nur noch Bänke,
auf denen jedermann saß.

Als Beck spürte, dass es Zeit zum Austreten war, stand er einfach auf und ging ein paar Schritte zum nächsten Gebüsch, er pisste auf die nachgebenden, dunkelgrünen Blätter und achtete nicht sonderlich auf die Damen und Herren, die auf dem Kiesweg vorbeigingen und ihn unweigerlich beobachten mussten. Kaum saß er wieder auf seiner Bank, stand auch schon ein Wachmann vor ihm, ein schneidiger, hochaufgeschossener Kerl, der ihn im Amtston aufforderte, derlei die öffentliche Ordnung störendes Verhalten in Zukunft zu unterlassen. Beck untersuchte mit schnellem Blick das Gesicht seines Angreifers und sah, dass um dessen Augen, die im breiten Schatten der Uniformkappe lagen, nicht ein einziges Fältchen die Haut furchte, ebenso war die Nasenwurzel, in die sich erfahrungsgemäß schon bei geringem Gram die Gesichtsverzerrung hineingrub, vollkommen glatt, und auch der dichte, dunkle Backenbart konnte nicht darüber hinwegtäuschen, dass der andere ein halbes Kind und unbedarft war. Beck wusste, dass er eine Uniform trug, die einmal etwas bedeutet hatte, auch wenn sämtliche Ösen ausgerissen waren und auch sonst die Adjustierung nicht gerade dienstmäßig, er unter seinem Waffenrock als Kälteschutz die Bluse eines türkischen Kameraden trug und an den Füßen die Stiefel eines Deutschen, dem er sie ausgezogen hatte, bevor dessen Leichnam zu steif dazu war. Beck wusste, dass an seiner Mütze ein heller Fleck die abgerissene kaiserliche Kokarde bezeugte wie eine Narbe, wie ein heller Fleck ein abgenommenes Bild an einer Wand. Er richtete sich auf ohne allzugroße wahrnehmbare Bewegung, setzte seinen Offiziersblick auf und blickte damit gleichsam von oben herab den über ihm Stehenden an, er saß auf seiner Parkbank in seiner zerlumpten Uniform und sagte ohne jede Anstrengung zu dem properen Wachmann: »Nehmen Sie die Hacken zusammen, Junge.«

Reflexartig nahm dieser Haltung an und salutierte. Sank dann in sich zusammen und stammelte: »Ich bitte Sie...« Machte militärisch kehrt und eilte in langen Schritten davon.

Es sollte das erste und letzte Mal bleiben, dass Beck aufgrund seiner Uniform Respekt entgegengebracht wurde. Oder trotz seiner Uniform? Je länger er in Wien als Strotter lebte, desto mehr wurde ihm bewusst, dass er überall auf der Welt als Strotter leben hätte können, nur nicht in Wien. Mehr und mehr Erinnerungen begannen sich einzustellen an ein schönes Zuhause, schöne Kleider und schöne Gepflogenheiten, er erinnerte sich an Kleinigkeiten: wie er vor dem Schlafengehen Mariannes lange, aufgelöste Haare hinter ihre Ohren zurückgestrichen hatte. Wie Hexerl nicht davon abzubringen war, an seinen herabbaumelnden Handflächen zu lecken, während sie neben ihm herlief. Wie ein alter Lehrer ihm einmal vor der Pestsäule am Graben etwas sehr Nettes gesagt hatte, an das er sich nicht mehr erinnern konnte, nur mehr an das Gefühl der Dankbarkeit und Lebensfreude, das er mit jener Stelle vor der Pestsäule verband. Er glaubte in den Straßen Gesichter zu erkennen und unter den Blicken von Menschen durchzugleiten, die ihn erkennen hätten müssen, aber nicht erkannten, er starrte durch die Scheiben des Café Central und sah, es hatte sich nichts verändert, Leute saßen darin und tranken Likör, es war unglaublich, noch immer saßen Leute im Kaffeehaus und tranken Kaffee und aßen Sandwiches, als ob nichts geschehen wäre, eher saßen noch mehr Leute darin als früher, wie ihm schien, und in nächster Nähe hatte ein weiteres Kaffeehaus eröffnet, das »Herrenhof« hieß, auch dieses von sieben Uhr morgens an voller Leute. Und doch war einiges auch anders geworden, es gab mehr und modernere Automobile, es wurden neue Tänze getanzt, aus offenen Fenstern hörte man Radiomusik. Die Röcke der Frauen reichten nur mehr bis zum Knie – noch konnte Beck sich nicht entscheiden, ob er das nun bedauerte oder begrüßte.

Niemand kümmerte sich um ihn. Er hatte das Gefühl, hier wurde Politik gemacht und das Feuilleton und vielleicht sogar Kabarett und Theater, große Schlagzeilen wurden besprochen und Intonationen und Ausdruckstänze, da glitt der Blick einfach ab von einer zerlumpten Uniform, die zur jetzt im September schon aufkommenden Faschingsstimmung mit ihren Spaßuniformen nicht passte, die Blicke glitten ab von ihm wie sein Blick früher von allen, die nicht »zur Gesellschaft« gehörten, das geschah ganz automatisch, das war ganz natürlich und normal. Nur im Dienst hatte er einen anderen Blick aufgehabt, da hatte er alles und jeden ganz genau gesehen, wie mit einem Vergrößerungsglas.

Einmal wurde Beck auf seiner Bank im Türkenschanzpark von einem jungen, hageren Menschen geweckt, genauer gesagt von dessen Fluidum, da der Mensch ihn weder berührte noch ansprach und nicht einmal einen Schatten auf ihn warf. Beck glaubte zwar nicht an den Okkultismus, der im Lager aufgebracht worden war von einem gewissen Liebstoeckl, er hatte nie teilgenommen an den spiritistischen Sitzungen, die abgehalten wurden, um die Geister der Toten dazu zu bewegen, das Datum ihrer Freilassung preiszugeben, er war nur auf seiner Pritsche gelegen und hatte zugehört, wie die Geister der Toten und Lebenden Unsinn von sich gaben oder Freilassungsdaten verkündeten, die immer wieder ohne Freilassung verstrichen, aber das Wort »Fluidum« hatte sich Beck gemerkt, er spürte das »Fluidum« stets, wenn ein anderer Mensch in seine Nähe kam, selbst wenn es lautlos geschah und er seine Augen geschlossen hatte.

Der junge, hagere Mensch also spülte mit seinem lautlosen, unsichtbaren Fluidum über Becks Schlaf, so dass dieser erwachte, in Alarmbereitschaft aufsprang, den sofort aus seiner Reichweite Zurückgewichenen anstarrte, bis er sicher war, dass von ihm keine Gefahr ausging. Aus dem Blick des Fremden, der seine beiden Zeigefinger ineinander verdrehte wie ein verlegenes Mädchen, war herauszulesen, dass er sofort Fersengeld geben würde, wenn Beck Anstalten machte, ihn zu vertreiben.

»Was wollen Sie?«

»Verzeihen Sie, Schöller, Student der Bodenkultur. Ich musste Sie ansehen, fragte mich…«

»So früh am Tag?«

»Ich bin Bettgeher, um halb sechs Uhr morgens muss ich mein Bett räumen.«

»Aber ich nicht.«

»Entschuldigen Sie, dass ich Sie geweckt habe. Ich lebte wie Sie bis vor einem Jahr, hatte nicht einmal ein Bett für die Nacht.«

Er war heruntergekommen, seiner Aussprache nach zu schließen aber früher einmal weiter oben und höchstwahrscheinlich ein Lackaffe gewesen. Beck deutete ihm mit einer Handbewegung, er könne sich setzen. Auch er habe im Freien geschlafen, erzählte der Student, nur an seltenen, glücklichen Tagen im Obdachlosenasyl, wo man bereits um fünf Uhr morgens die Pritsche wieder verlassen musste, wenn auch mit einem Frühstück im Bauch, bestehend aus einer Schale Gerstenkaffee und einer Brotkante. Der Student redete und redete und erzählte dies und das aus seinem elenden Leben, ohne Beck auch nur einmal etwas zu fragen oder ihm Zeit für eine Frage oder Anmerkung zu lassen. Beck hätte genauso gut eine vergessene Tasche oder ein Eichhörnchen sein können. Der Student erzählte, was Beck bereits geahnt hatte: dass er aus dem Krieg nach Hause gekommen war, als er in Wien sein Obdachlosendasein antrat, genauer gesagt aus der Kriegsgefangenschaft. Am letzten Kriegstag noch sei er in Gefangenschaft geraten, lamentierte der Student, an jenem allerletzten Kriegstag, als die k.u.k. Truppen in den Waffenstillstand traten, die Italiener aber nicht. Einen Tag zu früh seien die k.u.k. Truppen an der Südwestfront in den Waffenstillstand getreten, oder das, was von ihnen übrig war, der ersehnte Waffenstillstand war ausgerufen worden und alle seien erschöpft und erleichtert in den Waffenstillstand getreten, die Italiener aber seien nicht in den Waffenstillstand getreten, sondern hätten Gefangene gemacht zu Zigtausenden. Das k.u.k. Armeeoberkommando in Baden sei derartig betrunken gewesen, meinte der Student, dass es überstürzt und zu früh den Befehl zum Waffenstillstand ausgab, um sich anschließend in Ruhe weiter zu betrinken, man

hatte ja mit der Befehlsausgabe zum Waffenstillstand seine aller-
letzte Armeeoberkommandoschuldigkeit getan und konnte mit
dem Faschingfeiern beginnen, während an der Front die Reste
von einem Dutzend Völker der k.u.k. Armee erleichtert die Waffen niederlegten und sofort gefangengenommen wurden von den
Italienern, die erst am Tag darauf die Waffen niederlegten.
Beck, der diese Geschichte zum ersten Mal hörte, versuchte sich
einen Reim darauf zu machen, der Student war zweifelsohne verrückt, in einer milden, unauffälligen Form, die aber in einzelnen
Ausbrüchen heftiger hervortreten konnte, etwa wenn man dem
Verrückten mitleidig die Hand reichte, sodass er sich vor einem
Publikum sah. Den Befehl zum Waffenstillstand einen Tag zu
früh ausgegeben? War das eine Wahnvorstellung? Andererseits
wusste Beck, dass die Kriegsirren bei aller Verrücktheit über
das, was den Krieg selber betraf, zumeist das Richtige erzählten,
das Verrückte lag im Krieg und klang deshalb so unglaubhaft,
die Kriegsirren aber erzählten in Bezug auf den Krieg zumeist
die reine Wahrheit und blieben nur in Bezug auf den Frieden
verrückt. Dennoch konnte Beck sich nicht vorstellen, dass das
Armeeoberkommando in Baden in diesen wichtigen Tagen der
Friedensverhandlungen durchgehend betrunken gewesen war,
woher wollte der Student denn das auch wissen, er war ja selbst
an der Front gestanden, wahrscheinlich betrunken, wenn es dort
noch etwas zu trinken gab. Beck konnte es sich nicht einmal
vorstellen, dass einem Schreiber des Armeeoberkommandos
aufgrund von Schlafmangel und Nervenanspannung ein Irrtum
unterlaufen war, es musste sich um Sabotage gehandelt haben,
ein Saboteur hatte die Depeche abgefangen und das richtige
Waffenstillstandsdatum durch ein falsches ersetzt.
Da der Student unvermindert weiterlamentierte über betrunkene Generäle und betrunkene, halbnackte Mädchen, die über
die Generäle stolperten und sie lachend mitrissen in Berge von
rotsamtenen Polstern hinein, und immer wüstere bacchanalische
Szenen in Baden ausmalte (Diese Phääken! Dieses Lupanar!),

wurde Beck ungeduldig und packte ihn schließlich am Kragen, zwang ihn innezuhalten und ihm in die Augen zu sehen. In welchem Jahr, fragte er den Studenten, sei er denn aus der Gefangenschaft heimgekehrt? 1919, erwiderte dieser, nach acht Monaten.

Acht Monate Gefangenschaft und dieser Kriegsirre lamentierte, dachte Beck fassungslos, wie war das möglich, weshalb brachen manche schon unter einer Ohrfeige zusammen und standen andere nach jahrelangen Prügeln noch auf? Sehen Sie mich an! hätte Beck schreien mögen, dann sehen Sie jemanden, der bereits 1915 in Kriegsgefangenschaft gegangen, dem erst 1919 die Flucht gelungen, der erst jetzt heimgekommen ist! Können Sie rechnen? Wissen Sie, wie viele Jahre das sind? Stattdessen sagte er nichts, sondern zerrte nur hilflos an den Rockaufschlägen des Studenten herum. Das Zerren aber bewirkte, dass dem Studenten ein Licht aufging, es wurde ihm deutlich, dass es sich bei Beck keineswegs um eine vergessene Tasche oder ein Eichhörnchen handelte, und es fiel ihm sogar wieder ein, weshalb er ursprünglich vor ihm stehen geblieben war. Damals, sagte der Student, als er nach Wien zurückgekehrt war, wäre es undenkbar gewesen, dass man einen Soldaten im Freien ausschlafen hätte lassen, es sei sogar ein Witz kursiert: Was ist der Unterschied zwischen einem Schneehaufen und einem Soldaten in Wien? Der Soldat muss um fünf in der Früh aufstehen, der Schneehaufen kann liegenbleiben. Manchmal wurde der Witz abgewandelt mit Hundehaufen. Auch mit Pferdeäpfeln sei der Witz versucht worden, das habe aber nicht funktioniert, da Pferdeäpfel noch kürzer liegenblieben als Soldaten: Pferdeäpfel wurden schnellstens eingesammelt, um Beete in Hinterhöfen zu düngen oder bei den Bauern gegen richtige Äpfel eingetauscht zu werden. Die Zeiten seien also besser geworden, meinte der Student, er selbst habe nun ein Bett, in dem untertags ein anderer schlief, ein Fabriksarbeiter, der in Nachtarbeit dafür sorgte, dass die Maschinen optimal ausgelastet waren. Es sei aber dennoch, meinte der Student, eine gute Idee Becks gewesen, sich

die kaiserliche Kokarde von der Mütze abzureißen, es könne
noch immer vorkommen, dass über einen ehemaligen Offizier
das wütende Proletariat herfiel, vielleicht hatte das Proletariat ja
Mitleid mit einem Offizier, der wie ein gerupftes Huhn daherkam.

Beck, der sich die Kokarde keineswegs selbst abgerissen hatte, erschien es immer unwirklicher, dass der Wachmann im Stadtpark
vor ihm salutiert hatte, wahrscheinlich hatte der Wachmann
einen Vater oder älteren Bruder, der ebenso wie Beck in einer
zerlumpten Uniform heimgekommen war, oder nie heimgekommen war, so dass der Wachmann zum Totengedenken zu einem
Kriegerdenkmal gehen musste, vielleicht hatte Beck den Wachmann an jemanden erinnert, den er einmal geachtet hatte und
der in einer solchen Uniform im Feld geblieben war.

Die Offiziere, erzählte Schöller, die früher hoffähig gewesen
seien, seien mit Kriegsende nicht einmal mehr hinterhoffähig
gewesen. Man riss ihnen die Kokarde ab, sagte Schöller, man riss
ihnen die Sterne ab, man riss ihnen das Herz aus dem Leib. Man
riss ihnen die Ehre aus dem Leib, die sie nach alter Tradition
als Ausgleich für unzureichende Gagen in Anspruch zu nehmen
gewohnt waren. Ich sage Ihnen, sagte Schöller, und obwohl ich
als Leutnant selbst betroffen war – es gab da einen Oberleutnant,
den ich von Herzen gerne geohrfeigt hätte, wenn er mir auf der
Straße begegnet wäre.

Beck hatte vier verschiedene Theorien in Bezug auf Marianne.
Im Wesentlichen waren es dieselben vier Theorien, die jeder
Heimkehrer in Bezug auf seine Frau oder Verlobte oder So-gut-
wie-Verlobte hatte, soferne es nicht durch Nachricht oder Kontakt oder Einflüsterungen Dritter in einem Punkt Gewissheiten
gab.

Erstens (und das war bei weitem die aufdringlichste Vision): Die
Frau hatte einen Geliebten. Der Heimkehrer würde in der Wohnung der Frau ihren Geliebten antreffen, dies konnte ein dem

Heimkehrer Bekannter oder Unbekannter sein. Der Geliebte würde mit offenem Hemdkragen und in Hausherrenpose die Tür öffnen und vor dem wie vor die Stirn geschlagenen Heimkehrer stehen. Oder die Frau würde dem Heimkehrer öffnen und zittern und zucken, bis hinter ihr in der Türöffnung der Geliebte erschien. Oder das Dienstmädchen würde öffnen und stottern und stammeln, bis hinter ihr in der Türöffnung die Frau erschien, zitternd und zuckend, und zu guter Letzt wiederum der Geliebte. Hier gab es dann ebenfalls vier Möglichkeiten: Entweder der Geliebte nahm umgehend Reißaus, oder der Heimkehrer ging wortlos und voll stolzer Verachtung in die Abenddämmerung davon, oder man regelte die Sache sofort mittels einer Schlägerei, oder man verabredete sich mit Sekundanten und Waffen für die nächste Morgendämmerung.

Zweitens: Die Frau hatte keinen Geliebten, war aber beim Anblick des Heimkehrers bestürzt und befremdet und alles andere als erfreut, da sie sich in den Jahren der Trennung vollkommen verwandelt und den Heimkehrer vollkommen abgeschrieben hatte und trotz aller entgegengesetzter Beteuerungen ihre neugewonnene Freiheit als Kriegshinterbliebene durchaus genoss. Hier gab es nur zwei Möglichkeiten: Entweder der Heimkehrer war beim Anblick der Frau hinreichend motiviert, sie zurückgewinnen oder wenigstens an ihre Verpflichtung gemahnen zu wollen, oder er ging wortlos und voll stolzer Verachtung in die Abenddämmerung davon.

Drittens: Die Frau wohnte mittlerweile ganz woanders und Fremde öffneten die Tür.

Viertens: Die Frau öffnete die Tür und man sah sofort: Ihr sehnlichster Wunsch, um dessen Erfüllung sie seit Jahren gebetet hatte, erfüllte sich in diesem Moment. Seit Jahren hatte sie darum gebetet, eines Tages die Tür zu öffnen und den Heimkehrer zu erblicken, um ihn endlich wieder in die Arme zu schließen, nur für diesen Augenblick, an den sie schon nicht mehr geglaubt hatte, hatte sie gelebt. Beim Anblick des Heimkehrers schossen ihr die Jubeltränen in die Augen, ihr verhärmter Mund löste sich auf in einem Lächeln, wie sie es seit sieben Jahren (oder drei oder vier) nicht mehr gelächelt hatte, sie stürzte dem Heimkehrer in die Arme und küsste mit ihrem nassen sein zerfurchtes Gesicht. Der Heimkehrer und seine Frau durchdrangen einander wie zwei verirrte, aufeinander zu getriebene Wolken, die Frau nahm das Gesicht des Heimkehrers in ihre Hände und küsste jeden Fleck von den Brauen bis zum Adamsapfel, der Heimkehrer riss sich den Waffenrock vom Leib, um die Glieder der Frau besser zu spüren, sie hatte ihn nicht vergessen, sie hatte ihn immer und ohne die geringste Verminderung geliebt.

Diese letzte und vierte Vision hatte bei Beck einen ähnlichen Stellenwert wie die von einem Marillenfleck mit Brixener Marillen gehabt: er wusste, dass es so etwas gab, er wusste, dass andere so etwas bekamen, er wusste, dass er noch nicht gänzlich petrifiziert war, solange er sich in einem Umfeld von Wahnsinn und Eis und erschossenen Kindern in ein solches Bildnis vertiefen konnte. Er wusste aber auch, dass er weiterleben würde können, ohne Marianne in einem solchen Zustand zu sehen oder einen Marillenfleck an seiner Wangeninnenseite zerschmelzen zu fühlen. Er wusste, dass die Welt in Stücke zerfallen war, dass an der Peripherie der lose treibenden Weltstücke sich Wahnsinn und Eis und erschossene Kinder drängten, dann in den inneren Schichten das Gleiche, immer weiter, nur ganz in der Mitte gab es winzigkleine Stücke von Erinnerung oder Wünschen, eine Frau wie Marianne in diesem Zustand, eine entkernte Marille mit einem geschmolzenen Zuckerstück darin.

Beck wusste, dass es möglich war, ein glückliches Leben in einer Viertelstunde unwiderruflich zu zerstören. Er grenzte diese Zeitspanne weiter ein, zehn Minuten, fünf Minuten, es war im Grunde wahrscheinlich möglich, ein glückliches Leben in drei Minuten unwiderruflich zu zerstören. Und es war gleichgültig, ob man in dieser unwiderruflichen Zerstörung jahrelang festsaß oder nur wenige Minuten, die unwiderrufliche Zerstörung hatte ihr Werk getan und dann kam es nur mehr darauf an, ob der unwiderruflich zerstörte Mensch schnellen Selbstmord beging, langsamen Selbstmord oder einen Mord.

Beck hatte den Jungen nicht vergessen, der eines Mittags an der Grenze zur Mandschurei zur Zerstörung ausgerufen worden war, er hatte das Messer eines Offiziers gestohlen und man war daraufhin über ihn hergefallen, der bestohlene Offizier zwei oder drei Mal und etwa zwanzig oder dreißig andere, man war sodomitisch über ihn hergefallen als Sühne, der Junge war vielleicht zwölf Jahre alt, hatte sich aber als älter ausgegeben, der Junge hatte im Krieg nichts zu suchen gehabt und das hatte er nun vom Krieg.

Später sprach Beck mit einem Hauptmann, der, wie Beck gesehen hatte, über den Jungen sodomitisch hergefallen war, der Hauptmann war ein kultivierter Mensch, der von der Musik eines Alban Berg allerhand verstand, Gedichte über mystische Seelenerlebnisse verfasste und ein großer Bewunderer von Aubrey Beardsley war. Der Hauptmann würde immer ein Mensch bleiben, der sich in einem Salon kultiviert zu bewegen verstand, der Junge aber war am nächsten Nachmittag aufgefunden worden mit einem rostigen Nagel in der Halsschlagader, alle hatten zu guter Letzt den Jungen dafür bewundert, dass er sich sehr gezielt einen rostigen Nagel in die eigene Halsschlagader getrieben hatte und schnell verblutet war. »Todesmutig« hatte man es genannt.

Beck hatte auch die ins Lager eingeschmuggelten »Offiziershuren« nicht vergessen, junge Mädchen, halbe Kinder oder überhaupt Kinder, deren Zerstörung durch gefangene Offiziere und danach, nach ihrer Entdeckung, durch das kosakische Wachpersonal ausgerufen worden war. Beck hatte sekundenweise unbändige Lust verspürt, sich anstecken zu lassen vom Blutrausch der anderen, der Gefangenen und des Wachpersonals, sich einer großen Grausamkeit und einer großen Katastrophe anzuschließen und danach die Sterne anzuschauen, die Sternbilder, die ein kultivierter und gebildeter Mensch in einzigartiger Form vorfand in dieser nackten, überglitzerten Ebene an der Grenze zur Mandschurei. Zwar war ihm oft die Behauptung vorgetragen worden, dass er als Kriminalbeamter wohl gemeinhin Männer jagte, denen er sekundenlang ähnlich sei, deren Gelüste er in unheimlichen Momenten nachempfinden könne, aber bis zu diesem Moment der Raserei, in dem Bewaffnete wie Unbewaffnete die ganze Nacht lang über halbe Kinder herfielen, hatte er so etwas für ausgeschlossen gehalten. Es war einfach, sich herauszuhalten, solange es normale und kriminelle Mitmenschen gab, was aber, wenn die Normalen allesamt kriminell wurden? Es gab einen Punkt, an dem man die Raserei nur mehr ertragen zu können glaubte, indem man sich ihr anschloss. Er hätte in dieser Sekunde hinüberkippen können, hatte sich selbst entsetzt zurückgerissen. Er hatte viele Menschen getötet, aber nie einen Menschen zerstört. Das war eine Frage des Selbstschutzes: auch wenn die, die andere zerstörten, zumeist wirkten, als blieben sie selbst dabei unzerstört, war Beck sich sicher, dass die Dinge bei ihm anders verlaufen würden. Wenn er je die Grenze zum Blutrausch überschritt, würde er ein Schemengeschöpf werden, das nie wieder über Musik sprach, sondern mit einem rostigen Nagel in die eigene Schlagader stach.

Im Grunde hatte Beck zu Marianne ein »unsägliches Vertrauen«. Er hatte das »unsägliche Vertrauen«, dass er über sieben Jahre hinweg auf sie vertrauen könne, ohne in dieser Zeit je Kontakt zu ihr aufgenommen zu haben, er hatte sich die erbärmlichen Versuche der anderen Gefangenen erspart, zu ihren Angehörigen Kontakt aufzunehmen, um dann monatelang keine oder nie eine Antwort zu erhalten, und monatelang oder nie zu erfahren, ob die Angehörigen nicht antworteten oder der Brief auf dem langen Weg nach Sibirien verschwunden war. Allerdings hatte Beck einen Brief an seinen Vater geschrieben, den er im Gegensatz zu Marianne verabscheute, so ein Vertrauen hatte er zu Marianne gehabt, aber so ein Misstrauen zu seinem Vater, dass er diesem einen Brief geschrieben und auch eine Antwort erhalten hatte, was bewies, dass einige Briefe in jenem Jahr 1917 Sibirien durchaus erreichten. An Marianne hatte Beck auch daraufhin keinen Brief geschrieben, er war der Ansicht, Marianne müsse auch ohne Briefe über Jahre hinweg seine Gedanken zu lesen imstande sein, die Antwort seines Vaters aber entsprach seiner Befürchtung: »Wir jammern auch nicht, obwohl es uns zweifelsohne schlechter geht als euch.«

Beck hatte den Brief seines Vaters immer wieder gelesen und versucht, eine Liebe daraus herauszulesen: »Ich hatte gehofft, dass mein Sohn ein Held sein würde und sich eher erschießen ließe, als in Gefangenschaft zu gehen.« Schon im Moment der Gefangennahme, als seine Schulter zerschmettert war und er zwangsläufig die Waffe hatte fallen lassen, hatte Beck geahnt, dass sein Vater ihn ob seiner Unmännlichkeit zutiefst verachten würde, wenn er je davon erfuhr. »Ein Offizier erschießt sich selber, oder lässt sich von seinem Adjutanten erschießen, wenn er schon vom Feind nicht erschossen wird.«

Sein Vater hatte es ihm nie verziehen, dass er im Alter von einundzwanzig Jahren aus dem Militär ausgetreten war, um sich in völlig unwürdiger Weise »mit Kriminellen in der Gosse zu prügeln«. Wenn er ein Jurastudium begonnen hätte – gut. Auch gegen die Polizei wäre nichts einzuwenden gewesen, wenn Balthasar einen höheren Posten in der Verwaltung oder in der Nähe des Polizeipräsidenten angestrebt hätte. Aber die schöne Uniform auszuziehen für nichts und wieder nichts? Der Krieg war dem alten Beck nur recht gekommen: Jetzt musste er die Uniform wieder anziehen, der Mistbub, der vermaledeite!

Obwohl Beck also an Marianne, die ihn wiedersehen wollte, schreiben hätte können, hatte er an seinen Vater, der ihn nicht wiedersehen wollte, schreiben müssen, um genau die Antwort zu erhalten, vor der er sich gefürchtet hatte, die unmöglich ohne Mordgedanken und aberwitziges Gelächter zu ertragen war in

einem Gefangenenlager, in dem man Tag für Tag darum kämpfte, das Weiterleben durch Herkunftsvergoldung zu begründen.

Am Anfang seiner Beziehung zu Marianne war es Beck nur
wichtig gewesen, dass er sie liebte. Immer wieder hatte er sich
überprüft, ob er sie auch wirklich liebte, hatte seine Gefühle
gegenüber anderen jungen Frauen gegengeprüft, gegenüber älteren Frauen, allen Frauen, die ihm begegneten, er wollte nur mit
einer Frau zusammen sein, die er auch wirklich liebte, und was
die Liebe war, darüber informierte er sich. Er hörte von Frauen,
dass die Liebe ein »warmes, kribbelndes Gefühl« sei, insbesondere »beim Anblick der geliebten Person«, er hörte von Männern,
dass die Liebe die Abwesenheit von Verachtung sei, der plötz-
liche, unerwartete Respekt. Es sprach sich herum, dass Balthasar
Beck Auskünfte über das Wesen der Liebe einholte, und so kam
er auch ungefragt in den Genuss allerlei blumiger oder sachlicher
Theorien. (Sogar als er schon verheiratet war und eigene Theorien schriftreif ausgearbeitet hatte, eröffnete ihm noch Mariannes angeblich »nicht besonders glücklich« verheiratete Schwester
Sidonie ihre Version: Die Liebe sei ein Moment, in dem man
plötzlich, unerwartet innehielt und sich dachte: »Das ist so
schön, etwas Schöneres gibt es nicht auf der Welt.« Überrascht
erzählte Beck Marianne davon, um sie darauf hinzuweisen, dass
ihre ältere Schwester möglicherweise doch nicht so unglücklich
verheiratet war, wie man dachte – wie hätte sie sonst so erfahren
über die Schönheit der Liebe sprechen können? Doch Marianne
winkte ab: »So hätte sie es sich vorgestellt.«)
Immer wieder in den ersten Begegnungen und Gesprächen mit
Marianne hatte er überprüft, ob seine Gefühle dem glichen, was
er gehört hatte über die Liebe, ob sich nicht doch Widerwille
einstellte oder Langeweile oder Gleichgültigkeit. Dann auf
einmal dachte er überhaupt nicht mehr an Gefühle, sondern
nur mehr an Uhrzeiten, würde sie heute zum Five o'clock tea
kommen oder nächsten Samstag zum Souper dansant, würde er

sie hier und dort zufällig oder verabredungsgemäß sehen. Ihm wurde speiübel in den Stunden, in denen er Marianne nicht sah. Er empfand Widerwillen und Langeweile und Gleichgültigkeit in all den Stunden, in denen er Marianne nicht sehen konnte, bis ihm plötzlich, unerwartet klar wurde, dass er sie heiraten würde müssen, um nicht an Widerwillen und Langeweile und Gleichgültigkeit zugrunde zu gehen. Daraufhin begann er sich für ihre Vergangenheit zu interessieren, obgleich Marianne, die gerade einmal achtzehn Jahre alt geworden war, kaum eine nennenswerte Vergangenheit hatte, dennoch, er wollte alles wissen, was sie je getan, gesehen und gedacht hatte. Dann küsste er sie zum ersten Mal und wollte nur noch wissen, ob sie ihn liebte – ob er sie liebte, war hinfort egal. Er wollte, dass sie ihn liebte und Punktum. Er wollte, dass sie alles wusste, was er je getan, gesehen und gedacht hatte. Er machte ihr einen Heiratsantrag. Sie sagte, sie benötige vierundzwanzig Stunden Bedenkzeit, und er hätte sie umbringen können, da sie die Antragsszene unwiderruflich verdorben hatte. Nach vierundzwanzig Stunden hatte Marianne ja gesagt und er hätte sie erst recht umbringen können, weil sie nicht gleich ja gesagt hatte. In der Verlobungszeit erwies es sich deutlich, dass sein Heiratsantrag eine lebenswichtig richtige Tat gewesen war, da er nunmehr mit Marianne häufiger zusammen sein konnte und feststellte, dass sie beide außerordentlich vergnügt dabei waren. Eines Tages sagte ihm Marianne, dass sie außerordentlich gerne mit ihm zusammen sei, eigentlich immer nur mit ihm zusammen sein wolle und großen Widerwillen und Langeweile und Gleichgültigkeit empfinde, wenn sie nicht mit ihm zusammen sei. Beck beschloss, ihr die vierundzwanzig Stunden Bedenkzeit rückhaltlos zu verzeihen. Sie beschlossen, umgehend zu heiraten und fortan so wenige Stunden wie möglich ohne einander zu sein. Sie waren sich einig, nur im Zusammensein einen Zugang zum wirklichen Leben zu erhalten und im Auseinandersein nur, indem sie aneinander dachten. Wenn sie nicht zusammen waren, dachte Beck immerzu an Marianne und wusste sich dabei im

Gegensatz zu anderen Männern, die an ihre Frauen so wenig wie möglich dachten. Beck nannte Marianne sogar seinen »Freund«, insgeheim seinen »besten Freund«, er schämte sich nicht, auch wenn seine Freunde über ihn spöttelten, weil er jede freie Minute mit seiner Frau verbrachte, anstatt sie zu schwängern und dann seiner Wege zu gehen. Bis er sie eines Tages, bereits mitten im Krieg, geschwängert hatte und dann seiner Wege gegangen war. Beck hatte eine Erinnerung an Marianne, die besagte, dass er ihr aus der Gefangenschaft keinen Brief schreiben musste, sie war sein Alter Ego gewesen und wenn es damit vorbei war, dann gut. Sie würde von seiner Gefangennahme erfahren haben und verstehen, dass es ihm unmöglich war, sich als Gefangener bei ihr zu melden und sich ihr somit als Gefangener zu präsentieren. Sie würde auch ohne Nachricht auf ihn warten, seine alltäglichen und allnächtlichen Gedanken erahnen, ihn im Schlaf besuchen, wie ein Sukkubus, eine Fee. Er riskierte alles, was in Hinblick auf Marianne nur zu riskieren war, er schwieg und machte sich sieben Jahre lang rar wie ein eitler Pennäler, weil er in Wahrheit zugrunde gegangen wäre, hätte er auch nur einen einzigen Moment darauf verwandt, an sie zu denken als reale Person. Er wäre wahnsinnig geworden, wenn er ihr auch nur eine einzige Zeile geschrieben hätte, er hätte seinem Leben ein Ende gesetzt, denn schon mit dem ersten Wort, das er an sie richtete, hätte er wieder wahrhaben müssen, dass es sie tatsächlich gab. Marianne musste eine Fantasiefigur werden, deren Abhandenkommen erträglich war wie das des Christkindes, er hatte auch eines Tages ohne das Christkind leben können, an das er mit Leib und Seele geglaubt hatte. Sogar ohne seinen Filzelefanten »Dunkelmus« hatte er leben können, den ihm seine Mutter eines Tages weggenommen hatte, weil er »kein Kinderspielzeug« war. Die Mutter hatte den Elefanten als Nadelkissen erworben, Balthasar hatte ihn aus dem Nähkasten gerettet, sorgsam eine nach der anderen die grauenvollen Nadeln aus Dunkelmus' Leib gezogen und ihm ein sicheres Zuhause in seiner kleinen Hand versprochen. Eine Weile war das gut gegangen, die Mutter schimpfte zwar, besorgte sich aber ein anderes Nadelkissen ohne tierische Form. Als jedoch sein Vater dahinterkam, »hatte der Spaß ein Ende«: Nadelkissen war Nadelkissen, Balthasar hatte zum Spielen etliche Pferde aus Zinn und eines aus Holz, was mehr war, als andere Knaben von sich behaupten konnten, der Elefant würde seiner ursprünglichen Bestimmung wieder zugeführt und an einen anderen Haushalt verschenkt werden – nein, man würde ihm nicht sagen, an wen. Für jegliche Proteste, Heulereien und Sperenzchen wurden ihm härteste Strafen in Aussicht gestellt. Eines Abends, als Beck vielleicht sechs Jahre alt war, war seine Mutter an sein Bett getreten und hatte Dunkelmus weggenommen, Beck hatte Dunkelmus losgelassen mit einem Todesgefühl und der verzweifelten Gewissheit, dass er seinen besten Freund nie wiedersehen würde, und tatsächlich hatte er Dunkelmus nie wiedergesehen und versteinert und gehärtet weitergelebt.

Nun, als Beck im Herbst 1922 wieder in Wien war und fast drei Wochen lang auf der Straße und in Wärmestuben existierte, begann er doch gewisse Unterschiede zwischen Marianne und Dunkelmus zu vermuten, er bereute es, ihr nicht eine einzige Zeile geschrieben zu haben all die Jahre, und befürchtete immer mehr, ihr wäre die unfreiwillige Bedenkzeit zu lange geworden und sie hätte es sich anders überlegt. Dann schließlich wurde ihm die Ungewissheit zu bunt und er machte sich immer näher heran an die Tür, die er tagelang umkreist hatte, und dann klopfte er an die Tür.

SCHUSSKANÄLE

In aller Herrgottsfrühe hatte Dr. Prager ihn in die Sensengasse bestellt, wo sie vermutlich gerade damit beschäftigt war, einer Wasserleiche in die algengrünen Eingeweide zu schauen, ein frisches Herzschlagopfer auf Scheintod hin zu überprüfen oder in einem kalten Mageninhalt zu rühren. Ritschl spürte unangenehm sein Hinken, und er gab sich ihm hin, solange er sich nicht vor Anna Prager zusammenreißen musste. Immer tiefer ließ er sich in das Hinken hineingleiten, bis es so unangenehm wurde, dass es fast schon wieder angenehm war. Um diese Tageszeit war es am schlimmsten, erst im Laufe des Tages und der Arbeit schien es abzuklingen, bis es manchmal abends, nach vielen Rennereien, beinahe ganz verschwunden war. Es sei etwas Wichtiges, hatte sie ihm bestellen lassen, er konnte sich nicht denken, was. Wollte sie ihn sehen, unter einem Vorwand? Oder war es etwas wirklich Wichtiges, im kriminalistischen Sinn? Dann war es gut, dass sie es ihm erzählen wollte und nicht erst Moldawa. So oder so, sie standen auf gutem Fuß, sagte er sich.

Erst vor wenigen Monaten hatte die Inbesitznahme des Militärpathologischen Instituts des Garnisonsspitals durch die Gerichtsmedizin begonnen und die damit verbundenen Umzugs- und Neuordnungstätigkeiten waren immer noch nicht abgeschlossen. Das Militärpathologische Institut war aufgelöst, entbehrlich und frei geworden, so dass die Gerichtsmedizin im Allgemeinen Krankenhaus, die niemals entbehrlich werden würde, sich das in ihrem Norden angrenzende Gebäude einverleiben und ihre Adresse in die Sensengasse verlegen konnte. Räumlich war die Entfernung zu dem zu beziehenden Gebäude, das – Republik hin oder her – die Aufschrift ACADEMIA JOSEPHINA STUDIIS

ANATOMICIS MDCCCLXVI trug und wohl ewig tragen würde, gering, eigentlich waren es nur ein paar Schritte vom alten »Indagandis-Hof«, der seinen Namen der Gebäudeaufschrift INDAGANDIS SEDIBUS ET CAUSIS MORBORUM verdankte. Alles konnte mit Trägern und Handwagen transportiert werden, und doch schienen seit Monaten die Auflösungs-, Ausräumungs- und Umgestaltungsarbeiten nie zu einem Abschluss zu kommen, sich in immer neuen Stadien der Verwirrung osmotisch durch die Räume zu ziehen. An manchen Tagen waren ganze Gänge durch Einrichtungsgegenstände blockiert, oder Räume durch Bedienstete, die unbewegten Blickes Akten sichteten, sie rollbureauweise nach hierhin und dorthin transportierten, ordneten, vernichteten, verlegten oder archivierten, keine Miene verziehend, wenn eine frisch zur Sektion hereingebrachte Leiche neben ihnen abgestellt wurde, für die noch kein besserer Platz gefunden war. Gläser mit Präparaten menschlicher Körperteile klickten am Auge vorbei wie die fremdartigen Sensationsbilder einer Laterna magica. Gewebsproben, in Formalin getränkt, in Paraffin eingelegt. Man wusste nicht, wohin mit dem Alten, und das Neue richtete sich ständig neu ein. An manchen Tagen kam man zu einer Tür, an der ein Schild einen dahinterliegenden Raum zu einem bestimmten Zweck ausgewiesen hatte, und das Schild war entfernt und der Raum einer neuen Verwendung zugeführt. Dies konnte sich schon wenige Tage später wiederholen, nichts war endgültig. Das einzige, das sich nie veränderte, war der Geruch nach Karbol. Der alte und der neue Hausmeister hatten einander gegenüber Stellung bezogen, bis zur »Klärung der Lage« wurden vorläufig beide bezahlt.

Als er das erste Mal mit Kiselak – den man ihm erst kurz zuvor von der Polizeischule zugeteilt hatte – in die Sensengasse gegangen war, hatte dieser immer wieder kopfschüttelnd: »Sensengasse! Sensengasse!« gemurmelt, bis Ritschl endlich mit einem »Was ist?« reagierte.

»Die Gerichtsmedizin in der Sensengasse!« hatte Kiselak bedeu-
tungsvoll wiederholt.

»Und?«

»Die Sense! Der Schnitter Tod! Ob das ein Omen ist? Wie
kommt so ein Zufall zustande? Oder hat man die Gasse, die
an das Krankenhausgrätzel grenzt, dereinst bewusst so genannt?
Verstehen Sie, wegen all der Toten, die herauskommen und doch
lebendig hineingegangen sind.«

Auf eine solche Idee war Ritschl noch nicht gekommen. Der
junge Mann hatte offenbar eine blühende Fantasie, er wäre wohl
besser Künstler geworden. Im Kriminaldienst hatte man vor
dem geistigen Auge nur reale Möglichkeiten zu sehen, durchaus
auch ausgefallene, unwahrscheinliche Möglichkeiten, aber keine
schwebenden, schwarzen Gestalten mit Kapuze und Sense. Es
musste damit gerechnet werden, hatte Ritschl gedacht, dass der
Neue zum Lesen von Kriminalromanen neigte. Das Lesen von
Kriminalromanen war während des Krieges gerade unter jungen
Leuten sehr in Mode gekommen, auch Ritschl selbst war diesem
Laster eine Zeit lang verfallen gewesen. Es musste wohl an den
vielen Toten liegen, deren Namen täglich in den Schaukästen
des Kriegsministeriums am Stubenring ausgehängt wurden. Es
wurde in den Menschen das Bedürfnis geweckt, Mörder dingfest
zu machen nach jedem gewaltsamen Tod.

»Vielleicht hat es hier einmal eine Sensenschmiede gegeben«,
hatte Ritschl gemutmaßt. Tag für Tag war er mit seiner Mutter
zu den Schaukästen gegangen, bis sie den Namen Ritschl darin
fanden: Josef Ritschl, Gefreiter. Sie hatten nicht gewusst, ob es
sich um seinen Bruder oder um seinen Vater handelte, da beide
Gefreite waren und beide mit Vornamen Josef hießen. »Mein
Gott, warum hast du ihn nur Josef getauft?« hatte Ritschl seine
Mutter gefragt, die sich mit beiden Händen am Schaukasten
festgehalten hatte.

»Oder man hat hier mit Sensen die Felder gemäht. Wahrscheinlich das. Hier waren einmal Äcker und Felder.«

Kiselak hatte enttäuscht genickt. Er sollte sich nur daran gewöhnen, dass nicht alles aufregend war. Dann aber war Ritschl eine Geschichte eingefallen, mit der er Kiselaks Fantasie reizen konnte: »Früher einmal durften die Wäschermädel im Alserbach nur in jenem Bereich waschen, der oberhalb des Abflusses des Militärspitals lag. Die Leichenabfälle von den Sektionen wurden dort ja hinausgespült.«

Hatte Kiselak geschluckt? Nun würde er der Sache schon näher kommen, Leichen waren Leichen, glitschiges, stinkendes, unhygienisches Zellgewebe, keine romantischen Geister von Burgfräulein oder sonstige Fantasterei.

»Man stelle sich vor, blutiges Gedärm oder Gehirnmasse hinge plötzlich in einem Hemd«, hatte Ritschl nachgesetzt. Es war sein Vater gewesen, der irgendwo in den Karpaten gefallen war, das hatten sie bald herausgefunden. Julius Ritschl hatte seiner Mutter versprechen müssen, eines Tages, komme, was wolle, mit ihr das Grab zu besuchen.

»Ganz früher nämlich«, behauptete Ritschl etwas, das er einmal gehört zu haben glaubte, »hatten die Militärärzte die Leichenbeschau über.«

Der Begriff »ganz früher« musste zunehmend verwendet werden, hatte Ritschl gedacht, da »früher« sehr nahe gerückt war. Drei Jahre lag das Kriegsende nun zurück, und schon sagte man »früher«. Alle Kinder hatten das Bild des Kaisers in weißer Uniformjacke und mit rot-weiß-roter Schärpe auf den ersten Seiten der Schulfibeln herausgerissen, wie es ihnen in den ersten Tagen der Republik befohlen worden war, sie sangen das Lied von Deutsch-Österreich (»du herrliches Land, wir lieben dich, wir schirmen dich«), sie kannten kein Gestern, sie kannten nur »früher«. Es waren dieselben Kinder, die während des Krieges noch »Gott strafe England!« im Anschluss an das Morgengebet hatten skandieren müssen. Es wurde einem leicht ums Herz, wenn man daran dachte, wie vergänglich alles war. Man musste sich an nichts mehr halten, dachte Ritschl, Gott konnte

genauso von einem Tag auf den anderen gestürzt werden wie
der Kaiser, man sprang einfach aus dem Schützengraben und
tauschte mit seinen Todfeinden Wutki-Flaschen aus. Man las
ein Gesetzbuch, hielt sich daran, und ein Jahr später war man
ein Verbrecher, der bösartigen Buchstaben nachgefolgt war.
Man war ein Vaterlandsverräter und am nächsten Tag ein Held.
Oder umgekehrt. Ritschl, der dem Krieg so knapp entgangen
war, dass es sich, da man ja auch noch die letzten Maroden einzog, wahrscheinlich um ein paar Wochen auf oder ab gehandelt
hatte (vielleicht aber auch nur um einen Tag: wenn der Krieg
einen Tag länger gedauert hätte, wäre er samt seinem Hinkebein assentiert und auf einem absurden Tiroler Berggipfel in
die Luft gesprengt worden), Ritschl war entschlossen, seinen
Weg »dazwischen« zu gehen. Im Einklang mit den Vorgaben
und Obrigkeiten, soweit es ging, aber nie ohne zu vergessen,
dass es Werteumschwünge gab. »Du sollst nicht töten« klang
einfach, unanfechtbar. Aber wann war es Tyrannenmord? Wann
Selbstverteidigung? War das abgeschlagene Haupt von Johan-
nes dem Täufer wirklich um so vieles mehr zu bedauern als das
von Holofernes?
»Es hatten doch früher einmal die Militärärzte die Leichenbeschau über, nicht wahr? Das haben Sie mir doch einmal erzählt?«
hatte er Dr. Prager gefragt, natürlich, als Kiselak nicht anwesend
war und obwohl er sich hundertprozentig sicher war, dass es
nicht Dr. Prager gewesen war, die ihm das erzählt hatte. Sie hatte
geblinzelt und eine nachdenkliche Schnute gezogen und dann
achtungsvoll: »Die Militärärzte!« gerufen. So ein Kind, hatte
Ritschl gedacht, zwei Schuljahre hatte sie übersprungen und das
Studium summa cum laude absolviert, nun stand sie da ohne
Lebenserfahrung und schnitt nackte männliche Leichen auf.
Wahrscheinlich waren die einzigen nackten Männer, die sie je
gesehen hatte, Tote gewesen. »Der Leib Christi« durften Frauen
nicht sagen, das hatte ihm einmal ein Priester erklärt, das war
reinste Pornographie. Frauen konnten deshalb nicht Priester

werden, weil sie nicht sagen konnten: »Dies ist mein Leib.« Jeder Gläubige hätte mitten in der Wandlung an den nackten Priesterinnenleib gedacht und sich bei dem Wort: »den ich für euch und für alle hingebe« verschluckt.

»Die Militärärzte«, hatte Dr. Prager geschwärmt, »haben Einblicke, von denen andere Ärzte nur träumen können.« Wer, wenn nicht der berühmte Dr. XY wäre überhaupt auf die Idee gekommen, eine so hochfunktionelle Armprothese zu entwickeln, wer hätte überhaupt so viele einer Armprothese bedürftiger Probanden gehabt, wenn nicht das Militär der Militärmedizin so viele Verstümmelte abgeliefert hätte? Niemals wäre die rekonstruktive plastische Chirurgie zu solchen Höhenflügen gelangt, wenn sie nicht zahllose junge Männer mit weggeschossenen Nasen und Lippen und Wangen zur Verfügung gehabt hätte! Wo findet man sonst Menschen ohne Kiefer, ohne Gesicht? Es waren Militärärzte, die Gehirnforschungen betreiben und sich ausgiebig mit der Frage befassen konnten, welche Schädelverletzung welche motorischen oder sprachlichen Ausfälle bewirkte. Interessant! Es gab Schusskanäle, die Gedächtnisverlust bewirkten, und andere, die zu völliger sinnlicher Enthemmung führten. Oder zu Gewalttätigkeit. Nicht zuletzt die Militärpsychiatrie hatte mit einer faszinierenden Fülle von Geistesstörungen zu tun. So viele Irre, die nicht an die Front zurück wollten. Die lieber Elektroschocks und Nahrungsentzug und härteste Maßnahmen in Kauf nahmen, als an die Front zurückzugehen. Die zitterten und schlotterten und von einem Arzt, der nicht an die Front zurück musste, mit nüchternstem medizinischen Interesse elektrisch zu Tode geschockt wurden.

An diesem Punkt war Dr. Pragers Begeisterung abgeflaut. Wie an Ritschl war der Kelch des Frontdienstes an ihr vorübergegangen, so wie ihn sein Hinkebein, hatte sie ihr Geschlecht davor bewahrt.

»Aber warum die Leichenbeschau?« hatte Ritschl gefragt.

»Ich weiß es nicht«, hatte Dr. Prager geantwortet und dann:

»Unnatürliche Todesfälle. Waffen. Wahrscheinlich haben wir die meisten forensischen Erkenntnisse Militärärzten zu verdanken.«

»Haben Sie gestern die Abendzeitungen gelesen?« fragte Dr. Prager. Aufgeregt, wie Ritschl schien. Wie immer, wenn er in den Obduktionssaal kam, sah er sich unauffällig um. Lag eine Leiche (mit aufgeklammerten Schnitten im Fleisch) auf einem der drei marmornen Seziertische? Drifteten menschliche Körperflüssigkeiten (Blut, Fett, Lymphe) in braungelben Schlieren in den Abflussrinnen? Stockten sie in den trichterförmigen Sinkkästen, aufgehalten durch festere, verklumpte Teile? Selbstverständlich tat Ritschl so, als würde ihn der Zustand des Raumes nicht interessieren, aber er war unkonzentriert. Abendzeitungen? Plural? Die drei Seziertische waren unbelegt, die Rinnen sauber. Allerdings war ein käsefarbener Gummivorhang zugezogen, hinter dem sich erfahrungsgemäß eine Pritsche auf Rollen befand, auf der die Leiche wartete, die als nächste von zwei graubekittelten Labordienern zu einem der Marmortische hinübergerollt und auf selbigen umgelegt werden sollte.
Ritschl hatte nicht einmal eine einzige Abendzeitung gelesen. Er war grundsätzlich kein Zeitungsleser, dazu war er zu gut informiert. Jedes Mal, wenn er über einen Fall, mit dem er befasst war, etwas in der Zeitung gelesen hatte, hatten nicht einmal die »Eckdaten« gestimmt. Beruf der Betroffenen, Alter der Betroffenen, Adresse, genauer Tathergang, Verletzungen der Betroffenen, Vorgeschichte, Einsatzbericht. Nie hatte alles gestimmt, die Journalisten erfanden nach freiem Gutdünken selber, wo sie vonseiten der Polizei hinreichend mit Fakten versorgt worden waren, schrieben: »Karl P., 21, Student der Rechtswissenschaften«, wo es: »Richard P., 27, Student der Literaturwissenschaften« hätte heißen müssen, schrieben: »sprang aus dem Fenster, um ein junges Mädchen zu beeindrucken«, wo: »fiel aus dem Fenster infolge Opiumkonsums« oder: »sprang aus dem Fenster in selbstmörderischer Absicht« der Wahrheit entsprach. Davon abgesehen war

es Ritschl zu wenig abwechslungsreich, nach einem Tag voller Unfälle, Unglücke, Zwiste und Morde in den zwei Stunden, die ihm nach dem Abendessen noch blieben, bis ihn der Schlaf übermannte, eine Zeitung zur Hand zu nehmen, um seinen Geist wiederum mit Unfällen, Unglücken, Zwisten und Morden zu beschäftigen. Lieber ging er an Kastanienbäumen vorbei, in die die Herbstsonne fiel, und dachte bewusst naive Gedanken: Wie wäre die Welt doch schön, wenn sie nur aus Kastanienbäumen und Sonnenstrahlen bestünde. Selbst in philanthropischen Gebetsfloskeln versuchte er sich. Er sah jungen Mädchen nach, die in Kleidern der Farbe »cyclamen« oder »delftblau« durch die Gassen liefen, und dachte: Gebe Gott, dass diesen noch kein Unglück widerfahren ist. Lass sie schön sein, Herr, lass sie in den Strombädern liegen, lass sie sich um nichts Sorgen machen als um ihre Locken, die zu sehr nach Brenneisen riechen. Er lag auf seinem Bett in den Kleidern, wie es für Junggesellen nicht unüblich war, starrte an die Wand und dachte: Man sollte die Tapete ändern, ein nettes Bild aufhängen und neue Fenstergardinen nähen. Er schloss dann an manchen Abenden die Augen und wunderte sich, warum er nicht eine der hunderttausend Frauen in Wien heiratete, die von Herzen gerne geheiratet hätten werden wollen.

»Da steht etwas von einer Grabschändung!« rief Dr. Prager und hielt ihm eine Zeitung vor die Nase. Ritschl fragte sich, ob unter ihren wohlgefeilten Fingernägeln Leichenflüssigkeit gelierte. Aber natürlich nicht, korrigierte er sich, sie hat ja diese Kautschukhandschuhe an, wenn sie an den Toten arbeitet.

»Unfassbares Sakrileg«, las Dr. Prager vor, »Gruft am Zentralfriedhof aufgebrochen, gewaltsam, Untat, Rittmeister Moritz Wilhelm Freiherr von Ledig, zur Mehrung des Reiches, Okkupation Bosniens und der Herzegowina 1878, Held der Deutschmeister im Kampf gegen bosnische Insurgenten, in seiner Jugend bekannt geworden als Proponent des Hinterladergewehres, Gebeine schockierenderweise entführt.« Mit einer eleganten Geste schlug Dr. Prager vier Fingernägel ihrer rechten Hand gegen das Blatt.

Das Skelett von gestern, dachte Ritschl, das passt wahrscheinlich. Er rechnete zurück: Wenn der Mann 1878 ein Held war, und das Skelett von gestern, wie Dr. Prager vermutet hatte, seit etwa dreißig Jahren ohne Puls – dann wäre er 1892 verstorben, vierzehn Jahre nach seinem Heldentumshöhepunkt, warum nicht. Ohnehin konnte Dr. Prager sich irren, im Grunde konnte sie ja nur angeben, ob ein Skelett »prähistorisch« oder »rezent« war, man hatte sich da schon oft geirrt. Man hatte sogar so gut erhaltene Moorleichen gefunden, dass man sie zunächst für gerade erst Ermordete hielt. Ritschl fand es interessant, dass man menschliche Leichname in Museen ausstellte. Die Vorstellung von der Totenruhe verlor ihre Gültigkeit, wenn eine Leiche nicht nur vier, sondern viertausend Jahre lang tot gewesen war. Die Moorleichen, nachdem man sie als sehr alt erkannt hatte, bestattete man nicht, obwohl man sie selbstverständlich bestattet hätte, wenn sie weniger alt gewesen wären.

»Ich danke Ihnen«, sagte er, »das ist eine sehr gute Beobachtung. Wahrscheinlich ist schon die Fahndung ausgegeben, ich war heute erst kurz im Kommisariatsbureau und bin sofort zu Ihnen geeilt.«

Dr. Prager glänzte und glitzerte: »Unser Skelett ist ein Mann im Alter von etwa fünfzig bis siebzig Jahren. Freiherr von Ledig verstarb 1896 im Alter von 68 Jahren. Das habe ich in einem Buch meines Vaters nachgeschlagen.«

Wenn sie Recht hat, dachte Ritschl, dann hat ein interessanter Krimineller sich die Mühe gemacht, eine Gruft und einen Sarkophag im Zentralfriedhof aufzubrechen, um die Gebeine eines längst vergangenen Reichsmehrungshelden auf ein Bett aus grünem Filz in einem Innenhof in der Josefstadt zu transferieren. Natürlich hat sie Recht, dachte Ritschl. Er stellte sich vor, wie sie nach einem Tag des Leichenaufschneidens abends in die Wohnung ihrer Eltern zurückkehrte, ein Butterbrot aß und die Abendzeitungen studierte. Sie sollte tanzen gehen, dachte er: Wir alle sollten abends tanzen. Und womit verbringen wir unsere Jugend? Damit, Revolutionen zu vermeiden, nur um unsere Eltern zu schonen. Obwohl sein Vater nicht mehr am Leben war, schloss Ritschl ihn immer mit ein. Weil es so besser klang: »meine Eltern« sagte er auf einen Zeitraum oder Umstand bezogen, an dem sein Vater kriegsbedingt nicht beteiligt oder zu dem er schon tot war, »meine Eltern waren dagegen«, weil es so besser, nach Familienhalt klang.

»Wo sind denn die Knochen gelandet?« fragte Ritschl. »Habt ihr sie oder liegen sie noch bei uns?«

Dr. Prager zog den Gummivorhang zur Seite: da lag das Skelett auf einer Rollpritsche, wiederum ordentlich aufgelegt, alle Knochen in Reih und Glied, als wäre ihnen eine Spielanleitung beigegeben: »Bitte zu einem Skelett zusammenfügen.« Nur der fehlende Oberschenkelknochen störte den Zusammenhang.

»Sie sind sofort ins zuständige Kommissariat zu transferieren«, sagte Ritschl. »Dann sind wir sie los.«

ATELIERFOTOGRAFIE

Sie würde es ihm sagen, heute Abend, dass es so nicht weiterging, dass es gar nicht weiterging. Dass es nie angefangen hatte, vor zehn Jahren nicht, vor fünf Jahren nicht, vor vier Jahren nicht, nie. Auch nicht vor zwei Monaten, als sie schon wieder »rückfällig« geworden war, nachdem sie es vor vier Jahren ebenso wie vor fünf Jahren schon nach wenigen Monaten beendet hatte.

Es hatte einen Moment gegeben, wo es anfangen hätte können, als zwei Männer auf einer sterbenslangweiligen Redoute mit ihr tanzten, der eine verkleidet als pastellfarbener Ludwig XIV. mit einer etwas lächerlichen Perücke, der andere zugegebenermaßen sehr beeindruckend als Zirkusdirektor mit Peitsche und Zylinder und einem Pantherfell über dem Frack. Sie selbst hatte ein unvergessliches, hinreißendes Blumenmädchenkostüm getragen, auf dem Hut war ein Füllhorn appliziert gewesen, aus dem unzählige, aus bunten Federn zusammengesetzte Blumen quollen – kein Wunder, dass sich gleich zwei Verehrer nachdrücklich um sie bewarben. Aber dann waren, Perücke hin oder her, die Weichen gestellt worden und der Zug konnte nicht rückwärts fahren, er konnte niemals vor die Entscheidung zurück und die andere Richtung nehmen, die damals nicht genommen worden war. Sie würde ihm sagen, dass es aus wäre, dass es ihr leid täte, dass sie es nicht ändern könne, aber ihr Herz, sie musste sich auf ihr Herz berufen, das Herz gehörte einem anderen oder ihr allein oder niemandem etcetera. Sie würde den Kopf wegdrehen, wenn er ihr eines seiner »süßen Busserln« auf den Mund drücken wollte, sie würde nicht zuhören, wenn er ihr Ansehen und Wohlstand versprach. Mein Mann ist erst tot, wenn ich seinen Leichnam gesehen habe, würde sie sagen, oder wenn einer vor mir steht, der bezeugen kann, dass er seinen Leichnam gesehen hat, und dann wieder die ewige Diskussion. Sie würde sich auf die ewige Diskussion gar nicht mehr einlassen, sie hatte sich noch nie auf diese Diskussion einlassen wollen. Wenn man drei Jahre lang von einem Ehemann, der in den Krieg gezogen und vermisst war, keine Nachricht mehr erhalten hatte, konnte man ihn für tot erklären lassen und wieder heiraten und erhielt eine Witwenpension (das heißt, man konnte sich entweder für einen neuen Ehemann oder die Witwenpension entscheiden), und auf den Tag genau drei Jahre nach dem Erhalt der letzten Nachricht und mitten in ihrem ersten Rückfall hatte er, der Andere, diese Diskussion begonnen: Wenn sie schon nicht wieder heiraten wolle, ihn zum Beispiel, dann ginge es zumindest um die Witwenpension. Sie solle auf die Stimme der Vernunft hören, hatte er gesagt, aber Mariannes Stimme der Vernunft sagte etwas anderes, dass es nämlich zu einer höchst peinlichen Situation führen konnte, wenn man den Ehemann für tot erklären ließ und dieser eines Tages lebendig zurückkehrte und man ihm dann erklären musste, dass er für tot erklärt worden war. Marianne versetzte sich in die Lage des Ehemannes und stellte sich vor, zurückzukommen und für tot erklärt worden zu sein, das wäre schlimmer als der wirkliche Tod. Außerdem hatte sie so ein Gefühl, das sie ihm, dem Anderen, gegenüber »weibliche Intuition« nannte, dass Balthasar tatsächlich am Leben sei. Vielleicht hatte er hinter dem Ural ein neues Leben begonnen und eine neue Familie gegründet, vielleicht wurde er, seiner Sinne beraubt, an einem Nasenring von einem Schausteller durch die Dörfer gezerrt wie ein Tanzbär, vielleicht schrieb er Briefe um Briefe an sie, die er in Flaschen steckte und in einen Fluss warf, durch Stacheldraht hindurch, doch die Flaschen blieben alle an der nächsten Flusskehre stecken, Fremde holten sie heraus, holten die Briefe heraus und polierten ihre Schuhe damit. Aber tot war Balthasar nicht, das stand fest.

Marianne blickte zu ihrer Tochter Aimée, die brav und still am anderen Ende des Küchentisches saß und zeichnete, da sie dachte, die Mutter wäre in ihre Arbeit vertieft, zum Glück war es nun wieder leichter, Papier aufzutreiben, es hatte Zeiten gegeben, da hatte Aimée die Ränder von Zeitungen und das Innere von Mariannes alten Hutschachteln bemalt, auch er, der Andere, würde heute Abend wieder ein, zwei Bögen schönes, richtiges Zeichenpapier mitbringen, um sie der Kleinen zu schenken. Aimée zeichnete Prinzessinnen mit riesigen, bewimperten Augen, langen, kompliziert geflochtenen Haaren und einem seligen Lächeln auf den Lippen. Das Auffälligste an den Prinzessinnen jedoch waren ihre Kleider, die mit ungewöhnlichen Ornamenten geschmückt waren, wie sie Marianne noch nie zuvor gesehen hatte, die sie aber an Ornamente auf Krügen und Teppichen aus exotischen Ländern erinnerten. Oder an Schriftzeichen, Kalligraphien. Unter dem Tisch lag Hexerl ausgestreckt, ebenfalls brav und still, Marianne hatte ihre Schuhe ausgezogen und die Zehen in dem weißen, orangegefleckten Fell der Hündin vergraben, es war geradezu ein Idyll, trotz allem, dachte sie und war sekundenlang glücklich, dieser Moment an diesem Küchentisch, sie hatte ihn sich verdient, sie konnte, wenn sie es sich erlaubte, sekundenlang stolz auf sich sein.

Dann ging es auch schon weiter, die Zahlen der Buchhaltung vor ihren Augen funkelten wie eifersüchtige Sterne, die Prinzessinnen klappten ihre Hutschachteln zu und Hexerl, die das genaue Gegenteil von einem Wachhund war, lief kläffend zur Tür. Hexerl lief nämlich nur dann kläffend zur Tür, wenn draußen ein Bekannter stand, wenn aber ein Fremder vor der Tür stand, rührte sie sich nicht und gab keinen Laut. Marianne hatte nie herausfinden können, woran der Hund den Unterschied zwischen Fremden und Bekannten vor der Tür erkannte, Aimée hatte gemeint, Hexerl würde »es riechen«, vielleicht aber waren es auch Geräusche, die die Menschen vor der Tür verrieten, Gesten, Schritte, ein typisches Schniefen oder Räuspern, nur für die feinen Hundeohren zu hören. Nun rannten Hexerl und Aimée zur Tür, ein Bekannter war da und Mariannes Herz klopfte, sie würde sich, wenn das Kind zu Bett gebracht war, eine Zigarette anzünden und sich auf ihr Herz berufen und so in die Augen des Anderen schauen, dass er sah, dass es keine Überredungsmöglichkeit gab.

Aber es war nur Tante Melie, die ein »dringendes Telefonat« führen wollte, »Ich störe dich wirklich nicht gern bei der Arbeit, aber es bleibt mir nichts anderes übrig, wie du weißt« – da Marianne zwar auf die zwei großen Zimmer verzichtet, sich das Telefon aber vorbehalten hatte und außerdem eine Wand und einen separaten Eingang bauen hatte lassen, so dass Tante Melie gezwungen war, an einer anderen Wohnungstür zu läuten, wenn sie etwas brauchte.

»Du störst nicht«, sagte Marianne und zündete sich jetzt schon eine Zigarette an, dann hängte sie Hexerl an die Leine und band diese an einem Bein des Stuhles fest, auf dem sie saß.

Es war keineswegs so, dass sie für alle Zeit alleine zu leben gedachte, wenn es einen anderen geben sollte, dann würde es einen anderen geben, aber diesen anderen nicht. Als sie aus dem Fenster blickte, sah sie am Trottoir gegenüber den »geheimnisvollen Fremden« in seinem beige-grauen Havelock auf- und abgehen. Vor Monaten war er ihr zum ersten Mal aufgefallen, als er immer wieder zufällig vor ihrem Haus stand oder auf ihren Wegen durch die Stadt hinter ihr ging, sie beobachtete, auf eine sehr diskrete, jede Bedrohlichkeit vermeidende Weise, ohne etwas Bestimmtes von ihr zu wollen, wie es schien, oder noch nicht. Seit einiger Zeit war er sogar dazu übergegangen, ihr zuzunicken oder höflich den Hut zu lüften, wenn sie es darauf anlegte und ihm direkt ins Gesicht sah, als wären sie flüchtige Bekannte, er sah anständig aus, angenehm, konnte man sagen, sie hatte ihn den »geheimnisvollen Fremden« genannt, nur für sich, im Stillen, es schien nicht wichtig genug, um jemand anderem davon zu erzählen.

»Wo hast du denn diese Ornamente gesehen?« fragte Marianne Aimée, nachdem Tante Melie wieder gegangen war, und deutete auf die Prinzessinnen.

»Nirgendwo, die hab ich erfunden.«

»Aber so etwas kann man doch nicht erfinden.«

»Ich schon.«

In diesem Moment sprang Hexerl wieder kläffend auf und zerrte an ihrer Leine. Vor Schreck sprang auch Marianne auf, der Stuhl fiel um, Hexerl schleppte ihn an der Leine zur Küchentür, wo er hängenblieb. Plötzlich löste sich das Stuhlbein, an dem die Leine angeknotet war, Hexerl schlitterte über das Flurparkett. Jetzt also, das war er. Sie warf einen Blick in den Garderobenspiegel im Flur und strich sich die Frisur zurecht, bevor sie die Tür öffnete. Es war Balthasar. Sie erkannte ihn sofort, obwohl er sich verändert hatte, so wie man jemanden unter einer Verkleidung trotzdem erkennt. Hexerl bellte wie verrückt, schleckte ihm die Hände ab und sprang an ihm hoch. Tante Melies Wohnungstür ging auf, Tante Melie trat auf den Gang heraus, sagte »Jessasmariaundjosef«, wie sie es für diesen Anlass wahrscheinlich jahrelang geübt hatte, und schlug theatralisch die Hände vor den Mund. Aimée sagte: »Wer ist das, Mama?« und: »Das ist doch keiner von uns!« zu dem Hund. Mit einem Schamblitz, der sie bis zu den Zehen durchfuhr, kam es Marianne in diesem Moment zu Bewusstsein, dass sie den Anderen erwartet hatte und dass der Andere jeden Moment hinter Balthasar auftauchen konnte. Sie wischte sich mit dem Handrücken die Schweißperlen von der Oberlippe und vom Kinn. Balthasar begann zu lächeln, sein Lächeln wurde immer breiter, sie erkannte seine Augen, die immer etwas Sanftmütiges, Gutmütiges angenommen hatten, wenn er sie ansah, er trat einen Schritt auf sie zu, strich ihr eine Haarsträhne hinters Ohr und sagte: »Nannerl, was hast denn mit deinen Haaren gemacht?«

Sie hatten sich orientiert. Das mit der geteilten Wohnung musste erklärt werden, das mit dem Bubikopf auch. Aimée musste erklärt werden, dass das ihr Papa war, derselbe, dessen Fotografie im Flur hing, es war eine Atelierfotografie, auf der Beck elegant mit hellem Sommerhut und Spazierstock auf einem antiken Säulenstumpf saß, dahinter eine gemalte arkadische Landschaft. Tante Melie rückte mit der bislang vor Marianne geheim gehaltenen Tatsache heraus, dass sie echten Kaffee besaß, sofort mussten sie in Tante Melies Wohnung kommen, wo Kaffee aufgebrüht wurde, echter Kaffee, eins zu eins gestreckt mit Zichorienkaffee. Sie saßen an Tante Melies Esstisch in dem großen Zimmer, das einst der Becksche Salon gewesen war. Marianne bemerkte, wie ihr Mann immer wieder an die Stelle an der Wand starrte, wo früher die große Flügeltür ins ehemalige Becksche Esszimmer hinübergeführt hatte, das nun Mariannes Schlafzimmer war, die Tür war zugemauert worden und nichts an der hellgrünen Tapete, auf die Beck starrte, erinnerte noch an sie.

»Ich muss Zins zahlen an Marianne«, sagte Tante Melie, »mach dir keine Sorgen, Balthasar.« Sie brachte die Reste des Gugelhupfs, den sie vorgestern gebacken hatte, und sagte immer wieder: »Nun lass doch mal hören, wie es dir ergangen ist!«, als wäre er von einer Grande Tour nach Hause gekehrt. Beck antwortete: »Gut, es geht mir gut«, oder: »Gut siehst du aus, Tante Melie.« Hexerl, die normalerweise nicht in Tante Melies Wohnung durfte, bellte und winselte drüben so laut, dass sie doch hereingeholt wurde, ausnahmsweise, »zur Feier des Tages«, wie Tante Melie sagte, und Marianne schoss jedes Mal das Blut in die Stirn, wenn sie daran dachte, was geschehen würde, sie konnte das Blut nicht mehr aus ihrem Kopf bekommen, jeden Moment konnte der Andere an Tante Melies Tür klopfen, wenn er sie in ihrer Wohnung nicht antraf. Bald dachte sie an nichts anderes mehr, sie brachte den Gugelhupf kaum hinunter, sie hatte doch Schluss machen wollen ausgerechnet heute, das war »die Strafe Gottes«, dessen Existenz sie schon lange und überzeugt in Abrede gestellt hatte, das hatte man von seiner aufgeklärten Gesinnung, wenn es darauf ankam, wurde man von Gott doppelt und dreifach gestraft. Beck lächelte sie an und sagte: »Du hast dich nicht verändert, wenn man von den Haaren absieht«, was bedeutete, dass sie immer noch hübsch war, sie gefiel ihm noch, er hatte nicht hinter dem Ural eine neue Familie gegründet, und da dachte sie, dass sie von Gott ja auch belohnt worden war heute Abend, immerhin hatte er ihren Mann zurückgebracht – wenn man schon Gott heranziehen musste, um die Dinge zu erklären, er wollte sie wohl belohnen und strafen zugleich.

»Wir haben einen wunderschönen Herbst heuer in Wien«, sagte Tante Melie, »du bist wohl gerade erst angekommen? Wo bist du denn angekommen?« Und Beck erzählte, dass er sich mit einem Offizierskameraden und zwei Mannschaftspersonen auf einem Donaufrachter in Odessa eingeschifft hatte und mit diesem bis Mannswörth gekommen war.

»Waren da auch Kinder auf dem Schiff?« fragte Aimée, die bisher noch kein Wort an ihn gerichtet hatte.

»Nein«, antwortete Beck verblüfft. »Nur Männer.« Er schlürfte seinen Kaffee und schloss dabei die Augen, als ruhte er in einer anderen Welt. »Und Ratten«, sagte er dann.

Alles gleichzeitig fiel Marianne bei diesem Wort ein, dass sie heute Morgen bei einem Bauern in Greifenstein eine Ratte gesehen hatte, dass sie sich vertan hatte, dass sie ja den ganzen Tag in Greifenstein gewesen war und gestern zu dem Anderen gesagt hatte, nein, morgen ist es nicht gut, da bin ich den ganzen Tag in Greifenstein und muss feilschen und suchen und laufen, ich werde abends müde sein und muss dann noch an der Buchhaltung vom Woyna arbeiten, komm lieber übermorgen, da ist es mir recht. Sie konnte nicht begreifen, wie sie sich so vertun hatte können, sie war wohl viel zu müde und überanstrengt und erschöpft, sie hatte so dringend Schluss machen wollen, dass sie wohl lieber heute als morgen Schluss gemacht hätte, es war keine Strafe Gottes gewesen, sondern nur eine Warnung, er hatte sie mit gewaltigem, furchtbarem Zeigefinger gewarnt. Vor Erleichterung sprang sie auf und begann im Zimmer hin und her zu laufen, »Ich hätte gedacht, dass du vielleicht bei deinen Eltern wohnst«, sagte Balthasar, und sie jubelte: »Die sind tot!«, was verrückt klang, »Wir haben alles verloren, das ganze Vermögen ist weg!«, sie dankte Gott für den Straferlass und betete, dass Aimée ihren Mund hielt, »Deshalb haben wir ja die Wohnung umbauen müssen, verstehst du jetzt?« Unsinn, Aimée hatte ja keine Ahnung davon, dass sie mit dem Anderen geschlafen hatte, niemand hatte eine Ahnung davon, man hatte stets freundschaftliche Beziehungen gepflogen und nach außen jede Form gewahrt.

»Erst ist Vater gestorben, dann stellten wir fest, dass das Vermögen dahin war, dann ist Mutter gestorben. Tante Melie war plötzlich allein in der großen Wohnung. Also ist sie zu uns gezogen.« Und selbst wenn der Andere heute Abend gekommen wäre! Was wäre schon dabei gewesen? Man hätte einander gesiezt. Gleich morgen früh würde sie ihn anrufen und ihm sagen, dass er nicht mehr kommen solle, nie mehr.

»Und Marianne konnte auch Hilfe gebrauchen«, fügte Tante Melie hinzu.

»Ja«, bestätigte Marianne pflichtschuldig, »Tante Melie hat uns sehr geholfen, mit dem Zins und allem…«

»Sogar den Umbau habe ich bezahlt!« Jetzt kam Tante Melie in Fahrt. »Nicht dass ich auch nur ein Wörtchen mitzureden gehabt hätte. Ist der Umbau überhaupt nötig gewesen? Hat man mich gefragt? Mit dem Umbau war ich ja erst wieder allein in einer Wohnung! Wenn nicht Aimée zu mir käme, wäre ich den ganzen Tag allein.«

Marianne biss sich auf die Zunge, um Tante Melie nicht anzuschreien. »Gerade ist er heimgekommen!« hätte sie schreien wollen, »musst du ihm gleich etwas vorraunzen? Selbstsüchtige alte Spinne! Lass ihn doch mit deinem Hickhack in Ruh!« Stattdessen trat sie hinter Balthasar und legte ihm die Hand auf die Schulter.

»Gehst du zur Schule?« fragte er Aimée und in einem alteinge-
brannten Reflex hob er seine Hand und legte sie auf die Mariannes. Sie spürte, wie er zögerte, und dann, zitternd, den Daumen
unter ihre Handfläche schob.

»Selbstverständlich«, sagte Aimée.

GESPINSTE

Sie hatten Sesta kurzerhand auf dem »Friedhof der Namenlosen« bestattet. Natürlich war der »Friedhof der Namenlosen«, anders als Beck gedacht hatte, nicht für die Kriegstoten geschaffen worden, es hatte ihn schon vor dem Krieg gegeben, wie Beck von dem Wirt des »Gasthauses zum Friedhof der Namenlosen« erfuhr, er war für die angeschwemmten Donauopfer geschaffen worden. Darauf hatte Beck gedacht, es handle sich um die von der Donau angeschwemmten Unfallopfer, die in die Donau gefallen und ertrunken waren, da sie nicht schwimmen konnten oder von der Strömung hinabgedrückt worden waren, aber nach und nach wurde klar, dass es sich um Selbstmörder handelte, um Selbstmörderinnen hauptsächlich, schwangere Dienstmädchen und dergleichen, oder Mordopfer, Kinder, Neugeborene, die im Auwald ausgesetzt worden waren. Hauptsächlich also, bei den über vierhundert Toten auf dem »Friedhof der Namenlosen«, handelte es sich um Frauen und Kinder, was es erschwerte, Sesta an derselben Stelle zu bestatten, da er ein Rittmeister eines Husarenregiments gewesen war.

Beck erinnerte sich, wie er mit Marianne »Wir haben ein Kind« gespielt und mit ihr das bekannte Kinderspiel geübt hatte: »So reiten die Damen, so reiten die Damen…« (sanftes Schaukeln des Knies), »So reiten die Herren, so reiten die Herren!« (heftigeres Schaukeln des Knies) und: »So reiten die Husaren!! So reiten die Husaren!!« – Pusztagalopp, der das Kind herunterfallen ließ. Genau so hatte man sich die Husaren immer vorgestellt, und genau so waren die Husarenregimenter mit unbewegten Gesichtern, mit blitzenden Helmen und bunten Uniformen, die Husarenregimenter auf ihren herrlichen Rossen zu Dutzenden, zu

Tausenden in das Maschinengewehrfeuer hineingaloppiert, und waren alle umgefallen, ein Spielzeug des Kaisers, dessen Rock jeder einzelne trug. Und alles hätte Beck verkraftet in diesem Krieg, aber nicht, dass ein herrliches Ross starb, dass es hingemäht wurde von Maschinen, und dass jede Ritterlichkeit starb. Diese Reiter mit ihrer Ritterlichkeit, sie wurden schwerfälliger und schwerfälliger, und gewandter und gewandter, wie sie Jahr für Jahr im Concours hippique bewiesen, und sie ritten in den Tod. Wie die Indianer in den Prärien waren die austro-ungarischen Kavalleristen die ersten, die hingemäht wurden am Beginn dieses zwanzigsten Jahrhunderts, das war kein Fin de Siècle-Größenwahn, es war ein Niedermetzeln des Schlachtrosses und der Ritterlichkeit und der Indianerhaftigkeit, wie Beck meinte, mit bunten Federn und bunten Uniformen hinein in das Gemetzel und den Tod. Aber der Tod dachte nicht daran, jeden Toten mit ärarischen Adlersgleichnissen auszustatten wie einen Indianer, der Tod konnte einen am Donaukilometer 1918 stranden lassen und nicht mehr bedeuten als ein Birkenholzkreuz.

Die Birkenholzkreuze auf dem »Friedhof der Namenlosen« drohten ständig zusammenzufaulen, manche waren so tief in den Grund gesteckt, dass die Querbalken direkt auf der Erde auflagen, denn es gab jemanden, und das war der Wirt, der die stets zusammenfaulenden Birkenastkreuze korrekt in die Erde zurücksteckte, bis auch von den angebundenen Querästen nichts übriggeblieben war. Dieser Friedhof wurde immer wieder überschwemmt, obwohl er auf einer Heißlände lag, die angeblich nicht überschwemmt werden konnte, wie Beck erfuhr, als er auf der hölzernen Terrasse des Gasthauses saß und ein Glas Wein nach dem anderen serviert bekam, ebenso wie Koutensky, dem es im Augenblick egal war, welche Sprache er hörte, und Fischer, dem es grundsätzlich egal war, und vielleicht war im Grunde alles egal, welche Sprache man hörte und ob man in geweihter oder ungeweihter Erde, mit vertrauten Sprüchen oder fremdartigen Totenbekundungen starb.

Sie gruben Sesta ein am Tag nach ihrer Ankunft und mussten
alle Geschichten anhören über alle Donauleichen, die seit Jahrhunderten hier, wo die Strömung es bedingte, angeschwemmt
worden waren, bis irgendwann einer sich entschlossen hatte, die
Selbstmörder und Mordopfer und ungetauften Säuglinge auf
einer vermeintlichen Heißlände zu bestatten, die aber alle Jahre
doch wieder überschwemmt wurde, so dass die Birkenholzkreuze
verfaulten und man in Mannswörth und Albern und der ganzen
Umgebung den unheimlichen Eindruck bekam, die Donau ver-
lange ihre Toten zurück. All die Geschichten mussten sie sich anhören von all den Toten, denen man Namen gegeben hatte, dem
»kleinen Vikerl«, den man mitsamt seiner blutigen Nabelschnur
unter den Rüstern gefunden hatte, der »goldenen Poldi«, einem
zierlichen Mädel mit Siebenmonatsbauch, an deren Schläfen der
Flussquarz im Sonnenlicht glänzte wie ausgewaschenes Gold.
Und die Geschichte von dem Fischer, der jahraus, jahrein den
Friedhof betreute, die Birkenholzkreuze wieder aufstellte, die von
der Donau ausgewaschenen Hände oder Handknochen wieder
in die Erde hineingrub und schiefe Särge nagelte aus gespendeten
Brettern, bis er eines Tages in den Auwald zu einem Erhängten
gerufen wurde, und es war sein eigener Sohn. Bis er eines Tages
seinem eigenen Sohn ins erhängte Antlitz blicken musste, in das
er nichts mehr schreien oder verwünschen oder flüstern konnte,
da der Sohn in dem Antlitz nicht mehr enthalten war, da der
Sohn seine Seele verkauft hatte an den Donaufürsten, so dass sie
niemals mehr ins Gespräch mit den Lebenden trat.
Danach hatte der Wirt des »Gasthauses zum Friedhof der Namenlosen« die Pflege des Friedhofes übernehmen müssen, niemand sonst wollte es tun, da alle Angst hatten vor dem Donaufürsten, der unter Wasser lebte und tagsüber in der Verkleidung
eines Jägers auf Seelenfang ging. In der Verkleidung eines Jägers
auf Wildschweinjagd oder Hirschjagd oder Fischotterjagd ging,
aber tatsächlich nach Seelen aus war, die er aus ihren Körpern
herausziehen konnte, vielleicht mit Hilfe einer seiner Töchter,

eines Donauweibchens, das einen jungen Burschen in Sehnsucht verstrickte und bei lebendigem Leib in die Donau hineinzog.

Beck trank ein Glas Wein nach dem anderen und sagte nach jedem Glas, dass er es nicht bezahlen könne, aber der Wirt ließ nicht nach und wollte seine Leichengeschichten erzählen und sagte: Herr Oberleutnant, willkommen in der Heimat, trinken Sie nur. Beck begriff, dass der Wirt nichts verschenkte, sondern nur seine Leichengeschichten an den Mann bringen wollte und Wein dafür eintauschte, dass er, Beck, ihm als abgebrühtes Zirkuswunder diente, als Mann ohne Unterleib, als Freak, dem man schauerliche Geschichten bedenkenlos erzählen konnte, da er ja selbst als Monstrosität so schauerlich war, dass er folglich schauerliche Geschichten vertrug. Und Beck, der sein Leben lang nichts als normal sein hatte wollen, einem unauffälligen, wirkungsvollen Beruf nachgehend, eine nette Wohnung mit einer netten Ehefrau und netten, normalen Kindern teilend, normal mit normal gefeilten Fingernägeln und normal geschnittenen Haaren, fand sich auf einmal in der Rolle des Zirkuswunders und wusste, er hätte sich einen völlig normalen Anzug anziehen, sich mit einem völlig normalen Talcum-Powder parfümieren können, er wäre für immer ein Zirkuswunder geblieben: das Monster, das aus den Fängen des Donaufürsten zurückgekehrt war. Dieser überaus interessante Revenant, dem man einen Namen verpasste, eine Geschichte andichtete, ein Papagenokostüm anzog und ein paar Gläser Wein spendierte, den man schließlich in ungeweihter Erde bestattete und später noch einmal befragte, wenn er von der Donau wieder ausgewaschen war. Und das Schlimme war, dass Koutensky vor Erschöpfung und Wein vermutlich überhaupt nichts mehr dachte, zumindest nichts sagte, und dass Fischer ohnehin aus Überlebensprinzip nichts mehr dachte, vermutlich, zumindest nichts, was nachvollziehbar war, dass Beck also allein war mit dem Gedanken: Wie soll man mit der Leiche Sestas verfahren. Denn während sie tranken und angestaunt wurden von Fremden, die ihre Sprache sprachen, dachte Beck noch immer an seine normale Rolle als Oberleutnant, der »des Kaisers Rock« trug, in den die Initialen des Kaisers eingestickt waren, und der mit der normalen Leiche eines normalen Rittmeisters angespült worden war, der ebenfalls »des Kaisers Rock« trug – eines Kaisers, der tot war, dessen erster Thronfolger sich erschossen hatte, dessen zweiter Thronfolger erschossen worden war, und dessen dritter Thronfolger schon längst in einem Hofzug unter englischer Eskorte ins Schweizer Exil gebracht worden war. Es war lächerlich. Er trug ein Papagenokostüm.

Beck dachte an Sestas Leiche, die unter ihnen, zwischen den Pfählen der Gasthausterrasse hinter allerlei Gerätschaft so versteckt worden war, dass kein zufälliger Wanderer sich erschrecken musste, und an seine Mutter, die ihm nie wieder von den Donauweibchen erzählt hatte, nachdem sein Vater, der Richter, einmal dazwischen gefahren war. Beck hatte sich von seiner Mutter verraten gefühlt, die ihm erst eine Zauberei aufspannen hatte wollen und dann sagte: Dein Vater hat Recht, es gibt keine Donauweibchen, nicht mehr. Aber es gab die Gesichter von Menschen, Müttern, Kameraden, aus denen die Seele entwichen war, es wäre schade um euch, dachte Beck, wenn er in die Gesichter von Lebenden blickte, ihr könntet in einer Sekunde dahin sein und ich blickte in euer totes Gesicht. Darum war es ihm auch nicht schwer gefallen, Mariannes Fotografie zu bestatten, da war nichts drinnen, ebenso wie ein Leichnam von seinem Menschen verlassen worden war.

Sie begruben also Sestas Leiche, banden zwei dicke Birkenäste zu einem Kreuz zusammen, und dann erwachten Koutensky und Fischer, sie wollten einen Priester, ein Kreuzzeichen und ein Gefühl, dass es hier mit rechten Dingen zugegangen war. Beck und der Wirt hatten genug, es war ihnen zu mühsam, hier noch ein Zeremoniell zu organisieren, aber dann fand sich ein Fischer, der zu dem Priester nach Mannswörth ging und ihn überredete, einer Kriegsheimkehrerleiche bei Nacht und Nebel den Segen zu erteilen.

Ein diffiziles theologisches Problem tat sich auf für den Priester, denn Sesta hatte nicht Selbstmord begangen, war aber doch in ungeweihter Erde bestattet worden, der »Friedhof der Namenlosen« befand sich außerhalb jeglichen Kirchengebiets, eine Skurrilität, ein Zirkuswunder, bei Nacht und Nebel musste der Priester von Mannswörth hier einer getauften Rittmeisterleiche den letzten Segen erteilen. Er wandte sich an Beck und wollte alles genauestens über den Todeshergang erfahren, erst schien er nur abklären zu wollen, ob Sesta nicht doch freiwillig gegangen war, im Verlauf des Gespräches aber, das immer mehr die Züge eines Verhörs annahm, stellte sich heraus, dass der Priester den Verdacht hegte, er wäre hier möglicherweise einem heimtückischen Kameradenmord auf der Spur. Warum, nach aller menschlichen Logik, fragte Beck, sollte man einen Mord vertuschen wollen, indem man einen Priester beizog? Warum, fragte der Priester, habe man dem Kameraden nicht ein anständiges Begräbnis auf einem richtigen Friedhof und ein Grabkreuz 1. Klasse gegönnt? Was glaube er denn, herrschte Beck den Priester an, der Herr Hochwürden, der die letzten Jahre in seiner Kutte im Hinterland gesessen war, wie viele Kameraden ohne ein Grabkreuz 1. oder 2. Klasse und selbst ohne ein Birkenholzkreuz verscharrt worden waren? Zweifle Hochwürden denn an seinem, eines Offiziers Ehrenwort?

Der Priester versuchte sich aus der Affäre zu ziehen, indem er sich Flusswasser bringen ließ und damit das Grab besprengte, Beck aber, dem die Finte nicht entgangen war, bestand darauf, dass der Priester das Flusswasser weihte, und Sestas Grab wurde spät in der Nacht noch mit geweihtem Wasser besprengt.

Bevor sie Sesta begraben hatten, war Beck am Ufer des Flusses gesessen, der ständig seine Inseln verschob und das Bett und sogar die Richtung seiner Strömungen verkehrte, er saß dort volltrunken vom wunderbaren Wein der Heimat vor einem wunderschönen Riedgrasbüschel, das an Sestas Leiche vorbei, die sie wieder aus ihrem Versteck geholt hatten, lipizzanerhaft pirouettierte. (Was war aus den Lipizzanern geworden? Gehörten sie mit Lipizza jetzt zu Italien? Und die Kladruber zur Tschechoslowakischen Republik? Und wem gehörte die Villa seines Vaters in Abbazia?) Man konnte tausend oder hunderttausend Leichen sehen, man konnte sich daran gewöhnen, man konnte Leichen mit der gleichen Indifferenz ansehen wie Riedgras oder wie Steine, wenn man genug von ihnen gesehen hatte, irgendwann, nach so und so vielen Leichen, die man mit Schrecken angesehen hatte, kam dann die eine, die erste, die man mit Indifferenz ansah. Aber es war etwas anderes – und daran gewöhnte man sich nie –, wenn man den Menschen gekannt hatte, der nun aus seiner Leiche nicht mehr herauszuholen war.

Dass man in jemandes Gesicht sah, und dieser Mensch aus seinem eigenen Gesicht verschwunden war, das hatte Beck schon mit elf Jahren erlebt, als seine Mutter gestorben war. Sie war gestorben an »Schwindsucht«, woran eine Menge Frauen dahinsiechten und starben – ohne jedoch zuvor der »Hysterie« verfallen zu sein, die gerade in Mode gekommen war. Beck war von der Schule nach Hause gekommen und sein Vater hatte gesagt: »Deine Mutter ist gestorben, ich habe deine Violinstunde abgesagt.« Beck war auf sein Zimmer gegangen, hatte sich auf sein Bett gesetzt und wusste nicht, was er mit diesem Nachmittag anfangen sollte, seine Mutter war gestorben und die Violinstunde abgesagt. Er saß auf dem Bett und dachte nach und es erschien ihm alles sinnlos, wieso sollte er mit Zinnsoldaten spielen oder mit seiner Steinschleuder oder eine algebraische Rechnung lösen, nun, da seine Mutter gestorben und er zurückgelassen worden war. Wie ein Fremder hatte er sich in das Schlafzimmer seiner Mutter geschlichen, um sie noch ein Mal zu sehen, aber er sah sie nicht, nur ihre Leiche, und er wusste, dass sie für immer verschwunden, was ungeheuerlich war. Dass diese Mutter über eine lange Bergkette und Wüstenei ins Nichts hinausgegangen und Beck auf einer langen Bergkette und Wüstenei zurückgeblieben war, ohne sie jemals wieder antreffen zu können, erschien ihm als Ungeheuerlichkeit. Er hatte auf der Stelle sterben oder seine Violinstunde wahrnehmen wollen, er war auf seinem Bett gesessen und hatte sich – erfolglos – mit Gedanken zu töten versucht.

»Die Raupen des Eichenprozessionsspinners verlieren ihre Giftstacheln und der Wind weht sie überall hin«, hatte der Priester gesagt und seine mit roten Punkten übersäten Unterarme gezeigt. Beck erklärte, er tippe auf Bettwanzen. Oh nein nein! Mitnichten! rief der Priester, ob Beck denn die Raupenheere noch nicht gesehen habe? Es habe sich einiges verändert, auch die Natur, man müsse die Zeichen der Natur als solche erkennen, studieren und deuten. Beck versuchte sich zu erinnern, ob er im Riedgras oder an den Rüstern Raupen gesehen hatte, die man als »Zeichen« bewerten hätte können, aber er hatte nicht einmal eine einzelne Raupe gesehen, geschweige denn ganze Heere. Und nun war es Nacht, die Laternen zogen einige Motten an, aber das war wohl immer schon so gewesen. Sie standen außerhalb des Gittertores zum Friedhof, die Arbeit war beendet und das Gittertor geschlossen worden, Fischer und Koutensky und der Wirt standen abseits und sprachen über etwas anderes, als der Priester die Ärmel hochschob und Beck die roten, nässenden Punkte auf seiner Haut zeigte. Aufgefordert, noch einmal genauer hinzusehen, hob Beck die Laterne hoch und sah noch einmal genauer hin, und in der Tat, es war ein ungewöhnlicher Ausschlag, als hätte jemand weinrote Kreisscheiben um hässliche Krater herum tatauiert. Pfeifend sog der Priester die Luft durch die Zähne ein (ein Ausdruck der Erlösung), als er sich ausgiebig kratzte. Die Raupen bauten gewaltige Stützpunkte, erklärte er, aus klebrigen Fäden, keine Spinne könne je so etwas Grässliches bauen, sie webten dort ihre Gifthaare hinein, die ihre Wirkung niemals verlören. Noch im Winter könne man an einer solchen Gespinstgeschwulst voller abgestorbener Puppenhüllen vorbeigehen und ein ungünstiger Windstoß könne einen mit einem Schwall von

Giftpfeilen (wie einen Amazonas-Missionar!) beregnen. Noch nie »in der Geschichte der Menschheit« seien solche Riesenprozessionen, Riesengespinstglocken, Kahlfraßkolonien und Windverpestungen festgestellt worden, da habe sich etwas verändert, schrittweise, Jahr für Jahr, niemand wusste den Anfang genau festzulegen, im letzten Kriegsfrühjahr konnte es begonnen haben oder im ersten Nachkriegsfrühjahr. Da waren ominöse, zu deutende Naturdislokationen am Werk. Gradationen!

»Und wie…?« fragte Beck. Der Priester begann von Flüssen voller Blut und einem »Massensterben erstgeborener Söhne« zu sprechen, während Beck mit der Laterne voranging und sich nach Eichen umsah. Naturphänomene interessierten ihn.

»Es ist günstig, jetzt in der Nacht«, erklärte der Priester, »dann kommen sie aus ihren Nestern heraus in langen Prozessionen, wie eine einzige Schnur ziehen sie dahin, jede den Kopf am Hinterteil des Vordermannes, Kopf, Hinterteil, Kopf, Hinterteil, wie eine Kette, die weiches, silbriges Haargestachel austreibt. Fast möchte man darüber streicheln wie über das Fell eines Häschens! Aber Obacht! In endlosen Ketten ziehen sie in die Baumkronen hinauf, um sie kahlzufressen, oder sie ziehen nach Beendigung ihres Werkes auf der Erde dahin, zur nächsten Eiche, die sie mit Gespinst und Fraß und Gift überrollen.« Beck leuchtete ins Unterholz hinein, aus dem Amseln stolperten und Mäuse. Einen Moment lang hielt er die weißen Samenflaumbüschel an einer Schlingpflanze für biblische Gespinste.

»Sie sind aus dem Süden heraufgekommen«, fuhr der Priester fort, »sie haben ihre Grenzen nach Norden verschoben. So wie die Menschen ihre Grenzen willkürlich verändern, so wird es ihnen von der Natur nachgetan. Und Unabsehbares ist die Folge.« Beck begann zu vermuten, dass der Priester nicht die nüchternen Säle der Naturwissenschaft durchstreifte, sondern sich aus einem engen Dachfensterchen zu mystischen Sternguckereien hinauslehnte – nachzumal noch immer keine Raupen zu sehen waren. Allerdings auch keine Eichen.

»Wenn Sie möchten, können wir hier eine Abzweigung nehmen. Es sind nur wenige Schritte, da hinauf, da gibt es eine Eiche. Oder das, was von ihr übrig ist.«

Beck sah die Laternen der anderen, die vorausgegangen waren, zwischen den Bäumen entschwinden. Es war schon egal, warum nicht in diesem Punkt Klarheit? Als Beck auf den vorgeschlagenen Weg einbog, schien der Priester so erfreut zu sein, dass er ihn in den Genuss einer erzählerischen Zugabe kommen lassen wollte.

»Mein Cousin, der Priester in Bozen ist – wir stehen in Korrespondenz –, hat soeben eine Kriegsbotanik erarbeitet, die er in Kürze zu veröffentlichen gedenkt. Er hat die Einschleppung gebietsfremder Pflanzen auf dem ehemaligen Kriegsbahnhof Branzoll untersucht. Wildpflanzen, verstehen Sie, sehr interessant. Seine These besagt, dass die Samen mit Getreidetransporten für das Pferdelazarett mitgereist sind. Mediterrane Fremdlinge!«

»Das erscheint mir absurd«, fiel Beck ihm ins Wort, »wir haben doch immer schon Truppen und Pferde und Trainzeug von Dalmatien nach Linz und von Krain in die Karpaten transportiert.«

»Noch nie zuvor«, gab der Priester beleidigt zurück, »ist in Branzoll bei Bozen der Mohnblättrige Pippau aufgetreten, noch nie!«

Dann standen sie schon vor der Eiche, die – wie ein mauserndes Huhn seine erbärmlichen Flügelkiele – ihre nur mehr von vereinzelten Blattstängeln und -rippen behangenen Zweige reckte. Tabula rasa, dachte Beck. Am Stamm des Baumes klebte ein riesiges, silberweißes, glänzendes Gespinst. Beck schätzte, dass seine Längenausdehnung mindestens einen Meter betrug. Der Priester nahm ihm die Laterne ab, um nach einer Raupenprozession zu suchen, fand aber nichts. Hatten sie sich bereits verpuppt? Waren sie zur nächsten Eiche weitergezogen? Beck starrte auf das Gespinst und bekam immer mehr das Gefühl, dass sich darin etwas bewegte, sehr langsam, überall hob und senkte sich das Gespinst in träger, unendlicher Langsamkeit. Hypnotisiert streckte er die Hand aus, um das gemächlich quellende Silberding zu berühren, das Geräkel im Flaum – doch der Priester schlug sie ihm weg. »Sie sind wohl wahnsinnig, Mann!« flüsterte er entsetzt und kratzte sich durch seine Ärmel hindurch.

Als Koutensky fragte, wie man denn Sestas Mutter dessen Begräbnis an einer vermeintlichen Heißlände erklären solle, erwiderte Beck: »Überlassen Sie das getrost mir.« Er hatte es sich durchgedacht. Er hatte sich vorgestellt, wie sie Sestas Leiche zu Fuß nach Wien hineinschleppten und dann nicht wussten, wohin mit ihr, denn Sestas Mutter wohnte irgendwo im Norden außerhalb Wiens. Er hatte sich vorgestellt, wie sie von einem oder mehreren Fahrzeugen mit Sestas Leiche nach Wien mitgenommen wurden und peinliche Fragen beantworten mussten, vielleicht sogar auf einem Polizeikommissariat. Er hatte sich vorgestellt, nach all der Leichenschlepperei und hochnotpeinlichen Verhören schließlich vor der Tür von Sestas Mutter zu stehen und ihr die vom langen Transport sicherlich nicht schöner gewordene Leiche ihres Sohnes auf die Schwelle zu legen. Ein Hund würde herbeikommen, Sestas Hund, hatte Beck sich vorgestellt, der seinen Herrn in Gestalt einer Leiche nicht mehr erkennen, sondern nur als halbverdorbenes Fleisch ansehen würde, an dem er hungrig schnüffelte. Denn die Hunde, hatte Beck beobachtet, sofern sie im Sterbemoment nicht anwesend waren, erkannten die Verstorbenen nicht, da diese ja in ihren Körpern nicht mehr anwesend waren. Nur wenn die Hunde den Sterbemoment miterlebten, begannen sie sofort nach Todeseintritt zu winseln und zu heulen und die Verstorbenen abzuschlecken, da sie gesehen oder gespürt oder gerochen hatten, wie die Verstorbenen aus ihren Körpern hinausgegangen waren, und hofften, mit dem Ablecken der Körper die Verstorbenen in diese zurückzuholen. Der Todeseintritt, das hätte Beck jedem Arzt sagen können, war durch niemanden besser als durch den Hund des Verstorbenen festzustellen, sobald der Hund zu jaulen und verzweifelt an dem Verstorbenen zu scharren begann, war der Tod eingetreten, unwiderruflich.

Bei der Vorstellung des Gesichtsausdruckes von Sestas Mutter hatte Beck beschlossen, dem »Wink des Schicksals« Folge zu leisten und Sesta auf dem »Friedhof der Namenlosen« zu bestatten, wo den Opfern der Donau – und dazu zählte wohl auch einer, der auf einem Donauschlepper von der Hühnerleiter gefallen war – eine Ruhestätte bereitet war. Zwei Mal im Jahr, erzählte der Wirt, an Allerheiligen und Weihnachten, lagen auf den Gräbern Buchsbaumkränze und Sträußchen aus Wachsblumen und brannten Laternen, »mitleidige Seelen« sorgten dafür, sagte der Wirt und bürstete mit der Handfläche Sandkrümel von einem Birkenholzkreuz.

Beck hatte nicht vor, selbst zu Sestas Mutter zu gehen, obwohl es seine heiligste Pflicht gewesen wäre, er würde im geeigneten Moment Koutensky mit dieser Aufgabe betrauen. Vielleicht auch Fischer, der würde das schon machen, dem war es schon egal.

Vielleicht wäre Beck nicht freiwillig in den Krieg gezogen, wenn seine Mutter nicht gestorben wäre. Er hatte den Tod noch besser kennenlernen wollen, er hatte noch nicht genug gehabt vom Tod. Er wollte immer und immer wieder einem Toten in das Gesicht sehen, um irgendwann einmal herauszufinden, wo dieser Mensch, der in seinem Gesicht nicht mehr anzutreffen war, denn hingegangen war. Vor Becks Geburt war sein Bruder gestorben, achtzehn Monate alt. Sein einziger Bruder war immer schon tot gewesen, er hatte ihn nie anders als tot gekannt. Sein Leben lang hatte Beck Mörder fassen wollen, Verantwortliche für den Tod.

GEDANKENAUFMÄRSCHE

Beck lag im Bett und konnte nicht schlafen. Er lag in seinem Bett, dem Bett, das vor Jahren für ihn und seine Frau angeschafft worden war, dem Ehebett, es war nicht verkauft worden, auch nicht in der höchsten Not. Marianne hatte ihren Schmuck verkauft, die Köchin und das Dienstmädchen entlassen, die halbe Wohnung untervermietet, aber das Ehebett hatte sie bewahren können. Beck lag auf demselben Eichenholzbett mit der Rosshaarmatratze wie vor dem Krieg, er lag auf Teile der Aussteuer gebettet: das feine Leinen mit den eingestickten Monogrammen. Die Porzellan-Waschschüssel und den Wasserkrug mit chinesischen Motiven hatte Marianne verkauft (und durch blecherne Gegenstücke ersetzt), aber nicht die Bettwäsche, das Bettzeug und das Bett. Es waren kein Blut, kein Eiter und keine Ruhrschwälle in diese Matratze gedrungen, es war keine Holzpritsche, aus deren Fugen fette Wanzen hervorkrochen, die dann mit Daumennägeln mühsam zerquetscht wurden, kein winziger Strohsack wie im Offizierslager (wo man schon froh war, den halben Oberkörper auf etwas Heimeligeres betten zu können als schorfiges Holz), es krochen keine Läuse daraus hervor, die man im Fieberwahn auf dem Oberarm flirrende Spuren hinterlassen sah, als wäre man ein fremder Planet, es war überhaupt das herrlichste Bett, das man sich denken konnte, das Beck seit Jahren aus seinem Denken verbannt hatte. Aber nur verbannen hatte können, weil er überhaupt daran gedacht hatte. Er hatte abstrakt an ein »herrliches Bett« gedacht, »darin eine Frau«, und eigentlich an Marianne gedacht und die linnenbezogene Rosshaarmatratze, sich aber den Gedanken verboten, und in dem ständigen Bemühen, Tag für Tag, nicht daran zu denken, unentwegt daran gedacht. Er hatte gedacht: Wie wenig würde doch genü-

gen, wie wenig bräuchte der Mensch, einen vollen Magen, ein
Bett ohne Angst, und eine Frau darin, die nicht tot ist, wenn
man aufwacht. Oder einen totschlägt. Und nun lag er in einem
solchen Bett, er hatte Suppe gegessen voller Knochensplitter und
Kohl, eine ganz andere Suppe, als er sie früher immer gegessen
hatte. Früher wäre er in die Küche gegangen (in der früher
noch nicht gegessen worden war) und hätte die Kalbsknochen
bemängelt, die Auswahl des Wurzelwerks, ein Hauch zu viel
Sellerieknolle, die Petersilienblätter nicht frisch genug. Er hätte die Köchin gerügt, die Marianne noch ein paar Monate vor
Kriegsausbruch eingestellt hatte, nachdem ihnen die Kochkünste
des Dienstmädchens als »für die Dauer nicht ausreichend« vorgekommen waren. Nun kochte Marianne, das war das Merkwür-
digste für ihn, seine Frau rührte in einem Topf voller Knochen
am Herd.
Sein Kind war von einer Schönheit, mit der er nicht gerechnet
hatte, er hätte es nicht verwunderlich gefunden, ein rachitisches
oder skrofulöses oder »organminderwertiges« Kind vorzufinden,
wie man es nannte, sicherheitshalber hatte er sich sogar ein
außerordentlich imbeziles, hässliches, »organminderwertiges«
Kind vorgestellt. Seine Mutter hatte ihm früher oft erzählt, wie
sehr sie sich während ihrer Schwangerschaften davor gefürchtet
hätte, ein taubes oder blindes oder sonstwie »organminderwertiges« Kind zu bekommen, ein »verwachsenes« oder imbeziles oder
epileptisches Kind. Ihr Mann, der Richter, hätte unentwegt von
dieser dräuenden Möglichkeit gesprochen und sie damit ganz
irre gemacht – er hätte sich auf der Stelle von ihr scheiden lassen,
wenn sie ihm ein nicht einwandfreies Kind auf die Welt gebracht
hätte. Und das, hatte Becks Mutter geflüstert, obwohl man
doch weiß, dass so etwas in höchsten, ja allerhöchsten Kreisen
vorkommt. Sogar der deutsche Kaiser Wilhelm (der übrigens im
selben Jahr den Thron bestieg, in dem du geboren wurdest) soll
eine verwachsene Hand haben, mit anderen Worten ein Krüppel
sein, seiner Mutter soll auf der Stelle das Haar aschgrau gewor-

den sein, als ihr klar wurde, wie sehr ihr der Kronprinzensohn misslungen war – und jetzt? Wer bemerkte es schon, wenn Kaiser Wilhelm schneidig wie kein zweiter zu Pferde saß, entschiedenen Schrittes auf seine Generäle zuging oder in einwandfrei stocksteifer Haltung eine Parade abnahm?

Aimée also war gesund, mehr noch, bezaubernd, reizend, entzückend, seit Jahren nicht verwendete Worte fielen Beck ein, oder nie verwendete Worte. Wenn er sie auf der Straße gesehen hätte, ein fremdes Kind, wäre sie ihm aufgefallen, er wäre ein paar Sekunden lang stehen geblieben und hätte »So etwas Liebes« gedacht. Auch wenn sie ihn nicht gerade freundlich empfangen hatte, war er doch erleichtert und zufrieden, als hätte er einen steilen Gipfel erreicht. Aimée stach in sein Auge wie ein österreichisches Gebirgswunder, und damit geschah ein weiteres Wunder: er, Beck, war Bestandteil eines solchen Gebirgswunders und nicht mehr nur graues, in der Kriegswüste abgesprengtes Geröll.

Da lag also Beck in dem Geruch von Seife, den er seit Jahren herbeigewünscht hatte, er war immer der Erste gewesen, der Seife gekauft hatte an sibirischen Bahnhöfen, wenn es denn Seife gab, alle anderen hatten gebratene Hühnerschenkel gekauft oder Zucker oder ein angststeifes Flüchtlingsmädchen, das von seinem Vater oder vermeintlichen Vater feilgeboten wurde für eine Viertelstunde im Güterwaggon. Für sich und seine Kameraden, die ihr Geld für etwas anderes ausgaben, hatte Beck Seife gekauft, so viel, wie er sich leisten konnte, bis zu fünf oder sechs Stück.

Beck konnte nicht schlafen, weil er in diesem Bett lag und nicht unter der Erde. Hätte er mehr tun müssen für andere, Untergebene wie Vorgesetzte? Einige, die er kannte, waren zweifellos wohlbehalten in der Heimat angelangt, schon lange vor ihm, sollte er sich erkundigen? Gab es Orte, an denen ehemalige Kameraden zusammentrafen, oder war es mit der Kameradschaft vorbei? Entsprechendes Leid vorausgesetzt, konnte man in wenigen Wochen, wenn nicht gar Tagen, einen anderen Mann lieben lernen wie einen Sohn, Bruder oder Vater, nichts vermochte wohl tiefere, innigere Liebe zu erzeugen als ununterbrochene Lebensgefahr. Genaugenommen konnte keine Liebe zu einem Sohn, Bruder oder Vater unter friedlichen und freundlichen Umständen je an eine solche Liebe herankommen, die unter Lebensgefahr entstand. Auch keine Liebe zu einer Frau oder die Liebe zu seiner Mutter konnte an diese »im Feuer geschmiedete« Liebe herankommen, nichts, gar nichts. Und dann starb der Mann, an den man sich angeschlossen hatte wie an kein anderes Wesen, dann der nächste, dann der nächste.

Beck hatte Männer gekannt, die er bewundert hätte, wenn sie nicht wahnsinnig geworden wären, und solche, die er bewunderte, obwohl oder weil sie wahnsinnig geworden waren. Er lag in seinem Bett und dachte daran, dass Pokorny nicht mehr am Leben war, der sich so aufgelehnt hatte gegen das Gefangensein, der Klavier spielen konnte und jahrelang auf einem mit Tasten bemalten Pappkarton geübt hatte. Der stumme Pappkarton, der die Töne nicht und nicht wiedergeben wollte, die Pokorny bis zu seinem Tod, die Hoffnung nicht aufgebend, von forte bis adagio in ihn trieb. Nur manche, die zusahen, berichteten, dass in ihren Köpfen ein Schalter umgelegt worden und eine Melodie durchgebrochen war.

Dann wieder gab es lustige Episoden, die einen nicht einschlafen ließen, die Geschichte von dem Gymnasiasten Lintschinger zum Beispiel, der eigentlich erst siebzehn war und noch in Ruhe die Matura machen hätte können, hätte er sich nicht mit einer einzigen Anwandlung von Altklugheit die Zukunft seiner Jugend verbaut. Im Deutschunterricht hatten sie als Aufsatzthema die Frage gestellt bekommen: »Welcher unserer Feinde ist am hassenswertesten?« Und anstatt etwas Intelligentes und Lyrisches zu schreiben wie: »Serben, wir hau'n euch in Scherben«, »Jeder Hieb oder Schuss, ein Russ'«, »Jeder Stoß – ein Franzos'«, »Jeder Tritt – ein Brit«, und das Ganze mit einem fulminanten: »Zerzaust wird und zerfetzt, wer Österreichs Fluren verletzt!« abzuschließen, hatte Lintschinger besonders weise und witzig sein müssen. Er schrieb nämlich nur einen einzigen Satz: »Diese Frage möchte ich dahingehend beantworten, dass mir gegenwärtig der Satz von Herrn Johann Nepomuk Nestroy zuzutreffen scheint, wonach die edelste unter den Nationen die Resignation sei.« Sonst nichts. Den Rest der Stunde sei er mit verschränkten Armen vor seinem Heft gesessen, indessen die Kameraden eifrig schrieben, und hätte den Professor, der ihn wütend anstarrte, fröhlich zurückangestarrt. Es dauerte keine zwei Monate, bis er mit seinem Mutterwitz und ein paar viel zu großen Stiefeln im Schlamm an der galizischen Front stand. Er hatte sie oft zum Lachen gebracht. Im Lager dann hatte er ein schlimmes Ende genommen.

Und Marianne? War das überhaupt noch Marianne, die er in einem anderen Leben auf einer entsetzlich langweiligen Redoute kennengelernt hatte, wo sie ihm durch ein schauerliches, von Taftblüten und Seidenschmetterlingen wimmelndes Blumenmädchenkostüm aufgefallen war? War das noch dieselbe Person, mit der er, wie es sich gehörte, zum ersten Mal in der Hochzeitsnacht geschlafen hatte, und danach – voller Erleichterung, Gefallen erweckt zu haben, anstatt, wie er es von anderen jungen Ehemännern gehört hatte, Abscheu – so oft es ging, auch mehrmals am Tag? Die ihm »Einziger« ans Schlüsselbein geflüstert hatte und auch noch andere Dinge, die aus dem Mund einer wohlerzogenen Lyzeumstochter zu hören er zunächst als befremdlich, schon bald aber als befreiend empfunden hatte? Konnte Marianne nach acht Jahren, die sie in einer anderen Luft, unter einem anderen Himmel, in einem anderen Bett verbracht hatte (wenn man von seinem kurzen Fronturlaub absah), überhaupt noch ein Mensch sein, mit dem es eine Gemeinsamkeit gab? Hatte sie einen Geliebten gehabt?
Beck drehte sich fluchend auf die andere Seite, der Drahteinsatz unter der Matratze quietschte, er hatte früher nie so gequietscht.

Der Schweiß rann ihm über die Stirn und an den Augenbrauen
entlang auf das Kissen hinab, an seinen geöffneten Mundwinkeln verdunstete kühl der Speichel, er ekelte sich vor sich selber,
er hatte sechs Zähne verloren und die anderen stanken, wie ihm
schien. Ein Mund voller Fäulnis, in den einmal ein russischer
Soldat gespuckt hatte, als Beck auf einem Wagen voll stöhnender
Kameraden eingedöst war. Beck hatte: »Haager Landkriegsord-
nung!« und: »Genfer Konventionen!« gedacht, er hätte auf der
Stelle alle Russen getötet, streng nach den Regeln des Völker-
rechts. Wenn es still war an den Frontlinien, in der »Abendpause«
etwa, auf die man sich irgendwie geeinigt zu haben schien, hatte
er von der anderen Seite das Kochgeschirr der Russen klappern
gehört, er hätte und hatte sie getötet, aber niemals, unter keinen
Umständen, hätte er einem verwundeten Gefangenen in den im
Halbschlaf geöffneten Mund gespuckt. So war das im Krieg, so
hatte er seine Ehre aufrecht erhalten. Er hatte seine Ehre aufrecht erhalten, innerlich, auch wenn er sie äußerlich manchmal
nur aufrecht erhalten hätte können, wenn er sich einem Befehl
widersetzt hätte, und dadurch hätte er wiederum seine Ehre
verloren, äußerlich wie innerlich, Unsinn, sein Leben hätte er
verloren, standrechtlich. Aber auch nach drei oder vier Jahren
Gefangenschaft hatte er sich immer noch gesagt, seine Bewacher
ansehend, und insbesondere die verhassten Bewacher ansehend:
Niemals würde ich, wenn ich der Bewacher wäre, wenn alles anders und umgekehrt wäre, ich jemals in die Verlegenheit käme
– und so hatte er seine Ehre aufrecht erhalten.
Doch jetzt schien seine Ehre nichts mehr zu gelten, obwohl
Marianne keine Einwände gegen seine Ehre vorgebracht hatte,
»Kaiser Karl ist gestorben«, hatte sie nur gesagt, »dieses Jahr im
April, im Exil in Madeira.« Kaiser Karl hatte zweimal versucht,
wenigstens das Königtum in Ungarn zu restaurieren, er war mit
seiner Frau Zita am Boden gekniet und hatte Feldmessen lesen
lassen, mit gebeugtem Haupt und umgeben von einer Schar »lä-
cherlicher Feldmarschälle« sei er im Schlamm neben ungarischen

Bahngeleisen gekniet, hatte Marianne gesagt, »dein Kaiser«, der zuletzt nach seinen Restaurationsniederlagen auf der Blumeninsel Madeira an einer Lungenentzündung verschieden war, jünger als Beck. Beck hatte davon nichts gewusst, er hatte in Sibirien nur selten eine Zeitung in Händen gehalten und täglich widerstreitende Gerüchte gehört, er hatte jahrein, jahraus geglaubt, der Krieg sei gewonnen, verloren, gewonnen, verloren, dann war der Weltkrieg zu Ende, der Krieg in Russland aber lange noch nicht. Er hatte erfahren, dass Kaiser Franz Joseph gestorben und Kaiser Karl an seine Stelle gerückt war, es war ihm egal, Kaiser war Kaiser, er war unter dem Kaiser aufgewachsen und hatte unter dem Kaiser gut gelebt, er hatte unter den Spruchbändern »felix Austria« und »bella gerant alii« gelebt. Auch, dass Kaiser Karl in einem Hofzug unter englischer Eskorte ins Schweizer Exil gebracht worden war, hatte Beck noch vor einem Jahr aus einer mehr als zwei Jahre alten Zeitung erfahren, Republik, »Et ce qui reste, c'est l'Autriche«, von all dem wusste er natürlich. Aber Lungenentzündung! Das war zu viel. Beck hatte täglich in Sibirien seine Spaziergänge gemacht, er war an den Lagerzäunen entlanggegangen, hatte die Toten hinausgeschleppt in die Steppe, er hatte geatmet und geatmet an der freien, eiskalten Luft, um seine Lungen in Schuss zu halten, es war ihm bewusst gewesen, dass Lungenentzündung die befiel, die resigniert auf ihren Pritschen liegenblieben und ein göttliches Wunder erhofften. Lungenentzündung hielt er für ein Versagen, für Feigheit vor dem Feind, umso mehr noch bei einem, der jünger war als er selbst.
Beck wollte über Marianne herfallen, er wollte sich auf sie stürzen »wie ein Tatar« – so hatte er es immer sagen gehört –, er wollte ihr seinen Schweiß und seinen Speichel und seine faulenden Zähne ins Gesicht drängen, er wollte ihr das Nachthemd hochziehen und dort weitermachen, wo sie vor Jahren aufgehört hatten, aber dort war kein Weitermachen, sie würde nicht »Einziger« sagen, sondern nur: »Hast du nicht zuhause eine Frau, oder Schwester, oder Mutter, die du liebst?« Denn das sagten die

Frauen im Krieg, bevor man sie vergewaltigte, das wusste jeder, auch wenn er noch nie im Krieg gewesen war, sie sagten es in ihrer Muttersprache oder gebrochen in der Sprache des Feindes oder einer Lingua franca, es konnte auch passieren, dass Frauen von den Soldaten der eigenen Armee oder einer Schutzmacht vergewaltigt wurden, in allen Fällen aber sagten sie, oder taten gut daran zu sagen: »Hast du nicht zuhause eine Frau, oder Schwester, oder Mutter, die du liebst?« Und einige der Soldaten ließen daraufhin von ihnen ab, andere aber sagten, sie wüssten doch zu unterscheiden!

Beck konnte sich, ohne imstande zu sein, jetzt etwas dergleichen zu tun, noch erinnern, wie er es früher begonnen hatte, mit einem Kuss hinter das Ohrläppchen und Nackenliebkosungen, es war nie viel Anstrengung nötig gewesen im Grunde, Marianne hatte sich schnell das Nachthemd selbst ausgezogen, es genügten Becks Atem und Zungenandeutungen in ihrem Ohr. Es genügten morgens seine Hände, die sich über ihrem Oberbauch schlossen, bis sie sich von selbst hinunterbewegte, damit er ihre Brüste traf, plötzlich war sie splitternackt und hatte auch ihre Nachthose ausgezogen, doch nun redete sie wie ein politischer Agitator, sie hatte allerhand seltsame Dinge gedacht in den letzten sieben Jahren seit seinem Fronturlaub, »dein Kaiser«, da gab es nur mehr Gewalt. Er hätte Gewalt angewendet, wenn er bereit gewesen wäre, seine Ehre zu verlieren, aber er hatte in acht Jahren Krieg und Gefangenschaft seine Ehre nicht verloren, dessen war er sich sicher, und auch in diesem Bett, das sein Bett und sein Urrecht war, und auch obwohl er keine Geduld mehr hatte und ohnehin alles gleichgültig war, konnte er sich nicht überwinden, hier und jetzt seine Ehre, und damit Marianne, zu verlieren. Er hätte sie lieber verlassen, als sie auf diese Weise zu verlieren, und woanders eine fremde Frau vergewaltigt, die auf seine Ehre nichts gab.

Marianne schlief, wie er an ihren Atemzügen erkannte. Er hatte ein feines Ohr, jahrelang geübt, jahrelang angeatmet von

Menschen, die rings um ihn schliefen, er wusste, wann einer nachdachte, kurz vor einer Gewalttat stand, weggeschlafen war. Marianne war weggeschlafen, von einer in sieben Jahren, seit seinem Fronturlaub, seit ihrer Schwangerschaft, angesammelten Erschöpfung heimgesucht, die sie nicht einmal wachbleiben ließ, als ein fremder Mann, ihr Ehemann, plötzlich in ihrem Bett lag, obgleich sie es seit sechs Jahren gewohnt war, dass ihre Tochter neben ihr schlief. Aimée war ausquartiert worden ins Kabinett, Beck, der Fremde, hatte sich seinen angestammten Platz zurückgeholt. Beck, der Fremde, lag hier in dieser Stille, die nach Seife und Suppe roch, nach der er sich seit Jahren gesehnt hatte, die sich nach gebügeltem Hochzeitsleinen und Mariannes weichen Fingerkuppen anfühlte, und dachte an den Lärm. Er hatte ein schlechtes Gewissen, nur wenig mehr als ein Jahr hatte er den Weltkriegslärm gehört, er war viel zu früh in Gefangenschaft geraten, war sinnlos herumgesessen, hatte seine Kräfte vertan. War es gerecht, dass er nicht taub geworden war, keinen Gehörsturz erlitten hatte in der planen, nackten Steppe, durch die der Wind heulte, als wären überall Orgelpfeifen aufgestellt? Konnte es als Sühne gelten, immer wieder an den Kriegslärm zu denken, vor dem man in der Steppe verschont geblieben war?

Es hatten wenige Tage genügt, bis Beck den Kriegslärm einzuteilen gelernt hatte nach Gewehrschüssen und Schrappnells und Granaten, er hatte das Miauen einer hochfliegenden 35cm-Granate unterscheiden können von dem einer tieffliegenden 30cm-Granate, er hatte sich daran gewöhnt, dem Kreischen, Donnern, Brüllen und Zerplatzen Sinn zu verleihen und nicht zusammenzuzucken unter dem Aufprall eines Geschosses, das zwei Meter neben ihm explodierte. Er hatte sich alles Mögliche in die Ohren gestopft, Stofffetzen, Papierfetzen, sogar Kostbarkeiten wie Zigarettenstummel. Als er damals, 1915, wegen seiner Verwundung auf Fronturlaub nach Hause kam, konnte er niemandem begreiflich machen, was der Krieg eigentlich bedeutete, nämlich Lärm, das ständige Eindringen von Lärm in den eigenen

Körper, das Kanonengewummere, das Pfeifen und Zischen der unterschiedlichen Gewehrtypen, Trommelfeuer, herabstürzende Baumstämme, und wenn es stiller wurde: das Aufplatschen von Kugeln im Blätterwerk. Wenn er im Schützengraben lag oder über ein Feld rannte oder sich hinter einem Busch duckte, fiel ihm immer wieder ein Satz ein, den er über den Krieg gelesen hatte, als der Krieg gerade erst erklärt worden war: »Nun wird das Bewusstsein emporgerissen zu Wende und Wandlung!« Als wäre er Teil des Lärms oder etwas, an dem Becks Gehirn sich festhalten konnte, floss und flackerte dieser Satz, das Satzende an den Satzanfang in endloser Kreisschleife geklammert, zugleich mit dem Gefechtslärm durch Becks Gehör. »Nun wird das Bewusstsein emporgerissen zu Wende und Wandlung!«, und Beck duckte sich tiefer oder rannte weiter, eine Naturgewalt herbeisehnend, ein Erdbeben oder einen Meteoriteneinschlag, der das Ganze zum Verstummen brächte, und griff irgendwann nach der Wasserflasche eines eben gefallenen Kameraden, an der das Blut herabrann. Er trank und dachte, er würde irgendjemandem irgendwann von dem Blut berichten, das er mitgetrunken hatte, er würde eines Tages von den Schmerzensschreien des Kameraden berichten, dessen Därme aus einer aufgeschossenen Lende in den Schlamm hinausquollen, und von dem Geschrei des anderen Kameraden, der versuchte, das blaue Gekröse wieder in die Bauchhöhle zu stopfen, aber gleichzeitig war all das schon in ein Schweigen hinübergegangen: Reden wir nicht davon.

Da lag Marianne, seine Frau, wieder neben ihm, und Beck empfand es als ungerecht, dass sie noch lebte, obwohl er doch froh hätte sein müssen, dass ihr Körper unversehrt war, dass sie nie in den vergangenen acht Jahren in einem anderen Bett hatte schlafen müssen als diesem, und dass sie atmete in einem Schlaf der Erschöpfung, der sich unterschied von dem Atem eines Menschen, der über jegliche Erschöpfung hinausgegangen war. Beck hatte keinen Anteil gehabt an ihrer Rettung, auch das empfand er als ungerecht, sie war durch Glück und Zufall und nicht einmal durch Geschlechtszugehörigkeit gerettet worden, er hatte genug aufgerissene Frauen und Kinder gesehen. Marianne hatte sich nicht durch Gram um ihn so weit verzehrt, dass sie gestorben wäre, sie hatte ihr Kind auf die Welt gebracht und ihn und ihre Eltern verloren, sie hatte einen Kaiser nach dem anderen verloren und führte noch immer ihre Wirtschaft, sie schlief den Schlaf der Erschöpfung nach einem Tag, an dem sie Zwiebeln erfeilscht hatte und Knochen und einen Kohlkopf bei den Bauern um Greifenstein, sie war am Morgen mit dem Zug hinausgefahren und hatte am Abend Beck angetroffen, dessen Fotografie im Flur hing, wo früher nie seine Fotografie gehangen war, er war ja früher selbst täglich durch den Flur nach Hause gekommen, er hätte ungern gleich beim Eintreten sein eigenes Bildnis gesehen.

Beck lag in seinem Bett und konnte nicht schlafen. Tote wanderten in seinem Kopf herum, die riefen: »Mein Gott, Beck, wir gönnen es dir, dass du hier schlafen kannst! Mein Gott, Beck, wir haben immer gewusst, dass du es schaffen würdest, auch wenn wir es nicht schaffen würden!« Er hatte tatsächlich gedacht, wenn niemand mehr rings um ihn stöhnte, würde er kein Stöhnen mehr hören. Er hatte gedacht, er würde zurückkehren und seine Frau wieder so lieben wie in all den Jahren, in denen ihre Fotografie im Eis von S. begraben war, aber er verspürte keine Liebe, nur Stille und Gedankenaufmärsche und Schlaflosigkeit.
Beck nahm seine Steppdecke und wanderte hinaus auf den Flur, wo er sich unter seiner Fotografie zusammenrollte, auf dem Fußboden, die Nase in dem Eck, wo früher die Dose mit Stiefelwichse gestanden war. Hexerl, die auf der Fußmatte gelegen hatte, stand auf und legte sich zu ihm, als ob es völlig normal wäre, dass ihr Herrl da am Boden lag. Sie stank, wie ein alter Hund nur stinken konnte, und legte ihm eine bekrallte Pfote mit festem Druck auf den Arm.

Als Aimée aufwachte, prasselte Regen an das Fenster. Das Fenster war direkt vor ihrer Nase, so war sie noch nie aufgewacht, mit einem kleinen Fenster ohne Vorhänge vor der Nase, der Regen prasselte ihr gleichsam ins Gesicht. Wo war sie da hingeraten? Unter sich fühlte sie eine fremde Liegestatt, hart, gesprungene Federn bohrten sich in ihren schmalen Rücken, in die Arme, es war kalt, niemand atmete neben ihr. Nach und nach, als sie die dünne Decke um die Schultern zog und beobachtete, wie ihr Atem auf dem gewellten Fensterglas beschlug, fiel es ihr wieder ein, eine große Schmach, die ihr heiß unter den Rippen hervorkroch: Sie war aus Mutters breitem, warmem Bett vertrieben worden, sie war in das Kabinett verlegt worden, »mitten unter das Gerümpel«, wie sie immer wieder gedacht hatte, sie hatte auf dem »Kanapee« schlafen müssen. Ein Witz war das, so ein vornehmes Wort für ein elendes Gerümpelmöbel, das eingeklemmt stand zwischen anderem Gerümpel, das Kabinett war vollgeräumt mit Stücken aus der einstmals viel größeren Wohnung, von denen ihre Mutter sich nicht trennen konnte, für die es aber keinen wirklichen Platz mehr gab. Im Kabinett hatte man immer nur Dinge aufbewahrt, die man nicht ständig um sich haben wollte, die Nähmaschine zum Beispiel, die wurde von der Mutter bei Bedarf hinaus in das Zimmer und dann wieder in das Kabinett gerollt. Aimée war wütend auf ihre Mutter, die immer eine gute Mutter gewesen war, aber jetzt nicht mehr, wie konnte ihre Mutter nur von einer Minute auf die andere eine schlechte Mutter werden, sie bei der Hand nehmen, in das Kabinett führen und auf dem »Kanapee« ein Leintuch ausbreiten? Das war allerdings erst möglich gewesen, nachdem sie die Kartons mit Büchern heruntergeräumt und auf den Boden gestellt hatte, so dass man nun in die aufplatzenden Bücherkartons hineinsteigen musste, wenn man von dem »Kanapee« aufstehen wollte. Noch nie hatte jemand auf dem »Kanapee« schlafen müssen, man hatte immer nur Dinge darauf gestapelt, die Bügelwäsche über die Bücher gelegt und zwischen die Kartons all die Sachen, »die man noch einmal brauchen könnte«, wenn auch nicht klar war, wann und wofür. Das Kabinett war stets der Ort gewesen, in den Aimées Mutter die Unordnung, die Vergangenheit und die Zukunft verbannt hatte, all das, was noch nicht oder nicht mehr in ihrem unmittelbaren Blickfeld sein sollte, Fremden gegenüber hatte die Mutter das Kabinett stets »Wirtschaftsraum« genannt. Aimée ahnte, dass auch das etwas Vornehmes sein sollte, einen »Wirtschaftsraum« hatten sonst wohl nur vornehme Damen in Palais. (Dabei hatten selbst vornehme Damen – wie Aimées Mutter nicht müde wurde zu betonen – oft so wenig Platz in ihren Wohnungen, dass das Dienstmädchen in der Küche schlafen musste, oder im Flur, oder sogar im Schlafzimmer des vornehmen Ehepaares in einem Bett, das hinter einen Paravent hineingedrängt war.) Deshalb gab es auch keine Vorhänge in dem Wirtschaftsraumkabinett, weil sich niemand je in ihm aufhielt, außer um etwas hineinzulegen oder herauszuholen, das große gusseiserne Kohlebügeleisen oder eine Schachtel mit alten Tanzkarten und Visitkarten oder ein Paar Schuhe, die so ausgetreten waren, dass man sie eigentlich nicht mehr anziehen konnte, aber vielleicht doch noch einmal anziehen würde, wenn die Zeiten noch schlechter wurden. Unter dem »Kanapee« verstaubten all die Schuhe, die Aimée verschlissen hatte und aus denen sie herausgewachsen war, manchmal wurde ein Paar an »arme Leute« abgetreten, aber im Großen und Ganzen wurden sie aufbewahrt für Aimées »kleines Schwesterchen«, das es vielleicht, in besseren Zeiten einmal, geben würde. Hinter dem »Kanapee« stand ein Schaukelstuhl so eingeklemmt zwischen einem Schrank und einem Tischchen, dass man darauf nicht schaukeln konnte, die Kufen des Schaukelstuhles ragten sinnlos in die Luft und warteten ebenfalls auf die besseren Zeiten, er hatte Aimées Großvater gehört.

»Mein Vater schaukelte darauf und ich saß auf einem Fußbänkchen daneben«, hatte die Mutter erzählt. »Er sprach von Musik und Musikinstrumenten und immer, wenn er in der Schaukelbewegung nach vorne kam, strich seine Hand über meinen

Kopf, ganz kurz, dann schaukelte sie wieder nach hinten, wie ein großes Metronom strich die Hand in regelmäßigem Takt über meinen wartenden Kopf.«

Erst jetzt, indem sie an den Schaukelstuhl dachte, dachte Aimée auch an den Mann, der gestern Abend aufgetaucht war, ein zerlumpter, stinkender Mann, wie man ihn niemals von der Straße auflesen hätte wollen, zu furchtbar war der Gedanke an den Mann gewesen, der ihre Mutter von einer Minute auf die andere zu einer schlechten Mutter werden hatte lassen, als dass Aimée gleich an ihn denken hätte können. Noch nie zuvor hatte ihre Mutter es einem zerlumpten, furchtbaren Mann gestattet, die Wohnung zu betreten, »Du bist hier bei mir in Sicherheit«, hatte sie immer gesagt, »hab keine Angst, auch wenn da draußen gemordet und geplündert wird, niemand, den ich nicht ganz und gar gutheiße, kommt in diese Wohnung hinein.« Und nun diese Demütigung, dieser Wahnsinn, dieses Hereinschwappen des vergangenen Krieges, dieses Übergreifen der Flut an zerlumpten, stinkenden, immer nur Krieg führen wollenden Männern in die für unantastbar erklärte Wohnung, da war ein solcher dahergekommen und die Mutter hatte Aimée ohne Umschweife zum Schlafen in das Wirtschaftsraumkabinett geführt. Aimée hatte danach nicht mehr herauskommen dürfen, sie hatte an die Tür klopfen müssen, als sie auf den Abort musste, sie hatte durch das Zimmer hindurchgehen müssen und hatte den Mann mit nacktem Oberkörper gesehen, von hinten, ganz kurz nur, da er sich sofort ein Handtuch übergeworfen hatte. Etwas stimmte nicht mit seinem Oberkörper, da waren seltsame Spuren auf seinem Rücken, ähnlich den Brandzeichen auf der Schulter eines Rindes, Aimée hatte die Augen gesenkt und war hinausgestolpert. Als sie zurückstolperte, war der Mann am Fenster gestanden, hatte die Vorhänge beiseite geschoben und das Fenster geöffnet, das Gebell von Hunden drang herein, er sah sie nicht an. »Und jetzt ist aber Ruhe«, hatte ihre Mutter gesagt, ihre Mutter wollte alleine sein mit diesem Mann.

Nun, als ihr der Septemberregen gleichsam ins Gesicht schlug, wusste Aimée, dass es sieben Uhr morgens war, sie wachte immer um sieben Uhr morgens auf, verlässlich, »meine kleine Uhr«, pflegte ihre Mutter sie zu nennen. Draußen war es grau und man hörte eine Tramway quietschen. Aimée wusste nicht, wie das Leben nun weitergehen sollte, aber sie war fest entschlossen, sich nicht beirren zu lassen, sie würde aufstehen, wie sie immer aufgestanden war, also fädelte sie ihre dünnen Beine aus der Decke und stelzte durch den Bücherkistenirrgarten zur Tür. Sie klopfte. Erst zaghaft, dann, als keine Antwort kam, immer lauter. Verstohlen öffnete sie die Tür und sah zu ihrem Erstaunen, dass die Mutter alleine in ihrem Bett lag. Die Fensterseite des Bettes war leer und auch die zweite Steppdecke war verschwunden. Vielleicht war ein Wunder geschehen und der furchtbare Mann mitsamt der Decke verschwunden, vielleicht war alles nur ein böser Traum gewesen und ihre Mutter schlief fest wie jemand, der sich nach einem bösen Traum ausschlafen muss, vielleicht hatte der Mann es im Laufe der Nacht von selbst eingesehen, dass er hier nicht bleiben konnte, was natürlich für ihn sprach. Aimée bereute es ein bisschen, nicht freundlicher gewesen zu sein, wenn sie es geahnt hätte, dass er noch in derselben Nacht wieder gehen würde, wäre sie bestimmt freundlicher gewesen, so wie man höflich zu Tagelöhnern und Gesellen auf der Walz und Bettlerinnen mit schmutzigen Säuglingen war, so hatte sie es von ihrer Mutter gelernt – so erleichtert und aufgeräumt schlich sie an ihrer schlafenden Mutter auf Zehenspitzen vorbei. Dann, als sie die Tür zum Flur öffnete, ließ der dunkle Haufen auf dem Fußboden sie erstarren: da lag der Mann, der offenbar doch keine Einsicht bewiesen hatte, unter der Steppdecke, die seit sechs Jahren – und das war eine sehr lange Zeit – ihre, Aimées, Steppdecke gewesen war, da lag er wie ein Hund auf dem Fußboden, und neben ihm lag, alle in Sicherheit wiegend, der Hund. Warum konnten sie keinen richtigen Wachhund haben? Einen, der jeden Eindringling verkläffte, auch Bekannte, die ein paar Monate nicht vorbeigekommen waren, der unbestechlich war durch gute Worte und vertrauliche Gesten und selbst durch das Zuwerfen von Fleisch. Hexerl war lieb, aber nutzlos.

So leise wie möglich trat Aimée auf den Mann zu, er hatte sich hineingeschmiegt in die Steppdecke wie ein Engel in seine Wolke, nur ein bartstoppeliger Hals schaute hervor, brünettes Haar mit vielen grauen, gekräuselten Fäden darin, er lag unter dem Kleiderrechen, auf dem sein Waffenrock hing und die Arme abspreizte wie eine Vogelscheuche. Aimée kniete nieder und starrte auf den Hals, der rot war, als wäre er eben geschrubbt worden, ein unsichtbares Blutgefäß pochte an der Stelle, wo die Haut am weichsten aussah. Der Mann schnarchte. Als Großmutter noch lebte, hatte sie immer erzählt, sie hätte Großvater (als dieser noch lebte) die Nase zugehalten, wenn er schnarchte. Dann hätte er sich auf die andere Seite gedreht und zu schnarchen aufgehört. Das war lustig gewesen. Vorsichtig streckte Aimée eine Hand aus und drückte mit Daumen und Zeigefinger die Nasenflügel des Mannes so zusammen, dass keine Luft mehr hindurchkam.

Der Mann fuhr hoch und hatte blitzschnell die Steppdecke abgeworfen, seine Faust fuhr auf Aimées Gesicht zu und erstarrte Millimeter vor ihrem rechten Wangenknochen, in der Luft zitterten die gerade noch abgebremste Faust und das Gesicht des keuchenden Mannes, er lag auf den Knien, er kniete über ihr, seine Augenlider zuckten, in seinen Augen brannten Dörfer und Gehöfte, er erkannte Aimée nicht, aber er hielt inne, weil er wusste, er würde sie bald erkennen. Aimée sprang auf und rannte um ihr Leben, in das Zimmer zu ihrer Mutter zurück.

Marianne stand an einem dunklen Fluss, der Donau hieß und aus entlegenen Teilen eines riesigen Reichs kam. Sie wusste, dass weit weg ein Chinese Wasser dieses Flusses durch seine Hände laufen ließ, dass Inderinnen ihre Wäsche darin wuschen. Aus Afrika kam der Fluss und vom Südpol, Eisschollen trieben darin. Sie sah Lachse springen, wo er aus Alaska kam, und schnelle

Einbäume, die aus Feuerland herbeigeglitten waren. Überall am Ufer standen Lampionpflanzen, Judenkirschen, wie ihre Mutter sie genannt hatte: »Die sind nach uns benannt!«, sie leuchteten orange von den Glühwürmchen, die gefangen in den Papierkapseln surrten. Auf einmal stand ein kleiner Junge neben ihr: »Schau, Mama!« sagte er und zerrte an ihrem Ärmel. Erst konnte sie nichts sehen, aber dann entdeckte sie Aimée, die auf der schwarzen Donau auf einem hölzernen Schwan einhertrieb. Es war einer der Schwäne von einem Prater-Ringelspiel, der ganze Prater war hinweggeschwemmt worden, hölzerne Pferdchen, Kutschen und Schweine wurden mitgerissen von der Strömung und der Watschenmann bleckte wasserschluckend seine Zähne. »Mama!« sagte der Junge und zerrte an ihr, aber sie hatte nur Augen für Aimée, die sich an den Schwanenhals klammerte und im Wasserstrudel kreiste und kreiste. »Mama! Mama!« rief der Junge und: »Aimée!« rief Marianne, aber das Tosen der immer mehr anschwellenden Donau verschluckte ihr Wort.

»Ich bin nicht deine Mama!« brüllte Marianne dem fremden, unerträglichen Jungen zu, dann wachte sie auf und spürte ihre schmerzende Wirbelsäule, dabei blickte sie in das aufgeregte Gesicht von Aimée.

»Du sollst mich doch nicht wecken«, sagte Marianne, drehte sich um und versuchte, noch ein paar Lachse einzufangen oder bengalische Stoffe.

»Aber ich muss dir etwas sagen!«

»Ich will nichts hören!«

Es sollte doch Balthasar neben ihr liegen, er sollte ein blumenbekränzter karibischer Prinz sein, ein nach Räucherwerk duftender Khan, ein arabischer Sultan, der neben dem Bett einen seltsamen Handschar abgelegt hatte. Aber es war kühl, herbstlich in ihren Laken, und es roch nach der Kohlsuppe mit den ausgekochten Knochen darin, von denen sie inständig hoffte, dass sie einmal einem Rind gehört hatten. War Balthasar nicht dagewesen, hatten sie nicht von der Blumeninsel Madeira gesprochen?

»Wo ist dein Vater?« Marianne richtete sich auf.

»Der Mann«, flüsterte Aimée und zog bedeutungsvolle Grimassen, »schläft draußen im Flur!«

Noch bevor sie aufstehen konnte, um nachzusehen, hörte Marianne die Wohnungstür zuschlagen und wusste, dass ihr Mann wieder fortgegangen war.

CUTAWAY

Die Zollwachbediensteten, die auf der deutsch-österreichischen Seite der neuen, nicht weit von Pressburg entfernt gelegenen Staatsgrenze an Bord kamen, waren sehr jung, wahrscheinlich allesamt nach 1900 geboren, man sah ihnen an, dass es ihnen ein wenig leid tat, das Kriegserlebnis versäumt zu haben, und dass sie überzeugt waren, sie hätten das Kriegserlebnis in wesentlich besserer Verfassung überstanden als die zerlumpten Heimkehrer, die aus dem Frachtraum des Donauschleppers ans Tageslicht stiegen wie Gefangene aus dem Hungerturm. Die Zöllner waren keineswegs respektlos gewesen, Beck und Sesta hatten sich mit ihnen unterhalten, sie hatten sogar gezögert, den Heimkehrern Zigaretten anzubieten, aus Angst, es könne wie ein Almosen aussehen.

»Die meisten kommen immer noch am Nordbahnhof an, dort gibt es eine Erfassungsstelle, am besten, Sie melden sich dort.«

»Erhalten wir einen Passierschein?« fragte Sesta.

»Dort, am Nordbahnhof.«

»Und wenn wir vorher aufgehalten werden?«

»Wir können Ihnen hier keine Dokumente ausstellen. Wir können doch nicht einmal überprüfen, ob es Sie tatsächlich gibt!« Die jungen Zöllner lachten.

Sesta ließ nicht nach: »Bis auf Koutensky haben wir alle unsere Legitimationskapseln. Für Koutensky können wir bürgen, ihm ist seine Kapsel im Gefangenenlazarett nicht retourniert worden, nachdem er seine Sachen zur Desinfektion abgegeben hatte.« (Sesta war da gar nicht dabeigewesen, aber selbstverständlich bürgte er trotzdem.)

Die Burschen zuckten mit den Schultern. Einer sah sich pro forma Sestas Legitimationskapsel an. Auf ihren Uniformen waren kleine, rot-weiß-rote Flaggen aufgenäht. Die Uniformen sahen nicht neu aus, wahrscheinlich hatte man nur alles Schwarz-Gelbe darauf abgetrennt.

Beck vermisste Sesta, als sie schließlich am Nordbahnhof eintrafen, Sesta war immer gut im Erklären und Verhandeln gewesen, wenn Beck schon längst die Geduld verlassen hatte. Wenn Sesta vorausmarschierte, konnte Beck naserümpfend im Hintergrund stehen. Dass er den belanglosen schnauzbärtigen Niemand eines Tages vermissen könnte, wer hätte das gedacht. Auch ohne Sestas Leiche im Gepäck war es kompliziert gewesen, den Nordbahnhof zu erreichen, wann immer sie mitgenommen worden waren, hatte man sie an einer unmöglichen Stelle wieder abgesetzt, einer hätte sie sogar beinahe zum Südbahnhof gebracht. Fischer war aggressiv geworden und hätte sich mehrmals beinahe geprügelt, einmal ging er sogar auf Koutensky los. Manchmal hatte Beck den Verdacht, dass Fischer seine »Umnachtung« ausnützte, um jederzeit nach Belieben aggressiv werden zu können, er schien es zu genießen, wenn man ihm die Handgelenke nach unten drückte und auf ihn einsprach wie auf ein Kind. Nun also waren sie am Nordbahnhof angekommen, um sich zurückzumelden, als wären sie mit einem Zug aus dem Osten am Nordbahnhof angekommen, wie eine Schar Gänse gingen sie in einer Reihe, Beck als die Mutter voran.

Vom Südbahnhof war Beck im Hochsommer 1914 mit einem Zug voller Reservisten abgefahren, direkt an die Save und die serbische Front. Es waren herzerhebende Reden gehalten worden und die Blasmusik spielte auf. Die Stimmung schien inszeniert, als hätte man eigens etliche Mädchen in weißen Schürzen bestellt, die mit Blumensträußen winkten, ohne jemanden Bestimmten damit zu meinen. Ein feierlicher Moment, eine glühende Stunde, kein Halten und kein Wanken, ein ruhmvoller Weg. Einzelne Soldatengruppen stimmten Lieder an, sie sahen aus, als hätten sie Schnaps getrunken, wahrscheinlich die ganze Nacht hindurch.

Einer zog ein Stück Kreide hervor und schrieb auf einen Waggon: »Auf in den Kampf! Mir juckt der Säbel!« Zögerlich wurde ihm applaudiert. Die, die am überzeugtesten jubelten, waren Gymnasiasten oder Studenten im ersten Semester, sie hatten allerlei Literaturdunst im Kopf und nichts vom Leben gesehen. In Büchern hatten sie gelesen, dass eine saturierte Gesellschaft sich neu beleben müsse im reinigenden Kampf, im Sturme der Läuterung. Daseinskampf, Schicksalsfrage, Schicksalsgemeinschaft. Sich emporringen, den Gegner niederringen. Im Sturmlauf seine räuberischen Feinde zerschmettern. In gewaltigen, unbarmherzigen Kämpfen. Sei gesegnet, ernste Stunde, die uns endlich stählern eint. Manche beklagten sich, dass sie an die serbische Front mussten, wo jetzt im Sommer gewiss unerträgliche Temperaturen herrschten. Lieber wären sie gegen Russland gezogen: sie stellten sich vor, auf den Boulevards von St. Petersburg oder Riga mit schönen Bojarinnen spazierenzugehen. Viele stellten sich den Krieg wie ein Tennismatch vor, nach dem man einander die Hand schüttelte und Erfrischungen gereicht wurden. Fast jeder wollte ein »Tat- und Willensmensch« sein. Ein Mensch mit unbeugsamem, unerschütterlichem, ehernem Willen. Gleichzeitig treu, pflichtbewusst und gehorsam. Gerade der Gymnasiast und Student wollte ein Ausnahmemensch, kein Massenmensch sein. Im Krieg konnte man ein Ausnahmemensch sein, obwohl man in Massen hingemetzelt wurde. Gegen die Vergehirnung, für die Magie der Treue. Gegner aus den eigenen Reihen ausschwitzen, die eigenen Reihen von Gegnern entrümpeln. Es musste aufgeräumt, alles ein wenig durcheinandergewirbelt werden – was war das nur für eine Zeit gewesen, in der junge Männer ihre Reifeprüfung auf der Schulbank und nicht im ehrenvollen Kampfe erlangten! Ehern und ewig verschworen. Mit unerschütterlichem Willen vor einem höheren Willen gebeugt.

Einige der weißgeschürzten Mädchen trugen Tabletts mit Moccatassen umher. Ein Offizier beklagte sich, dass er aus der Sommerfrische abreisen hatte müssen – hätte man den Krieg denn nicht auch noch im Oktober anzetteln können? Die, die Frau und Kinder hatten, rauchten unentwegt, so dass sie kaum in der Lage waren, Frau und Kinder ausgiebig zu küssen. Die meisten Frauen hatten rotgeweinte Augen und brachten kein Wort heraus. Beck versuchte, sich die Details der Szene einzuprägen, um sie später einmal objektiv wiedergeben zu können. Er bemühte sich, möglichst objektiv und gefühlsmäßig neutral zu sein, um gleich einem weltreisenden Forscher später einmal die Dinge schildern zu können, als handelte es sich um Eindrücke aus fernen Dschungeln, die Gebräuche eines fremdartigen Stammes. Er sagte sich, dass es vielleicht gut sei, dass er nun töten würde müssen, da ihm als Polizist das Töten bisher erspart geblieben war. Mit Sicherheit würde er seine Schützengeschicklichkeit noch verbessern und sich eine Kaltblütigkeit zulegen, die ihm beim Umgang mit Verbrechern später nur von Nutzen sein konnte. Marianne hatte weißblühende Jasminzweige mitgebracht, starrte beherrscht auf die weinenden Frauen und lächelte Beck mit eisernem Willen an. Mit eisernem Willen hatte sie beschlossen, dass er nicht sterben würde, und so verabschiedeten sie sich mit einem Kuss, der besagte, dass sie einander beim ersten Blätterfallen, oder zu Weihnachten, spätestens, wiedersehen würden.

Im darauffolgenden Jahr war der Krieg noch immer nicht zu Ende gewesen. Beck war zuhause auf Fronturlaub gewesen und rückte danach an die Nordostfront wieder ein. Haltung bewahren, hieß es, Fassung bewahren, sich zusammenreißen. Auch diese Szene versuchte Beck sich wissenschaftlich beobachtend zu merken. Die Stunde war nun wirklich ernst. Hier am Nordbahnhof waren sie gestanden, Marianne hatte keine Blumen mitgebracht. Eine große Leere tat sich auf, die Zeit musste angehalten, zurückgedreht werden, bevor sie auf etwas Furchtbares zurollte und einen dabei mitschleppte. Die Zähne zusammenbeißen, sich beherrschen. Marianne zischte Verwünschungen gegen Gott, Kaiser und Vaterland zwischen den Zähnen hervor, sich dabei ängstlich umsehend, ob sie auch niemand belauschte. Am

Schluss mussten sie lachen, es sah aus, als hätte Marianne Freudentränen in den Augen.

Am selben Perron stand Beck nun, die Schienen waren noch die gleichen, die Steinfliesen am Fußboden auch. Eine Bettlerin sprach ihn an, so dass er zusammenschrak, beinahe hätte er sie für Marianne gehalten. Die Frau sah genauso aus wie Marianne, wie Marianne nach Jahren als Bahnhofsbettlerin ausgesehen hätte, wie Marianne hatte sie dunkelbraune Augen und brünette Locken, eine Nase, die so gerade war, dass es sofort auffiel, wahrscheinlich war sie wie Marianne achtundzwanzig Jahre alt, und neben ihr stand ein etwa sechsjähriger Junge, der bittend die Hände aufhielt. Der bettelnde Junge hätte sein Junge sein können, Koutensky und Fischer waren verschwunden und schon hatte er eine Geistererscheinung, was wollte diese Frau bloß von ihm, er hatte doch selber keinen Heller in der Tasche. Mit einer ablehnenden Geste schickte er sie weg, sofort nahm sie den Jungen an der Hand und ging mit ihm davon, ihre langen schwarzen Röcke, die nach der Mode von 1914 aussahen, wischten über die Bodenfliesen. Koutensky und Fischer hatten sich wahrscheinlich auf die Suche nach der Erfassungsstelle gemacht, während Beck am Perron objektiv beschreibbaren Abschiedsszenen nachhing. Er ging der Frau nach und stellte sie: Wie kam es, dass sie hier am Nordbahnhofe dem Bettlergewerbe nachging? Die Frau schien Angst zu bekommen, reagierte verstockt, Beck wurde ungeduldig und sagte nein, nein, er wolle sie nicht bezichtigen oder zur Rechenschaft ziehen. Er konnte ihr nicht sagen, dass er sie schön fand und nur wissen wollte, wie es mit ihr so weit gekommen war, sie wich zurück und er versuchte, sie am Ärmel festzuhalten, woraufhin sie einen erschrockenen, erstickten Laut von sich gab. In diesem Moment tauchten Koutensky und Fischer wieder auf, sie hatten die Erfassungsstelle gefunden, die Frau nutzte die Unterbrechung und rannte mit ihrem Jungen davon.

»Waren Sie schon drinnen?« fragte Beck. Koutensky und Fischer schüttelten die Köpfe. Sie waren wie Kinder, ohne ihn konnten sie nichts tun. Einige Frauen traten auf sie zu und boten ihnen »günstige Untermietszimmer« an, eine jede versuchte sich der anderen in den Weg zu stellen und sie mit ihrem Angebot zu überschreien. Beck war so müde, dass er sich am liebsten gleich in das nächste »komfortable« Bett gelegt hätte, stattdessen klopfte er an das Amtszimmer an und öffnete, da keine Antwort kam, einfach die Tür.

Zwei Beamte in Ärmelschonern, die zwischen ungeordnet aussehenden Aktenbergen saßen, blickten von ihren Butterbroten auf. Der eine hatte sein Brot in kleine Häppchen geschnitten, »Schneewittchenschnittchen« hatte Marianne solche Brotschnitten genannt, als Kind hatte sie immer »Schneewittchenschnittchen« bekommen, ganz anders als Beck, der sein Butterbrot in die Hälfte geschnitten und ohne Märchenwörter erhalten hatte. Beck nannte seinen Namen, Dienstgrad, sein Regiment. Die Beamten kauten und nickten. Dann stand Koutensky stramm und meldete sich, dann Fischer. Einer der Beamten stand auf und schob den Rollladen eines riesigen Aktenschranks hoch, aus dem weitere Papiere quollen, stand davor und schüttelte den Kopf. Der andere begann aus seinen Laden Formulare zusammenzusuchen. Beck ahnte, dass die Sache eine Weile dauern konnte und bat um einen Stuhl.

Nach über zwei Stunden waren endlich alle Fakten erfasst und die nötigen Papiere unterfertigt. Zuletzt wurden sie einer nach dem anderen durch einen ebenfalls mit Akten vollgestopften Gang in die Räume des Amtsarztes hinübergeleitet, um sich von diesem eine »Gesundheitsbescheinigung« ausstellen zu lassen, erst mit dieser könne man sie wieder in das »bürgerliche Leben« entlassen.

Beck musste sich splitternackt ausziehen und überlegte, wie viele Wochen es wohl her war, dass er alle seine Kleidungsstücke abgelegt hatte, um sich zu waschen. Er blickte an seinem ihm fremd gewordenen nackten Körper hinunter und hörte seinen Magen knurren. Er hoffte, dass er nicht allzu sehr stank. Vor seinen Augen sah er Schneewittchenschnittchen tanzen. Der Arzt befahl ihm, aufrecht zu stehen, ging um ihn herum und musterte ihn. Beck sah sich mit den Augen des Arztes, drückte die Schulterblätter und Gesäßbacken zusammen. Er versuchte, mit seinem Körper gerade, harmonische Linien zu bilden. Mit zwei Fingern klopfte der Arzt auf die Narben an Becks linker Schulter und seinem Oberarm und fragte: »Kriegsverletzung?« Beck erzählte, dass er an Wundbrand gelitten hatte und ihm der Arm im Gefangenenlazarett beinahe amputiert worden wäre.

»Wär ja nicht weiter schlimm gewesen«, sagte der Arzt, »solange es nur der linke ist.«

»Ich bin Linkshänder«, sagte Beck.

»Sind Sie nicht umgelernt worden?«

»Doch. Ist aber misslungen. Habe nach der Schule wieder links zu schreiben begonnen.«

»Dann wäre der Krieg eine bessere Schule gewesen. Sie hätten es schon wieder gelernt.«

»Aber ich schieße rechtshändig«, sagte Beck, wie zur Entschuldigung, »da führt kein Weg dran vorbei. Gibt ja keine Linkshändergewehre.«

»Na sehen Sie.« Der Arzt begann, Becks Arm vom Schultergelenk aus in alle möglichen Richtungen zu verbiegen. Er hätte aufschreien mögen vor Schmerz.

»Wenigstens simulieren Sie nicht«, sagte der Arzt. »Viele simulieren ja, um eine Versehrtenrente zu kassieren.«

»Ich bin nicht versehrt«, sagte Beck. Die weniger imposanten Narben an seinem Unterschenkel beachtete der Arzt nicht. Von hinten und vorne horchte er Becks Lungen ab. Beck musste tief einatmen, husten, die Luft anhalten.

»Kein Pfeifen«, sagte der Arzt.

»Das ist die gute sibirische Luft«, scherzte Beck. Als der Arzt seine Geschlechtsteile zu untersuchen begann, fiel ihm wieder die Bettlerin mit dem kleinen Jungen ein und er beschrieb sie: »Kennen Sie sie vielleicht?«

»Galizische Juden«, sagte der Arzt und zog Becks Skrotum in die Länge. »Sind vor drei Jahren hier mit einem Flüchtlingszug angekommen. Wir konnten nichts für sie tun, das lag bei den Rathausbehörden. Sie hausten wochenlang in ihren Waggons. Dann hat sich einer nach dem anderen davongestohlen, haben wohl versucht, in der Stadt Unterschlupf zu finden. Ein paar Tote gab es auch, Hunger und Tuberkulose.«

»Warum sind sie denn geflüchtet?«

»Pogrome? Was weiß man schon.«

»Und die Frau?«

»Hat sich von hier nicht fortbewegt mit ihrem Jungen. Tragische Geschichte. Ihr Mann ist für den Kaiser gefallen, aber der Kaiser kann jetzt auch nichts mehr für sie tun. Dem Kleinen hab ich einmal das Bein geschient, als er vom Perron gefallen war.«

»Wunderbar«, sagte der Arzt in Hinblick auf Becks Geschlechtsteile. Anschließend musste Beck sich gegen das Längenmaß an der Wand stellen: er war noch immer einen Meter sechsundsiebzig groß. Kopf- und Brustumfang wurden gemessen und notiert, zuletzt kam die Waage.

»52 kg«, schrieb der Arzt in das Formular.

Koutensky hatte unterdessen mit einer der Zimmervermieterinnen ernsthafte Verhandlungen aufgenommen.

»Sie sagt, zwei müssten in einem Bett schlafen, aber das Bett sei außergewöhnlich groß! Was sagst du, Fischer?« Fischer nickte.

»Keine Bettgeherstelle, ein eigenes Kabinett hätten wir! Den ganzen Tag verfügbar!« Koutensky blickte Beck fragend an.

»Ist der Preis in Ordnung?« erkundigte sich dieser.

»Christlich!« rief Koutensky und ging wieder zu seiner Geschäftspartnerin hinaus. Beck wusste, dass Koutensky noch etwas

Geld aus einer Erbschaft zur Verfügung hatte, und Fischer würde vielleicht eine Versehrtenrente erhalten, wenn es ihm gelang, die Psychiater von seinem Kriegswahnsinn zu überzeugen. Die Beamten rundeten ihr Schriftwerk mit einigen sorgfältigen Linealstrichen ab und händigten Beck und Fischer jeweils eine Liste mit den Adressen von Wärmestuben und Volksküchen aus.

»Danke«, sagte Beck, »meine Frau kocht ganz vorzüglich«, aber der Beamte nahm die Liste nicht wieder zurück.

»Sie sind hiermit offiziell demobilisiert«, sagte er.

»Eigentlich dürfen diese Uniformen nicht mehr getragen werden. Wenn Sie möchten, können Sie sie dalassen und das dafür anziehen«, sagte der andere und holte etwas aus einer großen Schachtel, das wie Papier raschelte und wie ein Schnittmuster aussah. »Eine Hose und ein Cutaway pro Person.« Unwillkürlich griffen Beck und Fischer gleichzeitig nach den so titulierten Kleidungsstücken, um sie zu befühlen: sie waren tatsächlich aus Papier. Fischer riss die Tür auf und schrie hinaus: »Koutensky! Komm und sieh dir das an!«

»Es ist September«, sagte Beck.

»Ich weiß«, sagte der eine Beamte und: »Die Ressourcen sind knapp«, der andere. Beide hielten sie den Blick fest auf Schriftstücke gesenkt, die sie konzentriert zu studieren vorgaben, während sie sprachen.

»Sieh dir das an!« sagte Fischer noch einmal, als Koutensky hereinkam, und dieser befühlte ebenfalls das Papier. Da er nicht gleich zu verstehen schien, faltete Fischer eine Garnitur auf und hielt sie sich vor den Leib: »Hose! Cutaway!« Er hüpfte herum und machte Faxen wie ein Clown. Sehr gut, dachte Beck, das sieht nach Kriegswahnsinn oder nach höchster Vernunft aus. Hatten sie nicht schon im Lager mit Papier gefüllte Decken bekommen? Das Zeug raschelte und begann schnell zu faulen, der Eitergestank hielt sich ganz ausgezeichnet darin. Das dänische (oder schwedische?) Rote Kreuz hatte die Decken geliefert, die vom Kriegsministerium am Stubenring zur Verfügung gestellt worden waren: »Die Füllung kann schnell und problemlos ausgetauscht werden!« Bald hörte das Rascheln auf, die Deckenfüllung war zu harten Schollen zusammengebacken.

Fischer begann sich mit dem Papier-Cutaway als imaginärer Tanzpartnerin durch den Raum zu schwingen, dazu lauthals die Melodie von »Souvenir de Moscou« krächzend. Nach einer Weile gab er vor, die Hand der Dame zu küssen, schließlich aufzuessen, und stopfte sich die Cutaway-Manschette in den Mund. »Manger la manchette!« winselte er dazu, der noch nie zuvor Französisch gesprochen hatte, und Beck fragte sich, ob er möglicherweise nicht nur wahnsinnig, sondern von irgendetwas besessen war und in Zungen sprach.

»Das wird Ihnen wahrscheinlich besser gefallen«, sagte der eine Beamte und sperrte eine metallene Handkasse auf, während der andere aufstand und misstrauisch zu den Heimkehrern hinsah, als wäre er darauf gefasst, einen eventuellen Kassenraub abzuwehren. Jedem wurde ein dickes Bündel »Verpflegsgeld« ausbezahlt, dessen Erhalt er mit seiner Unterschrift quittieren musste, danach waren sie entlassen. Fischers Papieranzug blieb zerknüllt am Boden zurück.

»Das ist unsere Adresse, Herr Oberleutnant, falls Sie uns brauchen. In Ottakring.« Koutensky steckte Beck einen Zettel zu, die siegreiche Vermieterin wartete einige Schritte entfernt. Beck sah, dass Koutensky Tränen in den Augen hatte, und dachte: »Keine Heulerei am Bahnhof!«

»Wien ist ein Dorf«, sagte Beck, »wir werden uns wiedersehen.« Er faltete den Zettel sorgfältig zusammen, steckte ihn in die Rocktasche und wusste nicht, was er noch sagen sollte, als die beiden anderen plötzlich salutierten. Beck riss die Hand zur Stirn und salutierte ebenfalls: »Viel Glück!« Dann drehte er sich um und ging eilig davon, um nicht in weitere Verlegenheit zu geraten.

Als er um das nächste Eck gebogen war, blickte er in das schreckensstarre Gesicht der galizischen Bettlerin von vorhin.

»Geld! Ich habe Geld für Sie!« rief er sofort, um ihren Fluchtreflex zu unterbinden. Er holte das Verpflegsgeldbündel hervor und blätterte ratlos ein paar Scheine heraus, bis er eine Summe beisammen hatte, die ihm einigermaßen großzügig erschien. Die Frau bedankte sich mit einem tiefen Knicks und hielt ihren Jungen dazu an, einen Diener zu machen.

Erst, als er sich selbst einen Laib Brot gekauft hatte, wusste Beck, dass die Summe zu gering für einen solchen gewesen war.

MOTECUZOMA

Beck hatte die Wohnung nicht verlassen, ohne zuvor aus Mariannes »Tageskasse« exakt die Hälfte des darin verwahrten Geldes zu entnehmen. Die »Tageskasse« war eigentlich eine Wochenkasse und enthielt das für die jeweilige Woche vorgesehene Wirtschaftsgeld. Marianne hatte nach der Gründung ihres eigenen Haushalts lange überlegt, wo sie das Geld aufbewahren sollte – eine elegante Schatulle mit der Gravur »Kassa«, deren Schloss mit einem einfachen Handgriff aufzubrechen war, verbot sich natürlich von selbst. Sie entschied sich schließlich für ein weißes, aus dünnem Hemdstoff genähtes Säckchen, das beiläufig hinten im Besteckschrank lag, neben einem weiteren, identischen Säckchen, in dem die metallenen Keksausstecher und Schokoladegussformen klimperten. Marianne war stets überzeugt gewesen, dass kein Dieb auf die Idee kommen würde, in diesem unscheinbaren, mit grauen Staubrändern und klebrigen Mehlmottenflügeln bedruckten Stoffbehältnis zu suchen, das aus Tarnungsgründen nur selten gewaschen werden durfte. Diebe suchten stets in hochpolierten Kaffeedosen und im speikduftenden Wäscheschrank der Hausherrin. Das Dienstmädchen und später die Köchin mussten die Ausgaben aus diesem eigenwilligen Geldbehältnis entnehmen und in das Haushaltsbuch eintragen, einmal die Woche wurde feierlich abgerechnet. Wenn etwas fehlen sollte, dann würden sie dafür verantwortlich gemacht!

So war es vor dem Krieg gewesen und Marianne hatte auch nach der Wohnungsverkleinerung und Dienstbotenentlassung ihre Gewohnheit nicht verändert, wie Beck missbilligend feststellte – man musste Gewohnheiten häufig verändern, um Verbrechen zu entgehen. Nicht, dass Beck seine Geldentnahme als Verbrechen gewertet hätte. Er hatte nur ein schlechtes Gewissen dabei. Noch immer war das Geld in demselben klimpernden, raschelnden Säckchen ganz hinten in demselben Besteckschrank, nach acht Jahren, nach Krieg und Weltzusammenbruch und Entfremdung, als ob nichts gewesen, als ob hier in dieser Küche in Wien die Zeit stillgestanden wäre – da fiel Beck ein, dass der Besteckschrank früher im Esszimmer gestanden war, es aber jetzt kein Esszimmer mehr gab. Und mit Anerkennung stellte er fest, dass er zuerst nach dem Säckchen mit den Keksausstechern und Schokoladegussformen gegriffen hatte, kein schlechter Trick, ein Unwissender hätte hier die Suche abbrechen können.

Früher, wann immer er einen Tatort abgesucht, Spuren gesichert, den Daktyloskopen bei der Arbeit mit seiner riesigen Marabu-Feder oder die Sektion der Leichen im Indagandis-Hof beobachtet hatte, hatte Beck sich gefragt, ob er nun, als perfekter Polizist, in der Lage wäre, das perfekte Verbrechen zu begehen. Er kannte alles, die üblichen Fehler, die unglaublichen Fehler, die unsagbaren Dummheiten, die Verbrecher begingen. Er kannte alle Techniken, mit denen Spuren zu verwischen waren und die man den Kriminalschriftstellern, die angelegentlich im Kommissariatsbureau auftauchten, um sich aus erster Hand zu informieren, natürlich niemals verriet. Sonst noch was! Damit jeder Trick, mit dem man die Polizei übertölpeln konnte, in einem Roman stand, gedruckt und unters Volk gebracht wurde, sich die Verbrecher nur noch einzulesen brauchten! Es war gar nicht schwer, etwa mit einer Schusswaffe so umzugehen, dass die Schmauchspuren dort zu finden waren, wo sie die Polizei in die Irre führten. (Im Krieg hatte es Idioten gegeben, die sich den Heimatschuss in die eigene Wade durch einen Laib Brot versetzten, was natürlich fürs Erste nach Feindschuss aussah, aber nur bis der Arzt Brotkrümel in der Wunde fand und Lunte roch. Tja, dann folgte das Standgericht.) Es war wirklich nicht schwer, die Polizei konnte ja nicht hellsehen: woher sollte sie wissen, wem das Sperma, der Speichel, die Hautfetzen gehörten, die sich an einem Opfer oder Tatort befanden? Man musste nur ein paar grundlegende Regeln beachten, zwischen Tatort und Auffindungsort der Leiche eine möglichst große Entfernung setzen zum Beispiel. Niemals eine Tatwaffe aus dem eigenen Besitz verwenden. Genaue Kenntnisse der Ballistik. Fremde Schuhe anziehen (zu große). Tatwaffe möglichst weit entfernt von sowohl Opfer als auch Tatort deponieren, am besten für immer verschwinden lassen (im Sarg einer völlig unbeteiligten Person). Falsche Spuren hinterlassen. Absurde Spuren, die Rätsel aufgaben und die Ermittler über die Maßen beschäftigten. Die Zahl der Verbrecher, denen bekannt war, wie sie es der Polizei wirklich schwer machen konnten, war gering – aber jemand wie Beck hätte gewusst, wie man einen perfekten »Selbstmord« inszeniert. Und trotzdem wurde er immer wieder von der Vorstellung heimgesucht, dass gerade ein Polizist, der alle Aufdeckungsmethoden kannte, zu dem allerdümmsten Verbrechen imstande sein könnte. Wie die Schwanzfedern des Quetzal-Vogels in der Krone des Aztekenherrschers Motecuzoma ihre Farbpracht verloren hatten, seit sie in der Ethnographischen Abteilung des k. k. Naturhistorischen Hofmuseums angestarrt wurden, so würde der leuchtendste Polizist und Verbrecher im Lichte der Wissenschaft seine Fähigkeit bis ins Staubgrau verlieren. Zu viel Wissen war vielleicht Ohnmacht.

In der Gefangenschaft hatte Beck gelernt, ohne Gewissensbisse zu stehlen. Er hatte zu lügen gelernt. Er hatte gelernt, dass die ganze Menschheit nur gerettet werden konnte, wenn die Guten, zu denen er sich zählte, das Lügen und Stehlen beherrschten. Dass nur der Eigennutz das Überleben garantierte. So wie Vögel täuschten und betrogen, um ihr eigenes Nest und den Nachwuchs darin zu beschützen. Und nun hatte Beck seine eigene Tochter beinahe zum Krüppel geschlagen und seiner Familie die Hälfte des Wochengeldes entwendet. Aber gehörte er noch dazu? Er hatte seine Frau geachtet und verachtet in ein und demselben Moment, als er in das Geldsäckchen griff, das er eigentlich füllen hätte müssen. In welcher Welt? War der letzte Einwohner eines Eispalasts für irgendetwas zur Verantwortung zu ziehen?

Beck hatte in einer Eisgruft gelebt, im Lager von S., als alle, die einen Überlebenswillen hatten, die Eiszapfen von der Decke der Erdbunker brachen, um an ihnen zu saugen. Man brach die Eiszapfen von der steinharten Schlammdecke über sich, wenn man auf der oberen Pritsche lag, und reichte sie den Durstigen, Wimmernden nach unten. Man hörte auf alles, was der Körper verlangte, »Wasser« war ein besonders lautes Wort, das der Körper ausstieß, und man fürchtete den Typhusdunst nur, wenn man etwas von den unsichtbaren Typhustierchen gehört hatte, die mit der Atemluft aufstiegen und angeblich im Deckenbewuchs kristallisierten. Aber es hatte keinen Sinn, sich in Selbstbeherrschung zu versuchen, wenn der Körper seinen Mund öffnen wollte, um Eiszapfen darin zu Wasser zu schmelzen, so konnte kein Gehirn etwas dagegen tun. Wenn Beck unter einer Stacheldecke von Eiszapfen lag, konnte er seinen Durst nicht beherrschen, er wusste, dass er mit dem Eiswasser den eigenen Tod einsaugen konnte, und saugte doch, so wie man am Rand der Wüste das Salzwasser trank. So wie man am Rand der Wüste niemals das Salzwasser trinken durfte, und so wie man sich hunderttausend Mal im Leben vorgenommen hatte, dieselben und bekannten Todesfehler nicht zu begehen, so hatte Beck doch die Eiszapfen unter den Kragen seines Waffenrocks geschoben und die an seiner Halsader abschmelzenden Wassertropfen abgeleckt. In seinem Mund war keine Wärme mehr gewesen. Jeden Morgen versicherte er sich an seiner Halsader, dass sein sterbenswilliger Herzmotor noch schlug. An den Handgelenken konnte er den eigenen Puls nicht mehr fühlen. Er tastete mit seinen Fingerkuppen zur Halsschlagader hinauf, bis er sicher war, dass da noch etwas pochte. Eine Mär der Russen hatte ihn auf diese merkwürdige Idee gebracht: der ermordete Erzherzog-Thronfolger Franz Ferdinand würde als weißer Reiter auf einem weißen Pferd umgehen. Wenn je irgendwo ein weißer Reiter auf einem weißen Pferd aufgetaucht wäre, in Ostpreußen oder an der galizischen Front, hätte die Mehrheit der russischen Armee mit Sicherheit kapituliert. Beck aber bekam Angst, so wie der ermordete Erzherzog-Thronfolger nicht mehr zu wissen, ob er noch lebte. Umzugehen, ewig und ewig, in einem Lager, das schon längst nicht mehr Wirklichkeit war. Aber die Halsader schlug. Die Blase wollte sich entleeren. Wenn Beck bei minus 45 Grad ausatmete, entstand vor seinem Mund eine Wolke aus weißen Kristallen, mit einem eigenartigen, knisternden Geräusch. »Eisflüstern« wurde das genannt.

Bevor Beck, nachdem er seine eigene Tochter beinahe zum Krüppel geschlagen hätte, auf die Straße hinausstürzte, hatte er also noch die Geistesgegenwart gehabt, seiner Frau Geld zu entwenden. Er hatte kein schlechtes Gewissen in ein und demselben Moment, als er ein schlechtes Gewissen hatte, immerhin war er der Sohn eines Richters und wusste, dass alles, was seiner Frau gehörte, anstandslos ihm gehörte. Er hätte mit gutem Recht alles nehmen können, hatte es aber nicht getan. Er hatte den Plan, sich mit diesem Geld für mindestens vierundzwanzig Stunden haltlos zu betrinken. Absinth, Wodka, Vermouth. Kontuczowka, erinnerte er sich, ein Schnaps, dessen Namen er erst aussprechen hatte können, nachdem er eine ganze Menge davon getrunken hatte. Oh Galizien! Schlamm, Flugsand, Sümpfe, diese »große und heroische Zeit«. Gewehrpyramiden, das »grandiose Schauspiel des Weltenbrandes«. Biwakierender Train großflächig auf den Wiesen verteilt, damit ein Granateneinschlag nicht alles auf einmal vernichtete. Material und Menschenmaterial. Der San: ein herrlicher Fluss, über dem in eindrucksvollen Formen gesprengte Brückenreste hingen. Geknickte Eisenstreben, flammendes Holz. Allasch hatte Marianne gerne im Nachtcafé getrunken, oder eine Grenadine »mit Schuss«. Beck würde in eine Stehweinhalle gehen. Einfach stehen, einen Wein ohne Namen trinken und im Gesicht immer röter werden dabei. Er musste trinken, zur Erholung, und außerdem wurde eine flüchtige Nachhut seiner Gedanken immer wieder von der Vorstellung eingeholt, dass er ein Monstrum sei, das beinahe ein sechsjähriges Kind und überdies sein eigenes Fleisch und Blut zum Krüppel geschlagen hätte – diese wollte er narkotisieren.

Wir können den Frieden nicht wieder herstellen, dachte Beck. Der Friede wird nie wieder in unsere Herzen einziehen, in unsere Milzen oder das Pankreas. Wir sind gestanden wie die Tölpel vor einem Aufruhr, und hätten gerne noch eine Zigarette geraucht. Wir hätten von Herzen oder von Milzen gerne noch einen Siebziggrädigen getrunken oder gar einen Fünfundsiebziggrädigen, bevor wir uns hingelegt hätten, damit die Revolution über uns hinwegrauschen kann. Wir hätten unbedingt zugesehen, wie unsere Frauen unbedingt noch ein Kleid genäht hätten. Oder nähen hätten lassen. Wir hätten den Wein getrunken, wenn wir Offiziere gewesen wären, und wären wir einfache Soldaten gewesen, hätten wir die Franzosen verdammt, bei denen jeder einfache Soldat zur Aufrechterhaltung der Kampfmoral täglich seinen Liter Wein – angeblich – in die Feldflasche erhielt. Wir waren Offiziere und wir haben den Wein getrunken. Wir haben den Wein getrunken, auch wenn uns der Offiziersbursche bereits verhungert und das Offizierspferd unter dem Hintern weggestorben war. Wir haben Schulden gehamstert wie andere Zucker. Wir haben unsere Uniform »hechtgrau« genannt, obwohl jedes Kind sehen konnte, dass sie eigentlich blau war. Der Friede und das Militär gehen auf Dauer nicht zusammen, sie versteigen sich zu spaßigen Manövern und zu Schau-Schützengräben, zu Schau-Schützengräbern im Prater.

Und warum hatte Beck, der sich immer einer Ordnung gefügt hatte, plötzlich das Gefühl, sich nur einer Unordnung fügen zu können? Er wollte einen Gott, der sagte: Du bist – ich ordne mich unter – mein Gott. Er wollte in einem Dschungel von Flechtwerk mit Göttern debattieren. Aber egal, von welchem entblätterten Beiwerk, von welchem verwirrten Dschungel es auch entschieden schien – er wollte von nichts wissen, er sah nur die Ringstraße. Und auch wenn die Ringstraße nur vier Kilometer lang war und in einer unsagbaren Steppe endete: sie endete zwischen Geröllhaufen, ein seltsamer Menschenschlag brachte Opfer dann und wann, Beck musste Dinge trinken, die er noch nie in seinem Leben getrunken hatte, und Dinge essen, die er zu vergessen hoffte, aber nie wieder vergaß. Merkwürdig: er hatte nie das Gefühl, in der Barbarei gelandet zu sein, sondern in der Normalität, die einen mit Hundebissen und eisigen Winden umschlug.

Warum nur hatte er das Fluidum der Kleinen nicht rechtzeitig gespürt? Warum war er nicht aufgewacht, bevor sie ihn anfassen konnte? Hatte sich seine Fähigkeit, das Fluidum zu spüren, gestern mit ihm schlafen gelegt, da er sich in seinem Zuhause befand? Aber die Reflexe, die Fäuste, die den Hals hinaufkochenden Chemikalien, die hatten sich nicht schlafen gelegt.
Irgendwann gestern Abend hatte er zu Aimée gesagt: »Du bist wunderschön.«
Und sie darauf: »Du aber nicht.«
Er hätte fast gelacht, da sie ja Recht hatte, und dachte: Marianne hat sie nie geschlagen, wie sie es sich vorgenommen hatte: unsere Kinder bekommen keinen einzigen Schlag. Beck hatte das damals nicht recht eingesehen, da er ja auch geschlagen worden war, alle Kinder wurden geschlagen, man pflegte von einem Kind zu sagen: »Sie kriegt eh Schläge genug, aber es nutzt halt nix.« Beck war von seinem Vater, dem Richter, so lange geschlagen worden, bis er keinen Mucks mehr tat, und dieses Kind sagte einfach: »Du aber nicht.« Ohne Angst, es war Mariannes Kind geworden, bei einem Sohn hätte Beck sich damit leichter getan. Ein frecher Junge hätte immer noch mehr Charme, dachte Beck. Dieses Kind war ohne Rachitis oder Organminderwertigkeit sechs Jahre alt geworden, Beck wusste, dass Marianne darauf wartete, ein weiteres Kind zu bekommen, sie hatte immer fünf oder sechs Kinder gewollt. Sie hatte sechs Jahre gewartet, ohne ein weiteres

Kind zu bekommen, sie hatte sich treu auf Kinder von Beck ka-
priziert. Beck wusste, dass Marianne die vierundzwanzig Stunden
seines Vollrausches auch noch überleben würde. Wohin sollte sie
denn gehen. Er hätte auch das gesamte Geld nehmen können. Er
schämte sich nicht. Er würde betrunken sein und sich in diesem
Zustand noch weniger schämen.

Wenig später erhielt auch Beck eine Warnung Gottes. Im Gegensatz zu Marianne, die nie wirklich an Gott geglaubt hatte und
von ihren Eltern auch nicht dazu angehalten worden war, hatte
Beck früher sehr wohl an Gott geglaubt, das war schon wegen der
Dreifaltigkeit »Gott, Kaiser und Vaterland« notwendig. Anders
als den Kaiser hatte er Gott jedoch nie gemocht, Gott schien ihm
aus derselben Form gegossen zu sein wie sein Vater, der Richter, der mit guter Tinte auf schönem Papier Leute ins Unglück
stürzte, um anschließend seelenruhig seinen Ochsenschlepp in
Kapernsauce zu verzehren. Der Richter hatte gerne am Esstisch
davon erzählt, wie er »ein Exempel statuiert« hatte, Beck war so
mancher Bissen im Hals stecken geblieben und so mancher Gast
hatte auf den Nachschlag verzichtet. Der Richter hatte beispielsweise keinen Mundraub anerkannt, wer immer für seine Kinder
ein Stück Brot gestohlen hatte, musste so lange ins Gefängnis,
dass die Kinder ganz sicher verkamen. »Viel Feind, viel Ehr«,
pflegte der Richter zu sagen. Bisweilen konnte er sein Exempel
auch statuieren, indem er jemanden nicht ins Gefängnis steckte:
der Frau zum Beispiel, die von ihrem Mann halbtot geschlagen
worden war und den Richter anflehte, ihn doch ins Gefängnis
zu stecken, bevor sie ganz tot war, erklärte er die Geschichte von
den heiligen Grundgesetzen, die in keinem Gesetzbuch standen.
Ein solches heiliges Grundgesetz für Mütter war: Du sollst den
Vater deiner Kinder nicht ins Gefängnis bringen. Die Frau, die
das k.u.k. Zivilmädchenpensionat besucht hatte, argumentierte
»darwinistisch«: um für das Überleben ihrer Kinder zu sorgen,
müsse eine Mutter für ihr eigenes Überleben sorgen, auch Bären-

mütter gingen den Vätern ihrer Kinder tunlichst aus dem Weg, und in der Menagerie müsse man sie selbstverständlich getrennt halten – was den Richter in Rage versetzte und ihn geradezu dazu zwang, ein Exempel zu statuieren. Ein halbes Jahr später war der Ehemann so in Rage geraten, dass er seine Frau in einer Waschschüssel ertränkte, ein spannender Kriminalfall, der Mann war ein ganz ausgezeichneter Arzt gewesen, eine Art Dr. Jekyll und Mr. Hyde. Was der Richter am meisten am Tod der Frau bedauerte, war die Tatsache, dass er sie nicht mehr vor sich zitieren und ihr sagen konnte: »Sehen Sie, so haben Ihre Kinder ein halbes Jahr länger etwas von ihrem Vater gehabt!«

So ähnlich hatte Beck sich Gott vorgestellt, bevor er immer mehr an Gottes Verstand zu zweifeln begann und ihn sich nur mehr als zwei Götter erklären konnte: der eine war ein Künstler, der den Schnee glitzern ließ und den Himmel in fantasievollen Wasserfarben bemalte, der andere war ein Sadist. Denn auch wenn der Richtergott oft unlogisch handelte, so handelte er doch im System seiner eigenen, abgetrennt gültigen Logik, der Gott aber, der im Krieg aufgestanden war, berauschte sich an der Sinnlosigkeit, er konnte nicht aufhören, jedem Leiden und jedem Tod den Sinn, selbst den unlogischen, zu verweigern, bis er sich um überhaupt nichts mehr kümmerte, nicht einmal darum, dass die Sinnlosigkeit bis ins Letzte durchgesetzt war.

Nachdem Beck also losgegangen war, um sich zu betrinken, es dafür aber zu früh war, da er die ersten Gläser nicht gerne vor zwölf Uhr mittags trank (bei den letzten war es ja dann egal), war er eine Weile unschlüssig darüber, ob er bis dahin seine Stromerei wieder aufnehmen oder noch irgendwo weiterschlafen sollte, und genau in diesem Moment kam die Warnung Gottes daher. Die Warnung Gottes kam in Gestalt eines Kriegsinvaliden, was an sich noch nichts Besonderes war, da Kriegsinvalide ständig von hier nach da gingen und man an den Anblick von Prothesen, Krücken und selbst entstellten Gesichtern – sofern man überhaupt hinsah – gewöhnt war. Dieser Kriegskrüppel hatte beide Unterschenkel verloren, seine Hose endete am Knie und darunter ragten skelettartig die Streben der Prothese hervor. Dem Mann gelang es überdies, mit seinen Kunstunterschenkeln zu humpeln, das eine Bein setzte er zügig voran, das andere schleifte er nach. Ein Bild des Jammers, das Beck aber nicht weiter berührte, immerhin hatte er Verstümmelte gesehen, die ohne Prothesen auskommen mussten, die sich auf ihren Stümpfen dahinschleppten, auf die Größe von vierjährigen Kindern geschrumpft. Es gab erstaunliche Abstufungen im Elend, man konnte jedem, der überzeugt war, im allertiefsten Elend zu sein, einen zeigen, dem es noch schlechter ging, und auch diesem wiederum einen, dem es schlechter ging und so weiter.

Erst als der Kriegskrüppel einen Hydranten aufdrehte und sein Brot unter den Wasserstrahl hielt, fiel Beck plötzlich auf, wie hoch oben auf der Skala des Elends er sich eigentlich befand, er hatte gestern Abend zur Suppe ein auch ohne Aufweichung genießbares Brot und davor sogar Gugelhupf gegessen. Aber nicht darin bestand die Warnung Gottes, Gott konnte zu Beck gar nicht sagen: Siehe, diesem geht es viel schlechter als dir!, da Beck es sich abgewöhnt hatte, sich, so wie er andere mit anderen verglich, mit anderen zu vergleichen, er verglich sich nur mit sich selber, seine gegenwärtige Lage mit der zu anderen Zeiten, und da fielen ihm jene Momente ein, in denen auch er versucht hatte, einen Kanten steinhartes Brot mit Wasser genießbar zu machen. Er hatte an gefrorenem Brot mit den Zähnen und Fingernägeln gekratzt, um ein paar Krümel oder wenigstens Staub abzuschaben.

»Was für eine plakative, propagandistische Warnung!« verhöhnte Beck Gott. »Denkst du, ich mache jetzt kehrt und bringe Marianne das Geld zurück?« Kopfschüttelnd starrte er den immer nasser werdenden Kriegskrüppel an, dem es nicht gelingen wollte, das Brot unter den Wasserstrahl zu halten, ohne sich dabei anzuspritzen. »Mein Gott, Gott! Wie subtil!«

Dann legte er Gott wieder ad acta, den Becks Leben nun wirklich nichts anging. Beck wollte Geld, sein eigenes Geld, er wollte sich weder von Almosen noch von Notgroschen ernähren, er wollte wieder arbeiten, sofort, acht Jahre lang hatte er in keinem Friedensberuf gearbeitet, er wollte seinen alten Posten zurück, und zwar heute.

TROMPE-L'ŒIL

Im Kommissariatsbureau war es um die Mittagszeit immer sehr ruhig gewesen. Die Beamten, die keinen Journaldienst hatten, pflegten um 12.00 Uhr zu Mittagessen und Mittagsruhe nach Hause zu gehen und um 14.00 Uhr wiederzukommen. Nur Postenkommandant Karl Moldawa, der unverheiratet war, nahm sein Essen in einem nahegelegenen Gasthaus ein und saß Schlag 13.00 Uhr wieder an seinem Schreibtisch, um seinen Cognac zu nehmen und »all das zu erledigen, wofür man sonst keine Zeit hat.« Es war immer die ideale Stunde gewesen, um etwas mit ihm zu besprechen, die einzige Stunde, in der er sich zu freuen schien, wenn jemand in seinem Zimmer vorbeischaute, selbst wenn es mit einem Anliegen war. So war es vor acht Jahren gewesen, und Beck konnte sich durchaus vorstellen, dass, auch wenn das Osmanische Reich und das Zarenreich und das Deutsche Kaiserreich auseinandergebrochen waren, auch wenn nun alle Welt Radio hörte und ins Kino ging und neue Haartrachten trug, die Dienstmädelhaushalte durch Kitchenette-Haushalte abgelöst worden waren, die Scherenschleifer Motoren in ihren Schleifkarren hatten und »Jazz« aus den Tanzcafés schallte, die uralte österreichische Amtsgepflogenheit der ausgedehnten Mittagspause immer noch bestand.

Beck begab sich in die Nähe des Kommissariatsbureaus, fragte Passanten so lange nach der Zeit, bis es dreizehn Uhr drei war, dann ging er hinein.

Am Empfangstisch saß ein junger Polizist, der in dem colorierten Programmheft einer Operette blätterte. »Frasquita«, las Beck, »Musik von Franz Lehár«. Ein schwarzgelocktes Zigeunermädchen warf feurige Blicke auf den Betrachter und schwang ihre bunten Volants.

»Ist Postenkommandant Karl Moldawa anwesend?«

»Der ist auf Mittag.«

»Sagen Sie ihm, dass Balthasar Beck ihn sprechen möchte.«

»Ich sagte doch, er ist auf Mittag.«

Beck nahm den Hörer vom Telefonapparat und drückte ihn dem Mann in die Hand: »Er nimmt jetzt seinen Cognac in seinem Zimmer. Ich kenne ihn von früher.«

Der Polizist nahm den Hörer und wählte durch: »Entschuldigen Sie die Störung. Ein Herr Balthasar Beck. Er lässt sich nicht abweisen.« Er nickte eine Weile, nahm einen Stift zur Hand, als müsse er die Antwort notieren, dann läutete er ab.

»Sie können sofort hineingehen. Er sagt, Sie kennen den Weg.«

Moldawa hatte sich so verändert, dass Beck ihn kaum im früheren Ton anzusprechen vermochte. Beinahe hätte er ihn gesiezt. Moldawa hatte sich äußerlich nicht verändert, nein, er war genau derselbe, hatte kein Gramm ab- oder zugenommen, seine Haar- und Barttracht nicht verändert, er hatte keinen neuen Tick am Augenwinkel und keine neue Narbe am Kinn. Es war etwas Inneres, er hatte ein neues Selbstbewusstsein gewonnen, eine Ruhe, eine Haltung, die gelassenen und zielgerichteten Gesten der Autorität. An die Rolle des Postenkommandanten, die für ihn noch ganz neu war, als Beck in den Krieg gezogen war, hatte er sich offenbar ganz ausgezeichnet gewöhnt. »Es ist Unsere Politik«, hätte Moldawa jeden Augenblick sagen können, »Wir haben es so beschlossen«, oder: »Ich verlasse mich darauf, voll und ganz, dass Meine Truppen Meine Befehle ausführen.«

»Marianne wird glücklich sein«, sagte Moldawa stattdessen und sperrte mit einem kleinen Schlüssel den Wandschrank auf, in dem der Cognac stand. »Sie hat auf dich gewartet wie Dornröschen.«

»Ich hoffe, du hast dich um sie gekümmert«, sagte Beck. Er wollte keinen Cognac trinken, er wollte nun keinen Tropfen Alkohol in seinem Gehirn und keinen Tropfen Geschmack in seinem Mund, der ihm die Bitterkeit verdarb. Moldawa hatte kein Kriegsheld werden wollen, er hatte das Feld der Ehre erfolgreich gemieden, für ihn war das Militär nur in Friedenszeiten gut gewesen, wenn es darum ging, sich bei den Kaisermanövern blumengeschmückte Ehrenpforten oder bei der Frühjahrsparade auf der Schmelz bunte Ulanen-Tschapkas, reich bestickte Regimentsfahnen und Blankwaffen mit goldenen Portepees anzusehen.

»Ich habe ihr geraten, dich für tot erklären zu lassen, damit sie die Witwen- und Waisenpension erhält.«

»Davon hat sie mir nichts gesagt,« sagte Beck, »hat sie es getan?«

»Nein, sie war unvernünftig.«

»Was hast du ihr sonst noch geraten?«

»Dich für tot erklären zu lassen und wieder zu heiraten, damit sie ein Auskommen hat.«

»Wen?«

»Wen auch immer.«

»Dich?«

»Es gab einige, die sich um sie bemühten. Jeder von ihnen hätte ihr ein besseres Leben verschafft.«

»Wie viele?«

»Drei. Oder vier. Es waren einige. Alle haben ihr dasselbe geraten. Auch ihre Eltern, als sie noch lebten.«

Beck griff zu dem Glas Cognac, das ihm Moldawa eingeschenkt hatte, und trank es zur Hälfte aus. Es war Cognac der billigsten Sorte. Er nahm sich ein Zigarillo aus der Tabatière, die Moldawa offen vor ihn hingelegt hatte, und zündete es an. Durch den Rauch hindurch roch er Moldawas Vanilleparfum.

»Ich will meinen Posten zurück«, sagte Beck.

»Ich verstehe. Du willst deine Frau zurück und deinen Posten zurück. Jeder würde das wollen.«

»Und?«

»Du weißt, dass es kaum Arbeit gibt. Und Kriegsheimkehrer…«

Beck trank den Cognac aus und schenkte sich selbst nach. Er begann die Geduld zu verlieren: »Sag ja oder nein.«

»Was hast du zu bieten?« fragte Moldawa. Auch er hielt in der einen Hand das Cognacglas, in der anderen das Zigarillo. Irgendwie, dachte Beck, hatten diese Dinge die Funktion von »Spanischen Reitern« – Sperren, über die hinweg man sich anstarrte. Jederzeit konnten sie aber auch in Waffen verwandelt werden: man schüttete dem anderen den Cognac ins Gesicht, stach ihm das brennende Zigarillo ins Auge.

»Bist du mein Freund? Warst du jemals mein Freund?« fragte Beck.

Moldawa verzog den Mund. Er lachte. Er stand auf. »Mir geht es nur um die Fakten«, sagte er. Beck sprang ebenfalls auf. Er wollte das Zigarillo ausdämpfen, brachte eine solche Verschwendung aber nicht über sich. An Moldawas Weste fiel ihm eine durchgescheuerte Stelle auf, die sorgfältig geflickt worden war. Sollte Moldawa geheiratet haben? Marianne hätte sich nie mit dem Mann eingelassen, das wusste er.

»Ich kenne jedes Verbrechergehirn«, sagte Beck.

Moldawa zögerte nicht: »Man kennt nur das, was man selbst…«

»Ich gehe«, sagte Beck und wandte sich heftig zur Tür. Einen Moment behielt er die kühle Klinke in der Hand.

»Eine Probezeit, mehr kann ich dir nicht anbieten«, sagte Moldawa.

Zwei Wochen, sagte Moldawa, du kannst nicht schon morgen anfangen. Gewöhne dich erst einmal wieder ein, du musst wieder Fuß fassen, gib dir ein wenig Zeit. Du musst erst einmal dein Kind kennenlernen, du musst deine Frau wieder an dich gewöhnen, du musst das neue Deutsch-Österreich kennenlernen, die Republik.

»Der Rest ist Österreich«, hatte einer von diesen ungeheuerlichen Menschen gesagt, sagte Moldawa, vor ein paar Jahren in Saint-Germain-en-Laye, als sie die österreichischen Delegierten gefangengehalten hatten wie Verbrecher, in einem schäbigen Hotel mit Wachen vor der Tür. Einer von diesen ungeheuerlichen

Politikern der »Siegermächte«, die Grenzen zogen und Länder abschnitten wie Skalps. Die die Vierzehn Punkte Wilsons verraten hatten und das Selbstbestimmungsrecht der Völker, denn dann wäre Brixen niemals von den Italienern besetzt worden und Reichenberg nicht von den Tschechen. Sie hatten geschnippelt und abgetrennt und Italien noch allerlei zugeschanzt, sagte Moldawa, mitten am Brenner hatten sie eine Grenze gezogen und Südtirol den Italienern zugeschanzt, mitten im Böhmerwald eine weitere Grenze und Böhmen und Mähren und Schlesien der »Tschechoslowakei«. Ungarn erging es nicht besser, von Ungarn reden wir gar nicht, Ungarn ist nur mehr ein Drittel seiner selbst, sagte Moldawa. Und dann haben wir uns mit Ungarn auch noch um Deutsch-Westungarn gestritten. Und dann haben wir es den Ungarn weggenommen. Und dann haben uns die Ungarn Ödenburg zurückweggenommen.

»Der Rest ist Österreich«, hatte also einer von diesen Ungeheuerlichen gesagt, und etwas Erbärmlicheres, Kläglicheres als dieser Rest war kaum vorstellbar. Gedemütigt hatten die österreichischen Delegierten in ihren bewachten Hotelzimmern ausgeharrt, waren vorgeführt worden zur Urteilsverkündung und hatten zu akzeptieren. Es war unfassbar, sagte Moldawa, mit welcher Nonchalance und Herablassung diese »Siegermächte« ein Kaiserreich an den Nähten auftrennten und ihm mitten im unversehrten Stoff Schnitte zufügten, ungeachtet all der Siege, die dieses Kaiserreich während des Krieges errungen hatte und ungeachtet der jahrhundertealten Geschichte, die hinter ihm stand. Weißt du das überhaupt? Habt ihr das mitbekommen dort drüben?

Beck versicherte – und sprach weiter dem billigen Cognac zu –, er hätte alles mitbekommen, selbstverständlich, Grenzen waren auf einmal verschoben worden wie Frontlinien, um fünfzehn Kilometer am Tag oder fünfhundert. »Et ce qui reste, c'est l'Autriche« – wer hätte sich das nicht für alle Ewigkeit gemerkt. Alles und nichts hatte er mitbekommen, Zeitungslügen und Gerüchte, auch die Wahrheit von oben oder unten, von innen oder außen betrachtet, allerdings war ihm bis zu dieser Cognac-trinkerei mit Moldawa nie zu Bewusstsein gekommen, wie erbärmlich, wie kläglich, wie ungeheuerlich dieses Ende verlaufen war. Als wäre er selbst Österreich, in das der Kaiser noch einmal: »An Meine getreuen österreichischen Völker!« hineinrief, spürte Beck seinen Stolz an den Nähten zerreißen, und durch all die zugefügten Schnitte sickerte in ihn die Erniedrigung hinein. Es war aus. Marianne hatte das alte Österreich einen »Völkerkerker« genannt.

Beck sprach dem Cognac zu und sagte: »Natürlich! Natürlich! Und hat man uns nicht auch in diesem Eisenbahnwaggon im Wald von Compiègne skandalös behandelt?«

»Unsinn!« rief Moldawa, der ebenfalls dem Cognac zusprach, »da waren wir gar nicht dabei!« Wütend biss er in sein Zigarillo: »In diesem Eisenbahnwaggon im Wald von Compiègne sind nur die Deutschen geschichtsträchtig geplättet worden! Uns hat man nicht eingeladen! Und sind wir wenigstens wie die Deutschen im Spiegelsaal von Versailles anständig gedemütigt worden? Nein! In irgendeinem Saint-Germain-irgendwas sind wir gedemütigt worden, wo niemand Notiz davon nahm! Immer nur Kaiser Wilhelm! Soll er an allem schuld gewesen sein und wir an gar nichts?«

Beck fühlte sich seltsam deutsch und nicht-deutsch, während der Cognac an seinen ungefütterten Magenwänden hochschwappte.

»Kaiser Wilhelm!« rief Moldawa. »Hindenburg! Ludendorff! Alles Deutsche! Preußen! Österreich war schon ausradiert, noch bevor es ausradiert war. Sogar die Kriegsschuld wollen sie haben. Erst wollten sie den Osten und den Westen haben, die Deutschen, jetzt auch noch die Kriegsschuld.«

Es klopfte an der Tür, der junge Polizist, der sich für Zigeuner-Operetten interessierte, steckte den Kopf herein und meldete, dass ein Inspektor Ritschl von der Mittagspause zurück sei und vorzusprechen wünsche.

»Soll warten!« rief Moldawa und zündete sich ein weiteres

Zigarillo an. »Eine Stunde brauchen wir hier noch, vielleicht auch zwei!«

Weshalb hatte der junge Polizist nicht das Haustelefon benützt? Es plagte ihn wohl die Neugier zu sehen, was im Zimmer seines Chefs vor sich ging. Den Namen Ritschl hatte Beck noch nie gehört, auch das musste ein Neuer sein. Einen Moment lang fühlte er sich geschmeichelt, dass Moldawa ihn bevorzugte, aber schon wurde er wieder wütend: Was war nun mit seinem Posten?

»Du musst erst wieder«, wiederholte Moldawa, »ein wenig Heimatluft schnuppern, zwei Wochen sind das Mindeste, lass dir Zeit.«

Beck war drauf und dran zu erklären, dass er bereits genug Heimatluft geschnuppert hatte, dass er die Heimat gar nicht mehr riechen konnte und sich liebend gern als Deutscher gefühlt hätte. Dass er im Lager miterlebt hatte, wie in den deutschen Kameraden wenigstens ein Nationalgefühl erwacht war, sie fühlten sich auch ohne ihren Kaiser als Deutsche und verbanden damit irgendetwas, während sich die Österreicher ohne ihren Kaiser als nichts fühlten und auch nichts mit sich selber verbanden. Jedes kleine sibirische Jägervölkchen hatte in den letzten Jahren ein Nationalbewusstsein bekommen, nur die Österreicher hatten alles Bewusstsein verloren. Die Österreicher hatten keine eigene Sprache, sondern nur eine »Abart« der deutschen Sprache, wie es immer hieß – war der Österreicher also eine Art Friese, Sachse oder Bayer? Was sollte uns unterscheiden, dachte Beck, außer dass wir einen anderen Kaiser gehabt haben?

»Marianne ist sehr hart geworden«, erklärte Moldawa plötzlich, »du wirst mit ihr keine Freude haben. Sie lässt sich kaum noch beeinflussen, hört nicht auf ihre Freunde.«

Es ist gut, dachte Beck, dass sie sich von Moldawa nicht beeinflussen lässt, von mir muss sie sich schon beeinflussen lassen. Wenn Moldawa mit ihr geschlafen hat, werde ich sie töten. Außerdem hat Moldawa, wenn alles beim Alten ist, ein gutes Mittagessen im Magen, ich aber nichts.

»Eine Woche reicht«, sagte Beck.

»Zwei Wochen!« lächelte Moldawa, »komm in vierzehn Tagen wieder, dann werden wir sehen.«

Draußen auf der Straße erst begann Beck sich zu wundern, dass Moldawa über sein plötzliches Wiederauftauchen so gar nicht erstaunt gewesen zu sein schien, beinahe, als hätte ihn jemand vorgewarnt. Aber wer hätte ihn vorwarnen sollen? Paranoid wurde man. Andererseits war Moldawa immer schon der gewesen, der allein mit einem Telefon und ein paar diskreten Besuchen bei entscheidenden Stellen die verwickeltsten, geheimsten und vertracktesten Dinge herauszufinden gewusst hatte. Vor ihm gab es kein Amtsgeheimnis, kein Untertauchen und keine Verjährung. Wenn Gras über eine Sache gewachsen war, dann riss er es wieder aus. In der ganzen Stadt hatte er seine Spitzel verteilt und vielleicht sogar, früher, im ganzen Reich. Er kannte sich aus in den Archiven und Gedächtnissen, verfolgte geduldig die lange Spur der Versiegelungen und Verschwiegenheiten, nichts war vor seiner Nachforschung sicher. Alles fand er heraus.

Beck hatte als Kind einige Male die Sommerfrische in Brixen verbracht. Brixen war eine entzückende kleine Bischofsstadt mit einem rosigen Dom, auf dem sämtliche architektonischen Elemente aufgemalt waren, ein perfektes Trompe-l'œil. In Brixen waren die Marillen schon orange gewesen, wenn sie eine halbe Tagesreise weiter nördlich noch grün gewesen waren. Beck konnte sich jede Art von Demütigung vorstellen, aber nicht, dass Brixen nicht mehr bei Österreich war. Eine solche Demütigung, die die ganze Marillenernte südlich des Brenners den Italienern zusprach, war für Beck so unvorstellbar, dass er sie sich unentwegt vorstellen musste. Direkt am Brenner hatte es eine Heilquelle gegeben, seine Mutter hatte auf dieses Wasser geschworen, sie hatte es getrunken und die Unterarme darin gebadet und sogar ihre Araukarie damit gegossen. Wie wunderbar ist dieses Land, hatte seine Mutter immer gesagt: vom dunklen Böhmerwald kommt man direkt ans Meer. Das ist Österreich: Gletscher, Steppen und Seebäder mit Palmen. Jedes einfache Tornisterkind beherrscht drei bis vier Sprachen. Beck erinnerte sich an die Geschichte von den Säumern, die protestiert hatten, als eine richtige Straße über den Brenner gebaut worden war. Die hohe Kunst des Lasttragens über Gebirgspfade – dahin, erst im Krieg wieder im Kurs. Von Madonnenerscheinungen war ihm auch erzählt worden, überall in den Bergmulden blitzten Madonnenerscheinungen auf. Und Triest nicht mehr bei Österreich? Man konnte genauso gut Mexiko für österreichisch erklären.

FAHNEN

Als Beck nach Hause kam, öffnete ihm Aimée die Tür. Bei seinem Anblick blies sie die Backen auf und neigte sich leicht nach vorne, was aussah, als müsse sie sich übergeben. Ohne Zweifel hatte sie gehofft, dass Beck nicht wiederkommen würde, und stürzte in diesem Moment in finstere Abgründe der Enttäuschung. Beck tat sein Bestes, ihr einen ähnlich düsteren Blick zurückzusenden, musste aber feststellen, dass in Folge der Cognactrinkerei seine Pupillen wackelten und wohl auch seine Gesichtsmuskulatur etwas aufgeweicht war. Hexerl, das treue Tier, sprang an ihm hoch, versuchte mit der Zunge sein Gesicht zu erreichen, blieb schließlich mit den Vorderpfoten an seiner Taille aufgerichtet stehen, was wie eine Umarmung aussah. Kinder hatten keine gute Nase, sie schnupperten nicht einfach an einem Mann und erkannten: Siehe da, dieser hat mich gezeugt! (Hunde konnten das allerdings auch nicht. Hundewelpen lebten glücklich und zufrieden mit ihrer Mutter, und welcher Rüde sie gezeugt hatte, interessierte bestenfalls den Herrn.)
Aus der Küche war schon die ganze Zeit die Stimme eines Mannes gedrungen, erst hatte Beck gedacht, er hätte sich verhört und Stimmen aus anderen Wohnungen falsch zugeordnet, dann aber hörte er Mariannes Lachen, das sich mit dem Lachen des Mannes vermischte, und eine Kälte breitete sich um seinen Nabel aus, wo Hexerls rechte Pfote aufsaß. Die wenigen Schritte zur Küchentür schlich er sich an, es war lächerlich, da stand Marianne am einen Ende des Tisches und am anderen, in gebührendem Abstand, der Mann, durchaus gutaussehend, viel zu gutaussehend. Marianne konnte mit ihren Augen kleine Fünkchen durch den Raum werfen, wenn sie mit einem Mann kokettierte, und Beck meinte, er habe gerade einen solchen Lichtreflex von der Teekanne abprallen gesehen.

»Balthasar!«

Der Mann hatte rötliches Haar und einen ebensolchen Rundbart, kurzgeschnitten, sehr gepflegt.

»Darf ich vorstellen.«

Tweed-Jacket, guter Stoff.

»Mein Mann.«

Jung, vielleicht Mitte Zwanzig, kräftig gebaut. Womöglich jünger als Marianne! Viel zu jung für Marianne.

»Herbert Szivary.«

Aber was war das? Überall auf dem Küchentisch verstreut lagen die Druckfahnen einer Zeitung, daneben ein kleiner Stapel der fertigen Zeitung, Ausgabe vom morgigen Tag, im Kopf stand breit der Aufruf: »Proletarier aller Länder, vereinigt euch!« Beck wollte sichergehen, er setzte sich. »Die Rote Fahne« hieß das Blatt – das sah nicht gut aus.

»Das ist unser Parteiorgan«, sagte Herbert Szivary.

Das Letzte, was Beck brauchen konnte an diesem Tag, an dem er bereits ausgiebig Moldawas An- und Einsichten gelauscht hatte, war eine weitere politische Diskussion.

»Die Kommunistische Partei Österreichs!«

»Was Sie nicht sagen.« Was hatte Marianne sich dabei gedacht? Hatte sie allen Ernstes gedacht, dass das Erste, was er brauchte, wenn er aus der Gefangenschaft nach Hause kam, eine politische Diskussion war? Oder war das alles ein Ablenkungsmanöver, um ihn vergessen zu lassen, dass er seine Frau mit einem gutaussehenden fremden Mann in seiner Wohnung vorgefunden hatte?

»Ihre Frau arbeitet für uns!«

Wenn es Ablenkung war, dann funktionierte sie nicht schlecht. Beck begann zu schwitzen. Er blätterte die Abzüge durch und überflog sie: »Imperialistischer Krieg« stand da, »revolutionäre Begeisterung«, »Klassenjustiz«, »Fäulnisprozess der Sozialdemokratie.«

»Sie liest die Fahnen Korrektur, bevor sie in Druck gehen. Wir möchten ein möglichst hohes orthographisches und sprachliches Niveau aufweisen, um unserem Bildungsauftrag Genüge zu tun. Ihre Frau hat Augen wie ein Luchs.«

»Am Sonntag gibt es eine Frauenbeilage!« rief Marianne mit roten Wangen. »Ich habe schon zwei Artikel dafür geschrieben.« Beck sah den roten Bart Szivarys, die roten Wangen seiner Frau, er fühlte sich selber rot leuchten wie eine Faschingslaterne. Er sah rote Fahnen um seinen Kopf schwanken, die ihm ins Gesicht zu klatschen drohten, er sah rot. Er sah einen Bolschewiken Mayer IV mit dem Stiefel in den Nacken treten. Es hatte vier Mayer im Lager gegeben und Mayer IV hieß noch immer so, als die anderen drei längst tot waren.

»Wir wären sehr interessiert, von Ihnen ebenfalls einen Beitrag zu erhalten. Wie Sie die Revolution erlebt haben und so weiter.« Zwei Tage zuvor hätte ein Weißer vielleicht haargenau dasselbe gemacht. Das war die Revolution: die Wachmannschaften wurden ausgetauscht. Beck hatte mit Mayer IV öfter Karten gespielt. Er war sehr geschickt in der Herstellung von Spielkarten, nie fand man einen Zinken auf ihrer Rückseite. Nach der »Behandlung« konnte er nicht mehr aufstehen, er blieb an den Beinen gelähmt.

»Ich will diesen Dreck nicht in meinem Haus haben«, sagte Beck und hielt Szivary einige »Rote Fahnen« hin, als würden Maden darauf herumkrabbeln. Marianne und ihr kommunistischer Freund schienen aufrichtig verblüfft.

»Wir haben viele ehemalige Kriegsgefangene in unseren…«

»Ich habe mit einigen gesprochen, Balthasar, sie waren…«

»»Imperialistischer Krieg‹?« fragte Beck. »Ich habe in einem ›verbrecherischen imperialistischen Krieg‹ gedient?«

Nun setzte sich Szivary ihm gegenüber, so wie man sich einem Kind gegenübersetzt, dem man Auge in Auge die Regeln der Algebra beibringen will: »Sie selbst wissen doch am besten, wie viele Familien durch die Verbrechen dieser Habsburgerbande zerstört worden sind.« Wie sehr sich doch die Zeiten änderten in so kurzer Zeit, dachte Beck. Eben war noch von Gottes Wille, gewaltigen Schicksalsmächten gesprochen worden, die einen heiligen Sturm über die Welt sandten, der die Helden hinwegmähte wie Korn. Und jetzt ist es die Habsburgerbande gewesen.

Beck erhob sich: »Ich ersuche Sie zu gehen, Herr Szivary, und Ihre Fahnen, rote wie sonstige, mitzunehmen.«

»Balthasar, ich bekomme Geld für die Arbeit!« rief Marianne.

Ihm fiel nichts mehr ein. »Wer das Geld verdient, hat das Sagen!« hatte sein Vater immer gesagt. Er hatte Mariannes Geld noch immer in seiner Tasche und hoffte, es unbemerkt an seinen Platz zurücklegen zu können. Das Gesicht von Mayer IV wurde in die steinharte Erde gedrückt und Beck spürte die schreckliche Enttäuschung, dass die Roten wer weiß wen befreiten, aber nicht sie, die Plennys, die Kriegsgefangenen, nicht sie. Nicht dort im Osten, an der Grenze zur Mandschurei. Nach einer Weile waren die Weißen zurückgekommen, hatten die Wachmannschaft der Bolschewiki erschossen und die Gefangenen wieder selber traktiert. Wortlos ging Beck ins Zimmer hinüber, wissend, dass er damit einen Eindruck ungewisser Bedrohlichkeit hinterließ. Er war gespannt, wie Marianne das regeln würde. Er schloss die Tür hinter sich, legte sich aufs Bett und wartete. Nachdem Szivary gegangen war, kam Marianne zu ihm herein, offenbar in bester Laune.

»Das war gut!« sagte sie, legte sich neben ihm aufs Bett, die Hände unter dem Hinterkopf gekreuzt, und lächelte zur Decke. »Ich habe ihm die morgige Ausgabe wieder mitgegeben. Er bringt mir immer zehn Exemplare, damit ich sie an geeignete Personen verteile – bin ich ein Kolporteur? Die Korrekturen für übermorgen mache ich natürlich trotzdem, wir brauchen das Geld.«

Beck hielt dies für eine praktikable Lösung und er wusste, dass sie wusste, dass er dies tat. Sie rollte sich auf die Seite, stützte sich am Ellenbogen auf und sah ihm nun ins Gesicht: »Privat lese ich übrigens die Arbeiterzeitung, das darf Szivary natürlich nicht wissen. Fäulnis der Sozialdemokratie, du verstehst. Die haben viel bessere Reportagen. Viel, viel bessere Reportagen.«

»Ist unsere Familie zerstört?« hatte Beck die ganze Zeit mit gramer oder grimmiger Stimme sagen wollen, aber jetzt musste er lachen.

»Aber Fräulein Adamovicz«, sagte er in der Stimme des galanten Verehrers, »eine so schöne junge Frau wie Sie sollte sich nicht für Politik interessieren!«

»Sie haben Recht, mein Herr, es könnte mir Falten verursachen!«

Er küsste sie auf den Mund, einmal, zweimal.

»Stell dir vor, Frauen dürfen jetzt sogar wählen«, sagte Marianne, »und Offiziere auch, jetzt wo es keinen Kaiser mehr für sie gibt! Gleich 1919 habe ich meine Stimme abgegeben, es war verrückt, auf einmal hatte man das Gefühl, der Krieg hätte einem eine tänzerische Leichtigkeit eingebracht, im politischen Sinne, verstehst du? Als hätte man plötzlich etwas Glühendes in sich, auch als Frau oder Arbeiter, das einen vorwärtstreibt. Vielleicht ein Gefühl der Macht.«

Er küsste sie so fest, als wollte er alle Politik aus ihren Mündern vertreiben. Da klopfte es an der Tür: sie hatten Aimée ganz vergessen, die alleine in der Küche geblieben war.

»Ein paar deiner Sachen habe ich retten können«, sagte Marianne am nächsten Morgen, und Beck wusste erst nicht genau, was sie meinte. Die meisten der Möbel waren von ihrer Familie gestiftet worden, die Wert darauf gelegt hatte, keine der Töchter ohne überproportionale Mitgift ausziehen zu lassen. Seine Bücher? Dass die Bibliothek aus Platzgründen auf ein einziges schmales Bücherregal im nunmehrigen Schlafzimmer reduziert worden war, hatte er ohne Bedauern bemerkt. Nach wenigen Monaten in einer Gefangenschaft ohne Bücher war er bereits willens gewesen, Bücher als völligen Unfug anzusehen. Kein einziges Buch hatte ihn auf das vorbereitet, was er erlebte. Kein einziges Buch hatte ihm ein Mittel in die Hand gegeben, vor dem Erlebten nicht zu kapitulieren. Er hatte zwangsläufig an alle Bücher gedacht, die er je gelesen hatte, es waren ihm längst vergessene Bücher wieder eingefallen, er hatte sie durchforstet, im Geiste, Zeile für Zeile, um irgendetwas zu finden, was seiner Angst, der Kälte, der Schlaflosigkeit und dem unerträglichen, demoralisierenden Hunger entsprach. Beck hatte sich retten können mit Visionen von Kartoffelpüree und knusprig gebratenem Geflügel, und obwohl er vor dem Krieg Mehlspeisen nie sonderlich gemocht hatte, konnte er sich nun nächtelang an erträumten »Mohren im Hemd«, »Äpfeln im Schlafrock« oder »Scheiterhaufen« delektieren. In all den Büchern aber, die er noch einmal von vorne bis hinten durchdachte, hatte er nichts gefunden, keine Möglichkeit, keine Konstruktion, die ihm auch nur eine Minute erleichtert hätte. Wenn man frierend, hungrig, krank und demoralisiert, mit Eiszapfen behangen auf einer Pritsche lag, gab es nur zwei Dinge, die einem das Leben erleichterten: der Gedanke an Essen und der Gedanke an geschlechtliche Dinge. In dieser Reihenfolge. Erst wärmte man, vom Magen ausgehend, die obere Körperhälfte mit Scheiterhaufengedanken auf, dann die untere Körperhälfte wenigstens bis zu den Knien mit Gedanken an die schöne Hexe, die man von selbigem erretten würde. Bücher, alle Bücher, waren Schund. Zarte Gedanken in schreibtischhaft veredelter Verstrickung, oder ein Hingeschleudere von »Blutbad« und »Opfermut« von einem, der höchstwahrscheinlich den Erdball verfluchte, wenn ihm ein Sommerregen den Zylinder verdarb. Der größte Schund aber war die Bibel, die sowohl zur ersteren wie zur letzteren Kategorie gehörte, Neues wie Altes Testament. Wer jemals etwas erfahren hatte, wie Beck es erfahren hatte, und daraufhin ein Buch wie die Bibel schrieb, hatte die Sache nicht wirklich gut überstanden. Um die Sache halbwegs gut zu überstehen, brauchte man Realitätssinn: Schone deine Seele, so sehr du kannst, sieh weg, wo es besser für dich ist, aber sieh überall genau hin, wo es nicht anders geht. Sich alles Wesentliche genau anzusehen, ohne wegzudriften oder -zuträumen in ein Geheimnis, das war das Geheimnis.

Beck konnte auf seine Bücher verzichten. Oder sollte Marianne seine Journale gemeint haben? Er hatte sich bisweilen vorgestellt, wie es wohl wäre, wenn Marianne ihn für tot hielte und seine Eintragungen las. Einige davon waren zweifellos in etwas kruder Weise sexuell gewesen. Andererseits hatte er sich auch deutlich erinnert, »eine wunderbare Frau, ein feiner Mensch« geschrieben zu haben.

»Ein paar Sachen habe ich natürlich verkaufen müssen«, sagte Marianne, »dann kam die Androhung einer Wäschekonfiskation, da habe ich vorher schon alles freiwillig hergegeben. Aber ein kompletter Anzug ist noch da, inklusive Hut, Schuhen und zwei Hemden.«

Beck stand vom Frühstückstisch auf, bereit, von seinen alten in die noch älteren Kleider zu wechseln. Aimée sah ihn an, als wäre er der Beamte, der die Wäschekonfiskation durchführte.

»Und Hosenträger«, sagte Marianne.

PFERDELEBER

Die nächsten Tage trieb Beck sich herum, wie in den Tagen, bevor er nach Hause zu seiner Familie gekommen war, er versuchte, »sich einzugewöhnen«, wie Moldawa es verlangt hatte, sich an die Vorstellung, wieder als Polizist zu arbeiten, zu gewöhnen. Morgens verließ er das Haus, als ob er zur Arbeit ginge, zum Mittagessen kam er heim und ging anschließend wieder fort. Abends kehrte er zurück, als hätte er den Unterhalt für seine Familie verdient.

Einmal geriet Beck auf dem Heimweg in eine Demonstration, die sich zu einem Aufruhr ausgewachsen hatte. Zwischen Parlament und Rathaus gingen ungeordnete Menschenmassen mit Gebrüll und zum Teil auch schon mit Fäusten aufeinander los. Kopfbedeckungen flogen durch die Luft, vereinzelte Frauen kreischten schrill. Die taumelnden, drängenden Leiber hatten Beck sofort mitgerissen und es kostete ihn einige Mühe, sich wieder aus dem Getümmel zu lösen und auf einen halbwegs sicheren Beobachtungsposten zurückzuziehen. Von allen Seiten stürmten Gruppen von Männern herbei, die sich in den Haufen warfen wie in einen Topf Gold. Beck hatte einen schmerzhaften Stoß gegen seine kaputte Schulter erhalten und die alte Verwundung brannte wieder in ihm hoch. Sein Herz klopfte. Er verspürte den Impuls, sich mit Wucht auf den Nächstbesten zu stürzen und ihn zu prügeln. Dann den nächsten Nächstbesten. Immer wieder rannte jemand gegen ihn, als wäre er unsichtbar. Als wäre er ein Geist, blickte ihn immer wieder jemand überrascht an, wenn er gegen ihn prallte, als hätte er dort, wo Beck stand, keinen Widerstand erwartet, nichts gesehen. Mit vorsichtigen Schritten wich Beck aus und beobachtete, wie andere einander niederrissen. Auf der Straße lagen großflächige Pfützen und wenn einer hinfiel und sich abstützte, versanken seine Hände bis zu den Gelenken im sandtrüben Wasser.

Beck lehnte sich mit dem Rücken gegen einen Laternenpfahl und versuchte, sich einen Überblick zu verschaffen. Er hatte den Eindruck, »das Proletariat« würde hier kämpfen, und befürchtete einen Moment lang, die Stürmung des Parlamentes oder des Rathauses stünde kurz bevor. Als er in der Masse ein von zwei Stecken gehaltenes Spruchband aufschwanken sah, versuchte er die darauf geschriebene Parole zu lesen, doch schon war es gestürzt und zwischen den Wütenden zertrampelt. Plötzlich bildete sich irgendwo ein kleiner Sprechchor, der »Juden raus!« skandierte, aber schnell wieder auseinandergerissen und dadurch zum Schweigen gebracht wurde. Ein Mann ließ sich von einem anderen auf die Schultern nehmen, schüttelte die Faust und brüllte etwas, von dem Beck den Satzfetzen »fortzuführen den Kampf brutal und rücksichtslos« aufzuschnappen glaubte. Er sah kopflos herumdrängende Polizisten und überlegte sich, ob er ihnen beistehen sollte, nun, da auch er wieder Polizist war, so gut wie, auch in der Wartezeit auf die Probezeit war man ja quasi, de facto, in spe Polizist. Da tauchten vom Volksgarten her andere Uniformierte auf, deren Uniformen Beck nicht einordnen konnte, er bekam Angst, es könnte sich um die Rote Garde handeln, davon hatte er gehört, davon war in Russland gesprochen worden, eine Rote Garde sei auch in Wien gegründet worden von Kisch, diesem Reporter, den er einmal im Café Central gesehen hatte gemeinsam mit Marianne. »Schau, da sitzt der Kisch!« hatte sie gezischelt, mit Bewunderung, wie ihm schien, und er hatte sich darüber geärgert. Marianne bewunderte Zeitungsfritzen und Sänger und schwachbrüstige Kaffeehauskünstler und »herausragende Geistesgrößen«, und Beck ärgerte sich darüber, als er nach Atem ringend an den Laternenpfahl gepresst stand, noch immer, und dann brachen Revolutionen aus und Großreiche zusammen und man sah, wohin das führte, eine Rote Garde hatte die Geistesgröße gegründet, wenn es denn stimmte, was in Russland kolportiert worden war.

Vielleicht aber handelte es sich auch um eine Heimwehr oder
Bürgerwehr oder einen Verband, von dem Beck noch nie gehört
hatte, er wusste, wie schnell bewaffnete, uniformierte Verbände
in diesen neuen Zeiten entstehen konnten, wie schnell man die
Seiten wechseln konnte, wie plötzlich man für etwas kämpfte,
für das zu kämpfen man nie geglaubt hätte – dann fielen plötzlich Schüsse. Schüsse fielen und man wusste nicht, woher, auch
Männer kreischten nun, die vorhin aufeinander Stürmenden
stoben nun auseinander. Pferde bäumten sich auf, direkt vor
Beck stieg ein Polizeipferd mit einem Halsschuss in die Höhe,
der Polizist darauf rutschte kläglich über das Pferdehinterteil
hinunter, das Pferd kam noch einmal mit den Vorderhufen auf
und krachte dann seitwärts zu Boden. Die Menschen schrien so
laut, dass es Beck den Atem verschlug, das Geschrei schien ihm
die Luft wegzublasen, dann standen sie stumm und zitternd
um den großen, dunkelbraunen Leib, unter dem wie durch ein
Wunder kein Mensch lag. Unter dem Hals des Tieres färbte sich
die Pfütze in schnell größer werdenden Blutschlieren, dann war
der Moment des Innehaltens auch schon vorbei. Einer stürzte
sich mit gezücktem Messer auf das Pferd, um es aufzuschneiden,
andere taten es ihm gleich, immer mehr mit Messern Bewaffnete tauchten auf und schnitten sich Stücke aus dem warmen
Fleisch. Beck griff in seiner Rocktasche nach dem Klappmesser
und wollte alle auseinandertreiben, sein Messer in den zarten
Muskelstrang an der Lende des Pferdes versenken und sich einen
Kavalierspitz herausschneiden, aber er blieb stehen und dachte
an Ameisen, die einen Kadaver zerpflückten, und bald waren
auch schon die Knochen des Pferdes zu sehen. Beck wusste, dass
er ein Idiot war, sich hier kein frisches Pferdefleisch zu holen wie
alle anderen, aber er blieb an seinem Laternenpfahl stehen. Jeder,
der ein Stück Pferdefleisch ergattert hatte, rannte damit davon
und hatte die Demonstration und seine politischen Forderungen
vergessen, vielleicht hatte die Forderung ja auch nur in ein wenig
mehr Pferdefleisch bestanden.

Der Polizist, der eben noch auf dem Pferd gesessen war, versuchte vergebens, einzelne Polizeipferdefleischdiebe aufzuhalten, ihnen das Fleisch abzunehmen, es zurückzulegen in den Kadaver des Tiers. Das erinnerte Beck wieder daran, dass er ebenfalls Polizist war, und als ein junger Bursche mit der tropfenden Leber des Pferdes an ihm vorbeiwischte, packte er ihn am Kragen. Der Bursche war vielleicht sechzehn oder siebzehn Jahre alt und blieb sofort wie angewurzelt stehen, als Beck ihn reflexartig am Jackenkragen festhielt. Das ist doch unglaublich, dachte Beck, ein russischer Junge hätte sich losgerissen und wäre weitergerannt. Diese Wiener, da herrschte tatsächlich noch der Metternichsche Geist. Eine Duckmäuserei, eine Feigheit, die nach Ohrfeigen verlangte, ein Glaube an die Macht der Hand, die einen am Kragen festhielt, obwohl der Kragen ohne weiteres abgerissen wäre, hätte man sich nur weiterbewegt. Beck begann sofort, den Burschen streng zu befragen, er war Polizist, bald wieder und immer noch, und das Gefangenengefühl verging. Was glaube er denn, herrschte Beck den Burschen an, eine im Staatseigentum befindliche Pferdeleber zu stehlen – doch als der Bursche zu böhmakeln begann, wurde Beck unsicher in seiner Theorie, war denn das noch ein richtiger Wiener oder überhaupt Österreicher in diesem Restösterreich, er sprach sehr schlechtes Deutsch und presste eine fremdstaatliche Pferdeleber an seine magere Brust.

Beck führte ihn ab und übergab ihn der nächsten Wachstube, es war seine erste Amtshandlung nach dem Krieg, er konnte es nicht fassen, dass der böhmische Junge nicht einfach so schlau gewesen war, sich mit seiner Beute im Gewühl der Menge zu verdrücken. (Beck fragte sich noch tagelang, was denn wohl aus der beschlagnahmten Pferdeleber geworden war, und vermutete neidisch und wohl auch zu Recht, dass sie vom diensthabenden Wachebeamten im Kreise seiner Familie gebraten und verzehrt worden war. Welche Strafe der Junge wohl ausfassen würde? Vierzehn Tage, drei Wochen Arrest, schätzte Beck. Er träumte noch lange von der köstlichen, zu hauchdünnen Schnitzeln zerteilten Pferdeleber, zu der er einer unbekannten Wachebeamtenfamilie verholfen hatte, aß wütend die Graupensuppe mit Steckrüben, die Marianne kochte, und wusste, er hatte »das Richtige« getan.)

Als Beck nach Hause kam, traf er Aimée alleine an. Marianne war noch unterwegs »in Geschäften«, wahrscheinlich saß sie irgendwo in einem finsteren Kontor und zählte Zahlen zusammen oder stand an einem Stehpult und blätterte in Büchern, in denen das Verschieben von Seifen oder elektrischen Glühlampen oder Weinflaschen notiert wurde. Sie könne jeden Moment kommen oder in zwei bis drei Stunden, sagte Aimée, das wisse man nicht so genau. Beck war nie auf den Gedanken gekommen, dass er je mit dem Kind alleine sein könnte, ihm war unbehaglich und er starrte, Marianne innerlich herbeibittend, auf die Wohnungstür, die er eben von innen geschlossen hatte. Nicht einmal Hexerl war da, Marianne hatte sie mitgenommen, wohl damit sie ihren Abendspaziergang bekam. Oder zum Schutz? Wenn Hexerl überhaupt imstande war, jemanden zu schützen, der Spaßhund, der Faschingshund.

Aimée ging in die Küche zurück und zeichnete weiter, woran sie offenbar vor Becks Ankunft gezeichnet hatte, mit schräg, beinahe im Neunzig-Grad-Winkel zur Tischplatte gehaltenem Kopf. Beck war hungrig. Kein Abendessen auf dem Tisch. Er suchte mit Blicken die Kredenz ab, aber alles war aufgeräumt, nichts Essbares zu sehen. Sollte er Schränke öffnen? Er hätte sich wie bei einer Requirierung gefühlt. Er hatte fremde Küchenschränke geöffnet und die Augen von fremden, verängstigten Frauen und Kindern auf sich gerichtet gefühlt. Er hatte irgendwo einen Tiegel Schmalz hervorgezerrt, fürs Vaterland, er hatte ein verstecktes Huhn unter einer Falltür im Boden gurren gehört, die Falltür geöffnet, das Huhn gejagt, er hatte die Flügel abgetrennt und den fremden Kindern zugeworfen, der Rest war fürs Vaterland.

»Wo warst du?« fragte Aimée, ohne den Kopf gerade zu richten.

»Bei einer Demonstration«, erwiderte Beck und suchte nach einer Formulierung, die das Mädchen zu beeindrucken vermochte: »Ich hatte einen Dieb abzuführen.«

Sie trug zwei ordentliche Zöpfe und ein sauberes, gebügeltes Kleid. Beck fühlte sich heimelig bei diesem Anblick, er hatte so viele Kinder gesehen, denen der Rotz von Tagen auf der Oberlippe klebte, die Zähne herausgefault waren oder ein Fuß abgefroren. Flüchtlingskinder in dreckigen Lumpen, die bereits mit vier Jahren wussten, wie man sexuelle Dienste anbot.

»Nein! Ich meine früher, als du nicht bei uns gewohnt hast.«

»Ich war in einem fernen Land«, erwiderte Beck und fühlte sich wie jemand, der mit Seemannsgarn und Jägerlatein daherkam.

»In Russland, das weiß ich ja.«

»Warum fragst du dann?«

»Wo genau warst du? Hast du dort ein Bett gehabt?«

»Ich war an der Grenze zur Mandschurei. Ich habe überall geschlafen, wo ein Soldat nur schlafen kann, also überall.«

»Hast du auch im Stehen geschlafen, wie ein Pferd?«

Beck war entschlossen, das Verhör zu unterbrechen. Er war oft genug verhört worden, um zu wissen, wie man das machte: Man beobachtete den Verhörenden und stellte ihm eine in ihrer Unauffälligkeit kaum als solche wahrnehmbare, aber möglichst gezielte Gegenfrage, die sich auf sein Aussehen oder Verhalten bezog. In Wahrheit wollten alle Verhörer nur von sich selber reden, wie andere Menschen auch, mehr noch vielleicht, da sie den Drang, von sich selber zu reden, stärker hintanstellen mussten als andere. Sie waren unendlich dankbar, wenn man ihnen etwas von ihrer Lebensphilosophie abkaufte oder von ihrer Lebenstraurigkeit abnahm. Verhörer wollten, dass man genau den Punkt fand, der sie zum Sprechen aufspringen ließ wie eine Muschel, die endlich den Muskel, mit der sie verzweifelt die Schalenhälften zusammengezurrt hatte, entspannen kann. Sie wollten den anderen öffnen, damit dieser in ihnen etwas öffnete. Der Verhörer wollte nichts anderes, als selbst zum Reden gebracht werden, über all die Dinge, die sonst zäh und unbeachtet in seinem Kopf klickten wie Zahnräder, von denen keines in ein anderes griff.

»Was zeichnest du da?« fragte Beck.

»Prinzessinnen.«

»Du weißt, dass es keine Prinzessinnen mehr gibt.«

»Auch nicht in England?«

Beck dachte eine Weile darüber nach, sagte dann: »Hm«, und wechselte das Thema: »Hast du keinen Hunger?«

Doch auch Aimée beherrschte die Technik, Fragen mit Gegenfragen von ihrer Flugbahn abzulenken: »Was ist deine Lieblingsspeise?«

»Faschingskrapfen«, sagte Beck, nahm einen Buntstift und versuchte etwas zu kritzeln, das seiner Vorstellung nahe kam: ölkrosser Teig und ein winziges, kaum auffindbares Herz von Marillenmarmelade, das mit Rum gewürzt und flüssig gemacht worden war.

»Schaut aus wie ein Giftschwammerl«, sagte Aimée.

Beck deutete auf eines der verzierten Prinzessinnenkleider: »So ein Muster hab ich schon einmal gesehen.«

»Wo? Auf deinen Reisen? An der Grenze zur Mandschurei?«

»Nein. In Wien, auf einem hölzernen Wagen. Ich hatte mir eigentlich nur das Pferd anschauen wollen.«

»Es sind Muster aus fernen Ländern, die ich erfunden hab.«

»Wo du Prinzessin bist?« fragte Beck und: »Gibt es hier irgendwo Brot?«

EISSTOSS

So viele Tage hatte Beck sich herumgetrieben, die Zeit totgeschlagen, nachgedacht, sich Geduld auferlegt, sich immer wieder: »Nur fünf, nur vier, nur drei Tage noch, reiß dich zusammen!« vorgesagt, doch dann, ohne äußeren Anlass, riss der schon lange aufgeplatzte Kragen endgültig ab, es war genug, er musste etwas tun, er musste endlich wieder aus der Rast entlassen werden und einen Auftrag erhalten.

Gleich nach dem Frühstück machte sich Beck auf den Weg ins Kommissariatsbureau. Die Tür stand weit offen und etliche uniformierte Polizisten liefen, offenbar mit dringlichen Aufgaben befasst, die Türen, die vom Eingangsbereich in die hinteren Räumlichkeiten führten, hinein und hinaus. Der junge Polizist, der Beck elf Tage zuvor zu Moldawa geführt hatte, telefonierte stehend und machte dabei so viele Schritte, wie die Telefonschnur erlaubte.

»Alles klar!« rief er in die Sprechmuschel, »alles klar?« In seiner freien Hand hielt er eine illustrierte Zeitschrift, mit der er sich ab und an auf den Oberschenkel schlug, Beck konnte die auf dem Kopf stehende Schlagzeile »Wien tanzt!« entziffern. Ein Polizist, der ihn von früher kannte, stand plötzlich vor ihm, breitete die Hände aus, klatschte sie zusammen, rang nach Worten –

»Schon gut, Schneyder«, sagte Beck, um ihn und sich selbst zu erlösen, »bringen Sie mich auf der Stelle zu Moldawa.«

»Bitteschön: Herr Inspektor Beck!« meldete Schneyder durch die halbgeöffnete Tür von Moldawas Zimmer, bevor er den Weg für ihn freigab, und obwohl Beck selbst Schneyders Namen behalten hatte, wunderte er sich, dass dieser auch seinen Namen behalten hatte – als hätte wenigstens sein Name vergessen werden müssen, wenn schon sein Gesicht unter dem veränderten Gesicht noch herauszulesen war. Moldawa befand sich offenbar in Konferenz mit zwei jungen Leuten, die einander erstaunlich ähnlich sahen, als wären sie Geschwister, das unscheinbare, hellbraune Haar der Frau wiederholte sich in kürzerer Variante auf dem Kopf des Mannes, zwei sehr helle blaue Augenpaare blickten ihn an, blasse Sommersprossen betupften beide Gesichter. Während die beiden standen, um etwaiger Unruhe in Schritten Ausdruck zu verleihen, saß Moldawa zurückgelehnt hinter seinem Schreibtisch und ließ einen Arm lässig hinter der Stuhllehne baumeln. Das Wort, das Beck beim letzten Mal beinahe eingefallen wäre, fiel ihm nun tatsächlich ein: Kriegsgewinnler.

Als Moldawa ihn sah, schüttelte er sofort einen Zeigefinger in seine Richtung und rief: »Als ob er es geahnt hätte! Als ob er es geahnt hätte!« Schon früher hatte Moldawa diese unerfreuliche Angewohnheit gehabt, vor anderen von Beck in der dritten Person zu sprechen, »Er ist ein Tausendsassa!« oder »Wie hat er das nur wieder gemacht?« auszurufen, als wäre er ein tüchtiges Pferd. Die junge Frau wurde ihm als Dr. Prager und Polizeiärztin vorgestellt, der Mann als Inspektor Ritschl, welcher eben mit der Leitung einer Tatortbesichtigung betraut wurde. Ein Mordopfer war in einer Schiffsmühle gefunden worden, männlich, Gesicht entstellt »bis zur Unkenntlichkeit.« Ziemlich weit draußen, Kaiserwasser, Hungerinsel, die Wagen wurden gerade in Bereitschaft gebracht.

»Dann fahr doch gleich mit, wenn du schon da bist!« rief Moldawa und Ritschl zuckte zusammen, Beck konnte seine Gedanken beinahe hören, damit hatte er nicht gerechnet, Besuch schön und gut, aber… Beck spürte sein Glück, im richtigen Moment hierher gekommen zu sein, mitten in eine Hektik, einen Aufbruch, einen Fall, und spürte Ritschls Zusammenzucken, dem er ein Monster aus dem Tatarenreich und alles andere als geheuer war. Der junge Polizist, der vorhin die Illustrierte in der Hand gehabt hatte, kam herein, stellte sich neben Ritschl und flüsterte ihm etwas zu, beide starrten sie dabei Beck an, der eine flüsternd, der andere lauschend, hier gab es offenbar eine Allianz. Kiselak, wurde ihm der junge Mann vorgestellt, der sich für Zigeuneroperetten interessierte und der selbst wie ein feuriger Operetten-Cigan aussah, schwarz und glänzend alles, Augen, Haar, Schnurrbart. Er war Ritschls »rechte Hand«.

»Verzeihung«, wandte sich Ritschl an Moldawa, »in welcher Funktion soll er mitkommen?« Er, das war Beck.

Moldawa überlegte: »In einer beratenden Funktion.«

»Verzeihung«, wiederholte Ritschl, »in einer übergeordneten oder einer untergeordneten Position?«

Moldawa nahm das Lächeln nicht mehr von seinem Gesicht, mit dem er beide, Beck und Ritschl beschwichtigen, aussöhnen wollte: »In einer gleichrangigen Position.«

»Ich bitte darum, Schneyder zu meiner persönlichen Assistenz abzustellen«, rief Beck geistesgegenwärtig, bevor Moldawa sie alle hinauswinkte. Wenn hier mit »rechten Händen« gearbeitet wurde, dann wollte er auch eine haben.

So saßen sie dann also im Wagen: Kiselak am Steuer, neben ihm Schneyder, hinter Kiselak Beck, rechts von ihm Ritschl. Gesprochen wurde kein Wort. Beck fiel auf, dass er selbst sich so eng wie möglich an die linke Wagentür drückte und sein Nachbar sich gleichermaßen an die rechte Wagentür presste, so dass zwischen ihnen der größtmögliche Abstand lag. Sobald es ihm aufgefallen war, rückte Beck auf die Sitzbankmitte zu und nahm die Knie weit auseinander, um mehr Platz einzunehmen. Wenig später schlug Ritschl das linke über das steife rechte Bein. »Gelungen«, dachte Beck, »hat sich noch weiter in die Ecke drängen lassen und weiß es nicht mal.«

Sie holperten im Alarmtempo über die Kopfsteinpflaster, hinter ihnen der zweite Wagen mit Dr. Prager, dem Daktyloskopen und zwei uniformierten Polizisten. Ritschl hatte nun Kiselaks Illustrierte auf den Knien liegen und tat sein Bestes, sie zu lesen, oder wenigstens vorzutäuschen sie zu lesen, so sehr wurden sie durchgerüttelt, abgefedert, vorgeschleudert und zusammengebremst. Die Überschrift »Wien tanzt!« tanzte auf und über Ritschls Knien. Was für ein Hitzkopf, dachte Beck, wollte gleich eine Rangordnung festgelegt haben. Nun, das hatte er davon: gleichgestellt. Hätte er seinen Mund gehalten, hätte die unausgesprochene, atmosphärisch empfundene Wertigkeit anders ausgesehen: Beck war auf Probe hier, Ritschl etabliert.

Als sie zufällig die Straße seines Wohnhauses kreuzten, fiel Beck ein, dass er nicht zum Mittagessen nach Hause kommen würde, dass Marianne nicht wusste, wo er sich befand. Vielleicht gab es auf dieser Hungerinsel ein Telefon. Hungerinsel? Hatte er noch nie gehört. Offenbar waren ganze Stadtteile neu entstanden.

Beck versuchte, den anderen einzuschätzen, er betrachtete ihn keineswegs als Feind. Unausgegoren, ehrgeizig, humorlos, rücksichtslos, verschlagen – all das genügte nicht, um ihn für Beck zum Widerling zu machen. Auch wenn er ihm diese Attribute ohne Umschweife zugeschrieben hätte, empfand er doch Sympathie für den jungen Mann, Neugierde, eine gewisse Wärme. In Ritschls Gesicht zeichnete sich keinerlei Persönlichkeit ab, es gehörte zu jenen Gesichtern, die man sofort wieder vergaß und ständig verwechselte, in einer Menschenmenge hätte Beck ihn nur schwer gefunden und zahllose andere für ihn gehalten, und dann wieder nicht. Dagegen hatte Kiselak einen »Charakterkopf«, dem man allerlei Düsterkeiten und Fröhlichkeiten zuschreiben konnte, eine große, elegant gebogene Nase und vorgeballte Augenbrauenwülste, ein Profil mit einem Wort, das vermutlich Frauen, die Abenteuer und Aufregung suchten, gefiel. Allerdings gab Beck wenig auf solche physiognomischen Einschätzungen, obwohl er mit ihnen groß geworden war.

»Den Charakter eines Mannes kann man zu hundert Prozent an seinem Gesicht ablesen!« hatte sein Vater, der Richter, immer gesagt. »Es gibt wissenschaftliche Studien, die die Korrelation zwischen Schläfenführung und Geisteshaltung hundertprozentig erhärten!« und: »Ich betrachte einen Angeklagten, berechne die Abstände zwischen Mundwinkel, äußerem Augenwinkel und Haaransatz, und glaube mir, ich weiß, ob er dessen, wessen er angeklagt ist, fähig ist oder nicht.« Humbug, dachte Beck, alles, was er von seinem Vater über die Wissenschaft der Schläfenführung gelernt hatte, hatte sich im Laufe der Jahre als Humbug erwiesen. Der Richter hätte Ritschl mit seinen weitaufgerissenen, hellblauen Augen, mit seinen hellen, kurzen, spärlichen Wimpern und ebensolchen Augenbrauen, mit seinem scheinbar knochenlosen, weichen Gesicht als vollkommen harmlos identifiziert, aber Beck gab darauf nichts, nichts mehr, er hatte gelernt, dass oft gerade die Gesichter, in denen kein Arg stand, eine Verbindung zu Händen hatten, die das ärgste Arg anrichten konnten, und dass die ausdruckslosen Augen nicht selten die gefährlichsten waren. Er nahm es Ritschl keineswegs übel, dass er ihn ablehnte, das war eine vollkommen normale Reaktion. Da glaubte man sich in einer neuen Welt, jung, vorwärts und aufwärts strebend und ohne Ballaste, und dann kam einer daher aus der alten Welt, mit einer Reputation, die persönlich, und einem üblen Leumund, der ehemaligen Kriegsgefangenen allgemein war.

Beck schloss die Augen und versuchte, den anderen blind einzuschätzen. Unausgegoren, ehrgeizig, bei Bedarf rücksichtslos. Einsam, zu Allianzen, die ihn weiterbrachten, überaus fähig, und doch von der Welt isoliert. Zu Scheinbindungen überaus fähig, manipulativ. Jegliche Korrektheit demonstrierend und doch im entscheidenden Moment zur Lüge bereit. Sehr katholisch, ständig am Lügen. Frauen gegenüber sehr befangen, Sexualität wahrscheinlich nur im Bordell. (Ritschl hatte Dr. Prager kein einziges Mal in die Augen gesehen, wie Beck in der kurzen halben Stunde in Moldawas Zimmer beobachten hatte können, dabei sehr wohl mit ihr geredet, sachlich, wie mit einem Obduktionsautomaten. Und ihr immer, wenn sie mit dem Rücken zu ihm stand, auf den Hinterkopf, die Hüften, die Hosenbeine gestarrt.) Betrank sich vermutlich nie, oder nie in Gesellschaft, oder nur im Bordell. Ärgerte sich vermutlich, wenn ihm jemand sagte, dass Dr. Prager wie seine Schwester aussah, hielt das für eine inzestuöse Anspielung. War ständig besorgt, dass jemand Dr. Prager als Frau betrachten könnte und nicht als Arzt, ging daher mit gutem Beispiel voran. Betrachtete vermutlich Moldawa als Dr. Pragers wachsamen älteren Bruder, brachte alle in eine Beziehung zu Dr. Prager, zu der er selbst in keiner Beziehung zu stehen wünschte. Beck zwang sich, nicht länger über Ritschl nachzudenken, auch nicht an Dr. Prager zu denken oder an Marianne, die ein Mittagessen für ihn warmhielt, bis es zu Schaum und zu Tode gekocht war.

»Wir fahren nach Wildungsmauer!« rief Kiselak nach hinten.

»Was? Nicht Kaiserwasser? Hungerinsel?« fragte Ritschl.

»Falschmeldung. Irgend so ein Trottel hat geglaubt, dort stehen noch immer die Schiffsmühlen. Schiffsmühlen, Kaiserwasser. Ärarische Schiffsmühlen.«

»Das heißt?« Ritschl schien aufgebracht, als ob er schon öfter an einem falschen Tatort gelandet wäre.

»Ein Trottel bei uns hat geglaubt«, erklärte Kiselak, stotternd durch das Rumpeln des Wagens, »dass, wenn eine Leiche in einer Schiffsmühle gefunden wird, das nur in der Donaustadt sein könne. Irgend so ein Greis wahrscheinlich. Wir fahren aber nach Wildungsmauer.«

»Wer war das?« fragte Ritschl wütend.

»Keine Ahnung«, sagte Kiselak und dann, beschwichtigend: »Ist ja nichts passiert.«

»Ich hab das auch geglaubt«, mischte sich Schneyder ein, »Schiffsmühlen in der Donaustadt. Egal. Irrtum. Wildungsmauer.«

»Warum heißt das Hungerinsel?« fragte Beck. »Wo ist das?«

»Sie kennen das sicher noch als Badeort«, sagte Kiselak, »Früher hat man dort gebadet, jetzt wird dort gehungert. Mein Vater hat noch die ärarischen Schiffsmühlen gesehen. Waren alle schön mit Adlern verziert.«

»Manchmal habe ich sogar das Gefühl«, fügte Schneyder ein,

»ich wäre noch auf den Basteien spazierengegangen, dabei hat man es mir nur erzählt. Mein Vater ist noch auf den Basteien spazierengegangen. Oder mein Großvater?«

»Und ihr Idioten wisst nicht, dass es Schiffsmühlen bis ans Schwarze Meer hinunter gibt?« fragte Ritschl.

»Überall«, bestätigte Schneyder, »es gibt Dinge, die nicht umzubringen sind.«

»Menschen sind umzubringen!« rief Ritschl. »Das hat Sie zu interessieren!«

»Mein Vater hat erzählt«, erzählte Kiselak unbeirrt, »dass die Schiffsmüller prozessierten, als die Donau in der Donaustadt reguliert wurde, weil man ihnen die Strömung wegnahm. Sie haben sogar Recht bekommen, aber die Donau wurde trotzdem reguliert.«

»Das ist fünfzig Jahre her!« rief Ritschl, »Darum heißt es ja jetzt ›Alte Donau‹. Alte Donau, keine Strömung, keine Schiffsmühlen. Abschaffung der Mühlen des Kaisers lange vor Abschaffung des Kaisers.«

»Hätte ja sein können, dass dort noch eine steht«, beschwichtigte Schneyder, »irgendwo verrottet an einem Nebenarm, im Gebüsch.«

»Wenn ich mich recht entsinne«, sagte nun Beck, ohne Ritschl eines Blickes zu würdigen, »haben auch Sie keinerlei Einwand erhoben, als es ›Hungerinsel‹ hieß.« Das Schweigen, das folgte, war »eisig«.

»Man konnte ihnen keine Hausnummern zuweisen«, beeilte sich Kiselak, wieder auf die Historie zurückzukommen. »Im November wurden sie abgebaut, zerlegt und getrocknet, hat mein Vater erzählt. Wie sollte man solchen Häusern Nummern zuweisen? Im Winter wären sie vom Eisstoß zerschnitten oder zerquetscht worden. Man kennt das ja: die Eisschollen stauen und türmen sich übereinander und zerdrücken das Holz.«

»Ihr Idioten«, sagte Ritschl.

HERZENSGÜTE

An ihren Taten sollt ihr sie erkennen! Auch das hatte Becks Vater, der Richter, häufig gesagt. Gedonnert. Zitiert. Ja, wenn einer keine Taten setzen konnte, etwa weil er in Handschellen vor seinem Richter saß, dann musste man zurückgreifen auf die Physiognomie. Dann schloss man vom Gesicht auf den Menschen und in weiterer Folge vom Menschen auf die Tat (gemeiner Augenbrauenwuchs – gemeiner Charakter – gemeiner Raub). Andererseits konnte alles als Tat gelten, auch das trotzige Zu-Boden-Blicken eines Angeklagten zum Beispiel, und so betrachtet ergaben gute Taten umstandslos gute Menschen und schlechte Taten schlechte Menschen. Und umgekehrt: war man einmal als guter Mensch etabliert (wie der Richter), konnte man von vornherein nur mehr Gutes tun und alles, was man tat, war anstandslos gut.

Aber was war das: In einem Fluss, in den hunderte, tausende Soldaten getrieben wurden, auf der Flucht vor dem Feind, der hinter ihnen und hundertmal, tausendmal stärker war, in einem Fluss, in den sie hineingetrieben wurden durch die Befehle ihrer eigenen Generäle, die die Nerven verloren oder den Nerv hatten, Männer zu opfern für nichts, hunderte, tausende, einfach weil sie die richtigen Geländekarten nicht dabei oder den Überblick verloren hatten oder es ihnen egal war, sie hatten ja ein Millionenheer – in einem solchen Fluss, in dem es eine Handvoll Pontons gab, um überzusetzen, und unter solchen Männern, die zum überwiegenden Teil nicht schwimmen konnten, tat jeder dasselbe: er versuchte, seine eigene nackte Haut zu retten. Die auf den Pontons traten alle hinunter, die sich daran festklammerten und hinaufzuklettern versuchten, sie traten auf die Hände und in die Gesichter von Kameraden – nicht weil sie schlechte Menschen waren, sondern weil sie die Pontons und ihre eigene nackte Haut retten wollten, weil hunderte, tausende des Schwimmens unkundige Soldaten auf einer Handvoll Pontons mitsamt der Handvoll Soldaten, die bereits auf den Pontons waren, gekentert und untergegangen wären. Die, die schwimmen konnten, traten alle, die nicht schwimmen konnten, von sich, die Nichtschwimmer klammerten sich an die Nacken der Schwimmer, obwohl sie wussten, dass sie diese damit ertränkten. Und waren das schlechte Menschen?

Man hatte sein Leben lang gehört, wie die Opferung des Lebens gepriesen wurde, »für eine höhere Sache«, man war darauf eingeschworen worden, das Leben für etwas zu opfern und hatte vielleicht selbst die Opferung des Lebens »für ein größeres Gut« stets gepriesen, dann aber, als es zum Opfern kam, dachte man nur noch: Ich denke nicht daran, mich zu opfern, auf die vage Möglichkeit hin, dass dadurch ein anderer gerettet würde oder ein »höheres Gut«. Wenn man überhaupt noch etwas dachte. Man sah das Entsetzliche und wollte selbst nichts Entsetzliches tun, aber dennoch weiterleben, und am Ende tat man etwas Entsetzliches und rettete dadurch die eigene nackte Haut. Man war als Soldat in einen Fluss geworfen, ob man schwimmen konnte oder nicht, und wehrte sich plötzlich gegen die eigenen Kameraden. Und hasste, ob man wollte oder nicht, die eigenen Generäle. Und verfluchte die eitlen, trunksüchtigen Erzherzöge, die aufgrund ihres »Gottesgnadentums« die höchsten militärischen Posten innehatten. Und sah sich in Umstände und einen Fluss geworfen, in denen ein netter, wohlerzogener Bursche, der sein Lebtag lang keiner Fliege etwas zuleide getan hatte, einem Kameraden, der sich am Ponton festhalten wollte, auf die Finger trat, damit dieser losließ und ertrank. Dieselben Männer, die sich wenige Monate zuvor auf einer garden party oder Abendgesellschaft noch gesorgt hatten, ob sie jemanden durch eine unbedachte Äußerung verletzt hätten. Die schlaflose Nächte wegen einer Mathematikprüfung verbrachten, deren Nichtbestehen den Vater zutiefst erschüttern hätte können. Die verarmte Verwandte bei sich aufnahmen, die ihre kranke Mutter pflegten. Die einem Bettler mit aufrichtigem Mitleid Münzen zuwarfen. Die sich an die zehn Gebote hielten und sich Behandlungen mit kaltem Wasser unterzogen, wenn sie »ihres Nächsten Weib« begehrten. Die nicht einmal logen, wenn es für alle Welt besser gewesen wäre. Männer mit feinstem Ehr- und Anstandsgefühl, in vielen Lebensjahren erarbeitet, entwickelt und zur Hochblüte gebracht, traten hier ihren Kameraden auf die Finger, damit diese ertranken. Konnte man jemanden unter allen Umständen an seinen Taten erkennen? Auch wenn er in einen solchen Fluss geworfen war?

Natürlich gab es vereinzelt an einem solchen Fluss, in den sich Hunderte, Tausende in Todesangst stürzten, Heldentaten, heilige, selbstlose Hilfsbereitschaft, etwa an fünf oder sechs Punkten, schätzte Beck, in einem solchen Fluss. Davon etwa vier bis fünf Mal vergeblich, schätzte Beck, weil nicht nur der Heilige, sondern auch der, dem er helfen wollte, trotzdem ertrank. Wären in einem solchen Fluss dann alle gut gewesen, wenn alle gestorben wären, Hunderte, Tausende – die, die sowieso ertranken, und die, die ertranken, weil sie andere, sinnlos, zu retten versuchten? Gab es Umstände, Zeiten und Flüsse auf dieser Welt, in denen beinahe jeder imstande war, einem Kameraden, der seine nackte Haut retten wollte, auf die Finger zu treten oder, wenn dieser zu kräftig und zu entschlossen war, zur Not auch ins Gesicht? Eine Tat, die für sich genommen horrend war, ein Verbrechen, Anlass für jedes irdische und Jüngste Gericht. Eine Tat, die jeden Menschen ein für alle Mal als Verbrecher markierte – was aber, wenn sich in einem solchen Fluss Hunderte, Tausende schuldig machten, in Todesangst, aus Überlebensinstinkt?

Im Grunde, nach den Regeln des Anstandes und der Subordination, durfte man nicht einmal die Offiziere hassen, die das ganze Ertränkungsdebakel verursacht hatten, die panisch oder gleichgültig Angriffs- und Rückzugsbefehle gegeben hatten und selbst ganz woanders saßen, in der Etappe, in Sicherheit, im Feldherrenzelt auf der Gänseblümchenwiese, beim Mittagsschmaus mit ein paar Flaschen Tokaj. Um diese allerhöchsten Offiziere, die Stabs- und Generalstabsoffiziere, die Hunderte, Tausende auf Gefechtskarten verschoben, angemessen hassen zu können, musste man vielleicht selbst Offizier sein, ein Truppenoffizier wie Beck, der wusste, welche Fehler gemacht wurden und wie ein Befehl von oben herunterpolterte: erst ein kleiner Schneeball, mit einer sportlichen, belanglosen Geste weggeschickt, auf dem Weg nach unten immer mehr Schnee mitreißend, bis er schließlich zur Lawine wurde, die alles unter sich begrub.

Er selbst hatte in der Theresianischen Militärakademie schwimmen gelernt, in Wiener Neustädter Militärschwimmlehrbecken war er gehechtet mit Kraft und Eleganz, hatte alle erdenkliche Sorgfalt auf den eleganten Hechtsprung verwendet und Kraulen und Brustschwimmen gelernt. Durch dieses Offiziersprivilig und diese Ausbildung, die er seinem Vater verdankte, war Beck nun einer von denen, die schwimmen konnten, und das, obwohl er die militärische Laufbahn zum biblischen Furor des Richters im Alter von einundzwanzig Jahren »hingeschmissen« hatte, um zur Kriminalpolizei zu gehen, »weit unter seinen Stand«.

Er war sehr spät an den Fluss gekommen und hatte die überfüllten Pontons gesehen, er hatte sich nicht einen Moment lang mit dem Gedanken an diese aufgehalten. Die Reste seiner Kompanie waren in Grüppchen zerrissen worden, schließlich in Einzelpersonen, hier im Gedränge kämpfte jeder für sich selbst. Beck hatte die Überfülle an zappelnden Menschenleibern im Fluss gesehen und war herumgedrängt worden von noch viel zahlreicheren Menschenleibern am Ufer, Kameradenleibern, die mit voller Ausrüstung in das Wasser hineinwateten, um sofort unterzugehen, oder die Gewehr und Tornister und Kommißstiefel auf die Kiesbänke warfen, um ins Wasser zu waten und unterzugehen. Er selbst hatte das Nötigste ohne lange nachzudenken abgelegt, war in den Fluss hineingewatet und hatte auf halbem Weg einen halben Hechtsprung gemacht. Dann hatten sich Kameradenleiber an ihn geklammert und ihn unter Wasser gezogen. Er hatte in der Wiener Neustädter Militärschwimmschule gelernt, einen Menschen zu retten, aber er hatte nicht gelernt, fünf oder sechs oder zehn Menschen schwimmend zu retten. Er griff daher nach einem Menschen, zufällig, drehte sich auf den Rücken, hielt den Menschen fest an die Brust gepresst und trat die anderen Menschen weg. Mit übermenschlichen (unmenschlichen) Beinstößen und Handschlägen hatte er schließlich sich und den Unbekannten, den er retten wollte, befreit, da begann dieser zu treten und zu schreien und ihn unter Wasser zu ziehen. Andere kamen aufs Neue hinzu und traten und schrien und zogen noch weiter. Noch vor der Flussmitte erlahmten Becks Kräfte, er kämpfte gegen die Strömung und duckte sich unter Schüssen, der Fluss war unter Beschuss genommen worden und alle, die noch am Ufer gestanden hatten, stürzten sich nun in den Fluss. Beck schrie dem zu Rettenden beruhigende Worte zu, die von dem Wasser, das in seinen offenen Mund hineinschoss, aufgegurgelt wurden, er schluckte und trat und tauchte und dann, auf einmal, war der zu Rettende weg. Beck suchte nicht nach ihm, an ihren Taten sollt ihr sie erkennen, er schwamm weiter und hielt sich fern von allen Ertrinkenden, allen Kameraden, bis er irgendwann am anderen Ufer, einer steilen Felsböschung, an ein Bäumchen geklammert hing. Meterhohe Fontänen schossen aus dem Wasser hoch und fielen wieder in sich zusammen, man hätte an Wasserspiele denken können, neckische Fürstenunterhaltung im Stile des Manierismus, wenn da nicht das gellende Geräusch der Granaten gewesen wäre, die einschlugen und so die Wassermassen verschoben. Menschenleiber schossen wie Puppen aus dem Wasser hoch, oder Teile von Menschenleibern. Ewig hing Beck dort in der Strömung, er hatte keine Kraft, den Felsen zu erklimmen, er hatte eindeutig, unstrittig, zweifelsfrei seine Faust in das Gesicht eines Menschen geschlagen, der daraufhin unter das Wasser gesunken war. Und er hatte noch etwas getan, das ihm jetzt, als er an dem Bäumchen hing, immer fürchterlicher bewusst wurde: er hatte das Messer aus dem Gürtel gezogen und um sich gestochen, in Kameradenleiber hinein, ein Teil des Kameradenblutes, das diesen Fluss verdickte, war von seiner Hand geflossen, er fühlte bei offenen Augen, wie das Kameradenblut immer dichter an ihn heranfloss, über sein Gesicht sprühte und sich am unteren Lidrand sammelte, wo der rote Spiegel nach und nach anstieg, bis Beck darüber nur mehr einen kleinen Weltausschnitt in Sichelform sah. Und es war egal! Er würde niemals darüber sprechen! Wer hatte das Recht, ihn zu verurteilen? Er würde keine Diskussion über die Geschichte erdulden, womöglich von Menschen, die nie in einem solchen Fluss gewesen waren! Sein eigenes Leben zu retten musste doch auch als gute Tat gelten – und sei es nur, weil man dadurch einen anderen von dieser Aufgabe entband!

Als oben am Felsen ein Kamerad erschien, der sich auf den Bauch legte und ihm die Hand hinhielt, begann Beck sich zu schämen und hatte nie wieder ein Ende gefunden für seine Scham. Aber was wusste der? Er war vollkommen trocken, nie auf der anderen Flussseite gewesen oder auf einem der ersten Pontons übergesetzt.

Dass Beck überhaupt schwimmen gelernt hatte, war erstaunlich, denn er hätte allen Grund gehabt, die Auslieferung seines Körpers an ein Gewässer ein Leben lang zu verweigern.

Es war an seinem zehnten Geburtstag gewesen, dem 27. März 1898, als er die entscheidende Lektion lernte. Die Familie hielt sich in Abbazia auf und wie jeden Morgen hatte Becks Vater, der Richter, ihn zu einem frühen Spaziergang über den Uferweg mitgenommen – den Friedrich-Schüler-Strandweg, einen »Terraincurweg I. Ordnung«, wie der Richter nicht müde wurde, seinem Sohn einzuschärfen. Diese Spaziergänge, die sich endlos lang in der kühlen, windigen Morgenluft hinzogen, waren für Balthasar beschwerlich, er hasste es, ohne Frühstück aus dem Haus gehen und der Welt trotzen zu müssen, er fühlte sich schwach, ungewappnet, verwundbar ohne einen Bissen im Magen, er konnte sich nicht konzentrieren auf das, was aus dem Mund des Richters an steter, monologischer Predigt floss. Er sollte unterrichtet werden über gewisse Grundsätze, Tatsachen und Prinzipien, das wusste er, der Richter wollte seinen ganzen Erfahrungs- und Weisheitsschatz über ihn gießen, nein, in ihn hinein, es ging um Werte, Unumstößlichkeiten und Richtschnüre, die sich Balthasar in der ersten morgendlichen Aufnahmefähigkeit zur Brust nehmen sollte, um als geläuterter, erleuchteter Mensch in die Villa zurückzukehren. Der Weg, der in Buchten hinein, an Vorsprüngen hinaus, die Klippen hinauf und hinunter führte, bot seine erhabenen Momente, etwa wenn ein Windstoß graue Wolkenwände auseinanderriss und dahinter ein flamingorosa Lodern hervorzog, wenn die Möwen durch die bewegten und gegenbewegten Luftschichten tollten und dabei kreischten, dass einem ein Schauer bis in die Fingerspitzen fuhr, wenn das Meer fremd wie ein Elfenreich war. Das alles trug dazu bei, Balthasar vom Vortrag seines Vaters abzulenken, dabei wusste er doch, dass er am Nachmittag über das Vorgetragene geprüft werden würde und Ausrufen wie: »Ein Hirn wie ein Huhn!« entgegensah.

Dann, am zehnten Geburtstag seines Sohnes, den er so hingebungsvoll mit einer Weltanschauung auszustatten suchte, hatte der Richter mitten im Morgenspaziergang eine Inspiration. An einem Geländer, das die Spaziergänger davor bewahren sollte, von einem steilen Felsen ins Meer zu stürzen, stützte er sich ab, rekognoszierte die Umgebung, die aus einer von seinem Posten aus hervorragend einsehbaren Badebucht bestand, und kam zu dem Schluss: »Mein Sohn, es wird Zeit für dich, schwimmen zu lernen.«

Balthasar, der es normalerweise vermied, seinem Vater, dem Richter, in die Augen zu sehen (er hatte das Gefühl, dabei Dinge zu sehen, die ein Kind besser nicht sehen sollte), blickte ihm gespannt ins Gesicht. War es denn möglich, dass der Richter selbst schwimmen konnte, es in einer lange zurückliegenden Jugend, von deren Vergnügungen nie die Rede war, gelernt und geübt hatte und diese Kenntnisse nun seinem Sohn, der ihn noch nie ohne Halsbinder erblickt hatte, anlässlich seines zehnten Geburtstages vermitteln wollte? Was würde nun geschehen? Würde der Vater Badekostüme aus der Rocktasche zaubern, würden sie gemeinsam ins Wasser steigen, würde er Balthasar mit beiden Händen sicher am Bauch stützen, während dieser seine ersten Tempi versuchte, so wie es bei anderen Vätern und Söhnen zu sehen war?

Mit der Spitze seines Spazierstocks stieß der Vater Balthasars Jackenknöpfe an. »Zieh dich aus«, sagte er. Balthasar zog sich aus, während der Vater: »Weiter, weiter!« rief, und zuletzt zog er auch noch die Unterhose aus, da der Vater: »Weiter, weiter!« gerufen hatte. Splitternackt stand Balthasar vor seinem Vater und dem Geländer und hatte beträchtliche Furcht, dass ihn jemand in diesem entwürdigenden Zustand sehen könnte, Freunde, die Eltern von Freunden, die ebenfalls einen Morgenspaziergang machten, oder Dienstboten gar, die von den Fenstern der Villen herabsahen. Doch niemand kam. Balthasar musste zur Badebucht vorgehen und in das eisige Wasser hineinwaten.

»Weiter, weiter!« rief sein Vater, der, als Balthasar das Wasser bis zu den Lippen reichte, genau über ihm stand.

»Weiter, du Sack!« rief der Vater. »Hinein mit dir, du sollst schwimmen!« Balthasar dachte sich, sein Vater würde schon wissen, was zu tun sei, machte einen großen Schritt nach vorn, ohne mit seinem Fuß wieder auf Grund zu treffen, und ging unter. Er strampelte, drehte sich, fand keine Abgrenzungen in diesem dreidimensionalen Raum, weder Decke noch Boden, schluckte, fühlte das Wasser durch Nase und Mund in sämtliche Höhlungen des Kopfes eindringen, versuchte zu schreien, schlug um sich, wartete auf die Hand seines Vaters, die ihn herausziehen sollte, ertrug den Druck in seiner Lunge kaum noch, dann hatte er wieder Grund, schoss aus dem Wasser und keuchte nach Luft. Über ihm stand sein Vater an das Geländer gelehnt, schweigend, und beobachtete interessiert seinen Überlebenskampf.

»Wenn man einen Welpen ins Wasser wirft«, sagte er schließlich, nachdem Balthasar sich das Wasser aus den Ohren geschüttelt hatte, »macht er automatisch Schwimmbewegungen und schwimmt.«

Balthasar musste das Experiment wiederholen. »Weiter, weiter«, sagte der Vater, als ihm das Wasser knapp unter den Nasenlöchern stand, Balthasar legte den Kopf zurück, bis aus dem Wasser nur mehr die Nase heraussah, er hörte das »Weiter, weiter« nicht mehr, aber er spürte es, machte noch einen Schritt und stürzte wieder, diesmal noch verzweifelter, in dieselbe Todesangst wie zuvor. Er hoffte, sein Vater würde Mitleid mit ihm haben und es dabei bewenden lassen. Er hoffte, dieses Medium, das sich seinem Griff entzog und ihn gleichzeitig erdrückte, würde ihn überhaupt jemals wieder freigeben. Oder sollte er getötet werden, hatte Gott seine Opferung gefordert? Dann hätte Gott nicht das Wunder wirken sollen, dass Balthasar kurz vor dem Aufgeben wieder den seichteren Grund fand. Seine Lungen schmerzten, schienen kurz vor dem Platzen zu sein.

»Ein erbärmliches Schauspiel!« rief sein Vater von oben herab. Als Balthasar sich umdrehte, um mit hängendem Kopf aus dem Wasser zu steigen, brachte ihn ein Zornesschrei seines Vaters zum Stehen: »Du bist wohl verrückt!« Balthasar regte sich nicht. Von hinten plätscherten die Wellen an ihn heran, schoben ihn sanft zum Ufer.

»Los! Umdrehen! Wieder hinein mit dir!«

Balthasar drehte sich um, hielt den Blick gesenkt auf die Wellen, die nun von vorne auf seine blassen Brustwarzen trafen, schob seine Füße so langsam wie möglich über den steinigen Grund nach vorn. Er hoffte, ein riesiger Fisch würde in seine Wade beißen, so dass eine Blutwolke an die Wasseroberfläche quoll und er endlich an Land gehen durfte.

»Weiter, weiter«, sagte der Richter. (»Mit meinem bloßen Willen habe ich ihn hineingetrieben!« rühmte er sich später vor Besuchern.)

Bringen wir es hinter uns, dachte Balthasar, hielt die Luft an und ging in die Knie. Unter Wasser ruderte er heftig mit den Armen, um seinem Vater denselben Kampf vorzutäuschen wie vorhin, behielt dabei aber beide Sohlen fest auf dem Meeresboden. Er hoffte, dass das Wasser trüb genug war, so dass der Vater von der Finte nichts bemerkte. Zuletzt schoss er mit dem Kopf dramatisch aus dem Wasser heraus, spuckte und keuchte und spritzte, sank noch einmal unter Wasser zurück, um seinem Vater vielleicht doch noch etwas Angst einzujagen, blieb dann stehen und löste mit jeder herankommenden Welle ein wenig die Füße vom Grund, damit sie ihn unauffällig zum Ufer hinschob.

»Ein Versagen auf ganzer Linie!« rief der Richter vom Geländer herab. Dann endlich war die Übung beendet, Balthasar durfte herauskommen und die Kleider anlegen, die auf dem Heimweg salzklebrig und nass auf seiner Haut scheuerten, während es von seinen Haaren auf den Kragen hinabtropfte.

In der Villa wartete die Mutter bereits am gedeckten Frühstückstisch. Wie jedes Jahr hatte sie Punschkrapfen backen lassen, die einzige Mehlspeise, die der Vater mochte und die daher an Geburtstagen zugelassen war. Das Geburtstagsgeschenk lag am Buffet bereit, es war wieder ein Band aus der Reihe »Große deutsche Dichter«, dieses Jahr Andreas Gryphius. Als die Mutter Balthasars nasse Haare und Kleidung sah, blickte sie ihren Mann fragend an.

»Er hätte schwimmen lernen sollen, war dazu aber aus unerfindlichen Gründen nicht imstande«, sagte dieser, setzte sich auf seinen Platz und begann, die Morgenpost durchzusehen, die auf seinem Teller lag.

Die Mutter nahm Balthasar bei der Hand, führte ihn nach oben, trocknete ihm die Haare ab und legte ihm frische Kleider heraus. Dabei sprach sie kein Wort. Als er umgekleidet hinter dem

Paravent wieder hervorkam, kniete sie vor ihm nieder und schob die Aufschläge an seinem Jacket zurecht. Balthasar, der die Stille nicht länger aushielt, hörte sich selbst eine ungeheuerliche Frage formulieren: »Mutter, kann Vater denn eigentlich schwimmen?« Sie schüttelte den Kopf, ob in Verneinung der Frage oder aus Tadel über die Frage, war nicht zu erkennen, dann sagte sie: »Du weißt, dass er es gut gemeint hat.« Und bevor sie die Tür öffnete: »Es ist ein schöner Tag, reiß dich zusammen. Du weißt gar nicht, wie gut es dir geht.«

Sein größter Irrtum bei dem Versuch, einen Menschen nach seinen Taten zu beurteilen, war Beck in der Gefangenschaft unterlaufen. Sie waren zum Holzschlägern eingeteilt worden in einem morastigen Waldstück, ohne Pferde und ohne richtiges Gerät, sie mussten die Stämme selbst schleppen mit halbverrotteten Seilen, die ständig durchzuscheuern drohten, die Äxte waren stumpf, die Sägen zerbrachen ihnen unter den Händen. Je erschöpfter sie wurden, desto mehr Verletzungen gab es, und je mehr die Fällquoten angehoben wurden, desto gefährlicher wurden die Verletzungen. Das Wetter war schlecht, es regnete fast ununterbrochen, bis zu den Knien konnte man einsinken in aufgeweichtes Erdreich und dicke Schichten aus abgefallenen Nadeln. Man war nass bis in die Stiefel und zwischen den Zehen brach klaffend die Haut auf, die Finger verfärbten sich vom Rotlauf und am Leib war jeder zerschunden von einem Seil, einem Ast, einem Stamm.

Eines Tages beobachtete Beck, wie der Obergefreite Kreidl, ein leicht aufbrausender, aber auch zu forcierter Heiterkeit fähiger Mensch, sich immer wieder an einem Tümpel zu schaffen machte. Immer wieder gelang es ihm, sich minutenlang von der Arbeit und dem Blick der Bewacher loszumachen und am Rande des Tümpels konzentriert mit Zweigen zu hantieren, er schien etwas zu bauen. Schließlich fand Beck, neugierig geworden, einen Vorwand, näher hinzuzutreten, und stellte fest, dass das Wasser des

Tümpels, das über Nacht stark angestiegen war, einen Ameisen-
haufen überschwemmt hatte. Nur seine Spitze schaute aus dem
Wasser heraus und dort drängten sich hunderte, tausende Ameisen, die verzweifelt ihre Eier aus den Tiefen des Baus nach oben
in Sicherheit gebracht hatten und nun nicht wussten, wohin.
Wie es schien, hatte Kreidl eine Rettungsaktion gestartet und
versucht, mit Zweigen eine Brücke zum Land hin zu bauen. Den
ganzen Tag über beobachtete Beck, wie Kreidl immer wieder, am
rutschigen Ufer balancierend, einen Zweig in den Ameisenhau-
fen hineinhielt, wartete, bis sich ein paar – und seien es nur zehn
oder zwanzig – Ameisen mit ihren Eiern darauf gerettet hatten,
so viele, wie es seine Zeit eben erlaubte, um sie dann an sicherer
Stelle auf dem Waldboden abzusetzen. Dazwischen arbeitete er
an seiner Landbrücke, damit sich die Ameisen auch dann weiterhin retten konnten, wenn er selbst nicht anwesend war.
Beck war gerührt, er war sprachlos vor so viel Herzensgüte, er
konnte eine solche Christlichkeit angesichts der eigenen Unbill,
der fallenden Stämme, der harten Arbeit und des blind machen-
den Regens kaum fassen. In seinem Herzen wurde es warm und
wärmer, eine solche Menschlichkeit gegenüber winzigen, nicht
einmal warmblütigen Tieren schien ihm das Größte zu sein, das
in einer solchen Unmenschlichkeit, wie es die Kriegsgefangenschaft war, überhaupt entstehen konnte. Er begann die Not der
Ameisen als die Not der Menschheit zu erkennen, er sah sie auf
gleicher Höhe, wie sie verzweifelt und unter Aufbietung ihrer
letzten Kräfte ihre Eier auf die Rettungszweige stemmten, die
ihnen von einem unbekannten Riesen, den sie wohl Schicksal
nannten, hingehalten wurden, und seine Brust zog sich zusammen und wurde weiter. Er war bereit, gemeinsam mit den Ameisen den Obergefreiten Kreidl als die gütigste Vorsehung zu erkennen, die in einem solchen gottverlassenen und im Regen ab-
gesoffenen Waldstück überhaupt möglich war. Es traten ihm die
Tränen in die Augen, er stand kurz davor, Kreidl zu umarmen. Er
stand kurz davor, Kreidl »Bruder« zu nennen, ihn mit geballten

Fäusten an sich zu drücken, wie es unter Männern üblich war, die füreinander Rührung empfanden, und ihm mit der Faust freundschaftlich, inniglich an die Schulter zu stoßen. Natürlich tat er nichts dergleichen und behielt seine Beobachtung für sich, dachte aber noch lange über den Begriff »Selbstlosigkeit« nach und bekam beim Anblick Kreidls, egal was dieser tat, die einmal empfundene Wärme wieder ins Herz.

Viele Monate später, in dem Lager an der Grenze zur Mandschurei, wo es keine Bäume mehr gab, wollte es der Zufall, dass Beck in demselben Zimmer wie Kreidl unterkam. Sie waren zu vierzehnt in dem winzigen Zimmer im Offizierslager und schliefen auf doppelstöckigen Pritschen, Beck unten und Kreidl auch. Man hatte sich auf strenge Regeln verständigt, denn ohne die ging es nicht, das fühlte jeder, Sauberkeit (soweit möglich), Ordnung, strikte Essens- und Schlafenszeiten, Vorschriften und Verbote, die vom Zimmerkommandanten, seinem Stellvertreter und seinem Schriftführer penibel eingemahnt wurden. Beinahe täglich wurden von den Gefangenen neue Verordnungen ausgearbeitet, niedergeschrieben und angeschlagen, auch Strafen für Zuwiderhandelnde dachte man sich aus (als ob die Russen nicht schon genug Strafen im Repertoire gehabt hätten), sogar Sprachregelungen gab es, gewisse Begriffe waren untersagt, andere verlangt. Beck war erleichtert, dass ihm das Fluchen untersagt war, als würde diese Vorschrift der Verrohung seiner selbst entgegenwirken und ihm etwas von »Kultur« zurückgeben. Traten Spannungen auf, war besonders viel von »kameradschaftlicher Liebe« zu sprechen, »nach dem Krieg« war zu ersetzen durch »nach dem Sieg« – das hatte man sich von den Deutschen in der Nachbarbaracke abgeschaut, aber es wären keine Österreicher gewesen, hätten sie nicht bald den Ernst der Lage im Wort unterwandert, bis alle, einschließlich der Zimmerkommandanten, nur mehr sagten: »Nach dem Ieg.« Während der Mahlzeiten durfte weder über den Krieg noch die Gefangenschaft gesprochen werden, erwünscht waren hingegen Erzählungen und Anekdoten aus der

Zeit davor (»Ich hatte damals einen wirklich fähigen Famulus an meiner Seite, das dachte ich zumindest – bis eines Tages sämtliche Büsten jüdischer Hochschullehrer mit Farbe beschmiert waren.« »Eine einmalige Aufführung von ›Häuptling Abendwind‹, sogar auf der Premierenfeier danach wurde immer wieder spontan applaudiert!«) oder auf die nicht absehbare Zukunft bezogene Pläne (»Denken Sie, Sie werden das Geschäft Ihres Vaters übernehmen, wenn Sie wieder zuhause sind? Eine Zuckerlfabrik stelle ich mir amüsant vor!«). Unmerklich war das Du, das unter den österreichischen Offizieren Tradition gewesen war, aufgehoben worden, wie bei den Deutschen wurde gesiezt.

Es gab hier keine Arbeit, man war Tag für Tag in sich selber eingekesselt, in das winzige Zimmer, die Baracke, den Lagerzaun, man musste etwas tun, sonst wäre man wahnsinnig geworden, man musste sich feste Zeiten für Hofrundgänge und Lagerrundgänge und Murmelpartien vornehmen, die mit speziell bearbeiteten Kieseln gespielt wurden und die Ernsthaftigkeit von Börsengeschäften annahmen. Manchmal hätte Beck gerne Bäume gefällt. Manchmal hätte er gerne Bäume gefällt und Holz gehackt und Bahnschienen verlegt oder auch in den düstersten Bergwerken Erze geschaufelt, anstatt mit einem Gefühl des Irreseins auf seinem halben Strohsack zu liegen, in der halben Nachmittagsstunde, in der es erlaubt war, und Kräfte zu sammeln, von denen er befürchtete, dass sie nur in die Energie münden würden, derer es zum endgültigen Irrewerden bedurfte.

Ab zehn Uhr war das Licht ausgemacht, Sprechverbot, Schlafbefehl. Viele schliefen nicht, sondern wälzten sich herum – für die, die sich zu laut und zu heftig wälzten, gab es am nächsten Morgen eine Verwarnung. Andere schnarchten oder furzten. Für Letzteres wurden ebenfalls Verwarnungen ausgesprochen, es sei denn, man konnte nachweisen, dass man geschlafen und folglich unwissentlich gefurzt hatte.

Eines Nachts aber schienen alle zu schlafen, überall wurde geschnarcht. Beck war hellwach und überzeugt, der Einzige zu sein, der hellwach war, immer wieder hob er den Kopf und sah sich um, auf den unteren Etagen regte sich niemand, von den oberen sah keiner herab. Man hatte an diesem Abend getrunken. »Wenn es zu saufen gibt, dann soll es endlos zu saufen geben!«, war die Devise des Zimmerkommandanten und jeder schloss sich ihr an, das hieß, der Wodka wurde aufgespart und angesammelt und gehortet, bis ein endgültiges und komplettes Besäufnis aller möglich war. Selten genug. »Aber«, hatte der Zimmerkommandant gefragt, »wäre es besser, jeden Tag nur ein Tröpfchen zu trinken und danach aufhören zu müssen?« Nein, man wollte lieber ein seltenes, aber komplettes Besäufnis, an dessen Ende man sich selbst im Kreise wunderschöner, lasterhafter Frauen imaginieren konnte und in kompletter Bewusstlosigkeit versank. Das Problem war nur, dass Beck in Folge eines kompletten Besäufnisses hellwach wurde. Er konnte die ganze Nacht hellwach liegen und im Geiste Romane schreiben, er konnte vor Sehnsucht sterben nach einer Zigarette, einem Marillenknödel oder einer Frau.

Und dann, in einer solchen Nacht, hob Beck den Kopf, um nach Kameradenschatten zu sehen, und sah tatsächlich Kreidl, der sich am Ellbogen aufgerichtet hatte, um sich von seiner Pritsche zu der seines Nachbarn zu neigen. Der Nachbar schlief, zumindest regte er sich nicht. Der Nachbar war ein Mann, dessen Namen Beck damals kannte, später aber vergaß. Wie eine Schlange glitt Kreidl von seiner Pritsche, bleich in dem gleißenden Steppen-Sternenlicht, das durch die natürlich gardinenlosen Fenster hereinfiel (das Anbringen von Pappkartonläden war vom Zimmerkomitee aus ästhetischen Gründen untersagt worden), glitt hinüber zu seinem Nachbarn, saß da eine Weile über ihn gebeugt, wie ein Liebhaber, der seine Geliebte im Schlaf ansieht, zog dann ein Messerchen hervor und schnitt ihm mit einem einzigen, chirurgisch schnellen Schnitt die Kehle durch. Beck sah sich um, ob es jemand anderer gesehen hatte, aber offenbar hatte es niemand anderer gesehen. Er sah schwarzes Gallert aus der Kehle des Nachbarn austreten, dessen Namen er damals noch kannte, und wusste, dass das Gallert bei Tageslicht rot gewesen wäre, bis zum nächsten Tageslicht aber wieder schwarz werden würde. Die Schlange Kreidl war sachte in ihr Bett zurückgeglitten, der Nachbar aber seufzte, blubberte ein wenig, war gleich darauf wieder vollkommen still. Beck sah, wie das schwarze Gallert über den Arm des Nachbarn herabrann und von seinen Fingern auf den Boden tropfte. Er hätte aufspringen und »Feuer!« schreien können, dachte aber nicht daran. Er sah nicht ein, warum er »Feuer!« schreien sollte, nur weil er der Bewusstlosigkeit des Besäufnisses nicht erlegen war. Er hoffte, dass er eine besoffene Fata Morgana gesehen hatte, die am nächsten Morgen wieder weg war. Er hielt sich vor Augen, dass der Obergefreite Kreidl unter äußerster Selbstaufopferung Ameisen gerettet hatte, und schlief unter dieser beruhigenden Vorstellung ein.

Als Beck am nächsten Morgen von Geschrei geweckt wurde, war ihm bald klar, dass da wirklich einer abgestochen worden war. Er konnte sich nicht vorstellen, warum Kreidl das getan hatte, niemand hatte Kreidl in Verdacht. Ein Zimmergericht tagte, jeglicher Streit und jegliche Unstimmigkeit der letzten Monate wurden aufgelistet, man kam zu keinem Ergebnis. Man versuchte, den Mord vor dem russischen Wachpersonal zu verheimlichen und die Leiche unauffällig zu den anderen Leichen zu schleppen, wurde natürlich ertappt, die Russen aber machten keinerlei Anstand, fast schienen sie verständnisvoll, dass die Gefangenen nun einander gegenseitig umbringen mussten. Je länger das Zimmergericht tagte, desto fester hielt Beck seinen Mund. Manchmal sagte er sich, dass er halluziniert habe: Kreidl, der die Ameisen gerettet hatte, konnte keinen Kameraden abgestochen haben. Es musste jemand anderer gewesen sein, den er in Suff und Dunkelheit mit Kreidl verwechselt hatte. Einige Wochen später hängte Kreidl sich auf. Erst dann beschloss Beck, nie wieder etwas auf eine gute Tat zu geben.

TRANSSYLVANISCHE HEXEREI

Die Leiche lag in dem beinahe zwei Mann hohen Wasserrad, das sich ächzend drehte. Ein Stück weit nahmen die Speichen den Toten mit, dann rumpelte er zurück ins Wasser, immer wieder, man konnte nicht wegsehen, obwohl man beinahe die Schmerzen dabei empfand, die der Tote empfunden hätte, wäre er nicht tot gewesen. Man konnte nicht wegsehen, da das Wettbewerbsgefühl eines Spielers entstand, der vor dem Roulettetisch saß oder ein Rennen, einen Kampf beobachtete: Wie weit würde das Wasserrad diesmal die Leiche mitnehmen können, ehe sie wieder zurückrumpelte? Man begann die Speichen zu zählen, im Geist den Wendepunkt an anderen, unbeweglichen Anhaltspunkten zu vermessen. Man war hypnotisiert. Das generelle Rauschen des Flusses und das spezielle, sich in höheren Tonlagen bewegende des Wasserrads, von dessen Speichen es in Vorhängen herabrann, dazu das Holzächzen der vom Wasser auf und nieder geschaukelten Schiffskonstruktion hatten einen schnell in Trance versetzenden Effekt. Der Tote lag auf dem Bauch, was die unwillkürlich mitempfundenen Schmerzen noch vergrößerte, da Nase, Backenknochen, Kiefer und Stirn direkt auf den Speichen aufschlugen. Dazu das Schöne, die langen grünen Moossträhnen, die von den Speichen hingen und von Wassersträhnen umflossen waren, eingeschlossen wie Sporenfäden im Baumharz – man wusste nicht, ob es schön oder unheimlich war.

»Kann man das denn nicht anhalten?« rief Ritschl dem zerlumpten Mann zu, der mit seiner hochschwangeren Frau das Mühlhaus offenbar bewohnte. Sie standen alle auf die beiden Stege gedrängt, die Mühlhaus und Ponton miteinander verbanden und zwischen denen sich das Wasserrad drehte. Auf dem Ponton gab es eine gemauerte Feuerstelle, in der etwas schwelte und in der der Mann, den sie für den Schiffsmüller hielten, herumgestochert hatte, als sie ankamen. Nun kletterte er ungeschickt über das Geländer des nordwestlich gelegenen Steges, wo die Strömung auftraf. Auf einem schmalen Vorbau kletterte er herum, betrachtete ratlos hölzerne Vorrichtungen und Mechaniken, stand schließlich vor einem horizontalen Drehkreuz, das er zunächst nicht zu lösen vermochte. Als er den Pflock gefunden hatte, mit dem es festgekeilt war, drehte er es in die falsche Richtung und hob damit die Schleuse zur Gänze, so dass die Strömung nun mit voller Wucht auf das Mühlrad auftraf, das Mühlrad raste, die Leiche mit ungebremstem Drall durch Luft und Wasser geschleudert wurde und wie ein Gummiball von Speiche zu Speiche sprang. Der Mann bemerkte seinen Irrtum nicht, gedankenverloren starrte er in die Strömung und nahm auch keine Zurufe wahr, ein Polizist musste schließlich zu ihm über das Geländer klettern und ihn an den Schultern zum Mühlrad hindrehen. Das Drehkreuz in die andere Richtung zu bewegen schien viel Kraft zu erfordern, der schmächtige Mann kam nicht recht voran, vielleicht war das Holz auch angeschwollen und angesoffen vom Wasser, die Scharniere, Bolzen und Führungen verklemmt, jedenfalls musste der Polizist sich mit in das Drehkreuz stellen und anschieben, ehe sich die Schleuse endlich schloss und das Mühlrad zum Stillstand gelangte.

Sie gingen auf den Ponton hinaus, um in die offene Seite des Wasserrades zu spähen. Zwei magere Hühner pickten die Bretter ab, als lägen dort Getreidekörner, und eine ebensolche Mühlenkatze schlich umher, als gäbe es Mäuse, die von Getreidekörnern fett geworden wären. Der Tote lag in dem sich langsam glättenden Wasser, das Gesicht ruhte wie im Schlaf auf den Speichen. Er hatte dunkles Haar, kurz geschnitten, den Nacken fein säuberlich rasiert. Das amarantrote Hemd (so die Farbbezeichnung, die Ritschl einfiel) mochte in trockenem Zustand heller und leuchtender sein. Kein Mantel, keine Jacke, kein Rock. Dafür Handschuhe, was seltsam aussah. Mit Wohlwollen bemerkte Ritschl, dass Kiselak (»sein« Kiselak) der Erste war, der einen Weg über die aus dem Wasser ragenden Holzteile ausgemacht hatte und zu der Leiche hinbalanciert war. Dann allerdings stand er vor dem Wasserrad, aufgepflockt wie ein Blesshuhn, und wusste nicht weiter. Die beiden uniformierten Polizisten balancierten hinter ihm auf glitschigen Tritten, keiner wollte nass werden bei dem eisigen Wind, der in Böen um und zwischen sie fuhr.

»Stecken!« schrie Kiselak und Bewegung kam in die Männer, von dem zerlumpten Einwohner des Mühlhauses wurde ihnen eine lange Eisenstange mit Widerhaken gereicht. Dr. Prager schüttelte den Kopf, es war klar, dass der Widerhaken dem Toten Verletzungen zufügen musste, die ihre Arbeit später erschweren würden. Der Mann holte eine Holzstange herbei, an der ein Drahtring mit einem löchrigen Netz befestigt war. Man reichte sie Kiselak, der vergebens versuchte, damit die Leiche näher zu sich heran zu holen. Schließlich warf er die Stange von sich und stieg ins Wasser hinein, das ihm bis zu den Hüften reichte. Nun konnten auch die beiden anderen Polizisten nicht zurückstehen, stiegen ins Wasser, und gemeinsam zog man den Toten auf den Ponton.

Als man ihn auf den Rücken drehte, war da kein Gesicht. Etwas Blutiges, Fleischiges bedeckte die Vorderseite des Kopfes, etwas mit Löchern und Höckern, das wie eine bestialische Wunde aussah, ohne Gesichtseigenschaften und menschliche Züge.

»Ist das von den Speichen?« fragte Ritschl verblüfft.

Dr. Prager schüttelte den Kopf: »Nein, daran ist gearbeitet worden.«

Sie hatte Kautschukhandschuhe an den Händen, berührte den Toten aber nicht. Sorgsam tastete sie das zerstörte Antlitz mit den Augen ab, die Hände hingen zwischen ihren behosten, zur Hocke gebeugten Knien, ohne zu deuten.

»Nicht einmal Augäpfel sind da. Wahrscheinlich mit einem Messer herausgestochen. Ober- und Unterlippe abgeschnitten, Wangen herausgeschnitten. Nasenspitze abgetrennt. Da ist aber noch was, das Nasenbein scheint eingeschlagen oder eingetreten zu sein.«

»Der Herr sollte wohl incognito bleiben!« scherzte Ritschl, wie es bei der Tatortarbeit üblich war. Als sein nach Amüsiertheit heischender Blick auf den Becks traf, lächelte ihm dieser zu, zustimmend, anerkennend, freundlich, all diese Zuwendungen legte Beck in sein Lächeln, mit dem er Ritschl aufzuwärmen und aufzutauen trachtete. Beck wusste, dass allein ein solches wohlabgewogenes, wohldurchdachtes Lächeln, das der andere als spontan interpretierte, ein Vertrauen erzeugte, von dem der Angelächelte nichts wusste, eine Saat des Vertrauens hatte Beck in Ritschl hineingeworfen, der nicht ahnte, dass da etwas in ihm keimte, das sich zu Sympathie und Arglosigkeit auswachsen konnte, die er dann, wenn er sie deutlich fühlte, seinen »Instinkten« zuschreiben würde, da dieses wohldurchdachte Lächeln von ihm nur empfunden, nicht aber mitgedacht worden war. Umso kälter würde es ihn dann treffen, wenn ihm Beck, falls der Anlass kommen sollte, Zustimmung, Anerkennung und Freundlichkeit entzog.

»Liegt noch nicht allzu lange im Wasser, oder?« fragte Ritschl.

»Am besten, wir ziehen ihn aus, damit ich was von der Haut sehen kann. Die Handschuhe zuerst.« Behutsam hob Dr. Prager das linke Handgelenk des Toten. Der Lederhandschuh war an der Hemdgamasche angeknöpft, irgendetwas wirkte seltsam an dieser Hand, wie bei einem Kind, das seine Handschuhe noch nicht richtig anziehen kann. Dr. Prager gelang es nicht, den Handschuh abzuknöpfen, das Leder hatte sich wohl im Wasser verzogen, schließlich griff Ritschl hinzu, hatte aber ebenso wenig Erfolg. Kiselak und die beiden anderen Polizisten, die ins Wasser gestiegen waren, stampften am Stand, um sich die Beine aufzuwärmen. Der schmächtige Hausherr und seine von der Schwangerschaft angeschwollene Gattin blickten vom Steg herüber, sie hatte etwa das vierfache Volumen ihres Mannes, schätzte Beck, vielleicht war sie mit Zwillingen oder einem Riesen schwanger, noch nie hatte er eine so bis zum Platzen schwangere Frau gesehen. Hatten sie keine Angst vor dem Unglück, das es bringen konnte, wenn die werdende Mutter Schreckliches sah?

»Messer!« forderte Ritschl und streckte die Hand nach hinten aus, bis einer der Polizisten das Gewünschte hineinlegte. Er trennte die beiden Knöpfe ab und zog an dem Handschuh, der nun beinahe von selber abfiel: dem Toten waren sämtliche Finger abgetrennt worden.

»Andere Hand«, sagte Dr. Prager und Ritschl löste den rechten Handschuh, hier fehlten alle Finger bis auf den Zeigefinger. Aus dem Augenwinkel beobachtete Beck, wie Schneyder zu dem Ehepaar hintrat und es ins Mühlhaus hineinführte.

»Vielleicht sollte die Identifikation des Toten per Fingerabdruck verhindert werden«, vermutete Ritschl.

»Mir genügt auch der eine Zeigefinger«, sagte der Daktyloskop.

»Dann ist der Täter dabei überrascht worden?« fragte Kiselak, doch keiner antwortete ihm.

Indessen hatte Dr. Prager das Hemd des Toten aufgeknöpft, ein Teil seiner dunklen Brustbehaarung war ergraut (Alter auf jeden Fall über dreißig, dachte Ritschl), die Bauchhaut fleckig (Blutergüsse, Leichenflecke? fragte sich Beck), an den Lenden schien sie etwas zu sehen.

»Wenn Sie ihn bitte wenden würden, meine Herren«, sagte Dr. Prager und richtete sich auf. Man drehte den Toten auf den Bauch und zog ihm dabei das Hemd aus. Unwillkürlich griff sich Beck an das eigene Schulterblatt: der Rücken des Mannes war vollkommen zerfleischt.

Die Vernehmung des dünnen Mannes und der dicken Frau fand im Mühlhaus statt. Dr. Prager, der Daktyloskop, die beiden uniformierten Polizisten und die Leiche waren bereits in die Stadt zurückgefahren. Regen mit intermittierenden Graupelschauern hatte eingesetzt, Hühner und Katze hatten sich verkrochen, das Donauwasser schwemmte über Stege und Ponton, das Mühlhaus, das eigentlich ein Hausboot war, schwankte, dass man an der Instabilität der Welt verzweifeln mochte. Wie konnten sie nur so leben? fragte sich Ritschl. Auf der oberen Plattform neben dem Getreidetrichter und dem Mühlstein war deutlich die ungemachte Bettstatt des Paares zu sehen, ein paar elende Matratzen direkt auf den Brettern und zerwühlte Decken und Kissen darauf. Instinktiv sah Ritschl nicht allzu genau hin, da er fürchtete, herumliegende Unterwäsche der Schwangeren zu erblicken oder richtigen Dreck, einen seit Tagen nicht geleerten Nachttopf vielleicht. Er verspürte Unwillen gegen die Frau, die keinen Blumenstrauß auf den groben Esstisch gestellt hatte.

»Die Leiche kann nicht durch die Donau angeschwemmt worden sein«, hob Ritschl an, um das Paar per Überraschung zu erschüttern.

»Die Speichen des Mühlrades sind zu eng. Der Durchlauf der Schleuse war zu schmal. Also?«

»Natürlich«, sagte die Frau und pfiff durch ihre Luftröhre, die durch den gewaltigen Bauch eingequetscht schien. »Einer ist gekommen in der Nacht, ich kann ja nicht schlafen. Mit dem Boot. Ich habs gehört, und dann gesehen, weil ich aus dem Fenster geschaut hab.«

»Und Sie?« fragte Ritschl den Mann. Er mochte es, mehrere Zeugen gleichzeitig zu verhören, dann wusste keiner, wer als Nächster dran war, sie versanken in Gedanken, wurden unbedacht und herausgerissen aus ihrem Sud. Er liebte auch das Trommelfeuer der Fragen, das Gegenüber wusste nicht, welche es zuerst beantworten sollte, und verhaspelte sich. Es ging nicht darum, ob der andere die Wahrheit sagte, er sollte sich verhaspeln, vertun, aus der Verwirrung wurde dann die Wahrheit extrahiert.

»Können Sie schlafen?«

»Haben Sie etwas gehört?«

»Gesehen?«

»Haben Sie getrunken?«

»Trinken Sie nie vor dem Einschlafen?«

»Trinken Sie vor dem Einschlafen, obwohl Sie befürchten müssen, dass Ihre Frau Ihr Kind gebärt, während Sie betrunken daliegen?«

»Wie bitte?«

»Was soll das heißen?«

»Das ganze Haus wackelt und fremdartige Geräusche machen sich bemerkbar und Ihre schwangere, schlaflose Frau schleppt sich zum Fenster, und Sie haben nichts gehört?«

»Was haben Sie gehört?«

»Können Sie das beschwören?«

»Sie wissen, dass Meineid ein Kapitalverbrechen ist?«

»Eine Todsünde!«

»Sie haben hier gar nichts zu fragen, Sie haben nur zu antworten, wenn man Ihnen eine Frage stellt, ich rede, Sie schweigen, ich frage, Sie antworten, so läuft das hier!«

Die Frau schien erstaunlich unangegriffen. »Ich hätte die Polizei ja nicht belästigt, wenn ich mich ausgesehen hätte, die Leiche selbst aus dem Rad heraus zu kriegen«, erläuterte sie. »Dann hätte ich sie ins Wasser geschmissen und sie wär erst in einem anderen Land ans Land getrieben worden, wie das jetzt ist. Es ist ja jetzt alles da unten und drüben ein anderes Land, das haben wir schon verstanden. Wir bemühen uns ja.«

»Ich schlafe wie ein Toter«, sagte der Mann, »Sie wissen ja, wie ein Toter schläft.«

Ritschl starrte ihn an. Er wusste, dass er mit dem Anstarren Antworten hervorzog.

»Was weiß ich?« rief der Mann. »Es ist ja schlimm genug, wenn man nicht weiß, wo man hinsoll mit einer schwangeren Frau! Glauben Sie, ich wohne freiwillig hier? Ich bin kein Müller! Schiffsmüller schon überhaupt nicht! Alles wackelt, die Katze speibt einem andauernd irgendwas vor die Füße! Aber schlafen kann ich, das hat man sich angewöhnt im Krieg. Ich bin erst aufgewacht, wie die Frau vom Polizeianrufen zurückgekommen ist.«

»Sie sind in einen Mordfall verwickelt«, sagte Ritschl.

»Das ist keine gewöhnliche Wasserleiche.«

»Kennen Sie den Toten?«

»Waren Blutspuren auf dem Ponton?«

»Wer hat sie abgewaschen?«

»Sie können hier doch nicht den tumben Tor abgeben.«

»Wissen Sie überhaupt, was ein tumber Tor ist?«

»Wir sind gar nicht verheiratet«, schluchzte die Frau plötzlich, »es hat keinen Sinn mehr, irgendwas zu leugnen, Sie finden es ja doch heraus!« Sie heulte, als wäre ihr das Mordgeständnis entschlüpft.

Ritschl blickte in die Runde. Ein Haufen betretener Polizisten, denen schlecht war, ein heulendes Weibsbild, kein Mittagessen in Sicht.

»Haben Sie Essen?« fragte er. »Wir bezahlen.«

»Wir haben nichts!« sagte die Frau bestürzt.

»Und die Hühner? Wir bezahlen«, sagte Ritschl und begann eine Sammlung. Er reichte den Hut herum, jeder legte etwas Geld hinein.

»Also!«

»Nein! Bitte! Wir haben doch nur zwei!«

»Mit dem Geld können Sie sich fünf Hühner kaufen!«

»Es gibt keine Hühner zu kaufen!«

»Ich diskutiere nicht! Also ein Huhn, das ist mein letztes Wort.«

Wimmernd schlurfte die Frau hinaus in den Graupelregen. Man hörte ihre Schritte auf dem Steg und dem Ponton. Nach einer Weile hörte man ein hysterisches Huhn schreien, man richtete sich auf und sah durch die Fenster die regenverschwommene Frau, die auf dem Ponton saß und einem lebendigen, zappelnden Huhn die klitschnassen Federn ausriss.

Während Ritschl den dünnen Mann weiter mit Fragen zermürbte, konnte man, wenn man sich zwischendurch aufrichtete, sehen, wie die Frau dem Huhn ein Messer in die Kloake schob und es bis zum Kragen mühsam aufsäbelte. Ihre Arme waren kaum lang genug, das Huhn so weit über ihren dicken Bauch hinaus zu halten, dass die herausfallenden Innereien nicht ihre Röcke beschmutzten, dabei musste sie mit beiden Füßen die nasse Katze wegtreten, die aus irgendeinem Versteck herbeigesprungen war und in einen Hunger- oder Blutrausch zu geraten schien, schließlich verhakte sich die wildgewordene Katze mit ihren Krallen an der Strickweste der Frau, die in ihren weitabgestreckten Händen Huhn, Messer und den Teller mit den Eingeweiden balancierte. Als Kiselak schon aufgestanden war, um auf den Ponton hinauszugehen und das Mittagessen vor der Katze zu retten, gelang es der Frau endlich, diese abzuschütteln und mit einem solchen Tritt zu versehen, dass sie reglos auf die graupelweißen Bretter fiel.

Ein Schweigen trat ein, als die Frau hereinkam und sich mühsam bückte, um ein Feuer in ihrem Öfchen zu entfachen.

»Wir suchen nach einer ganz bestimmten Waffe«, sagte Beck, der bisher noch nichts gesagt hatte, plötzlich zu dem Mann. »Was haben Sie eigentlich da draußen auf dem Ponton verbrannt?«

Ritschl war wütend, er hatte es sich geistig notiert, aber dann darauf vergessen, selbstverständlich hatte er nach dem verdächtig Verbrannten in der Feuerstelle auf dem Ponton fragen wollen, es wäre ihm schon wieder eingefallen im richtigen Moment.

»Gar nichts«, krächzte der stuporisierte Mann, wieder aus dem Gleichgewicht gebracht. »Zeug halt.« Dann sank er noch weiter in sich zusammen, er sah aus wie ein Liliputaner an Gullivers Tisch.

»Eine ganz bestimmte Waffe«, wiederholte Ritschl, um die Befragung wieder an sich zu reißen, und sah Beck dabei bohrend an. Ein Gestank wie nach verbranntem Menschenhaar machte sich breit, die Frau flämmte das Huhn mit einem Kienspan.

»Wissen Sie, was eine Nagaika ist?« donnerte Beck den Mann unerwartet an.

»Ja«, krächzte der Mann.

»Woher?« donnerte Beck.

»Ich war doch in Gefangenschaft.«

»Welche Art von Nagaika haben Sie dort gesehen?«

»Einschwänzige, kurze, geflochtene Peitsche. Sehr wirkungsvoll.«

»Haben Sie den Rücken des Toten gesehen?«

»Nein!«

»Sind Sie blind?«

»Aber der Herr dort« (auf Schneyder deutend) »hat uns doch ins Haus hineingeführt!«

»Das Haus hat Fenster. Aber genug davon. Sie waren also im Krieg?« Der dünne Mann nickte und sah sich um wie nach einem Fluchtweg.

»Der Krieg adelt die Menschen, sagt man.« Becks Stimme war plötzlich von philosophischer Sanftheit.

»Ja, so wie man die Felder adelt«, erwiderte der Mann trotzig.

»Was soll das heißen?«

»Na wenn man Mist draufgibt.«

»Wollen Sie mich verhöhnen?«

»Aber so sagt man bei uns!«

»Was sagt man?«

»Na die Felder adeln, wenn man Mist draufgibt!«

Da sprang Schneyder auf, die Katastrophe war bereits passiert, er stürzte zu der Frau hin und fuhr sie an: »Warum in Herrgottsnamen haben Sie das Huhn in Wasser eingelegt?« Nun rochen es alle, das Huhn kochte in einem Topf, anstatt, wie man es erhofft hatte, auf einem Spieß knusprig zu braten. Alle sprangen auf, man überlegte, wie das von der Frau in Windeseile in kleine Teile zerlegte Huhn zu retten wäre, sogar den Kopf und die gelben Krallen hatte sie in das Wasser hineingelegt.

»Was sind Sie nur für eine Hausfrau!« schrie Schneyder.

»Haben Sie wenigstens Salz dazu getan?« schrie Ritschl. Zögerlich griff die Frau mit ihren schmutzigen Fingern in einen Topf und bröckelte etwas Salz in das Hühnergebräu.

»Man will doch noch etwas Suppe davon haben«, sagte sie. Der dünne Mann fing an zu weinen und fragte: »Ist es Ilse oder Ludowika?«

»Ludowika, du sentimentaler Hund«, erwiderte die Frau. »Lassen Sie ihn doch in Ruhe«, sagte sie zu den Polizisten, »er hat seine Feuerstelle draußen, ich hab meine hier. Ich will nicht, dass er etwas im Haus verbrennt. Da ist immer was Stinkendes dabei.« Ritschl ging nach draußen und durchstocherte die Feuerstelle. Er fand nur Asche, verkohlte Zweige, Laub, Föhrenzapfen und Reste von Fetzen, ausgediente Putzfetzen vielleicht. Keine Nagaika, welcher Art auch immer. Es wunderte ihn nicht. Die Jägerei, die er betrieb, pflegte er zu sagen, war um vieles schwieriger als die der Jäger: von hundert Fährten, die man verfolgte, endeten neunundneunzig im Nichts. Pfotenabdrücke verwandelten sich in Hufabdrücke, Hufabdrücke in Pilze, Losung in Heidelbeeren, Schweiß in Blut und Blut in Kakao.

Das Huhn schmeckte köstlich, und die Sonne kam heraus. Beck hatte einen Schenkelknochen, aus dem er beim besten Willen nichts mehr heraussaugen konnte, ging auf den Ponton hinaus und warf ihn der benommenen Katze hin. Die Welt war doch schön. Man hatte das Viertel eines Huhnes im Magen und war gesättigt wie nach der Hochzeit von Kanaan. (Man hatte sich überlegt, der Frau, die sich illegitimerweise in den Besitz einer Suppe gebracht hatte, diese ebenfalls wegzuessen, hatte aber aus Barmherzigkeit angesichts ihrer Umstände darauf verzichtet.) Die Katze schien glücklich zu sein und sich im Genage schnell zu erholen. Am gegenüberliegenden Ufer trat ein Auhirsch auf die Sandbank hinaus und reckte sich wie ein göttliches Zeichen. Tatsächlich, ein Sonnenstrahl sprang von seinem Geweih ab, man hätte heilig werden können dabei. Es gibt Sekunden, dachte Beck, an denen man sich aufrecht hält. Sekunden, die einen jahrelang wieder durchfüttern. Was weiß ein Mensch, der täglich Schokolade zu essen hat, wie sehr man sich nach Schokolade verzehrt?

Dann dachte er an Marianne, die auf ihn wartete, und dachte sie schnell wieder weg.

»Sie wissen also, was eine Nagaika ist?« fuhr Ritschl gestärkt mit der Befragung fort.

»Das weiß doch jeder.« Der dünne Mann war noch immer trotzig.

»Es geht hier nicht um jeden, sondern um Sie, Sie Unglücksmensch!« fuhr ihn Ritschl an.

»Melde gehorsamst, Kosakenpeitsche.«

Ritschl warf Beck einen Blick zu und dieser übernahm: »Unser Toter ist mit einer speziellen, einer alten Form der Nagaika gepeitscht worden. Mehrere Schwänze, an die Bleikugeln geknüpft sind. Haben Sie seinen Rücken gesehen?«

»Nein. Aber das hab ich...«

»Befindet sich in Ihrem Besitz eine Nagaika? Haben Sie vielleicht eine mitgenommen als Souvenir?«

»Aus der Gefangenschaft?« fragte der Mann entgeistert.

»Natürlich. Vielleicht haben Sie sich gedacht: Die kann ich zuhause gut gebrauchen.«

»Wissen Sie denn überhaupt? Wie hätte ich denn? Waren Sie?«

»Sie sind wohl nicht ganz bei Trost, Mann, mir Fragen zu stellen«, knurrte Beck leise wie ein Hund, der sich einem anderen an die Gurgel zu springen anschickt.

»Haben Sie eine Axt?« griff Ritschl wieder ein.

»Freilich.«

»Haben Sie dem Toten die Finger abgehackt?«

»Warum hätte ich den aus dem Mühlrad ziehen sollen, um ihm die Finger abzuhacken?«

»Vielleicht haben Sie ihm ja erst die Finger abgehackt und ihn dann in das Mühlrad gelegt.«

»Warum hätte ich...?«

»Neun Finger abgehackt, einer übriggelassen. Interessant.«

Ritschl glaubte nicht, dass er den Täter vor sich hatte. Hatte es jemand diesen einfachen Leuten kompliziert heimzahlen wollen? Er bedeutete Kiselak und Schneyder mit einer Geste, dass sie alles durchsuchen sollten. Die beiden stiegen umgehend die Treppe hinauf zu der Plattform, rissen das Bettzeug auseinander, warfen die Matratzen an die Wand.

»Was haben Sie mit den Fingern gemacht? Gekocht? Gegessen? An die Katze verfüttert?«

Hilflos blickte der Mann zu seiner Frau, die ihrerseits auf die Plattform hinaufstarrte, wo aus einer kleinen Truhe Gegenstände gerissen wurden und scheppernd über den Boden kollerten.

»Jetzt Sie!« sagte Ritschl zu der Frau. »Ja, herkommen, Sie sind gemeint!«

Die Frau kam zum Tisch, während ihr Mann sich erleichtert von demselben verdrückte.

»Hinsetzen!« Ritschl deutete auf die Bank.

»Da pass ich nicht hinein.«

Ritschl nahm Augenmaß von dem Bauch der Frau und dem Abstand zwischen Tisch und Bank und kam zu demselben Schluss. Einen Moment lang überlegte er sich, sie stehen zu lassen, dann überließ er ihr seinen Stuhl.

»Sie haben also einen Mann gesehen.«

»Soweit man etwas sehen kann. In der Nacht. Es ist stockdunkel hier. Es gibt ja keine Laternen. Viel Mond war auch nicht.«

»Das heißt, Sie haben nichts gesehen?«

»Zuerst hab ich etwas gehört. Schritte auf dem Ponton. Irgendetwas wie Gebumpere, Schleifen. Da war ein fremdes Boot und es hat sich etwas bewegt. Ein Mensch auf jeden Fall, kein Tier. Das ist alles.«

Sie zuckte zusammen, als Kiselak und Schneyder, die von der Plattform wieder heruntergekommen waren, die Küchenkredenz zu durchwühlen begannen. Ein Glasgeschirr fiel zu Boden und zersplitterte. Die Frau sah drein, als hätte man ihr das Kind weggenommen.

»Obacht!« rief Ritschl. Er wollte ihr Vertrauen gewinnen.

»Sie erwarten ein Kind. Da ist die Wahrnehmung doch sicherlich verzerrt.«

»Ja?«

»So wie der Bauch verzerrt ist, so verzerrt sich die Wahrnehmung. Nicht wahr?«

»Oh.«

»Glauben Sie, dass ein Mann alleine die Leiche ins Mühlrad bringen hätte können?«

»Ein starker schon. Meiner nicht.«

»Kennen Sie den Toten?«

»Nein. Das ist keiner von hier.«

»Haben Sie das an seinem Gesicht gesehen?«

»Da war ja nichts da von einem Gesicht.«

»Wie können Sie dann sagen, das sei keiner von hier?«

»Gefühlsmäßig halt. Kleidungsmäßig.«

»Sind Sie denn von hier?«

»Nein. Aber der noch weniger. Der ist sicher nicht von hier.«

Ritschl lehnte sich zurück: »Wir fassen also zusammen. Ein Mann, unbekannt, bringt einen Mann, unbekannt, darüberhinaus tot, zu einer Schiffsmühle, deren Bewohner in keinem Zusammenhang, weder zum einen noch zum anderen, stehen. Hm.«

»Da schwimmt wieder ein Brot!« rief der dünne Mann vom Fenster her. Die Frau sprang auf, Ritschl und Beck folgten ihr. Schon war der Mann auf den Nordsteg hinausgelaufen und hatte die Stange mit dem Widerhaken an sich gebracht. Auf dem Wasser schaukelte ein großer Wecken Weißbrot, in dessen Mitte eine brennende Kerze steckte. Der Mann kletterte wieder über das Geländer zur Schleuse und beugte sich weit hinaus, um mit der Stange das Brot einzufangen. Gespannt beobachteten die Polizisten, wie er sich immer weiter hinausbeugte, wie das Brot fast vorbeigetrieben wurde. Schließlich, nach ausgiebigem, ungeschicktem Rudern gelang es ihm, das Brot heranzuholen, den Haken darin zu verankern, es zu sich heraufzuschleudern.

Die Frau jubelte.

»Das sind die Transsylvanier!« rief sie. »Die transsylvanische Hexerei!«

Sie tat sich keinen Zwang an. Sobald das Brot in ihre Hände gelangt war, riss sie ein großes Stück davon ab und stopfte es sich samt herabtropfendem Donauwasser in den Mund, wobei sie gleichzeitig die mittlerweile erloschene Kerze sorgsam in ihrer Schürzentasche verstaute.

»Die haben einen Todesfall«, erklärte sie mit vollem Mund. »Ihre Tochter, sie glauben, dass sie ertrunken ist. Wahrscheinlich aber ist sie nach Wien hineingegangen, um sich zu verkaufen. Das glauben wir zumindest. Die glauben, dass man ein Brot mit Gebeten besprechen und mit einer brennenden Kerze ins Wasser setzen muss, dann führt es einen zu der Wasserleiche. Die sind aus Siebenbürgen. Wohnen flussaufwärts.«

»Danach suchen sie immer das Ufer ab«, fügte der Mann hinzu, »stundenlang. Und wir haben das Brot im Magen und die Kerze am Tisch und die verstehen es nicht. Die suchen immer weiter nach ihrer Zauberei.«

Die Frau beäugte misstrauisch die Polizisten, als befürchtete sie, diese würden ihr das Brot wegnehmen, dann lief sie damit schnell ins Haus. Beinahe rannte sie Kiselak um, der ihr entgegenkam und: »Wir haben die Axt!« rief.

Die Polizisten prüften die Axt. Es war beim besten Willen kein Blut daran zu sehen.

ESELSMILCH

Marianne hatte drei Theorien, weshalb sich der »geheimnisvolle Fremde« seit Balthasars Ankunft nicht mehr blicken hatte lassen.

Erstens: Der »geheimnisvolle Fremde« hatte Erkundigungen über sie eingezogen (wo? eine unauffällige Befragung Tante Melies und der anderen Nachbarinnen ergab keinerlei Anhaltspunkte) und wusste, dass ihr Mann vermisst war. Als er an dem Abend, an dem sie ihn zuletzt vom Fenster aus gesehen hatte, einen Mann in abgerissener Uniform in ihr Haus eintreten sah, zog er daraus seine Schlüsse – wobei er sich irren hätte können, denn auch andere Männer aus dem Eckhaus mit vierundzwanzig Parteien galten noch als vermisst. War er Balthasar gefolgt und hatte im Dunkel des Treppenhauses die Begrüßung durch Marianne miterlebt? Unwahrscheinlich, zu insistent, zu riskant. Hatte er Marianne bei ihrem Mann eingehängt (zwei, drei Mal war das vorgekommen) auf der Straße gesehen und daraus seine Schlüsse gezogen? Hatte er sich bei dieser Gelegenheit umgehend aus ihrer Sichtweite zurückgezogen, obwohl sie, am Arm ihres Mannes hängend, nichts als Ausschau gehalten hatte nach ihm, mit nichts als der Absicht, ihn vom Arm ihres Mannes aus höflich, geheimnisvoll distanziert zu grüßen?

»Wer war das?« hätte Balthasar dann gefragt, und: »Niemand. Ein stiller Verehrer«, hätte sie darauf erwidert. Balthasar hätte nicht weiter gefragt und: »So frag doch! Bist du nicht eifersüchtig?« hätte sie ihn geneckt, damit ihre Unschuld außer Zweifel ziehend.

Nein, so war es falsch, sie wollte ihren Mann nicht weiter belügen, sie wollte, dass er ihr auf die Schliche kam, dass es zu einer tränenreichen, fürchterlichen Geständnisszene kam, in der sie schwor, flehte, begründete und bereute, sie wollte ihn mit Hilfe von falschen Hinweisen auf die richtige Fährte führen, ihm alles schluchzend und händeringend erzählen, ihm gleichzeitig Vorhaltungen machen und ihrerseits alles erfahren, was er zu bereuen hatte, nur keine Verstellung mehr, kein Schauspiel, keine Politik.

Wie auch immer, der »geheimnisvolle Fremde« war sich darüber im Klaren, dass ihr Mann heimgekehrt war, lebendig und im Vollbesitz seiner Ansprüche, und er hatte sich darob aus dem Spielfeld genommen, sein Interesse in sicherere Gefilde evakuiert.

Zweitens: Der »geheimnisvolle Fremde« war sich zwar darüber im Klaren, dass ihr Mann heimgekehrt war, hegte aber noch Hoffnung und beobachtete sie aus dem Verborgenen heraus weiter, vielleicht kam es ja zu einer Scheidung und einem Zerwürfnis, wie so oft, wenn einer heimgekehrt war und seinen Verstand am Isonzo oder an den Masurischen Seen gelassen hatte, oder es kam zu einem schnellen Dahingerafftwerden, wie so oft, wenn bei einem die Kriegs- und Gefangenschaftsanspannung nachließ und die Ausschindung ungebremst den heimgekehrten Körper durchkroch.

Drittens: Es hatte nie einen »geheimnisvollen Fremden« gegeben, sie war einem Wahn aufgesessen, sie hatte den »geheimnisvollen Fremden« gesehen, so wie sie unzählige Male Balthasar an einer Straßenecke, in einer Menge gesehen hatte, seit er vermisst war – sieben Jahre lang, in denen sie immer wieder »Balthasar!« gerufen hatte, der sie aber nicht erkannte und verständnislos anblickte, weil er gar nicht Balthasar war. Manchmal hatte sie schon geglaubt, Tante Melie hätte Recht in ihrem Wahn, dass die Toten heimkehrten, ein, zwei Nächte in den Wohnungen oder gar Betten ihrer Frauen blieben, um endgültig Abschied zu nehmen, endgültig nicht wiederzukehren. Manchmal hatte sie geglaubt, sie würde eines Tages in einer Menge Balthasar finden, ihn mit nach Hause nehmen, mit ihm schlafen, um ihn am nächsten Morgen durch die Wand verschwinden zu sehen. War Balthasar tot? Musste sie mit ihm schlafen, um es herauszufinden? Obwohl Balthasar nun da war, tot oder lebendig, hätte sie gerne mit dem »geheimnisvollen Fremden« weitergetändelt, den es nie gegeben hatte, der wie all die Helden- und Prinzen- und »Arm-aber-ein-Genie«-Fantome ihrer Backfischzeit aus ihrer Fantasie herausgeschlüpft war.

Mit Balthasar schlafen, das stand noch an. Man hatte sich geküsst (unkeusch). Man hatte sich umarmt (keusch). Man hatte darüber hinaus Zurückhaltung geübt, schon des Kindes wegen, nein, der Veränderung und der Versteinerung wegen, man hatte Respekt gehabt vor der gegenseitigen Angst. Beim Küssen hatte Mariannes Zunge sich erst gelähmt und dann wie die einer Spittelberg-Nymphe angefühlt, berechnend, als ginge es darum, eine Wäschermädelei vorzutäuschen und eine Lustigkeit, hinter der sich ein tödlicher Husten verbarg. Wie eine Spittelberg-Nymphe hatte sie sich gefühlt, die mit blendweißen Strümpfen und Schühchen aus rosa Seidensatin den errungenen Schampus in sich hineinstürzte, jederzeit damit rechnend, von der Polizei abgeführt, von medizinischen Herren auf einen Tisch gelegt und zwischen den Beinen untersucht zu werden, dabei in Ohnmacht zu fallen oder zu sterben.

Immer wieder verschwand Balthasar, im Krieg war das ja noch etwas Natürliches gewesen, aber nun war er schon das zweite Mal seit seiner Heimkehr plötzlich und spurlos verschwunden, und jedes Mal, wenn er auch nur bei der Tür hinausging, oder vom Schlafzimmer in die Küche, bekam sie Angst, dass Tante Melie vielleicht doch Recht hätte: er war als Toter heimgekommen, die Toten fühlten sich an wie die Lebenden, und doch anders, sie kehrten noch einmal zurück, sahen die Frauen noch einmal an mit ihrem dolomitengrauen, karpatengrauen Gesicht, zeigten ihre Verwundungen, zogen die Uniform aus, um verwundbar und nackt in den Laken zu schlafen. Man hielt sie für wirklich, weil sie auf dem Gehsteig Zigarettenstummel einsammelten, um sich daraus neue Zigaretten zu drehen, und weil sie dafür das Zigarettenpapier verwendeten, auf das sie ihre Gefangenschaftstagebücher geschrieben hatten. Blatt um Blatt lösten sie das Zigarettenpapier, das dicht mit Bleistift beschrieben war, aus den aus Uniformtuch selbstgenähten Einbänden und verrauchten es, all die Worte, die sie in drei oder vier oder fünf Jahren geschrieben und sich vom Mund abgespart hatten, verrauchten sie in wenigen Tagen mit aufgesammeltem, verspucktem und zertretenem Tabak. Sie umarmten ihre Frauen und fühlten sich an wie Fleisch, sie hatten einen Herzschlag, ein Pfeifen in den Bronchien, hie und da schmerzte es sie bei einer Berührung. Und doch waren sie verändert, niemals wirklich im Raum. Wenn Tante Melie Recht hatte, waren die Toten soweit verändert, dass man mit ihnen schlafen musste, um sie wieder zu begreifen. Man hatte dann das Gefühl, sie seien wieder lebendig, und sie hatten das auch, und dann gingen sie endgültig fort.

Genaugenommen war Marianne seit Balthasars Rückkehr wahnsinnig geworden. In sieben Jahren seiner Abwesenheit war sie nicht wahnsinnig geworden, aber jetzt, wenn er drei Minuten abwesend war, hätte sie auf Gott einschlagen können. Sie hätte auf Gottes Brust oder Rücken oder Kopf einschlagen können, wenn Balthasar aus dem Haus gegangen war, Tag für Tag ging er ja aus dem Haus, die ganze Wienerstadt rutschte ihr dann unter den Füßen weg, sie wünschte, man hätte sie religiöser erzogen, dann hätte sie besser auf Gott einschlagen können. Sie war nicht oft in ihrem Leben im Tempel gewesen, aber sie wünschte, sie hätte mit Gott öfter zu tun gehabt, um ihn besser an den Haaren packen, an den Fingern ziehen, ihm in die Kniekehle treten zu können, weshalb ließ er sie jetzt wahnsinnig werden, wenn Balthasar für drei Minuten aus dem Haus ging, wo sie doch durchgehalten hatte acht Jahre seit Kriegsbeginn und sieben Jahre, seit Balthasar vermisst war. Sie hatte nicht mit der Wimper gezuckt. Sie hatte Haltung bewahrt. *Indivisibiliter ac inseparabiliter* hatte sie mit ihrem verschwundenen Mann ausgeharrt.

Weshalb wollte sie jetzt auf einmal alles genauso wiederhaben, wie es zur Zeit ihrer Hochzeit gewesen war, oder nein, ihrer Kindheit, jede Veränderung wurde ihr plötzlich unerträglich, rückblickend, sogar, dass das alte Kriegsministerium noch vor dem Krieg abgerissen worden war, damit hatte es begonnen, ständig wurde etwas abgerissen, die ganze Wienerstadt rutschte unter ihren Füßen weg. Nein, es hatte viel früher begonnen, die Reiterkaserne in der Josefstadt, ums Eck von ihrem Zuhause, hatte man abgerissen, kaum dass sie in die Schule gekommen war, und noch früher, die Basteien, warum hatte man die überhaupt abgerissen, durch sie war die Stadt doch geschützt?

Weltstadt! Die Welt rundherum hatte sich so verbogen, dass die Wienerstadt weggerutscht war, eine solche Verschiebung hatte stattgefunden, dass unter all der Lustigkeit nur mehr das Fürchterlichste zu Tage kam, nur mehr die Juden wurden für das Fürchterlichste verantwortlich gemacht, Marianne blickte auf das Trottoir und hoffte, dass ihre Nase deutsch-österreichisch genug war. Als Frau war man ja nicht so verantwortlich, man schob mit dem Schuh ein wenig Unrat vom Trottoir und fühlte sich nicht betroffen, nicht verantwortlich. Zum Glück war sie mittlerweile arm. Zum Glück hatte sie am Krieg nichts verdient. Sie musste nur mit ihrem Mann, der sie geheiratet hatte, obwohl sie »mosaischen Glaubens« war, schlafen, dann würde er sich als Geist offenbaren und endgültig gehen. Sie würde Haltung bewahren, nicht mit der Wimper zucken, wenn es nur endgültig war. Wenn er immer wieder kam und nach Herz und nach Fleisch roch, würde sie sich wieder verlieben. Und dann?

Die Sache mit Hedi von Bruckweg, müsste sie davon erzählen? War es nicht verständlich, dass Frauen mit Frauen, ohne von Natur aus homosexuell zu sein, eben weil sie das Schicksal zusammengeschüttelt hatte und überhaupt, mit dem Likör und Schampus im Haus und dem, was die Männer selbst verschuldet hatten, bitte sehr? All diese Schellackplatten mit der Aufschrift: »Nur für Herrenabende!«, die Hedi im Sekretär ihres Mannes gefunden hatte, wo Lieder drauf waren wie: »Ach Roserl, ach Roserl, du bist so schön im Hoserl, wenn du auf deinem Radl sitzt und mit den kleinen Fußerln trittst« – na bitte sehr? Und Hedi war noch so jung, das arme Ding, wollte sich zugrunde richten in einer Wolke von Pariser Parfum, wollte nicht auf Pariser Parfum verzichten, obwohl es vom »Feind« hergestellt worden war, eine Hochverräterin, eine wirkliche Schönheit, man hätte sie auf den Leopoldsberg hinausbringen müssen und in einen Zaun stellen, damit jeder auf seiner Landpartie diese lieblichen, sichzugrunderichtenwollenden Gesichtszüge sah.

Eigentlich hatte Marianne ihr Näharbeiten antragen wollen, Geld hatte die arme Hedi ja genug. Und galt das wirklich als Sünde? Da hatte Hedis Mann Schriften hinterlegt, Schallplatten und Fotografien, meine Herrn! Da hätte man nüchtern und anständig bleiben sollen, nachdem alle Herren totgeglaubt waren? Da hätte man sich nicht den Händen einer armen, jungen Freundin öffnen sollen, die flüsterte: »Mein Gott, wenn ich gewusst hätte, was alles an so einem Herrenabend passiert!« Und die Herren waren alle totgeglaubt oder totgewusst und man lachte, mein Gott, und man öffnete sich den Händen, nach all dem Likör und dem Schampus und den Fotografien von nackten Weibern, bitte sehr, mein Gott. Und was Finger vermögen, sagte Hedi, das müsste man den Männern erst beibringen. Da lesen sie orientalische Bücher über hunderttausende Typen von Frauen und lesen und schauen und geben sich als Experten, aber was man mit den Fingern bei einer Frau zustande bringt, das bringt ihnen natürlich keine Spittelberg-Nymphe bei. Und wenn man nach Hedis Aussagen ging, war die Unwissenheit bei denen am größten, die sich unentwegt an »Privatdrucken nur für Gelehrte« bildeten, also bei ihrem Mann. Unentwegt übten die durch Privatdrucke gelehrten Herren an Mädchen, die alles taten, was ihnen gefiel, und lernten dabei nie und nimmer, was den Mädchen gefiel. War es ein Wunder, dass Hedi von Bruckweg begann, sich von Frauen angezogen zu fühlen? Und mein Gott, warum hätte man ihr widerstehen und sie beleidigen sollen? Sie war entschlossen, Morphinistin zu werden, und gab sich größte Mühe mit ihrer Fingerfertigkeit.

Hedis Ehemann, ein Rechtsanwalt, war erst enthoben worden (C-Befund), dann aber freiwillig in die Etappe gegangen und hatte sich schließlich ins Gemetzel gesetzt. War das nötig gewesen? Er hatte »unverstellte Einblicke« in Recht und Unrecht zu gewinnen erhofft. Er wollte dem Leben nahe sein, dort, wo es am lebendigsten war, also im Krieg, und er hatte gewiss seine vierzig vaterländischen Schüsse abgegeben, bevor er hoffentlich einsichtsreich fiel.

»Man muss Männer körperlich von sich abhängig machen«, sagte Marianne nach dem vierten Glas Heidsieck und fühlte sich wie eine große Hetäre. Natürlich sagte sie etwas, das ihr Balthasar einmal gesagt hatte, nachdem er so viel getrunken hatte, dass er sie für einen Kameraden hielt: »Man muss Frauen körperlich von sich abhängig machen!« Jahre später wandte sie es an, mit umgekehrten Vorzeichen, als eine große Ehefrauenerkenntnis, mit der sie die immer noch reiche Hedi von Bruckweg in Schach halten konnte, und außerdem fühlte sie sich lustig wie nie zuvor in ihrem Leben, nicht unbeschwert, wie zuvor in ihrem Leben, aber lustig, so lustig, wie man sich nur auf einem mit Posamenten reichverzierten Samtdivan fühlen konnte, wenn man wusste, dass am nächsten Tag der Untergang kam. Es war eine Galgenlustigkeit, eine Endzeitlustigkeit, eine Morphinistinnenlustigkeit, auch wenn Hedi noch gar keine Morphinistin und Marianne sicher war, dass der Untergang, so wie sie ihn sich vorstellte, aller erhofften Voraussicht nach nicht so bald kommen würde. Denn der Untergang in Mariannes Augen war dies: schwer verletzt, aber nicht bewusstlos, in einer finsteren Zelle gefangen zu sein, unter der Erde, und ihr Kind gefangen zu wissen, am Leben, unter Folterern, nichts tun zu können und nichts zu wissen, außer dass ihr Kind schutzlos, gefangen, unter Folterern war. Sie wusste nicht, wie sie auf diese Idee gekommen war, aber in all den Jahren, in denen immer etwas Schlimmes und noch Schlimmeres passiert war, hatte sie sich vorzustellen begonnen, was wohl das Schlimmste wäre, und war an immer schrecklicheren Höllenbildnissen entlang hinabgestiegen und an der untersten Stufe an diesem Höllenbildnis angelangt. So lustig war sie zwischen den Fotos von nackten Weibern und bei dem kratzigen Gstanzl-Gesang mit Naturstimmen vom Grammophon, wo »Jud« auf »Fut« gereimt wurde und sie sich irgendwie, komisch, betroffen fühlte, sowohl bei »Jud«, als auch bei »Fut«, und neben der feschen Hedi, die an ihrer ebenhölzernen Zigarettenspitze sog und wildentschlossen war, sich zugrunde zu richten, dass sie eine ihrer Ehetheorien preisgab wie eine große Hetäre, und es war ja doch die Wahrheit, dachte sie: »Denn warum, wenn er es bei mir am schönsten hat, sollte er fremdgehen? Da wäre er ja blöd.«

»Männer sind blöd, du Guckile«, sagte Hedi und trank ihr Glas auf einen Zug aus, woran Marianne erkannte, dass sie einen schmerzhaften Nerv getroffen hatte, und das war ja doch das Beste bei einer Freundin, die immer noch reich war, weil ihr Mann zu früh gefallen war, um noch unsinnige Kriegsanleihen zeichnen zu können, wenn man ihren schmerzhaftesten Nerv treffen konnte, dazu waren Freundinnen doch da.

Wie Hedi erörterte, hatte sie ihren Mann sehr, sehr geliebt, obwohl er sehr, sehr, sehr fad im Bett war. Sie hatte ihn geliebt, bevor sie geheiratet und miteinander geschlafen hatten, sie hatte sehr, sehr hohe Erwartungen an das Miteinanderschlafen gehabt, eben weil sie ihn so geliebt hatte. Hedi war nicht wie ein junges, unbedarftes Füllen in die Hochzeitsnacht gegangen, sondern hatte aufgrund von verbotenen Romanen, Andeutungen und den sehr, sehr zweideutigen Schilderungen ihrer Tante, die in dritter Ehe zu tiefen sexuellen Einsichten gefunden hatte, relativ vage, und doch klare, was das Ausmaß der Ekstase betraf, Erwartungen gehabt. Als sich diese in der Hochzeitsnacht nicht erfüllten, weiterhin nicht auf der Hochzeitsreise, nach dem Bezug der gemeinsamen Wohnung und dem Eintritt in den gemeinsamen Alltag, hatte sie sich Geduld auferlegt. Hedi liebte ihren Mann so sehr, dass sie romangemäß heiße Schauer überliefen, wenn er den Raum betrat, sie mit zitternden Fingern halb ihren Fächer zerbrach, wenn er mit ihr konversierte, und sie in seiner Abwesenheit an seinen getragenen Hemden roch wie sein Hund, der nicht schlafen konnte, wenn er nicht auf einem getragenen Hemd seines Herrls lag. Doch wenn es zu den geschlechtlichen, ehelichen Dingen kam, sah Hedi immer nur den scheußlichen Verputzfleck an der Wand, wo ein Wasserrohr leck geworden war, ihre eigenen Unterschenkel, die sie plötzlich unansehnlich und viel zu knochig fand, hörte das Getrappel der Nachbarn im oberen Stockwerk und dachte sich: Diese Glücklichen, die sind jetzt nicht gerade dabei.

Sie liebte ihren Mann noch genauso wie vor der Ehe, er war ein wunderbarer Mensch, aber irgendetwas stimmte nicht, sie konnte mit niemandem darüber reden, auch nicht mit ihrer vom späten Glück überraschten Tante, mit dieser schon gar nicht, die hätte »Armes Mäuschen!« geschnofelt und ihr mit Zeige- und Mittelfingerknöcheln mitleidig die Wange gestreichelt, nicht auszuhalten wäre das gewesen, das hätte sie noch gebraucht.

Und dann, auf einmal, war es vorbei. Es fiel ihr nicht gleich auf, erst nach einem oder zwei oder drei Monaten, er schlief nicht mehr mit ihr, er hatte das leidige Miteinanderschlafen eingestellt, und egal, wie lange sie wartete, er nahm es nie wieder auf. Ohne ihr Interesse je geweckt zu haben, hatte er scheinbar das Interesse verloren, es war unfassbar. Man hatte natürlich getrennte Schlafzimmer, wie alle zivilisierten Menschen mit entsprechenden Mitteln, man konnte den ehelichen Verkehr monate- oder jahrelang oder auf ewig einstellen, ohne dass es irgendjemandem auffiel, da die Schlafzimmer von vornherein getrennt waren und nicht erst getrennt werden mussten, aber Hedi konnte sich nicht damit abfinden, denn sie war immer noch verliebt. Lange überlegte sie, wie sie ihre Frage formulieren könnte, suchte nach Metaphern, Umschreibungen, komplizierten Manövern, bis der

Abend kam, an dem es ihr einfach nur entfuhr: »Was ist los?«
Und das genügte, so blöd war ihr Mann nicht, dass er das nicht
verstand.

Er strich seine Ärmel, den Hosenbund und den Kragen glatt,
nahm eine Haltung und Stimme an, die so lehrerhaft, väterlich,
fürchterlich war, so ins Mausloch verweisend, wie sie sie noch nie
gehört hatte: »Ich werde dazu genau ein oder zwei Sätze sagen,
und dann ist ein Ende damit. Wir werden nie wieder darüber
sprechen. Mein Arzt, unser Arzt, hat gesagt, es sei wohl besser,
wenn ich weiterhin ins Bordell ginge, als dich anzustecken. Und
damit ist ein Ende damit.«

Mit einem Schlag wusste Hedi, dass ihre Ehe von keinen Kindern
gesegnet sein würde. Dass ihr Mann Syphilitiker war, sich im
Bordell angesteckt hatte, heimlich im Bordell gewesen war, und
das, wo sie sich so gelangweilt hatte bei ihren ehelichen Pflichten!
Untreue, während sie ihr Möglichstes tat! Und nun hatte sie gar
keine Chance mehr, ihm im Bett noch hunderttausende Chancen zu geben. Aber er wollte sie nicht anstecken und das war
mehr, als ihr Vater für ihre Mutter getan hatte, er brach ihr das
Herz, aber ihre Gesundheit schonte er, er war anständig, aber ein
Schwein dazu, Hedi war neunzehn und zu jung, um damit fertig
zu werden. Wie sollte sie denn nun ein Kind bekommen? Würde
sie gleich ihrer Tante den Tod zweier Ehemänner abwarten müssen, um zu sexueller Erfüllung zu gelangen?

Die militärische Geschichte war: erst Enthebung vom Kriegsdienst, dann freiwillig – nach der »Was ist los?«-Frage – Dienst
in der Etappe. Wenige Monate später, als Hedi, allein in Wien,
immer häufiger an historische Präzedenzfälle wie Anne Boleyn
und deren mögliche Schwangerschaft durch einen Kammerherrn
ihres königlichen Gatten dachte, plötzlich freiwillige Versetzung
an die Front. Gefallen, Hedi gesund, im Besitz beträchtlicher
Mittel, zwanzig Jahre alt. Ans Kinderkriegen allerdings dachte sie
nicht mehr, sie hatte ihren Mann geliebt, er hatte sich zugrunde-
gerichtet, jetzt wollte sie sich zugrunderichten und alles, was

sie besaß, ins Sichzugrunderichten, in Alkohol, Opium, verderb-
liche Leidenschaften, in kameliendamenhaftes frühes Verblühen
investieren, luxuriös und tragisch.

»Du denkst, dass er sich wegen der Krankheit an die Front gemeldet hat?« hatte Marianne gefragt. »Weil er dich frei machen
wollte für einen anderen durch seinen Tod?«

Hedi sog an ihrer Zigarettenspitze und wischte mit dem kleinen
Finger eine Träne ab, die die selbstproduzierte Rauchfahne aus
ihrem Augenwinkel getrieben hatte: »Mag sein. So viel Edelmut?
Aber hauptsächlich war es wohl wegen der Judengeschichte.«

Irgendjemand, ein wichtiger Mann, hatte einmal (an einem
Herrenabend?) Hedis Ehemann gegenüber geäußert, dass die
Juden, nun ja, offenbar nicht so geneigt wären, sich für den
Kaiser hinzuopfern, wohl weil sie sich nicht zu den Völkern
des Kaisers zählten? Es war ein privates und doch öffentliches
Gespräch, mehrere wichtige Herrenaugenpaare waren plötzlich
auf Hedis Ehemann gerichtet, der erst gar nicht verstand, was
diese allgemeine Frage denn mit ihm zu tun haben sollte. Lang
und breit wurde erörtert, wie man den Eindruck hatte, dass die
Juden sich weniger im Kriegsdienst hervortäten, dass sie weniger
»Gold für Eisen« gäben, ihren Glauben an den Sieg nur in be-
scheidenem Maße durch den Kauf von Kriegsanleihen ausdrück-
ten – warum denn auch, da sie sich ja nicht zu den Völkern jenes
Reiches zählten, das ihnen bereits 1867 Gleichstellung und sogar
Zugang zu den Lehrkanzeln der Universität gewährt hatte? Und
nun wollten sie nicht gleichgestellt sein und Zugang zum Krieg
wollten sie nicht? Dabei blieben die Herrenaugenpaare stets auf
Hedis Ehemann gerichtet. Natürlich, bestätigte dieser schließlich
notgedrungen, müsse ein Jude wohl doppelt und dreifach seinen
Dienst für den Kaiser leisten, der ihm in seinem Reich eine
Heimstatt gewährt hatte, mehr noch als jeder Ruthene, Bosniak
oder Böhm.

Aber ob sie denn überhaupt satisfaktionsfähig seien, diese Söhne
jüdischer Mütter? fügte Hedis Ehemann hinzu, auf den Waid-

hofener Beschluss der Deutschnationalen Studenten von 1896 anspielend, wonach ein Jude, der von Geburt an ehrlos und somit nicht beleidigbar sei, auch keine Genugtuung für erlittene Beleidigungen verlangen könne. Mit dieser Bemerkung, auch wenn er den Waidhofener Beschluss für absurd hielt, hatte Hedis Ehemann gehofft, das Gespräch ins Scherzhafte hinüberzumanövrieren, freundschaftliches Gelächter auszulösen, aber die Herrenaugenpaare blinzelten nur, als wären sie vom vielen Starren schon ganz ausgetrocknet.

Erst Tage später fiel es Hedis Ehemann ein, dass er ja einen Großvater hatte, der seinerzeit getauft worden war. Er hatte es vollkommen vergessen, dass er väterlicherseits einen jüdischen, konvertierten Großvater hatte, was ihn zwar nicht zum Sohn einer jüdischen Mutter machte – vielleicht aber hatte sich ja, so überlegte er, in den letzten zwanzig Jahren die Definition eines Juden mehr und mehr nach wissenschaftlicher und weniger nach religiöser Doktrin auszurichten begonnen, somit verschärft. Jedenfalls war er überzeugt davon, dass sich das Gespräch über die angebliche Kriegsfaulheit der Juden auf ihn bezogen hatte, in dem ja vom Großvater die Generationen hinabgespültes, somit nach allgemeiner Erblehre vierteljüdisches Blut pulsierte, und eine Scham kochte in ihm, als wäre in der Familie ein Verbrechen aufgedeckt. Er zwang Hedi, einen guten Teil ihres Schmuckes »für Eisen« den staatlichen Behörden zu übergeben. Als er darangehen wollte, ihr gemeinsames Vermögen in Kriegsanleihen umzumünzen beziehungsweise zu verpapieren (Hedi hatte eine beträchtliche Mitgift mitgebracht), fiel Hedi am Frühstückstisch in Ohnmacht, so dass sich ihre goldenen Haare mit den aufgerührten Eiern im Glas vermengten und ihre grässlich verkrampfte Hand sich in eine Scheibe Toast mit Orangenkonfitüre hineingrub. Nachdem Hedi über zwei Wochen lang an Kampferfertüchern schnüffelnd im Bett gelegen war, hatte ihr Ehemann ein Einsehen, ließ das Vermögen in Ruhe und meldete sich in den Krieg.

»Was soll das eigentlich heißen?« fragte Marianne und deutete
auf die sich auf dem Grammophon drehende Platte.
»Und a Türk und a Jud
Und a z'brochane Fut
Und a ausgriss'na Schwanz
Is a trauriga Tanz.«
»Was gibt es daran nicht zu verstehen?« fragte Hedi müde.
»A Türk und a Jud. Die Türken sind Bundesgenossen jetzt. Und
die Juden, dein Mann ist gefallen, mein Vater hat jeden Heller…
So ändern sich die Zeiten. Aber wie kann eine Dings zerbrechen,
du weißt schon?«
Hedi hielt Marianne eine silberne Platte mit Marzipantrüffeln
hin. Marianne nahm eine, biss hinein und dachte daran, dass
Hedi noch immer nichts zu dem Thema Näharbeiten gegen Be-
zahlung gesagt hatte.
»Was interessiert mich die Politik?« sagte Hedi, stand auf, kramte in
den Platten, kratzte die Grammophonnadel in ein neues Lied hinein. Eine Soubrettenstimme erklang, die ein Couplet von galanten
Anekdoten trällerte, welche sie jeweils mit der frivol gedehnten Be-
teuerung abschloss: »Weil ich anständig bin!« Beim ersten Refrain
musste Marianne schmunzeln, beim zweiten kichern, beim dritten
lachte sie so sehr, dass sich ihre Augen dabei schlossen. Genau
in diesem Moment, als sie den Mund weit offen und die Augen
geschlossen hatte, war plötzlich Hedis Mund auf ihrem Mund.
»Weil ich anständig bin«, Heidsieck, Gelächter und Zungen, auf
einmal war es ein »Damenabend«, sie, Hedi und die Soubrette,
die Fritzi Rolly hieß, wie Hedis Ehemann aufmerksam auf einem
Zettel in der Plattenkiste vermerkt hatte. Obwohl sie sich fest vorgenommen hatte, nie wieder jemanden anderen zu küssen als ihren
Mann, küsste Marianne Hedi, die erst nach Marzipan schmeckte,
bis nach einer Weile etwas Säuerliches wie beim Aufstoßen eines
Babies dazukam. Marianne war erleichtert, dass auch Frauen, die
so porzellanhaft, engelhaft aussahen wie Hedi, etwas Säuerliches
im Mund haben konnten wie ein normaler Mensch.

»Herrlich!« rief Hedi, als sie wieder anstießen. »Jemanden zu küssen, der keinen Schnauzbart hat! Das ist mir immer vorgekommen, als wäre ein toter Maulwurf zwischen den Mündern eingeklemmt.«

Alles Weitere mit Hedi erwies sich zunächst als recht mühsam. Hedi war es stets gewohnt gewesen, ausgezogen zu werden, schön dazuliegen und die Dinge geschehen zu lassen. Sie wartete auf das, was sich ereignen würde, im Falle ihres Mannes mit zeitweiliger Enttäuschung, im Falle von Marianne vergebens. Denn diese war es ebenfalls gewohnt, die hohe Tugend der Passivität zu verkörpern, zu reagieren, mitzugehen, sich mittragen zu lassen. Marianne hatte ihr ganzes Leben lang nur mit zwei Männern geschlafen, ihrem und dem Anderen, Hedi ihr ganzes Leben lang nur mit ihrem Mann. Es war immer einer da gewesen, der die Führung übernommen hatte, so wie beim Walzertanzen, da musste ja auch einer führen. Beim Walzertanzen hatten sie schon früh gelernt, ihren Körper einer Führung anzuvertrauen, die nächsten Schritte des Führenden vorauszufühlen, etwa wenn dieser sich zu einem Richtungswechsel entschloss, sich so gut führen zu lassen, dass die Verschmelzung stattfinden konnte, die nach dem Tanz einer Einheit, eines Paares aussah. Sowohl Marianne als auch Hedi waren zum Walzertanzen mit Freundinnen stets nur dann bereit gewesen, wenn die Freundin den ungewohnten, unangenehmen Part der Führenden übernahm, aber das wussten sie voneinander nicht. Es gelang ihnen zwar, einander auszuziehen, doch dann lagen sie da, Hedi wunderschön, Marianne etwas weniger schön, immerhin hatte sie bereits ein Kind geboren, sie lagen da und lachten »comme des femmes du monde« (obwohl man ja, seit Frankreich der Feind war, nicht mehr französisch sprechen durfte) und berührten einander »zufällig« oder »schwesterlich« und warteten darauf, dass etwas weiter geschah. Sie fingen von Null an. Sie lagen da auf den Fellen, die Hedis Mann in Afrika erbeutet hatte, auf den bunten Teppichen, die er mitgebracht hatte von Reisen nach Persien, Marokko, dem Osmanischen Reich. Einer davon war aus Seide geknüpft und so kostbar, dass er an der Wand hängen sollte, hatte ihr Mann erzählt, erzählte Hedi, »Aber wir können es uns leisten«, habe ihr Mann gesagt, »einen Wandteppich auf den Boden zu legen, gekostet hat er mich ja nicht so viel.« Sie hatten das Teetischchen weggeschoben und lagen da auf dem Boden, bauten sich üppige Lager, drapierten Hedis seidene Tücher um sich, wenn es kühler wurde. Marianne hatte seit ihrer Schwangerschaft helle Streifen am Bauch, die noch nie ein Mensch außer der Hebamme, dem Anderen und ihr selbst gesehen hatte, die Brust war flacher geworden, was dachte wohl Hedi darüber, wenn sie einander so abglichen, Hedi, an der alles fest wie ein Apfel und »wie von Meisterhand« gewölbt und gerundet aussah. Wenn man mit einem Mann schlief, dachte Marianne, hatte das zweifelsohne den Vorteil, dass man unweigerlich die schönste Frau im Raum war. Sie betrachtete Hedi, die wie eine Katze nicht eine einzige Bewegung machen konnte, die nicht schön gewesen wäre, eine Augenweide sozusagen, sie wollte sich nicht wie ein Mann vorkommen, der sich beim Anblick von Hedi lüstern vergaß. Sie gönnte es Hedi, dass sie an den ehelichen Freuden wenig Freude gehabt hatte, da hatte sie mit Balthasar ein besseres Los gezogen! Und doch hatte sie Angst, es ebenfalls falsch zu machen, Hedi genauso zu enttäuschen, vielleicht lag es ja auch an Hedi, die durch nichts zufriedenzustellen war.

Nachdem sie einander ausgezogen und geküsst hatten, wussten sie nicht, wie weitermachen, sie streichelten sich höflich über den Rücken, die Lenden, die Schenkel, ließen wieder voneinander ab, schwätzten, rauchten, bis Marianne sich dabei ertappte, wie sie zur Tür blickte und dachte: Es sollte doch jetzt ein Mann hereinkommen, der den Mut hat und etwas Maßgebliches unternimmt. Der etwas Maßgebliches, Zielführendes, der Sache Dienendes unternimmt, sprich Hedis Schenkel auseinanderschiebt und direkt ins Eigentliche hineingreift, oder wenigstens

Hedis einmalig rosige Brüste küsst, denn noch nicht einmal das hatte sie sich getraut. Sie war kein Mann! Würde sie zum Mann werden, wenn sie all das tat? Im Übrigen war sie der Ansicht, dass Hedi, die mit dem ersten Kuss alles angefangen hatte, nun auch alles Weitere anfangen sollte, konnte dabei aber nicht ahnen, dass Hedi ihrerseits der Ansicht war, sie habe ohnehin mit dem ersten Kuss angefangen, nun sei es wohl an Marianne, alles Weitere zu tun.

Drei Abende lang lagen sie odaliskenhaft da, lockten einander und durchstöberten den erotischen Nachlass von Hedis verstorbenem Mann. Sie musste ja irgendwann, sagte Hedi, seine Sachen durchsehen, nie hätte sie zu seinen Lebzeiten in seinen Sachen gewühlt, aber nun, da er tot war, bitte schön, eine andere Frau hätte wohl alles in eine Kiste geworfen und unbetrachtet auf dem Dachboden untergebracht.

Es gab eine Serie von Fotografien, in der eine kleine Geschichte erzählt wurde. Ein schmächtiger kleiner Mann in Offiziersuniform betrat mit einem Rosenstrauß die Wohnung einer großbusigen, entzückt die Augen verdrehenden Dame. Auf der nächsten Fotografie waren die Rosen schon in eine Vase gestellt und die beiden halbnackt auf dem Bett. Zwei Dienstmädchen kamen hinzu, die dem verführerischen Anblick offenbar nicht widerstehen konnten und ebenfalls schnell ihre Brüste entblößt hatten. Nun trat das beachtliche Glied des Männleins in Aktion, das auf drei aufeinanderfolgenden Fotografien in jede der Frauen hineingesteckt wurde, aber nur mit der Spitze, so dass der Rest der Beachtlichkeit ausreichend zu sehen war. Die jeweils nicht mit dem Glied des Mannes beschäftigten Frauen umfingen einander zärtlich. Eine weitere Dame (Schwester, Freundin der ersten?) trat ins Zimmer und schlug entsetzt die Hände über dem Kopf zusammen. Auf der nächsten und letzten Fotografie kniete sie schon nackt auf dem Bett, hielt ihre weit herausgestreckte Zungenspitze an die Brustwarze eines der Dienstmädchen, das Glied ragte zwischen ihren Gesäßbacken heraus.

Marianne und Hedi rätselten, ob sie den Mann und die Frauen von irgendwoher kannten. Wer waren diese Leute? Hatte Hedis Mann die Fotografien angefertigt? Die Frauen, die jeweils das Glied in sich stecken hatten, lachten wie Honigkuchenpferde in die Kamera. Das führte zu der Frage, weshalb man auf normalen Portrait- und Familienfotografien immer ernst dreinschauen musste. »Jetzt bitte nicht lachen«, pflegte der Fotograf der Kunstanstalt Drahos-Gleissig zu sagen, aber dieser hier schien etwas Gegenteiliges gesagt zu haben. Manchmal wirkte das Lachen der Frauen etwas verlegen, Schauspielerinnen waren es wohl nicht. Galgant, Cardamum, Achyranthes espera. Muskatnuss, Safran, Betelblätter, Benzoegummi, das Holz der schwarzen Aloe. Süßes Sesamöl, geklärte Butter, Eisenoxyd, Kupferkalk. Die Asche der Butea frondosa. Zitwerwurzel, blauer Lotus, Bombax heptaphyllum, schwarzes Salz. Rinde des bitteren Pala nimba, Blätter der schamhaften Sinnpflanze, abgefallene Blätter vom Walnussbaum, Bambuszucker, Früchte des Ficus glomerosa. Wasser, in dem man ein Stückchen Seide hat verschimmeln lassen. Ein Pulver aus den Flügeln der Biene Bhramara. Die Exkremente einer Taube mit fleckigem Hals. Der an einem Dienstag ausgeweidete Körper eines blauen Eichelhähers. Wollte Hedi das wirklich alles wissen? Ein wenig Kamasalila, Sperma also. Sandelholz natürlich, Menispermum glabrum, die Blüten des aurikelfarbigen Jasmin und bengalischer Krapp. Niemals, stand da zu lesen, würde ein Perser von seiner Schwiegermutter zubereitetes Sorbet trinken, da der rote Saft ihr Menstruationsblut enthalten könnte – ein einfacher Trick, um Macht über jemanden zu gewinnen. Wem es gelingt, seine Körperflüssigkeiten anderen Menschen beizubringen, gewinnt über sie Macht. Wollte Hedi das wirklich glauben? Honig, Unmengen an Honig. Zaubertränke, Liebespulver, Fruchtbarkeits- und Abtreibungsmahlzeiten. Myrrhe, Anis und Borax als Einreibung zur Vergrößerung des Gliedes. »Dem Araber ist der dekeur ein unglaublich wichtiges Organ, das nicht nur besprochen, sondern auch gegebenenfalls mit Stolz gezeigt und mit großem Interesse betrachtet wird.« Diesen Satz hatte Hedis Mann sorgfältig unterstrichen. Einreibungen des männlichen Gliedes mit Eselsmilch verleihen ihm »unvergleichliche Kraft«. Kichererbsen und Zwiebeln. Blutegel mit Öl in einer Flasche in die Sonne gestellt, bis alles miteinander vergärt. Einreibungen des Gliedes mit dieser Tinktur verleihen ihm »stattliche Größe und bedeutenden Umfang«. Der Orientale entledigt sich seiner Körperbehaarung mittels Rasur, die Orientalin mittels Gift. Pulverisiertes Eisenoxyd, gelbes Arsenik, bitteres Öl. Bestreicht man die Yoni mit Giftpaste, fallen auf der Stelle die Haare aus. Der Orientale lehnt jegliche Körperbehaarung striktest als unhygienisch ab. Der Orientale ist unbeschwert, tierhaft, natürlich, von klein an mit allem Geschlechtlichen vertraut. Wollte Hedi wirklich immerzu nur lesen, diese Kochbücher der Liebe, um nachzusehen, wo ihr Mann alles Wissenswerte über das männliche Glied angestrichen hatte? Um darüber zu weinen, dass es keine vergleichbaren Zeichen des Eifers in den Kapiteln über »die Steigerung der weiblichen Liebesglut« gab? Um endlos die Aquarelle zu betrachten, die er in die Bücher hineingemalt hatte, wo immer er Platz fand – er, der für ihre Augen immer nur Veduten malte, Straßen, Häuser, Perspektive, Architektur? Nie habe er sie porträtieren wollen, klagte Hedi, Menschen seien nicht sein Sujet, habe er behauptet, und weshalb, bitte schön, dann all diese nackten Weiber, um einen ebensolchen Mann stets, mit riesigem Gemächt? Nackte Weiber und riesige männliche Gemächte hatte er in seine »Privatdrucke nur für Gelehrte!« hineingemalt, indessen sie sich im Bett langweilte, in »Die duftenden Gärten des Scheik Nefzaui« und das »Anangaranga«, von westlichen Kennern des Orients übersetzt und kommentiert. Waren die Orientalen tatsächlich so grausam zu ihren Frauen? Von Faustschlägen auf die Brüste war da die Rede, von Nasenstübern, von ketten- oder traubenförmige Male hinterlassenden Bissen und von tiefen Kratzwunden, die der Mann »stets vor einer Auslandsreise« an Brust und Yoni seiner Gattin als »Memorandum«

anbringt. Aber das Verwirrendste war ein kleines in ein Buch eingelegtes Kärtchen, auf dem »Memorandum« stand. Darunter hatte Hedis Mann einen nackten, muskulösen Mann gemalt, der einer nackten Frau mit schmerzverzerrtem Gesicht das Knie zwischen die Beine stößt.

Das Pulver vom Schädel eines Verstorbenen, Kerne des Stech-apfels, Bohnen der Tamarinde, quecksilberhaltiger Schwefel. »Ihre Brüste waren fester als ein Granatapfel aus Samarkand und weißer als der Schnee des Himalaja«, las Hedi mit bebender Stimme vor. Sie bekamen Hunger, sie bekamen Sehnsucht nach fernen Gebirgen.

Am vierten Abend endlich, nachdem sie einander ausgezogen hatten, stellte Marianne zu ihrer Verblüffung fest, dass Hedi sich die Scham enthaart hatte. Zu schämen gab es da nichts, sie sah aus wie Marzipan. Zum Teufel, dachte Marianne, ich muss Geld verdienen wie ein Mann, also kann ich auch direkt aufs Direkte zugehen.

TABUBÜNDEL

Auch in Mariannes Wohnung hatte es ein »Tabubündel« gegeben. Es bestand aus all den persönlichen Papieren ihres Mannes, die sie den Laden des großen Schreibtisches entnommen hatte, bevor sie ihn verkaufte, um fürderhin am Küchentisch zu schreiben. Die Papiere, Mappen, Notizbücher hatte sie ordentlich auf einen Stapel geschichtet, ohne einen genaueren Blick darauf zu werfen, mit Paketschnur verschnürt, in einen Karton gelegt, den sie wiederum verschnürte, und diesen im Kabinett abgestellt. Nun, da sie sich nolens volens mit dem erotischen Nachlass von Hedis Mann vertraut machte, kam es immer öfter vor, dass sie mit einer großen Schere ins Kabinett ging, den Karton hervorzog, die Verschnürungen betrachtete, mit der Schere die Luft zerschneidend auf dem Kanapee saß, um schließlich unverrichteter Dinge und entsetzt über sich selbst wieder hinauszugehen. Balthasar war nicht tot, und selbst wenn er tot gewesen wäre, hätte sie kein Recht! Was aber, wenn er doch tot war – vielleicht hatte er etwas Wichtiges hinterlassen, eine Nachricht an sie, ein geheimes Testament? Vielleicht gab es irgendwo in dem Tabubündel ein Kuvert mit der Aufschrift: »Für meine Gattin, nach meinem Ableben zu öffnen« – nicht einmal das hätte sie gesehen! Und wenn ein paar Fotos von nackten Weibern herausfielen, mein Gott, was war schon dabei, er würde ihr nicht böse sein, wenn er zurückkam. Es war doch nur vernünftig, dass sie seine Sachen durchsah, wenn er jahrelang vermisst war, vielleicht gab es ja auch irgendwo noch einen Schuldbrief, den man zu Geld machen konnte.

Die blanke Neugier war es, das wusste sie, eine Unruhe, eine idée fixe, der quälende Wunsch, dem Letzten auf den Grund zu gehen, was ihr noch von ihm geblieben war, ihn noch kennenzu-

lernen bis ins Innerste, jetzt, da sie ihn vielleicht nie wiedersehen
würde. Hatte er ein Geheimnis, das er mit ins Grab nehmen
wollte? Hätte er dann nicht jeden Hinweis darauf vernichtet,
bevor er damals an die Front zurückging? Gar nichts wird drin
sein, beruhigte Marianne sich: ein paar alte Rechnungen, meine
eigenen Briefe, ausgeschnittene Zeitungsartikel, die niemanden
mehr interessieren. Da hineinzusehen mit Schweißperlen auf der
Stirn, mit schlechtem Gewissen und der absurden Angst, etwas
zu finden, was auf ewig die Erinnerung vergällte – das war es
nicht wert. Was, wenn sie etwas fand, von dem sie lieber nichts
gewusst hätte? Aber so etwas konnte es nicht geben, allein dieser
Gedanke war ein Zeichen von Misstrauen, ergo war es ein Zeichen von Vertrauen, das Tabubündel doch durchzusehen.
Das erste, was ihr auffiel, nachdem sie die Paketschnüre aufge-
schnitten und ein paar belanglose Zettel weggewischt hatte, war
ein viersprachiges Feldwörterbuch: Deutsch, Polnisch, Ruthe-
nisch, Russisch. Das hatte er vergessen! Unvorstellbar, wie sehr
es ihm abgegangen sein musste! Sie öffnete das Büchlein auf der
ersten Seite und las:
»Recognoscirungsfragen (Einleitende Fragen):
He! Bleib stehen! Komm her!
Sprichst du deutsch?
                    polnisch?
                    ruthenisch?
                    russisch?
Bist du ein Hiesiger?
Höre! Sage mir!
Hast du mich verstanden?
Antworte laut, sofort!
Rede nicht viel!
Sage nur ja oder nein!
Sage nur die Zahl!
Was hast du gesagt?«
Nicht gerade erlesenste Poesie, dachte Marianne, aber das ging

wohl nicht anders beim Militär. Sie griff nach dem nächsten Gegenstand auf dem Stapel, es war eines von Balthasars Journalen. Das hatte sie ganz vergessen, er hatte ja regelmäßig am Abend in sein Journal geschrieben, dessen Inhalt er ihr nie gezeigt hatte – das konnte, das durfte sie nicht lesen.

Nur um das Datum zu lesen, schlug sie die erste Seite auf. Die Eintragungen begannen etwa ein Jahr, bevor sie einander kennengelernt hatten. Das ging sie nichts an. Sie schlug das Büchlein im letzten Drittel auf, Februar 1912, da hatten sie einander gerade kennengelernt. Im nächsten Buch wurde es interessant, Daten aus der Zeit, als sie einander näher gekommen waren, tauchten auf, schließlich die Verlobungszeit. Das ging sie erst recht nichts an, sie sah nur die Daten, die rechts über den Textblöcken hingen, über alles andere sah sie hinweg. Marianne versuchte, die Augen so zusammenzukneifen, dass der gesamte Text, mit Ausnahme der Daten, verschwamm. Einmal glaubte sie, das Wort »Glück?« mit einem Fragezeichen gesehen zu haben, überprüfte diesen Eindruck aber nicht. Sie schlug das Buch wieder zu, dann wieder auf, nur um zu sehen, ob ihr Name irgendwo vorkam. Sie wollte nur sehen, ob das Wort »Marianne« vorkam, darauf hin konnte sie den Text überfliegen, ohne irgendetwas anderes zu sehen. Das Wort »Marianne« würde für sie auch aus einem Textgewaber herausstechen, das ansonsten vollkommen verschwommen war.

Wie es schien, wurden Personen nur mit dem Anfangsbuchstaben bezeichnet, »M.« war wohl sie. Oder hieß das »Mutter«? Nein, auf der nächsten Seite stand »Mutter«, »Mutter« wurde ausgeschrieben. »M. sehr fröhlich« – das konnte auch Marguerite sein, eine seiner Cousinen zweiten oder dritten Grades. Und plötzlich saß Marianne genauso da, wie sie es befürchtet hatte, mit Schweißperlen auf der Stirn, mit einem Herzen, das bis auf die Zunge hinaus pochte: »S. scheint ein wirklich bezauberndes Mädchen zu sein, sehr hübsch, charmant, zeitweise unbewusst verführerisch«, stand da. Es war unzweifelhaft ein »S.«, kein

»M.«, das vor einem solchen Satz zu dieser Zeit wohl zu erwarten gewesen wäre. Ein Datum nach dem Datum ihrer Verlobung, sie musste sich verlesen haben, sie musste es noch einmal lesen. Andererseits, das war doch harmlos, Balthasar konnte doch sachlich und ohne eigenes Interesse ein Mädchen wohlgefällig angesehen haben, vielleicht in Hinblick auf einen Freund? Sarah! Sarah Rosenfeld, die war hübsch – obwohl »unbewusst verführerisch« vielleicht doch etwas weitgegriffen erschien. Stephanie Zwittl? Hatte die nicht den Ruf, eine demi-vierge zu sein? Aber hätte er die nicht mit »St.« abgekürzt?

Dem Biss in die Frucht vom Baum der Erkenntnis folgte unverzüglich die Vertreibung aus dem Paradies. »Lustig – trotz außerordentlich scheußlichen Mordfalles der ganze Tag durchsprenkelt mit heißen Gedanken an S.« Marianne versuchte nun nicht mehr, verschwommen zu sehen, sondern schärfte im Gegenteil ihren Blick, um nur ja keine Krümmung, Schlinge oder Unterlinie von Balthasars zweifellos schlampiger Handschrift falsch zu interpretieren. Konnte das auch heißen: »mit leisen Gedanken«? Aber wäre das wirklich besser gewesen? Und »durchsprenkelt« – das war ja geradezu dichterisch, nie hatte Balthasar ihr gegenüber auch nur die geringste dichterische Exuberanz an den Tag gelegt, niemals waren seine Worte wie ein chinesisches Feuerwerk am Sommernachtshimmel zerspritzt, Cour machte er in aller gebotenen Form, aber nüchtern. »Ich bedanke mich für den überaus angenehmen und anregenden Abend« – solche Dinge standen auf den Karten, die er ihr damals schickte. In dieser Zeit, die sie für die glücklichste ihres Lebens gehalten hatte, und in der Balthasar, wie sie nun wusste, von dieser S. durchsprenkelt war. Marianne studierte nun Wort für Wort, Tag für Tag, langweilte sich bei den Ermittlungen in dem tatsächlich außerordentlich scheußlichen Mordfall, die banalsten Privatheiten aber schlangen sich wie Lianen um ihr Genick. Dann: »M. besucht, dabei mit S. eine halbe Stunde im Garten. Es ging um die hintere Laube, an der heute morgen mit einem Schlag die Wicken aufgeblüht sind. Das musste mir gezeigt werden, M. konnte oder wollte aber nicht, also übernahm die Aufgabe S. Fügung? Im Vergleich tut man sich schwer. S. hat zweifellos ein ruhigeres, auf Dauer wahrscheinlich angenehmeres Wesen als M. Trotzdem diese fleischliche Ausstrahlung, so dass man ständig bereit wäre, über sie herzustürzen und sich in ihren Nacken zu verbeißen. Das arme Kind schwitzte ungeheuerlich, als es mit mir alleine in der Laube stand. Ich steckte ihr eine blauweiße Wicke ins Haar, um zu sehen, ob sie unter meiner Berührung ohnmächtig würde. Sollte sie die Bessere für mich sein?«

Es war Sidonie, ihre Schwester. Marianne erinnerte sich, wie sie mit einer Wicke im Haar ins Haus zurückgekommen war, die schon nach wenigen Minuten zu einem traurig-schlaffen Häuflein zusammengefallen war. »Wicken halten sich nicht«, hatte ihre Mutter gesagt. Marianne hatte den ganzen Nachmittag Balthasar betrachtet wie ein herrliches Ballkleid, das für sie schon bereitlag, das sie aber noch nicht anziehen durfte. Das mit der Laube war doch ein Trick Sidonies gewesen! Marianne hatte sich in Zurückhaltung geübt – und er hatte mit ihrer heimtückischen Schwester in der Laube geschwitzt. Marianne hatte den lächerlichen Wicken keinerlei Bedeutung zugemessen, warum war sie bloß nicht mitgekommen? Sie war in ihr Zimmer hinaufgegangen, um sich die Haare zu richten, während Balthasar gleichzeitig die Finger in Sidonies Haare steckte. In Plank am Kamp war das gewesen, in der glücklichsten Sommerfrische. Schon ein paar Tage später war eingetragen: »Intensive Zusammenkunft mit S. Kein Wort über das eigentliche Thema (wir beide?).« Marianne richtete sich auf: Kindisches Geschwätz, Fantasien, Männer sind wohl genau solche Backfische wie Backfische, sagte sie sich.

Es folgten lange, langweilige Männergeschichten über Pferde, Wetten, Politik – bis plötzlich: »S. geküsst. Dumme Geschichte.« Marianne reckte es. Sie musste mehrfach rülpsen, üble Luft schwappte ihre Speiseröhre hinauf. Da auf dem Kanapee kein Platz war, um sich hinzulegen, ging sie hinüber ins Schlafzimmer und legte sich auf das Bett. Da es sie weiter reckte, drehte sie sich so auf die Seite, dass ihr Mund über die Bettkante schaute, so dass Erbrochenes auf den Boden rinnen würde und nicht auf das Bett. Aber sie erbrach nicht, was kein Wunder war, da sie nichts im Magen hatte. Sie hatte keine Kraft, einen Kübel zu holen. Sie rülpste und rülpste und hoffte, endlich bewusstlos zu werden. Sie wurde aber nicht bewusstlos. Wenn jetzt ein Feuer ausbrach, hätte sie keine Kraft es zu löschen, wenn jemand an der Tür läutete, keine Kraft zu öffnen. Marianne versuchte zu weinen, zu wimmern, aber nur dieses Rülpsen kam aus ihr heraus. Er hatte sie, M., mit dem gleichen Mund geküsst, mit dem er S. geküsst hatte. Marianne konnte sich nicht erinnern, ob er sie, M., an demselben Tag geküsst hatte, an dem der Kuss mit ihr, S., im Journal verzeichnet war. Aber wenn er tatsächlich sie und S. mit nur kurzem zeitlichem Abstand geküsst hatte, dann hatte sie möglicherweise Spucke von ihrer eigenen Schwester im Mund gehabt!

Aber Sidonie war unschuldig. Deshalb also diese überstürzte, unsinnige Heirat mit einem misanthropischen Urologen, der noch dazu ein Jahr älter als ihr Vater war. Unbedingt vor Marianne hatte sie noch ganz schnell heiraten müssen. Wie durch eine Krankheit schleppte sie sich durch diese Ehe. Daher hatte sie also bei der Hochzeit von Marianne und Balthasar gar so geweint! Nein, schuld war Balthasar, der mit ihnen beiden gespielt hatte. Alles Lüge! Wahrscheinlich hatte er gedacht, es sei nicht so schlimm, weil es ja »in der Familie« blieb. Sie traute ihm auf einmal alles zu. Vielleicht war das ja nach ihrer Hochzeit noch weitergegangen!

Auf allen Vieren war Marianne ins Kabinett zurückgekrochen, hatte die Schere in die eine Hand genommen, gespreizt, so dass die Spitzen auseinander standen, in die andere Hand das Journal. Obwohl es ihr nun schwer fiel, ihren Blick auf der Schriftlinie zu halten, las sie weiter. Wenn es sie zu sehr reckte, blickte sie auf und suchte nach einem Gegenstand, einem Polster vielleicht, auf den sie einstechen hätte können. Aber es gab nichts, was sie kaputt machen hätte dürfen in diesen schweren Zeiten. Sie las weiter bis in die ersten Tage ihrer Ehe, aber »S.« wurde nie wieder erwähnt. Sie war verschwunden, als hätte es den Kuss und die »dumme Geschichte« und die Wickenblüte nie gegeben. Alles, was Marianne über »M.« las, war das, was sie gedacht hatte, das Balthasar über sie dachte. Manches sogar besser. Sie hatte nicht geahnt, dass man sich mit ihr »fast so gut unterhalten« konnte »wie mit einem Mann.« Und all die Schweinereien, herrlich. Fast hätte sie ihm verziehen. Er hatte mit ihnen beiden gespielt, aber es war M., mit der er schließlich Ernst gemacht hatte. Und in dem Moment, als er mit M. wirklich Ernst machte, hatte er in seinem Gedächtnis die Sache mit S. durchgestrichen, so wie er in seinen Briefen oder Journalen Passagen durchstrich: erst versah er die Worte mit einem Rahmen, dann schraffierte er die eckige Form mit Diagonalen von links unten nach rechts oben, über die er dann eine weitere Schraffur von links oben nach rechts unten zog, so dass der Text mit dicht aneinanderliegenden x-en überschrieben war. Obwohl zu diesem Zeitpunkt ohnehin nichts mehr zu lesen war, malte Balthasar über den tintenblauen Block noch eine durchlaufende Reihe von Schlingen, die wie ein aufgerollter Ballen Stacheldraht aussahen. Im ersten Durchgang ließ er die Schlingen am oberen, im nächsten am unteren Rand des Blockes anstoßen. Er ließ nicht ab von dem Papier, bis es beinahe durchgedrückt war. Überall in Balthasars handschriftlichen Aufzeichnungen standen diese blauen Blöcke herum: da der Text so akribisch unleserlich gemacht war, hatte man immer das Gefühl, hier sei etwas besonders Wichtiges, Geheimes, Schreckliches gestanden, man versuchte, noch etwas zu entziffern, holte sogar die Lupe herbei, aber ohne Erfolg. Als Marianne ihn einmal fragte, wie es ihm denn gelänge, nicht unentwegt an die grässlichen Verbrechen zu denken, mit denen er zu tun hatte, erklärte er es so: Jeden Abend streiche ich einen Teil der Geschichte und der dazugehörigen Bilder durch, jenen Teil, der in mir Gefühle ausgelöst hat. Ich streiche sie genauso durch wie die blauen Blöcke in meinen Briefen, die dich so ärgern. Man sieht noch, dass da etwas war, aber es sind eine Mauer, ein Gitter, ein Stacheldraht davor – man hat nie wieder Zutritt. Der Text, in dem die Fakten beschrieben sind, die Bilder, die einen Sachverhalt zeigen, bleiben stehen. Ich kann mich an alles erinnern, nur nicht an Entsetzen, Ekel, Angst.

Ja, genauso hatte er es wohl mit Sidonie gemacht, er hatte all seine nicht salonfähigen Gefühle für sie durchgestrichen, und möglicherweise waren dabei sogar die Ereignisse, zu denen sie führten, unter die Tinte geraten. In seinem Kopf, wohlgemerkt, nicht in seinem Journal. Wollte er entdeckt werden? Er baute eine blaue Mauer in seinem Kopf und stellte ihr eine Leiter hin, damit sie darüber sehen konnte. Und Sidonie, was hatte sie sich dabei gedacht? Dass er die Verlobung mit ihrer Schwester lösen und sie auf einem weißen Hengst aus dem Skandal forttragen würde? Plötzlich fiel Marianne dieses Gespräch ein, Balthasar hatte ihr etwas Merkwürdiges erzählt. Vielleicht, hatte er gesagt, sei Sidonie doch nicht so unglücklich verheiratet, wie man allgemein annahm. Sie habe ihm etwas über die Liebe gesagt – Marianne fiel nicht mehr ein, was. Etwas über die Liebe, das so einsichtsreich klang, dass Balthasar meinte, sie hätte Erfahrung damit. Hatte er es wirklich nicht verstanden? Sie stellte ihn sich vor, wie er vor Sidonie stand, die vermeintliche gemeinsame Erinnerungen an ihre Liebe heraufbeschwor, während er nicht ein Sterbenswörtchen davon auf sich bezog. Er hatte sogar ihr, Marianne, davon erzählt! Und sie hatte gedacht, Sidonie spräche von der Liebeshitze wie die Nonne von der Begegnung mit ihrem Bräutigam Jesus Christus.

Nachdem sie sich ohne weitere Zwischenfälle durch das erste halbe Jahr ihrer Ehe hindurchgelesen hatte, legte Marianne das Journal weg, schnürte das Tabubündel wieder zusammen und verstaute es unter dem Kanapee hinter einer Wand von getragenen Schuhen. Fortan musste sie mit der »dummen Geschichte«

leben. Das war mitten im Krieg, als schon alles den Bach hinuntergegangen war. Es war eine schwierige Situation, wenn man seinen Mann umbringen hätte können, dieser aber womöglich gerade von anderen umgebracht wurde. Oder schon längst umgebracht worden war. Sie hoffte so sehr, dass er zurückkommen würde, nur um ihm eines Tages sagen zu können: »Ich hätte dich umbringen können!«

ZWIEBELGULASCH

Als Beck nach Hause kam, sah er sofort, dass Marianne vor Sorge um ihn halb wahnsinnig geworden war. An den Zigarettenstummeln im Aschenbecher sah er, dass sie ihre tägliche Ration von fünf Zigaretten nicht nur aufgeraucht, sondern um zwei Stück überschritten hatte, die ihr am nächsten Tag fehlen würden. Es wäre ein Leichtes gewesen, ihr von dem Toten im Schiffsmühlrad zu erzählen, dessen Gesicht er nur zu gerne gesehen hätte. Er hatte das Gefühl, wenn er nur das Gesicht hätte sehen können, hätte er es erkannt und damit den Fall gelöst. Das war natürlich Unsinn, vielleicht hatte der Täter das Gesicht zerstört, weil *er* das Opfer kannte und hasste, ihm etwas wegnehmen wollte, das Leben, ein paar Finger und das Gesicht. Jedenfalls wäre es ein Leichtes gewesen, Marianne zu erzählen, dass im Donauufergebüsch nirgendwo ein Telefon aufzutreiben war, sie daran zu erinnern, dass er ja auch früher schon ohne Ankündigung fortgeblieben war, da Mordfälle sich eben selten ankündigten, aber er konnte es nicht. Ein zerfetzter Rücken und ein zerfleischtes Gesicht standen zwischen ihm und Marianne, die ihre Zigarettendose auf- und zumachte und niemals eine Frage gestellt oder gar ein Wort des Vorwurfes von sich gegeben hätte – ihre gute Erziehung hielt ein Leben lang an. Wenn ein Mann nach Hause kam und dreinblickte, als wollte er kein Wort hören, dann sagte man auch kein Wort als seine Frau. Wenn er auch dreinblickte, als ob er kein Wort hören wollte, hätte Beck doch gerne alles erzählt, viel zu viel hätte er erzählt, es war gut, dass sie keine Fragen stellte, sonst wäre noch allerhand aus ihm hervorgequollen, hätte er die ganze Bluttat in die Küche gebracht. Es wäre auch sicherlich keine taugliche Erzählung für die Ohren des kleinen Mädchens gewesen, das mit tränenden Augen Zwiebeln in

217

Würfel schnitt. Beck öffnete die Lippen, um etwas zu sagen wie »Dienstverzögerung« oder »Wildungsmauer«, aber seine Zunge prallte vom Gaumen ab, blieb schlaff vor dem Innenrund der Schneidezähne liegen.

Marianne kehrte mit beiden Händen Zwiebelschalen vom Tisch. Beck ging ins Schlafzimmer, holte seinen Tornister aus dem Schrank und nahm das Messer heraus. Als er in die Küche zurückkam, wischte Marianne mit einem nassen Fetzen über den Tisch. Beck bat Aimée, die Beine anzuheben, damit er den kaputten Stuhl unter der Bank hervorholen konnte, dem Hexerl am Tag seiner Ankunft ein Bein ausgerissen hatte. Mit einem Geschirrtuch wischte Marianne den Tisch trocken. Beck begutachtete die viereckige Öffnung an der Unterseite des Stuhles, in der das Bein festgeleimt gewesen war. Marianne legte einige in einer dichten fremden Handschrift beschriebene Blätter auf den Tisch und begann darin zu lesen. Plötzlich fuhr sie Aimée an, sie solle nicht so viel Gutes von den Zwiebeln wegschneiden, man dürfe nichts verschwenden. Das Mädchen warf Beck einen Blick zu, der wohl besagen sollte: »Da siehst du, was du angerichtet hast!« Mit seinem Messer kratzte er den alten, getrockneten Leim aus der viereckigen Öffnung unter der Sitzfläche des Stuhles. Aus dem Augenwinkel konnte er beobachten, wie Marianne mit einem Stift etwas in den Text, den sie las, hineinschrieb. Es schien ihm, als könne er auch ihre Handschrift nicht erkennen – war es möglich, dass sich die Handschrift eines Menschen über die Jahre so veränderte, dass sie aussah wie die einer anderen Person? Da erkannte er in dem Text, in dem Marianne nun etwas durchstrich und Satzzeichen hinzufügte, knapp hintereinander die Worte »Kampf«, »Freiheit« und »Proletariat«. Aha, sie wollte also ihre eigene politische Freiheit demonstrieren und mischte mit ihrer fremden Handschrift in der ebenso fremden Szivarys oder irgendeines anderen Kommunisten herum. Er würde sich nicht provozieren lassen. Mit ruhigen Strichen schnitzte er den getrockneten Leim vom oberen Ende des Stuhlbeins. Er hätte nun Topfen mit gelöschtem Kalk vermischt, um frischen Leim zu erhalten, befürchtete aber, dass Marianne ihm, selbst wenn sie Topfen im Haus hatte, nicht ein Gramm davon zur Verfügung stellen würde, sofern er es nicht zu essen gedachte. Gelöschter Kalk war wohl ohnehin nicht in Reichweite. Er holte sich eine alte Zeitung und begann sie sorgfältig zu falten. Als er aufblickte, sah er, dass Marianne und Aimée ihm interessiert zusahen. Er geriet in Fahrt, knickte, falzte, nahm Maß. Die fertige Papierkonstruktion, eine Art Klammer, steckte er in die Öffnung an der Unterseite des Stuhles, und in diese steckte er das Stuhlbein. Er rüttelte ein wenig daran, doch das Stuhlbein stak fest.

»Passt«, sagte er zufrieden und stellte den Stuhl auf den Boden. In Aimées Lächeln lag eine Bewunderung, als hätte er eine Kathedrale erbaut.

Es gab Zwiebelgulasch. Marianne röstete den Berg Zwiebeln in einem Teelöffelchen Schmalz an, gab eine Messerspitze gemahlenen Kümmel und ebensoviel Paprika dazu. Sie nannte das »paprizieren«. Die Gewürze waren ausgebleicht, der Paprika hellbraun statt loderrot, der Kümmel hatte kaum noch Geruch. Zumindest keinen Kümmelgeruch, eher Strohgeruch. Trotzdem waren die Gewürze Kostbarkeiten, die einen weit über den Verzehr hinausgehenden Status besaßen: Heiligtümer, Myrrhe, Opfergaben. Als einige Paprikapunkte über den Kochtopf hinaus auf die Arbeitsfläche flogen, kehrte Marianne sie schnell mit den Handkanten auf, klopfte sie sich von den Fingern auf das Zwiebelgemisch. Dann wurde mit Wasser aufgegossen, eingekocht, zuletzt kamen Salz und Maisstärke dazu. Beck hatte so etwas Köstliches schon lange nicht mehr gegessen. Er hatte keinerlei Gaumenerinnerung mehr an das frühere Gulasch, mit Majoran und großen, weichfasrig gekochten Rindfleischbrocken. Als hätte er das frühere Gulasch nie selbst gekostet, sondern nur auf alten Gemälden gesehen. Er brockte sich das Brot in das

Zwiebelgulasch ein und begann Marianne zu lieben. Er begann die Familie und die Küche und den Herbst und den Erdball zu lieben. Er hatte immer gewusst, dass Marianne eine gute Köchin war, obwohl sie früher nie selbst gekocht hatte. Sie hatte aber die Köchin in einer Art und Weise angeleitet, die darauf schließen ließ, dass sie selbst eine erheblich bessere Köchin gewesen wäre als die Köchin, und nun, da die Köchin fort und ein Gutteil der Lebensmittel fort waren, gab es keinen Zweifel mehr daran. Beck hatte Marianne richtig eingeschätzt, und wäre der Krieg nicht gewesen, hätte er diese Bestätigung wohl nie erfahren. Zwar störte es ihn etwas, dass sie sich auf eine gewisse Ebene herabließ, beispielsweise wie die Angehörige eines primitiven Stammes im Wald auf die Suche nach Esskastanien ging, wie sie nun mitten im Zwiebelgulasch erzählte, gleichzeitig aber fragte er sich, ob sie denn nun Esskastanien ergattert hatte, wo diese gelagert waren und wann er sie vorgesetzt bekommen würde.

Sie sei, erzählte Marianne, vor einigen Tagen hinausgefahren zum Schloss Merkenstein, eine mühsame Reise, von der Beck nichts mitbekommen hatte, müde Bahnen und schlappe Pferdegespanne waren im Spiel, seit Jahren schon sei sie dort jeden Herbst hinausgefahren. Irgendwo auf der Wegschlinge, die zu dem verwilderten Schloss hinaufführte, gab es eine Handvoll Maronibäume, als längst vergessene aristokratische Laune in den ehemaligen Schlosspark gepflanzt. Die Maroni waren winzig und standen in keinem Vergleich zu ihren aus Italien bekannten Verwandten, aber essbar waren sie allemal. Marianne war durch Zufall auf die Bäume gestoßen, als sie einmal Schlehen sammeln gewesen war, nach dem ersten Frost, da hatten diese ihre schlimmste Hantigkeit verloren und konnten zu Marmelade verkocht werden. Beck liebte sein Zwiebelgulasch und staunte, als Marianne von Schlehen und Hagebutten und Sauerklee erzählte, von Parasolen und Hallimasch, als wäre sie gar keine Städterin, sondern immer schon am Rande von Kuhweiden zuhause gewesen.

Diesmal aber, erzählte Marianne, als sie zu den Maronibäumen
kam, mitten im zugewucherten ehemaligen Schlosspark, wo doch
kein Mensch etwas Essbares vermuten konnte, war da ein Ge-
wusel von Menschen, von Röcken, um genau zu sein, die alle um
die Maronibäume herum aufgestülpt waren und aus denen Hände staken, die noch die letzte, halbverfaulte Marone vom Erd-
boden aufklaubten. Indessen versuchten Buben, Söhne der
Sammlerinnen offenbar, auf die Bäume hinaufzuklettern und die
noch an ihren Stielen haftengebliebenen Maroni herabzuschüt-
teln, oder sich lange Stangen zu beschaffen, um auf die Äste zu
klopfen. Die Mädchen dagegen waren auf der Jagd nach Wein-
bergschnecken, die immer wieder aus den Körben herauszukrie-
chen versuchten und unter Gekreisch zurückgeworfen wurden.
Als Marianne mit ihrem Korb hinter der Wegbiegung auftauch-
te, versammelten sich Frauen und Kinder zu einer Phalanx, die
sich mit Beschimpfungen und Drohgebärden gegen sie wandte.
Marianne ging, wie sie erzählte, hoch erhobenen Hauptes weiter
unter die Maronibäume und senkte ihr Haupt, um wenigstens
ein paar Maroni zu finden, konnte aber nur feststellen, dass dort
absolut nichts mehr außer Laub und ein paar leeren Schnecken-
häusern lag. Die fremden Frauen beschimpften sie, hockten sich
hin und sammelten weiter, fanden offenbar noch Maroni, wo
Marianne gar keine sah. Obwohl sie also mit vollkommen leerem
Korb dastand, wurde die Lage bedrohlich, als sich die Buben
erneut zusammenrotteten und mit Stöcken auf sie losgingen.
Von ein paar rotznäsigen Lausbuben also, erzählte Marianne mit
zittriger Stimme, hatte sie sich schlagen lassen müssen und war
davongerannt. Keine Maroni, dachte Beck enttäuscht.
Plötzlich krachte es, das Zwiebelgulasch spritzte, und Beck war
auf den Fußboden geknallt. Der Stuhl, den er zuvor repariert hatte, war zusammengebrochen. Sein Kinn war über die Tischkante
geschrammt, sein Löffel hatte wie eine antike Steinschleuder das
Zwiebelgulasch verspritzt, der sorgfältig hergerichtete Stuhl, auf
den er sich stolz und zuversichtlich gesetzt hatte, war jämmerlich

eingestürzt, Beck mit dem Hinterteil auf dem Küchenboden gelandet. Nach einer Schrecksekunde begann Aimée schallend zu lachen, als wären sie im Zirkus Sarassani und er hätte ihr eine Clownnummer vorgeführt.

In diesem Moment fühlte Beck, wie der Schatten seines Vaters sich über ihn schob und von ihm Besitz ergriff. Während er so am Fußboden saß, mit schmerzendem Hinterteil, aufgeschrammtem Kinn und zwiebelgulaschbespritztem Kragen, überwältigte ihn der Schatten, infizierte ihn mit seiner Wut, so dass er zu seinem Vater zu werden drohte, er würde dann sein Vater sein und Aimée er selbst, und alles war absehbar. Er, Beck, als sein Vater, würde aufspringen, blitzartig wieder auf den Beinen stehen, das Kind, sich selbst, hochreißen und ohrfeigen, links rechts, links rechts, bis vielleicht der eine oder andere wackelige Milchschneidezahn herausbrach oder die Nase zu bluten begann, er würde brüllen, reißen, schlagen, das Gulasch des Kindes über den Tisch verschütten, das Kind noch einmal schlagen, als hätte es selbst den Unrat aus Blut und verschüttetem Essen verursacht, brüllen, heruntermachen, Angst einflößen, das Lachen ein für allemal abdrehen, Worte wie »Respektlosigkeit« brüllen, »Unmöglichkeit« oder »Skandal«. Er würde das Kind, sich selbst, vernichten, bis es Respekt gelernt hatte, nie wieder lachte und in Zukunft nur kroch. Marianne, seine Mutter, würde alles wortlos aufwischen, mit Tränen in den Augen, das Kind, ihn selbst, hinausgeleiten, um es vor weiteren Schlägen zu bewahren, ihr wäre das Lachen, das ihr zwar nicht herausgekommen, aber in der Kehle gesessen war, ebenso für alle Zeiten vergangen wie dem Kind. So saß Beck am Fußboden und fühlte den Zorn seines Vaters in sich fahren, der noch gar nicht verstorben war, aber sich wie der Geist eines Verstorbenen in die Lebenden schob und sie in seine abgehandelten Szenen versetzte. Versetzt hätte, wenn Beck nicht im letzten Moment der Witz gepackt hätte, der Ulk, der Schalk, wenn er nicht seine Macht gespürt hätte, die Sache in eine andere, immer komischere Richtung zu ziehen, wenn ihm nicht schlagartig bewusst geworden wäre, dass jetzt ohnehin alles Schauspielerei war: der Tobende, der die Familie ins heulende Elend stieß, genauso wie der Clown.

Beck rappelte sich hoch und ließ seine Stirne über der Tischkante erscheinen, dann die Augen, die ratlos in alle Richtungen rollten. Aus Aimée brach eine Kicherfontäne, die den Erfolg seiner Bemühungen bestätigte. Nun schob er die Nase und eine verzogene Schnute auf den Tisch, platzierte das Kinn auf der Tischkante, war ein verrückter Kasperlkopf, und Aimée lachte in einer Art, die ihm deutlich machte: dieses Kind hatte noch nie etwas Furchtbares erlebt. Dieses Kind war mitten im Krieg geboren, aber es konnte lachen, wie er als Kind, das mitten im Frieden geboren war, niemals hatte lachen können. Dieses Kind hatte Hunger und Not und Vaterlosigkeit und Gott weiß was erlebt, aber es war noch nie in einer herrlichen Villa gesessen und in Grund und Boden gedemütigt worden. Es war noch nie verzweifelt an einem Fenster mit prächtigen Majolikaverzierungen gelehnt und hatte in Todesgedanken auf die mild gekräuselte Adria geschaut. Es hatte den Duft der Lorbeerwälder nicht gerochen, war nicht unzähligen Dienstboten mit Milchbroten und Honigmilch ausgewichen, in der Absicht, sich rechtzeitig vor der nächsten »Erbauung« oder »Zerstreuung« vom Hals des eigenen Ponies in die Klippentiefe zu stürzen. Beck verspürte die Lust, dieses Kind eines Besseren zu belehren, ließ sie aber links liegen. Diesem Kind Respekt vor dem Vater beizubringen, der vor allem dann nicht ausgelacht werden durfte, wenn ihm ein Fehler unterlaufen war. In dessen Gegenwart überhaupt nicht gelacht werden durfte, es sei denn, er hatte einen klar erkenntlichen, lachenheischenden Witz gemacht.

Beck ließ den Schatten seines Vaters unter dem Tisch verkommen und genoss den Triumph des Clowns, der sein Publikum in die Heiterkeit zieht. Das Publikum konnte nichts dagegen tun, es musste lachen und lachen. Auch Marianne war schon längst hineingezogen in die Lacherei – als er in einer hilflosen Geste das lose Stuhlbein hochhielt, hatte er sie im Bann seiner Grimassen gefangengenommen. Er war der Herrscher über die schäbige Küche, in der schöne weibliche Wesen sich amüsierten, das Zwiebelgulasch nach wie vor schmeckte, der Abend ohne Blut und Tränen einzog.

Aimée war überrascht, dass der Mann sie nicht geschlagen hatte, nachdem ihr angesichts seines Sesselmissgeschicks das herzlichste Lachen entkommen war. Nicht einmal angeschrien hatte er sie. Sie hatte in keinem finsteren Keller sitzen und auf keinem Holzscheit mit steinhart getrockneten Erbsen drauf knien müssen (in Ermangelung von Erbsen Kiesel). Sie wusste von anderen Kindern, dass Väter abends nach Hause zu kommen pflegten, von der Mutter alle Missetaten der Kinder erzählt bekamen und daraufhin den Gürtel zogen. Wenn sie keine Arbeit hatten, zogen sie den Gürtel manchmal auch schon frühmorgens, wenn sie von den Kindern aufgeweckt worden waren. Es gab da einen Trick, der unter den Kindern in Aimées Schule die Runde machte: man stopfte sich vor der Gürtelzüchtigung Kalkstaub in die Unterhose, so dass der Vater beim Prügeln gebührend eingewölkt wurde, sein Auge zu tränen und er zu husten begann. Manche Väter wurden dann allerdings erst recht wütend und schlugen umso fester zu, und bei denen, die grundsätzlich nur auf das entblößte Hinterteil schlugen, war die Strategie von vornherein nicht anwendbar. Für manche Kinder waren das beinahe die einzigen Erlebnisse, die sie mit ihren Vätern teilten. Wenn sie ausnahmsweise nichts angestellt hatten, gab es nicht einmal das. Die Kinder, deren Väter im Krieg abhanden gekommen waren, hatten zumeist Mütter, die sich darüber im Klaren waren, dass sie diese Rolle übernehmen mussten. Ihre Kochlöffel waren gefürchtet. Die kleine Anna von der Zweierstiege konnte sich rühmen, dass an ihrem fünfjährigen Körper bereits zwei Kochlöffel zerbrochen waren: einer an ihrem Kopf, einer an ihrem Rücken. Die meisten Kinder, deren Väter im Krieg abhanden gekommen waren, waren überzeugt davon, dass sie gütige, weiche, schützende Himmelskörper verloren hatten, die, wenn sie nur zurückkämen, die Mutter zur Besinnung bringen und das Goldene Zeitalter einläuten würden. »Wenn mein Vater nur zurückkommen würde«, sagten sie, »dann würde mein Leben anders aussehen.« »Mein Vater würde mich verstehen«, sagten sie, »er würde mir alles schenken, was ich will, und ich dürfte alles machen, was ich will.«

Beck träumte, dass er mit Marianne in der Steppe stand. Sie hatte eine fremdartige Tracht an, vielleicht die eines jener Rentierzüchter- oder Tigerjägervölkchen, die sich weigerten, mit den Russen Russisch zu sprechen, aber mit den Gefangenen durchaus Russisch sprachen, wenn sich die Gelegenheit ergab. Eine Nenzen-Tracht vielleicht. Marianne hatte die Fäuste geballt, aber nicht so, wie europäische Frauen die Fäuste ballten, den Daumen unter die vier anderen Finger gesteckt, sondern sie hielt ihre Daumen außen, die eine Faust vor die Brust, die andere vor das Gesicht, wie zur Deckung. Die Steppe war so weit und so flach, dass man am Horizont die Krümmung des Erdballs erkannte. Beck drehte und drehte sich, da war nichts: kein Baum, kein Zelt, kein Pferd, kein Mensch. Am Himmel flossen die Wolken ineinander wie in einem kochenden Gebräu, dem man Obers zugab. Dennoch war es auf der Erde windstill, totenstill, kein Grashalm bewegte sich, kein Haar wurde aufgerührt. Mariannes Haare waren wieder lang und zu einer kunstvollen Kuppel aufgebaut, sie sah aus wie eine Braut Dschingis Khans.
»Geh weg!« schrie sie plötzlich aus voller Kehle und ihre Fäuste zitterten. »Geh weg! Geh weg!«
Beck glaubte, sich verhört zu haben, zu oft hatte er in der Steppe etwas zu hören geglaubt, was nicht möglich sein konnte, zum Beispiel das Geräusch einer Equipage mit acht Kladrubern auf Kopfstein, oder Nebelhörner von Schiffen und Hafenmusik, mit Schifferklavier und grölendem, heimatbeweinendem Gesang.
»Geh weg!« schrie Marianne, ihre Augen waren kohlschwarz.

Hatte sie früher nicht grüne Augen gehabt, oder hellbraune, oder blaue? Sie ließ ihre Fäuste sinken.

»Geh endlich weg. Ich will dich nicht mehr sehen. Geh so weit, bis ich dich nicht mehr sehen kann.«

Beck wurde klar, er musste hier argumentieren. Es war nichts rundherum, er konnte nicht nach einer Zeitung greifen, nicht nach dem Telefon. Er konnte nicht mit dem Hund spielen, keinen Stuhl reparieren.

»Du hast doch so lange auf mich gewartet«, sagte er.

»Ich habe gewartet und gewartet, und jetzt habe ich es satt.«

»Aber jetzt bin ich doch da.«

»Du bist nicht da.«

»Wo sollte ich denn sonst sein? Du siehst mich doch. Hier.« Er versuchte nach ihrer Hand zu greifen, doch sie versteckte sie in den Falten ihres fantastischen Gewandes.

»Du bist nicht da, und warst nie da, und bist immer und immer nur weg. Also geh.«

»Das hat doch keine Logik. Jetzt, wo ich da bin…«

»Du hast meine Fotografie begraben!« schrie sie wieder so laut, dass ihre Stimme kippte.

»Woher willst du das wissen?« schrie er zurück.

»Du hast meine Fotografie begraben, du Dreckshund, du hast mich begraben, du Dreckschwein, und jetzt willst du da sein, also verschwinde, ehe ich dich begrabe, das schwöre ich dir!«

Das hatte keine Logik. Sie sprach nicht logisch. Sie verwendete Schimpfwörter, die sie noch nie verwendet hatte. Das mit der Fotografie konnte sie nicht wissen.

»Du hast noch ein Kind gezeugt, und bist dann auch dort weggegangen! Wie viele Kinder willst du denn noch zeugen und dann gehen?«

Beck spürte plötzlich, wie um seine Füße Steppenmäuse huschten. Männchen und Weibchen, Mütter und Kinder, Großväter und Enkelinnen, hunderte, tausende Steppenmäuse rannten wie irre geworden durch das Gras, niemand konnte sie ernähren, ein einziger Schritt musste zahllose zertreten. Sie fiepten. Sie trugen Grasbündelchen in ihren Schnauzen, um irgendwo ein Nest zu errichten, sie wussten nicht wo.

»Du hast sie sogar geliebt«, sagte Marianne, »das weiß ich. So schwach warst du. Ein bisschen Krieg, ein bisschen Gefangenschaft, ein bisschen Hunger, und du könntest jede lieben. Du hast eine schwarze Nacht gehabt, in der du sie geliebt hast, das weiß ich.«

»Ich habe es dir versprochen«, sagte Beck, »und ich halte mein Versprechen. Ich bin ein Mann der Ehre, mein Wort ist ein Wort. Ich werde nicht ein anderes Leben in meinem eigenen führen. Mein Leben führe ich mit dir, und damit basta.«

»Und was noch schlimmer ist, du hast sie auch am Tag geliebt. Dieser Morgen auf der Tenne, glaubst du, ich weiß davon nichts? Du hast die Spelzen in der Sonne und in der Ferne den See funkeln gesehen, ja, den, der wild wie ein Meer ist! Und die Spelzen flogen durch die Luft, weil du sie aufgewirbelt hast, und sie rief dir etwas zu in einer Sprache, die ich nicht verstehe. Du hast in derselben Sprache zurückgescherzt, du wusstest, dass da ein Kind unterwegs war und hast sekundenlang von der Zukunft geträumt, und dann habt ihr beide gelacht, gücklich! Ihr habt euch nicht umarmt in diesem Moment, trotzdem war das das Schlimmste, was du an Verrat begehen konntest, dieses Lachen und Einander-Dinge-Zurufen und Über-einen-See-hinaus-Träumen, glaubst du, ich weiß davon nichts?«

Beck hatte genug davon, er konnte nach keiner Zeitung greifen, die Mäuse sprangen an seinen Hosenbeinen hoch, er wusste nicht, wie weit er gehen musste in dieser Ödnis, bis sie ihn nicht mehr sehen konnte, aber er würde gehen.

»Ich habe jetzt mein eigenes Königreich!« schrie Marianne so tollwütig, dass ihr der Speichel von den Lippen spritzte und ihre Augäpfel unkontrolliert rollten, jeder in eine andere Richtung, bis beide Pupillen im Kopf verschwunden und blutige Schleimfäden an ihre Stelle getreten waren.

Beck konnte nicht gehen, ohne sie zuvor zu erschlagen. Er musste sie mit bloßen Fäusten erschlagen, da nirgendwo ein Knüppel zu sehen war. Er schlug zuerst gegen die Kuppelfrisur, die wie aus Gummi war und vor- und zurückwippte. Marianne lachte wie eine Hexe. Er schlug sie zusammen und erst, als sie regungslos am Boden lag, war sie wieder ganz zart. Ihr Haar war weich, sie hatte hellgrüne Augen.

»Geh weg«, röchelte sie, »du elender Dreckshund.« Er schlug ihr weiter ins Gesicht, aber sie hörte nicht auf, »Geh weg, du elender Dreckshund« zu röcheln.

Als Beck aufwachte, verschwitzt und atemlos, war Marianne gerade dabei, ihre Strümpfe anzuziehen. Es war früh am Morgen, Oktober, ein dunkles, finsteres Wien. Ein Wien, in dem man sich hochquälen musste, weil es auch den ganzen Tag über nicht heller wurde, man wusste, man hätte nur hinaus- und irgendwo hinauffahren müssen, auf den Schneeberg zum Beispiel, um die Sonne zu sehen, aber man fuhr nicht hinaus und konnte nicht hinausfahren und quälte sich in einen weiteren finsteren Tag. Sollte er so tun, als ob nichts gewesen wäre, noch vor wenigen Sekunden, im Traum? Hatte Marianne etwas bemerkt, vielleicht denselben Traum gehabt? Sie sah müde aus wie eine Hundertjährige, er merkte, dass sie die Strümpfe mit eleganteren Bewegungen anzog, als sie es getan hätte, wenn sie allein gewesen wäre, sie hielt die eleganten Bewegungen allein für seine Augen noch durch. Hatten sie nicht gerade noch gesprochen, einander fürchterlich angeschrien? Sollte er jemanden, mit dem er gerade noch im Traum zusammen gewesen war, so behandeln, als wäre er nicht gerade noch im Traum mit ihm zusammen gewesen? Hatte er Marianne nicht eben zu erschlagen versucht?

Sie zog die Vorhänge auf. »Kannst du dich erinnern«, sagte sie (und sie hatte ein Negligé an, das sie mit Sicherheit nicht angezogen hätte, wenn er nicht dagewesen wäre, oder irgendein anderer Mann), »wie wir das immer gehasst haben? Wie wir uns immer geschworen haben, aus Wien wegzuziehen, allein wegen dieses Oktobers?« Sie setzte sich auf seine Bettseite und lächelte ihn an. »Wir haben gesagt, dass wir eines Tages in Abbazia oder Brixen leben wollten, erinnerst du dich?«

Er zog sie zu sich herunter und küsste sie, tastete sie ab mit geschlossenen Augen, vielleicht waren ihre Schultern eine Spur breiter geworden, sie hatte jetzt ihr eigenes Königreich, er war der König und trat ein.

Wie konnte so etwas geschehen? Natürlich hatte Marianne so getan, als hätte sie nichts bemerkt. Sie hatte sich vollkommen natürlich verhalten, die Augen geschlossen, gelächelt, und war ruhig liegengeblieben. Sie hatte Balthasars Unterarme liebkost und ihr Becken diskret von der Stelle weggeschoben, wo das Unglück passiert war. Der Stelle an Balthasars Becken. Sie hatte ihr Becken so weit weggeschoben, dass sie nicht mehr spüren konnte, dass an der Stelle an Balthasars Becken, wo etwas zu spüren hätte sein müssen, nichts zu spüren war. Natürlich war das lächerlich. Er war auf ihr gelegen, nackt, hatte sich bewegt, hatte alles versucht. Dann, als er wieder heruntergerollt war, fühlte sie sich verpflichtet, so zu tun, als hätte gar kein Versuch stattgefunden. Niemand hatte ihr für diesen Fall Verhaltensmaß-regeln mitgegeben, sie handelte instinktiv. Dass ein solcher Fall überhaupt möglich war, war ihr bis zu diesem Augenblick unbekannt gewesen. Sie hatte alles für eine gottgegebene Mechanik gehalten, nein, sie hatte gedacht, Männer verfügten auch über diesen Körperteil durch Willenskraft, so wie über Arme und Bei-ne. Das erschien ihr nun aber unwahrscheinlich, denn Balthasar hatte sich angestrengt bemüht. War er etwa verwundet worden, vielleicht an einem entscheidenden Nervenstrang? War seine Muskulatur verwundet, irgendeine Sehne, handelte es sich um eine Art Lähmung? Sie blinzelte zu ihm hinüber, an ihm hinun-ter, versuchte etwas zu sehen, irgendeine Narbe, einen Hinweis. Sein Schamhaar war fast zur Gänze schlohweiß geworden, auch das hatte sie nicht gewusst: dass dieses Haar weiß werden konnte. Aber Anzeichen von Verwundung waren keine zu sehen, ganz anders als an seinem Arm, wo man deutlich sah, dass da etwas gewütet hatte, ein Schrapnell mit selbstgegossenen Bleikugeln, ein Dumdumgeschoß vielleicht, Wundbrand, monatelanges Eitern. Die Narbe zog sich vom Ellbogen bis zur Schulter, hinten über das Schulterblatt und vorne über das Schlüsselbein auf den Brustmuskel bis knapp über die Brustwarze hinaus. Balthasar würde nie wieder der Alte sein, das war unübersehbar. So etwas war nicht rückgängig zu machen, genauso wenig wie ihre Dehnungsstreifen am Bauch. Die sah man aber gar nicht im Vergleich. Im Vergleich zu dieser Verwüstung an Buckeln und Kratern, verfärbter, zusammengezogener Haut. Unter der Achsel schien das Fleisch so weggefault zu sein, dass sich eine Art Schlucht bis hin zum Oberarmknochen schnitt, bis in den Bizeps hinein. Ein Wunder, dass der Arm nicht amputiert werden hatte müssen. Ein Wunder, dass Balthasar noch lebte ohne die Amputation. Konnte sie ihn danach fragen? Konnte sie ihn nach irgendetwas fragen, nun, da er so still geworden war und leeren Blicks auf die Decke hinaufstarrte?

»Hast du mich eigentlich betrogen?« hörte Marianne sich plötzlich fragen.

»Nein«, sagte Balthasar und sah ihr in die Augen, »hast du mich betrogen?«

»Nein«, sagte sie.

PLONGEON

»Er war es«, sagte Kiselak, kaum dass sie Beck an seiner Wohnadresse abgesetzt hatten.

»Dieser Schiffsmüller?« fragte Ritschl geistesabwesend. »Obwohl
er ja, soweit ich das verstanden habe, die Mühle gar nicht betreibt. Die wohnen nur dort.«

»Nein, ich meine: Beck war es, hier war es«, sagte Kiselak aufgeregt, »ich meine, das ist doch ein Eckhaus, andere Straße, aber
selbes Haus!«

Ritschl wischte ein kleines Loch in den Beschlag der Scheibe, um
zu sehen, wo sie sich gerade befanden, wurde dabei aber mit dem
Kopf ans Glas geschleudert, als der Wagen in eine scharfe Kurve
fuhr. Schneyder, der am Steuer saß, tat so, als wäre er für alles
außer seinen Chauffeurspflichten blind und taub. Trotzdem
senkte Kiselak die Stimme: »Ich meine das Skelett! Die Grabschändung! Ich bin mir jetzt ganz sicher!«

Schon in der Früh hatte Kiselak ihm zugeflüstert, dass er sich
einbildete, diesen Beck bei dem Knochenfund gesehen zu haben,
wo er sich wiederum eingebildet hatte, dass es sich bei dem sekundenkurz auftauchenden cholerischen Möchtegern-Polizisten
um denselben Mann handelte, den er ein paar Tage zuvor bei
Moldawa hatte. Langsam begann Ritschl die Informationsteile
zusammenzusetzen, so wie Dr. Prager die Knochen des »Helden
der Deutschmeister im Kampf gegen bosnische Insurgenten«
zusammengesetzt hatte. Ein Eckhaus. Die Knochen. Grüner
Filz. Eine Eberesche, schiefe Steinplatten. Andere Straße, selbes
Haus. Auf jeden Fall derselbe Bezirk, der Achte, die Josefstadt.
Ein abgemagerter Choleriker, der sich vordrängte und behauptete, er sei Polizist. Etwas, das man gar nicht weiter beachtete, in
Zeiten wie diesen, wo jeder Prolet behauptete, er wäre ein eben

enteigneter Fürst, und jeder Fürst sich die abgetragenen Hosen seines Dieners auslieh, um seinen Rang zu kaschieren und als ein Mitglied der werktätigen Bevölkerung durchzugehen. Ritschl hatte den Choleriker kaum gesehen, er stand zu weit weg und das Gedränge war zu groß. Aber da war Kiselak, der etwas von einem »Déjà-vu« faselte. Dann machte es »klick«, die Knochen waren zusammengefügt, die Gelenke ineinandergeschnappt.

»Sie meinen…?«

»Das kann kein Zufall sein«, nickte Kiselak.

»Schneyder!« schrie Ritschl nach vorne, »war das dasselbe Haus, dieser Einsatz mit dem Knochengerüst und Becks Adresse, an der wir ihn eben abgesetzt haben?«

»Das weiß ich doch nicht«, sagte Schneyder ruhig, während er gleichzeitig auf das Gas stieg und beinahe mit einer Tramway kollidierte, »da war ich doch gar nicht dabei bei der Knochengeschichte.« Richtig, dachte Ritschl, da war der gar nicht dabei, konzentrier dich. Untat, zur Mehrung des Reiches, 1878. 1922, Beck, ehemaliger k.u.k. Offizier, kehrt zurück. Krieg, Gefangenschaft (so lange?). Gescheitert, verbittert, möglicherweise wahnsinnig. Kragensterne abgerissen, Kokarde am Boden zertreten. Ins Ausgedinge geschickt. Rittmeister Moritz (Justus?) Freiherr von Ledig. Besetzung Bosnien-Herzegowinas 1878, Annexion irgendwann vor dem Krieg. 1908? 1911? Was machte es überhaupt für einen Unterschied, ob Besetzung oder Annexion? So oder so hatten die Bosniaken den Plongeon machen müssen. Egal. Beck Feindseligkeit Hass auf alles und jeden Gefühl des Verrats ewiger Rückblick auf die Geschichte. Rachegelüste, erst Grabschändung, und dann? Nicht zu weit treiben lassen, bleiben wir dabei, erst die Knochengeschichte.

»Ich warte«, sagte Ritschl ungeduldig, »was ist Ihre Theorie?«

»Ohne mich zu weit hinauslehnen zu wollen«, begann Kiselak diplomatisch, »aber man könnte sich doch vorstellen, dass jemand zurückkommt und ein wenig enttäuscht ist von der Entwicklung der Dinge. Vielleicht will er dann auch noch beweisen, wie klug er ist, wie sehr er alles durchschaut, und meint, an einem kaiserlich-königlichen Skelett, das letztlich dazu beigetragen hat, den Rest der Welt ein bisschen zu provozieren und gegen das kaiserlich-königliche Österreich einzunehmen, also wenn jemand meint, er müsse uns besonders didaktisch auf die Folgen der Geschichte hinweisen und sich an jemandem rächen, der in einem Ehrengrab liegt...«

»Ja«, griff Ritschl den Faden auf, »einer kommt zurück und macht es ganz deutlich, legt ein Skelett in den eigenen Innenhof, drängt sich auch noch vor und will ein Polizist sein, ist dann wenig später tatsächlich Polizist, und zwar just an dem Tag, an dem eine Leiche gefunden wird, die mit irgendeiner russischen Peitsche zerschunden worden ist...«

Kiselak nickte, die schwarzbewimperten Lider gesenkt: »Der Sohn meines Onkels ist 1917 zurückgekommen, beide Beine amputiert. Hat seine Frau und seine zwei Kinder erschossen, dann sich selbst.«

»Ja«, sagte Ritschl, »das verstehen sie nicht, dass das Morden auf einmal verboten sein soll.«

»Das kann kein Zufall sein«, sagte Ritschl anderntags zu Moldawa. Er hatte alles genau überprüft, die Adressen: Becks Wohnadresse – Einsatzort Deutschmeisterskelett, tatsächlich: Eckhaus, selbes Haus. Die Zeiten: erstes Vorsprechen Becks bei Moldawa, am darauffolgenden Montag (vier Tage später also) Einsatz Deutschmeisterskelett, weitere sieben Tage später Einsatz Schiffsmühlenleiche und – Zufall über Zufall! – verfrühtes Auftauchen Becks, der eigentlich noch drei Tage bis zu seiner offiziellen Wiedereinstellung warten hätte sollen. Moldawa, der, wenn er unter erhöhter Spannung stand, sich Dinge in den Mund zu stecken pflegte, kaute erst an seinem Schreibstift, nahm dann aus einem Döschen eine weiße Lutschtablette heraus und zündete sich schließlich eine Zigarette an (bei mäßiger Anspannung pflegte er Zigaretten zu rauchen, bei starker Zigarillos).

»Interessant«, sagte Moldawa, »wenn Sie richtig liegen mit Ihrer Theorie bezüglich des Deutschmeisterskelettes, dann muss man dem Täter ja direkt beipflichten! Die Annexion Bosnien-Herzegowinas vor vierzehn Jahren war der Anfang vom Ende. Und wo war der Anfang vom Anfang vom Ende? Bei der Besetzung Bosnien-Herzegowinas dreißig Jahre davor! Was ich immer sage, die Kriegsschuld ist unser. Die Deutschen haben damit nichts zu tun. War es ihr Thronfolger, der in Sarajewo ermordet wurde, oder unserer? Haben sie den Serben ein Ultimatum gestellt, das diese unmöglich annehmen konnten, oder wir? Und wo liegt Sarajewo? In Bosnien!« Triumphierend hielt Moldawa die Zigarette in die Höhe wie einen Dirigentenstab, mit dem er gerade einen Tusch ausgelöst hatte. Ritschl wusste nicht genau, was er sagen sollte.

»Wie geht es Ihrer Frau Mutter?« fragte Moldawa nach einer Weile des offenkundigen Nachdenkens so plötzlich, dass Ritschl, der vor dem Schreibtisch stand, ein paar Schritte zurückwich.

»Wie ... gut ... soweit ...«

»Etwas Neues von Ihrem Bruder? Josef, nicht wahr? Wie der Vater, nicht wahr?«

»Das ist richtig. Josef. Nein, keine Nachricht.«

»Auch von Beck hat man gedacht, dass er nicht mehr zurückkommen würde. Vier Jahre nach Kriegsende! Da gibt man doch die Hoffnung auf, nicht wahr?«

»In der Tat. Meine Mutter...«

»Und dann, nachdem man die Hoffnung endlich aufgegeben hat, steht der Kerl plötzlich vor der Tür. Das macht doch Hoffnung, nicht wahr?«

»Ich glaube nicht, dass...«

»Ist es nicht eine Ungerechtigkeit des Schicksals, dass Beck, den Sie so gar nicht brauchen können, eines Tages plötzlich vor der Tür steht, Ihr Bruder aber nicht?«

Julius Ritschl schwieg. Schon wieder versuchte er, ein Skelett zusammenzusetzen. Sein Bruder? Ja, er war vermisst, was in gewisser Weise schlimmer war als die sichere Tatsache, dass der

Vater durch die Granate aus einer 15 cm-Haubitze gefallen und dank einiger Kameraden nicht an Ort und Stelle, nämlich auf der Höhe des Zwinin, sondern am Friedhof eines Dorfes namens Alsóvereczke bestattet worden war. Von Josef II. aber, wie er genannt wurde, hatte man nichts mehr gehört, seit er mit der gesamten Besatzung der Festung Przemyśl in Gefangenschaft gegangen war. Irgendwo auf der Bahnroute Jaroslav – Rava Ruska – Kovel schien er abhanden gekommen zu sein, vielleicht aber auch auf der Route Przeworsk – Lublin – Minsk. Der letzte Brief, den sie von ihm erhalten hatten, war noch aus der belagerten Festung herausgelangt, er enthielt eine Liste von Dingen, die ihrem Brot beigemengt wurden: Kastanien Kartoffeln Stroh Hafer Sägespäne gemahlene Kukuruzkolben Baumrinde usw. Im Februar 1915 war Josef I. gefallen, wie sie im März 1915 erfuhren, und wenige Tage nach der Entdeckung seines Todesaushangs kam die Nachricht, dass Josef II. in die Gefangenschaft gegangen war. Und dann kam dieser Beck zurück, den er nicht kannte, der vor seiner Zeit im Polizeidienst denselben verlassen hatte, um in Krieg und Gefangenschaft zu ziehen. Ab und zu hatte sich die Frau von diesem Beck bei Moldawa blicken lassen, dann waren von denen, die ihn noch gekannt hatten, alte Geschichten aufgewärmt worden. Alte Freunde, Beck und Moldawa, die Frau hatten sie beide gewollt. Beck hatte sie bekommen, dafür war Moldawa zum Chef aufgestiegen, und so kam es, dass Ersterer in den Krieg ziehen musste und Letzterer zum Erhalt der inneren Sicherheit dableiben durfte. Die Frau war Jüdin, ganz hübsch. Geborene Abramovicz, Vater Instrumentenbauer. Hatte aber etwas »Hantiges«, wie man am Land zu sagen pflegte. War immer sehr förmlich, wenn nicht gar schroff gegenüber Moldawa gewesen, man hätte fast einen Verdacht bekommen können. Wenn sie gar so schroff tun, das weiß man ja. Was hatte sie den Moldawa immer zu besuchen? Aber vielleicht hatte er ihr auch nur Geld zugesteckt, aus Schuldgefühl, weil er zum Chef aufgestiegen und daheimgeblieben war.

»Ich kann verstehen, dass Sie mir keine Antwort geben wollen«, riss ihn Moldawa aus seinen Gedanken, »es geht ja um Beck, nicht wahr, nicht um Sie. Dann wollen wir mal sehen.« Moldawa stand auf und begann in einem Karteikasten zu kramen. Als er sich wieder auf seinen Platz setzte und auf ein Blatt Papier einen Kalender aufzumalen begann – er verwendete nie vorgefertigte Kalender, sondern malte sie sich je nach Bedarf selbst auf – begriff Ritschl, dass er seine Angaben überprüfte. Noch nie hatte Moldawa seine, Ritschls Angaben überprüft, zumindest nicht so, dass er es mitansehen musste. Heißes Blut stieg ihm auf, er konnte fühlen, wie seine Ohrmuscheln glühten. Er würde doch nicht im Ernst? Warum sollte er, Ritschl, ein langverdienter Untergebener? Nur weil sein eigener Bruder nicht heimgekommen war?

»Sie insinuieren also, dass Ihr neuer, unser alter Kollege Beck…«

»Ich insinuiere gar nichts!« platzte es aus Ritschl hervor. »Ich halte nur die Fakten…«

»Unterbrechen Sie mich nicht«, sagte Moldawa. »Angenommen also, Beck hat, wie Sie insinuieren, auf bizarre Weise ein Skelett ausgegraben und auf ebenso bizarre Weise einen Mann getötet. Warum?«

»Ich habe nicht insinuiert…!«

»Beantworten Sie meine Frage. Eine Idee. Warum.«

»Aus psychologischen Gründen vielleicht.«

»Als da wären?«

Ablenkung. Affäre mit Becks Frau. Zu weit hinausgelehnt. Musste doch Kiselaks Entdeckung weiterleiten. Habe Kiselak nicht einmal erwähnt, um Entdeckung als eigene vorzubringen. Soll ich Kiselak erwähnen?

»Wahnsinn«, sagte Ritschl, »man könnte doch wahnsinnig geworden sein in Krieg und Gefangenschaft und in bizarrer Weise…«

»Ist das alles?«

»Man könnte in einer eigenen Welt leben, mit eigenen Ritualen, eigenen Gesetzen…«

»Glauben Sie, dass Ihr Bruder in so einer Welt lebt?«
Ritschl schwieg.
»Warum also, warum sollte Beck?«
»Aus Gründen, die wir noch nicht kennen«, sagte Ritschl. Moldawa nickte nachdenklich und kaute ein wenig am Knöchel seines rechten Zeigefingers. Dann nahm er den Finger aus dem Mund und bedeutete Ritschl mit einer Geste derselben Hand, dass er nun gehen könne.
Draußen auf dem Flur lief ihm Kiselak über den Weg.
»Seltsame Geschichte«, sagte dieser, »war heute in der Mittagspause zufällig weiß Gott wo im 3. Bezirk, weil meine Tante etwas gebraucht hat, und hab dort durch ein Kaffeehausfenster Moldawa gesehen. Mit dieser Frau von diesem Beck, Sie wissen schon, diese Jüdin. Brünett, Bubikopf.«
Also doch, dachte Ritschl.

Durch die straßenseitig gelegenen Fenster des Obduktionssaales in der Sensengasse strahlte die Sonne herein, im dritten Stock hatte sie freien Zugang, auch die kahlen Zweige eines herübergreifenden Baumes konnten sie nicht wirklich behindern. Meisen flatterten vor den Scheiben, die dort vielleicht irgendwann einmal gefüttert worden waren und nun vergeblich immer wieder kamen, ein paar Amseln sangen, als ob es schon Frühling wäre. Der Wassermühlentote lag auf dem mittleren der drei Sektionstische nackt auf dem Bauch. Es roch nach Karbol.
»Sie kennen also die Waffe?« sagte Dr. Prager zu Beck und deutete auf das aufgewühlte Gemälde des Rückens. »Ich habe diese Art von Wunden noch nie gesehen.«
»Ich kann mich natürlich irren«, sagte Beck, »aber es könnte sich um eine spezielle Form der Nagaika handeln, mit mehreren Schwänzen, an denen Bleikugeln befestigt sind.«
»Wo haben Sie eine solche Peitsche gesehen?« fragte Ritschl.
»Nur ein Mal, in einem bestimmten Lager. Der Kommandant war ein Sadist. Als es einmal ein besonders drastisches Exempel

zu statuieren galt, ließ er solche Peitschen einsetzen. Er behauptete, früher hätte es solche Nagaiken öfter gegeben, unter einem früheren Zaren. Er ließ sich aber auch von den Engländern inspirieren, die ihre eigenen Soldaten mit einer »cat-o'-nine-tails« zu züchtigen pflegten, deshalb bevorzugte er neunschwänzige Varianten. Darüber hatte er bei Karl Marx gelesen. Er zeigte mir sogar die Stelle. Karl Marx prangerte den grausamen Einsatz der neunschwänzigen Katze am britischen Soldaten an, und unser Lagerkommandant ließ sich davon inspirieren. Die Peitsche in Urin zu tauchen, wäre besonders grausam, meinte Marx. Man dürfe niemals den point d'honneur eines Soldaten brechen, sagte Marx.«

»Wann war das?« fragte Ritschl.

»Marx?«

»Nein, der Kommandant.«

»1916.«

»1916 haben Sie mit einer solchen Nagaika zu tun gehabt, und jetzt taucht sie hier in Wien auf?«

»Ist sie denn überhaupt aufgetaucht?« fragte Dr. Prager, »habt ihr sie gefunden?«

»Nein«, sagte Kiselak, »wir haben alles abgesucht, flussaufwärts und flussabwärts. Übrigens«, wandte er sich an Ritschl, »die Tochter von dieser transsylvanischen Familie ist wieder aufgetaucht. Sie hatte sich versteckt, da sie mit einem Bauern verheiratet werden sollte, der ihr nicht gefiel.«

»Da war das Zauberbrot wohl machtlos«, sagte Ritschl. Kiselak lachte, und auch Beck schmunzelte, um Ritschl eine Freude zu machen.

Dr. Prager, die den Witz nicht verstanden hatte, fuhr fort: »Jedenfalls könnten diese Verwundungen mittels der von ihnen beschriebenen Waffe zugefügt worden sein. Ja. Die Bleikugeln würden die Tiefe der Wunden erklären. Das sind richtige Löcher, sehen Sie?«

»Ist er daran gestorben?« fragte Beck.

»Was ist mit der Axt von dem Schiffsmüller?« fragte Ritschl.

»Was genau ist ein point d'honneur?« fragte Kiselak.

»Nein«, sagte Dr. Prager, »also …« Von einem Tisch holte sie die Axt, hielt sie hoch und strich mit dem Finger die schartige Schneide entlang: »Die hier war es auf keinen Fall, viel zu stumpf. Sehen Sie sich die sauberen Schnitte an, glatt durch.« Die drei Polizisten gingen um die Leiche herum, betrachteten die verstümmelten Hände und nickten.

»Ist er überrascht worden?« fragte Ritschl und deutete auf den verbliebenen rechten Zeigefinger des Toten.

»Kaum«, sagte Dr. Prager. »Die Reihenfolge war so: erst Auspeitschen. Es gibt auch Spuren von Fesselungen an den Hand- und Fußgelenken. Dann Abtrennen der Finger, vielleicht war das Opfer ohnmächtig geworden und leistete daher keinen Widerstand. Man muss die Hand schon ordentlich auf einen harten Untergrund legen, um ihr die Finger so sauber abhacken zu können. Vielleicht hat er dann gewartet, dass das Opfer verblutet, und es dauerte ihm zu lang. Denn sehen Sie…« Behende griff sie mit ihren kautschukbehandschuhten Fingern an das Gesäß des Toten und versuchte das Becken aufzustellen. »Da…«, keuchte sie, denn der Tote war steif und Becken und Oberschenkel ließen sich nur mit Mühe anheben und drehen, »dieser Einstich? An der Leiste?« Die Männer beeilten sich, den Einstich zu sehen, um darüber hinwegzukommen, dass Dr. Pragers Finger in unmittelbarer Nähe eines männlichen Gemächts zu sehen waren. Nur ein paar Zentimeter, und sie hätte die Schamhaare berührt.

»Der hat die Arteria femoralis getroffen.«

»Das war die Todesursache?« fragte Beck.

»Mit ziemlicher Sicherheit. Man verblutet da innerhalb weniger Minuten.«

»Und das Gesicht?« fragte Ritschl.

»Das hat er wahrscheinlich erst nach dem Todeseintritt zerstört. Da war schon kaum mehr Blut im Körper.«

ÜBERMOLCH

Nach Dienstschluss überraschte Ritschl Beck mit dem Ansinnen, ihn ein Stück des Weges zu begleiten, er hätte noch dort und dort zu tun, das träfe sich gut, man könne ein paar Meter zusammen gehen. Eine Weile gingen sie schweigend nebeneinander her, bis Beck die Geduld riss.

»Sie haben da etwas sehr Interessantes gesagt, auf der Schiffsmühle«, sagte er.

»Ja?«

»Neun Finger fehlen – vielleicht geht es nicht so sehr darum, dass ein Finger noch da ist, sondern dass neun fehlen.«

»Ist das ein Spiel?« fragte Ritschl, »eine Rätselaufgabe?«

»Ich weiß nicht«, sagte Beck, »ich meine nur, es ist wie mit dem Glas, das halbleer oder halbvoll ist.«

Ritschl blickte verwirrt. »Sollen wir hier hineingehen?« fragte er und deutete auf eine Weinstube, vor der sie zu stehen gekommen waren. Beck war fassungslos: es war offensichtlich, dass der andere ihn aushorchen wollte, aber nicht genau wusste wie. Er hätte sich auf der Stelle vor diesem Menschen zurückziehen sollen, aber sein Bedürfnis nach einem Glas Wein war größer, und so nickte er.

»Was halten Sie davon, dass eine Frau solche Dinge tut?« lächelte Ritschl, nachdem sie den ersten Schluck getrunken hatten.

»Sie meinen, der Mörder ist eine Frau?« Beck hatte sehr wohl verstanden, dass es um Dr. Prager ging, aber er hatte keine Lust, das Gespräch so ohne weiteres vom Dienstlichen ins Private abgleiten zu lassen.

»Nein, ich meine die Polizeiärztin – halten Sie das für eine geeignete Tätigkeit für eine Frau, eine so junge noch dazu?«

»Na, da kann sie wenigstens nichts anstellen.«

»Wie?«

»Na, Pfusch an einem Toten ist doch weit weniger gefährlich als Pfusch an einem Lebenden, oder?«

Ritschl grinste: »Wenn man bedenkt, dass sie einmal im Monat vollkommen aus dem Häuschen sind, geschwächt vom eigenen Blutverlust und nicht ganz bei Sinnen durch den Aufruhr in ihrem Hormonhaushalt, das kann schon gefährlich werden am lebenden Objekt. Ständig irgendwelche Vapeurs.«

Beck begann von einer russischen Ärztin zu erzählen, die ihm im Gefangenenlazarett begegnet war. Viele der Verwundeten waren in Panik geraten, als sie erfuhren, dass sie von einer Frau behandelt werden sollten. Die Ärztin lachte darüber lauthals und riss mit kräftigem Zug Verbände herunter. Etwas zu kräftig, wie es manchen schien. Kein Arzt sei je so brutal und rücksichtslos wie diese Olga gewesen, munkelte man, die ohne jegliche weibliche Sanftmut vorging. Sie sprach übertrieben laut und ging mit donnernden Schritten. Kinderlos. Zu jeder Fleischerei sei sie bereit gewesen, immer sofort mit dem Skalpell bei der Hand. Oder der Knochensäge. Beck referierte alles, was über Olga gesagt worden war, und legte zu Ritschls Vergnügen noch ein paar Schäuflein drauf. Ihre hübschen Wangenknochen, die glänzenden schwarzen Augen wurden zur Medusenfratze entstellt. In Wahrheit hatte Beck ein gemischtes Bild von der Ärztin in Erinnerung: Einerseits kannte sie keine Kinkerlitzchen, gab sich besonders gefühllos, um ernst genommen zu werden. Andererseits hatte sie seinen Arm gerettet, indem sie mit dem Oberarzt, der amputieren wollte, wie eine Löwenmutter stritt. Beck nahm einen tiefen Zug aus seinem Glas, bevor er zum endgültigen Verrat an Olga Miagtchenkova ansetzte: »Und dann wollte sie auch noch meinen Arm amputieren! Zum Glück war der Oberarzt dagegen.«

»Russe, Frau und Arzt, das ist schon eine bedenkliche Mischung«, nickte Ritschl. Na also, das hatte ihm gefallen, nun konnte er den Stacheldraht aufrollen und Beck in seine Stellung hineinlassen. Vielleicht gelang es ja, den Spieß umzudrehen, wer horchte dann wen aus?

»Ihre Frau ist Jüdin?« fragte Ritschl mit einem Blick, der ein bisschen zu unauffällig unter den Lidern hervorgeschossen kam. Aha, daher wehte also der Wind.

»Und Sie? Sind Sie noch nie in ein jüdisches Mädchen verliebt gewesen?« fragte Beck.

Ritschl lachte ein wenig verlegen herum, als wäre er ein Schwerenöter und ständig in irgendwelche Mädchen verliebt: »Ja, das ist seltsam. Man scheint seine Abneigung gegen das Jüdische vornehmlich bei Vertretern des männlichen Geschlechtes zu empfinden.« Dann setzte er wieder eine ernste Miene auf: »Sind Ihnen denn nie Bedenken dabei gekommen, Mischlingskinder, unreines Blut in die Welt zu setzen?«

Es war sehr schwierig, an etwas nicht zu glauben, wenn alle daran glaubten. Es war eines der schwierigsten Dinge überhaupt. Je mehr und je lauter und überzeugter alle anderen an etwas zu glauben begannen, desto schwieriger wurde es. Sie fanden Beweise dafür, dass es ihren Glauben immer schon gegeben habe, dass er sozusagen ein Naturgesetz sei. Hatte es Sinn, sich als einer von wenigen im Glauben zu widersetzen, auf einmal einer Minderheit anzugehören? Einer immer kleiner werdenden, aussterbenden, bekehrt werdenden Minderheit? Konnte man über seinen Glauben überhaupt selbst entscheiden?

Beck hatte kein Gefühl für Rasse. Auch keines für Rassenmischung. Schon gar nicht für Rassenverschmutzung. Das lag vielleicht daran, dass sein Vater, der Richter, überzeugter Rassenreinheitsfanatiker und Antisemit war, wodurch Beck schon als Knabe instinktiv entgegengesetzte Gefühle entwickelte. Er hatte das Gefühl, mit allen möglichen Menschen verbunden zu sein, nur nicht mit dem, der ihm blutsmäßig am nächsten stand: seinem Vater. Er konnte mit Menschen aus anderen Familien innigste Freundschaft schließen, nur mit dem, »dessen

Blut in seinen Adern floss«, nicht. Also warum sollte an dieser Blutsgeschichte etwas dran sein? Außerdem: man war ja kein Hund. Oder vielmehr: den Hunden lag überhaupt nichts daran, ihre Rassen reinzuhalten, im Gegenteil, wenn sie nicht von den Menschen gehindert wurden, machten sie sich sofort daran, sich rassisch zu vermischen. Daraus ließ sich unschwer ableiten, dass die Natur keinerlei Wert auf Rassenreinheit legte. Und war man denn eine Art hochgezüchteter Cockerspaniel? Der davor bewahrt werden musste (aus Gründen der Schulterhöhe, Schwanzspitzenkrümmung und Ohrform), sein Blut mit einer Pudel- oder Pinscherdame zusammenzuschütten? Man war doch ein Mensch. Und wer war nicht, wenn er schon keine Jüdin geheiratet hatte, irgendwann in ein jüdisches Mädchen verliebt gewesen?

»Wobei es natürlich grundsätzlich lobenswert ist, dem zu erwartenden Aderlass des Krieges dadurch entgegenzutreten, dass man noch ein Kind zeugt, bevor man ins Feld zieht. Auch auf das Risiko hin, dass es dann ein Mädchen wird«, fügte Ritschl versöhnlich hinzu.

»Meine Güte«, sagte Beck, »ich kann es mir nicht vorstellen. Ich hatte einen Fußboden mit Sternparkett, man kann sagen: ein Intarsienparkett! Holzstücke in drei verschiedenen Farben: Palisander, Akazie, Eukalyptus. So verlegt, dass es wie geflochten aussah. Es wirkte dreidimensional, es wurde einem schwindlig darauf, einmalig. Jedenfalls hatte ich mir das gemerkt. Das genaue Muster. Ein außerordentlich seltenes, kunstvolles Muster, in das man sich versenken konnte wie in ein Labyrinth. Ich hatte es mir eingeprägt mit den Worten: Das ist dein Fußboden. Dieser Fußboden gehört dir. Niemand sonst wird sich je diesen Fußboden so einprägen wie du, der du diesen Fußboden deine Heimat genannt hast. Und dann komme ich zurück, und die ganzen Sternflechten sind in einer fremden Wohnung. Ausquartiert. So ist das in einer Stadt. Die Häuser sind niedergerissen, die Fußböden umquartiert. Ich sage Ihnen, Ritschl, Heimat gibt es nur am Land, wo strenge Berggipfel sind, die sich nicht umreißen lassen.«

»Heimat ist eine Blutsbrüdergemeinschaft«, sagte Ritschl, »nur wo wir alle zusammen sind und eines Geistes und Sinnes sind...«

»Und die Juden?« fragte Beck, »ist es wirklich wahr, dass sich die Judennase wie eine Sechs schreibt? Ich sage Ihnen, meine Frau hat die geradeste Nase...«

»Auch ich habe Juden schon nicht erkannt«, sagte Ritschl, »das ist ja das Gefährliche an ihnen. Da hat man jahrelang mit einem zu tun, der blond ist und getauft und einen ordentlichen Salonrock trägt, und man hat die ganze Zeit so ein seltsames, ungutes Gefühl. Der ist ja so nett und so klug und erfolgreich – aber er hat einfach nicht diesen deutschen, freudigen Biss. Und man versteht es nicht, denn er spricht ja deutsch und singt ›Im Siegerkranz‹ und ›Dir Wilhelm‹ und man hat doch so ein ungutes Gefühl. Und dann auf einmal stellt sich heraus...« Er zog die Schultern hoch und präsentierte die Handflächen in einer Geste des Bedauerns.

»Ich weiß gar nicht, was mich mehr stört«, fuhr Ritschl fort, »die reichen Juden oder die armen Juden. Diese reichen, aufgeblasenen Bankiers, diese Pelzjuden mit ihrer dekadenten ›Mischpoche‹, oder diese elenden, armseligen Hinterhöfler, die sich aus ihrem Armutsmief nicht und nicht herauszuarbeiten vermögen.«

Beck fühlte den Sog in sich, mit einem Schlag wichtig und bedeutsam zu werden und plötzlich über den von Marianne verehrten »Geistesgrößen« zu stehen – zumindest über jenen, die jüdischer Herkunft waren. Es war sehr angenehm, insbesondere, wenn man viel mitgemacht hatte, durch eine einzige gedankliche Wendung ab sofort ein Übermensch zu sein, durch dessen Adern die pursten Lebenskräfte sprudelten, den Edelmetallen, den Edelsteinen, und nicht mehr dem Schrott und dem Treibgut zuzugehören. Beck spürte den Sog der wohligen Überlegenheitsgefühle, eine einzige gedankliche Wendung war dafür nötig und dann brauchte man nie wieder darüber nachzudenken, und während er sich noch in der gedanklichen Wendung einzurichten versuchte, wurde ihm schlecht. Offenbar tat es seinem Magen nicht gut, sich wie ein alberner Cockerspaniel aufzuführen, der auf Doggen und Dackel herabsah. Das Grundproblem bei dieser gedanklichen Wendung zum Rassendünkel hin und das, was sich Beck auf den Magen schlug, war, dass er es sich nun nicht mehr aussuchen konnte, mit wem er sich verbunden fühlte oder nicht. Er musste ja nun alle anderen Cockerspaniels für ebensolche Überhunde halten wie sich selbst, und seien sie noch so dummdreist, widerwärtig, lächerlich oder brutal. Je mehr Cockerspaniels man sich ansah, mit denen man seine angebliche Überlegenheit nun zu teilen hatte, desto angeekelter wurde man, und so war die per gedanklicher Wendung herbeigeführte Überlegenheit mit einem einzigen Gedankenschritt weiter überhaupt nichts mehr wert. (Es war fast ein wenig wie mit dem männlichen Überlegenheitsgefühl über Frauen, das besonders dann einen unerwünschten Beigeschmack erhielt, wenn man neben einem dummdreisten, lächerlichen Wicht stand, der, sich verbrüdernd: »Wir Männer! Wir Männer!« ausrief.)

»Dasselbe, dasselbe«, sagte Beck, als der Kellner herbeikam. Mein Gott, so viel Wein, man konnte ihn einfach bestellen. Dieser Ritschl, von dem er gedacht hatte, er würde sich nie betrinken! Oder nie in Gesellschaft. Oder nur im Bordell. Man irrte sich ununterbrochen. Würde er, Beck, vom Stahlhelmtragen noch irgendwann eine Glatze davontragen? Es hieß, dass man vom Stahlhelmtragen eine Glatze bekam. Manche gleich, manche mit Verspätung, jahrelanger Verspätung. Konnte man sich wirklich darauf verlassen, dass die Verbliebenen eines Tages »Teilnehmer des Weltkrieges« auf den Partezettel schreiben würden? Besser, man schrieb seinen Partezettel selber, solange man noch lebendig war. Im Augenblick bestellte er Wein, selber und lebendig, aber wo war er, selber und lebendig? Er war ein Missionar unter Wilden.

»Haben Sie eine böhmische Großmutter?«

»Haben Sie einen ruthenischen Urgroßvater?«

»Haben Sie einen georgischen Onkel?«

»Eine triestinische Cousine?«

»Einen armenischen Großcousin?«

»Einen montenegrinischen Ahn?«

»Das ist alles vollkommen unmöglich«, sagte Ritschl und trank den bestellten Wein in sich hinein. »Ich bin deutsch bis auf die Gänsehaut und aus Stopfenreuth. Eher würde ich platzen, als einen unreinen Mischblutbankert in die Welt hinein vermehren.«

»Das ist aber beachtlich«, sagte Beck.

»Danke für Ihre Bewunderung«, sagte Ritschl.

»Ist es nicht unvorsichtig, einen Dienstmann schlecht zu behandeln, wenn dieser am nächsten Tag im Parlament sitzen kann? Eine Nation zu verabscheuen, die mit Lebensmittellieferungen schon bald den eigenen, persönlichen Magen füllen kann?« sagte Beck.

»Wer fürs Vaterland sterben will, muss auch fürs Vaterland töten«, sagte Ritschl und hob das Glas.

»Weiße Kladruber für das Kaiserhaus, schwarze für die Bischöfe«, sagte Beck. »Kladrub an der Elbe. Lipizza im Karst. Prost!«

»Wer tief gefallen ist, will besonders hoch hinaus! Prost!« sagte Ritschl und ließ sein Glas gegen Becks Glas klirren.

Wie konnte man nur in einer Weinstube in Wien sitzen, und gleichzeitig im selben Leben blutverschüttet und holzverschmiert und lehmversteinert und überhaupt jemals ohne Griechisch und Latein im Treibsand gesteckt sein? Wie konnte man jemals an einem Kind vorbeigegangen sein, das vielleicht sieben Jahre alt war, aber aufgrund von Rachitis und Hunger fünfjährig aussah und sich für ein paar Koltschak-Rubel zu allen, aber auch allen Diensten anbot? Wie konnte man an so einem Mädchen vorbeigegangen sein und gleichzeitig in einer Weinstube sitzen und sich als ein Heiliger fühlen, der an einem Kind, das das eigene hätte sein können, vorbeigegangen war? Man hatte ja noch einen kleinen Buben mitgeschleppt, drei Jahre alt mochte er gewesen sein, der irgendwo auf der langen Treibjagd nach Osten im Schnee stehen geblieben war, unglaublich, diese Kinder und Welpen, die auf einmal irgendwo vor zertrümmerten Schlitten und zerschossenen Troiken im Schnee standen, irgendwo, wo selbst die transbaikalischen Wildpferde verreckt waren, und dann setzte man sie auf seinen Sattel und dachte, ein Maskottchen, aber dann auf einmal wurde das kleine Gesicht hart wie Glas…

Man musste sie doch vom Sattel werfen.

Aber die Weinstube war aus Fichtenholz.

»Das Gesunde«, sagte Ritschl, »das vollkommen Großartige, Perfekte und Reine. Das Wichtigste ist das Heile und Ganze. Der Mensch ohne Erbverderbnis, ohne Blutsvermischung, ohne Krüppelgeborenheit.«

»Vielleicht habe ich mich geirrt«, sagte Beck, »vielleicht ist es mein kriegsverdorbenes Auge, das vom Vaterlandsverteidigen ganz verwirrt worden ist: Aber, Sie hinken, mein lieber Ritschl, Sie hinken. Sie im Krieg so wie ich? Oder Sie im Krieg so geboren? Ich bin blind, kriegsblind. Das Gesunde und Völkische und Leibhaftige ist in mir immer wieder auferstanden, das geht, solange man sich als Übermolch sieht. Als Grottenolm. Blind, aber doch von Gott gewollt, verstehen Sie?«

»Blödsinn«, sagte Ritschl. »Was wissen Sie? Was wollen Sie in mein Bein hineinschauen?«

Ritschl hätte weinen mögen. Es gab doch nichts Edleres, als vor einem anderen in Tränen auszubrechen und diese Beingeschichte zu erzählen. Ritschl hätte es sich auf einem Tiroler Berggipfel vorgestellt. Er wäre gewandert und gewandert, gestiegen und gestiegen, er hätte das aus Russland eingewanderte Springkraut gesehen, das von den Wissenschaftlern als bolschewistische Gefahr identifiziert worden wäre, er hätte alles mitgemacht, die Erkletterung eines Wasserfalles, das Wälzen in Strohballen. Er hätte irgendwo mitten im Tirolerischen ein Kätzchen gestreichelt, die laufen dort überall herum, so dankbar. Er hätte die Beingeschichte dort eines Tages Anna Prager erzählt.

»Ist ja nichts dabei«, sagte Beck, »spüren Sie diesen Granatsplitter?« Er legte sich Ritschls Hand auf sein Schlüsselbein. »Er wandert. Sehr interessant. Tut aber nicht weh.« Ritschl schluckte die Tränen hinunter. Nur keine Schwäche zeigen wie dieser da.

»Morgen«, sagte Beck, »könnte er schon wieder zwei Zentimeter weiter links sein. Meine Frau weiß nichts davon.«

Julius Ritschl hatte bereits mit der Donau Bekanntschaft gemacht, man konnte sagen, dass ihm die Donau hinreichend vertraut war. Seine Familie stammte eigentlich aus Görz, wo sein Vater Forstadjunkt gewesen war, war aber bereits an die Donau gesiedelt, als Julius noch keine zwei Jahre alt war. Er hatte keinerlei Erinnerung an Görz. Der Grund für die Übersiedlung hatte mit einem Skandal zu tun, der einen gelockerten Erdnagel, einen geschoßartig talwärts rutschenden Baumstamm und einen getöteten Forstarbeiter involvierte. Dinge, über die man nicht sprach. Auf jeden Fall war an der Donau alles viel besser, endlich war man mit seiner deutschen Sprache nicht mehr in der Minderheit, sondern in der Mehrheit, schon allein dafür hatte sich die Übersiedlung gelohnt. Manchmal kamen Verwandte aus Görz auf Besuch an die Donau, man erstattete jedoch niemals einen Gegenbesuch. Man lebte jetzt an der Aorta der Reichshaupt- und Residenzstadt, alles, was die Donau mit sich schwemmte, kam von dort. Alle Verwandten waren Deutsch-Österreicher gewesen, keine Italiener, keine Slowenen. In einer Minderheit legte man Wert darauf, abgezirkelt zu bleiben. Nur eine Urgroßmutter Julius Ritschls soll dem Stamm der Tschitschen angehört haben, was eine seltsame Gruppe war, die in Istrien am sogenannten Tschitschenboden hauste, einem unfruchtbaren Karstplateau, und der dürftigen Umgebung Mittel zur Herstellung von Essig abrang. In grauer Vorzeit angeblich vor den Türken aus Rumänien geflüchtet. Leider konnte ihm an der Donau, wo er aufwuchs, niemand etwas über die Tschitschen erzählen. Ein einziges Mal war er im Erwachsenenalter auf eine wissenschaftliche Abhandlung gestoßen, in der eine kurze Notiz über die Tschitschen enthalten und ihr Nationalcharakter als »indolent« beschrieben war. Da Julius Ritschl mit Sicherheit wusste, dass in seinen Adern auch nicht die allergeringste Spur von Indolenz floss, war für ihn damit die Mär von der Tschitschenahnin fürs Erste ad acta gelegt. Eines Tages aber würde er weiterforschen, denn es bestand ja immerhin die Möglichkeit, dass es sich bei den Tschitschen um einen uralten, ursprünglichen, germanischen Stamm handelte – ein ernstes Volk zäher, hochgewachsener Männer mit harten, arbeitsamen Händen, wind- und wettergegerbt, in jeder Faser die Fähigkeit zur Selbstüberwindung, kein Firlefanz, kein Hokuspokus, edle, kräftige Gesichtszüge und schweigsame, tugendsame Frauen. Die Kunst der Essigherstellung (von der Ritschl keine Ahnung hatte) hatten sie von Alters her entwickelt, nach geheimen Rezepten, überragenden technischen Verfahren, so hatten sie überall, wohin auch die Stürme der Geschichte sie verschlugen, ein ehrliches Auskommen gehabt. So hatten sie sich durchgeschlagen durch die Jahrhunderte, abgezirkelt, reines, perlendes, erdiges Blut. Um andere germanische Stämme damit wieder zu impfen, wie es etwa durch die Ausheirat einer Urgroßmutter geschah. Sollte sich allerdings bei Ritschls späteren Recherchen herausstellen, dass die Tschitschen keineswegs germanischen Ursprungs, sondern etwas anderes, vielleicht sogar eine Abart des Zigeunerischen waren, dann würde die Mär von der Tschitschenurgroßmutter mitsamt dem restlichen Altweibergeschwätz der längst vergangenen Görzer Verwandten ad acta gelegt werden.

Nun gehörte Görz zu Italien und man sprach eigentlich gar nicht mehr davon. Nur seine Mutter war Ritschl geblieben, und die hatte genug mit dem Verlust der beiden Josefe zu tun. Ganz allein an der Donau hatte sie auch nicht bleiben wollen und so war sie schon während des Krieges nach Wien hineingezogen,

Gott sei Dank in die Brigittenau, wo man nicht allzu oft hin-
kam.

Als wären sie ein glitzernder Meeresstrand, gab es in Ritschls
Kindheit an den Gestaden der Donau ein Wrack. Es lag dort
im Auland, wo Weiden, Efeu und Lianen wucherten, mitten in
einem »Toten Gewässer«, was darauf hindeutete, dass es schon
sehr lange dort lag: irgendwann war die Verbindung zwischen
dem schiffbaren und dem toten Gewässer überschlammt, versan-
det, zugewuchert. Im Sommer quakten die Frösche, die Fischotter tollten dort in der Verborgenheit, wo sie hoffen konnten, dass
kein Fischer je auftauchen würde, der ihnen mit dem Knüppel
den Schädel einschlug. Beim Spielen in der Au waren die Kinder
überzeugt, indianischer Abstammung zu sein: je länger man sich
durchschlich, Fährten las, die Vogellaute zu unterscheiden lernte,
je näher man der Sonne kam, die sich den langen Weg durch die
Blattschatten hindurchschlängelte, je näher man den Fährten
kam und noch die Spur der winzigsten Silberschnecke verfolgte,
je mehr man ein Vertrauter der Geräusche wurde und das Holzknacken durch Wind vom Holzknacken durch Tierbewegung zu
unterscheiden lernte, desto mehr war man überzeugt, ein Indianer zu sein. Niemand vermochte so wie die Kinder den Weg
durch die sich ständig verändernde Au zu finden. Das Wasser
stieg und fiel, floss hierhin und dorthin, füllte und versiegte, und
das Erdreich, Sandreich und Schlammreich bewegte sich mit.
Natürlich war es den Kindern verboten, weiter als bis zu diesen
und jenen Punkten zu gehen. Dort sahen sie sich um, witterten,
versicherten sich, dass sie unbeobachtet waren, und gingen weiter in die verbotenen Gebiete hinein, wie die Fischotter gewiss,
dort von keinen unliebsamen Störern belästigt zu werden.

Wo seid ihr gewesen? hieß es manchmal, selten genug. Dann
hatte man am Weg, auf der Wiese, der allgemein zugänglichen
Schotterbank gespielt. Nur das Wrack, das war wirklich verboten. Um die Kinder davon fernzuhalten, hatte man es mit allerlei
schwarzen Männern, Wassermännern und Klabautermännern

besetzt. Die Kinder wagten sich auf einen gewissen Umkreis nicht heran: aus dem Gebüsch schauten sie, aneinandergedrängt, hinüber zu dem schwarzen Koloss, der wie ein wunder Basilisk in den Sümpfen versank. Stöhnte er auf? Sah man da manchmal schwarze Schatten huschen? Es war keiner von diesen herrlichen dreimastigen Schonern, wie sie wohl auf den Weltmeeren fuhren, mit einer Takelage, die sich wie feinste Macchie verzweigte, und einer Haut, die beim Brechen klirrte wie Perlmutt. Kein Windjammer, Seelenverkäufer, Dreadnought. Eine einfache schwärzliche Form, plump, kompakt, mit einer Aura von Armut, Kohlengruben und Nieselwetter. Josef, der zum Vorteil seines kleinen Bruders der kräftigste und der Anführer war, meinte, es würde sich um eines jener Schiffe handeln, die früher von Pferden die Donau hinaufgezogen worden waren. Ja, wahrscheinlich habe es hier einmal einen Treppelweg gegeben, der nach und nach von der Au verschlungen worden war. Ein großes Unglück malte Josef sich und den anderen Kindern aus, mit etlichen ertrunkenen Pferden und Treibern. Auch in gebührender Entfernung von dem Wrack hatten sie stets Angst, die nächste Umwälzung der Au könnte einen dieser Kadaver entblößen, es könnte ihnen ein riesiges Rossgerippe entgegenstarren. Bis ein ganz anderes Unglück geschah.

Sie hatten gespielt wie immer, jene Variante des Versteckspieles, mit der sich die Aukinder im Indianertum übten. Eine halbe Stunde Vorsprung hatte der »Engländer« und die ganze Au zur Verfügung, bis er von den »Huronen« gefunden war. Schon zum dritten Mal hintereinander musste Julius der »Engländer« sein, da ihn die Huronenmeute so schnell aufgestöbert hatte, als könnte sie seine Gedanken lesen. Was lag näher, als sich an einen Ort zu begeben, den noch keiner von ihnen je betreten hatte?

Aus dem schützenden Gebüsch trat Julius hervor und ging mit wackeligen Knien hinein in das schwarze, verbotene Land. Eine Stille herrschte hier, die Vögel schienen die Luft anzuhalten. Die Stechmücken taumelten besinnungslos an Julius' Armen vorbei, als hätten sie noch nie einen Menschen gesehen. Riesige schwarze Hirschkäfer schwirrten in allerlei prekären Schieflagen durch die Luft, angetrieben von trägen Motoren. Der Boden unter seinen Füßen quatschte. Dann stand er vor dem Wrack, das sich zum Glück mit einer schrägen, metallenen Reling an einen Erdhügel lehnte. Es war einfach zu besteigen, nur etwas abschüssig, er rutschte das schleimige Deck auf dem Hinterteil hinunter. Da eine Luke. Die Augen mussten sich an das Dunkel gewöhnen. Algiger, fischiger Gestank. Und dann bewegte sich plötzlich der ganze riesige Kahn, als hätte Julius ihn mit seinem Gewicht verschoben oder als hätte er einen Atemzug getan. Mit einem gewaltigen Seufzer hob und senkte er seine Lungen, schlitterte unter Julius davon, Bretter brachen aus, es knarrte und splitterte, war das sein Bein, dessen Splittern er gehört hatte, er konnte es nicht sehen, beide Beine hingen in den schwarzen, fauligen Schiffsleib, und er steckte an der Hüfte in den ausgesplitterten Plankenzacken fest.

Als er versuchte, sich herauszustemmen, brach ein Brett aus, das zwischen dem Loch, in dem er steckte, und der Luke gelegen war. Wenn er sich weiterbewegte, wenn die letzten Bretter zwischen den beiden Öffnungen brachen, würde er hinunterstürzen in den Bauch des Schiffes, ins Wasser, und vom herabstürzenden Deck begraben sein. Also hielt er still. Obwohl sein rechter Oberschenkel brannte, als wäre er mit einem glühenden Schwert abgetrennt worden, spürte er dennoch seine Zehen und die furchtbare Angst, Monster und Gespenster könnten an ihnen ziehen. Immer wieder spürte er einen eisigen Luftzug, schwammige Finger, schreckliche Zungen an seinen sommerlich nackten Knien. Oh, man konnte vieles spüren, wenn man einen ganzen Tag, eine ganze Nacht und einen weiteren endlosen Tag »in der Klemme steckte«, wie wahr, und man gezwungen war, ins Nichts hinein zu pinkeln und den heißen Urin an den Beinen kalt werden und trocknen zu spüren. Durst, Angst, Selbstvorwürfe. Hätte man doch gehorcht. Dann würde man jetzt an gefüllten Schüsseln

sitzen – nie wieder würde man nun an gefüllten Schüsseln sitzen
oder überhaupt sitzen. Entsetzlich kalt wurde es in der Nacht,
entsetzlich laut der Wind, der sich zu einem Sturm auswachsen
konnte. Jetzt auch noch Regen! Hilferufe? So ein lächerliches
Krächzen. Diese verdammten Huronen, sonst waren sie doch so
gewitzt, wo waren sie nun?

Als Josef ihn fand, war Julius bereits in eine tiefe Melancholie
gesunken, der sich sein Bruder umgehend anschloss. Niemand
sonst hatte daran gedacht, am Wrack zu suchen, da ein Kind,
das auf das Wrack ging, ohnehin sein eigenes Todesurteil un-
terzeichnet hätte und von den Eltern so bestraft worden wäre,
dass es wünschte, es wäre tot. Es war undenkbar, dass ein Kind
auf das Wrack ging, also suchte man dort auch nicht, nur Josef
hatte durch eine Eingebung daran zu denken und dort zu suchen
vermocht. Die Eingebung war eigentlich mehr eine Schlussfolge-
rung gewesen: wenn die Huronen und die Suchtrupps der Jäger-,
Fischer- und Elternschaft Julius nicht fanden, dann konnte er
nur in der Donau ertrunken oder an dem Ort sein, an dem noch
nicht gesucht worden war. Nun aber gab es keine Lösung: Josef
konnte nicht die Erwachsenenschaft davon informieren, dass er
selbst am Wrack gewesen war und dort den Bruder gefunden
hatte, da hätte er gleich sein eigenes Todesurteil unterzeichnen
können. So kauerte er sich neben Julius auf das schleimige Deck,
benetzte seine Lippen mit Wasser, legte den Arm um seine Schultern. Ab und zu weinten sie. In hundert Jahren vielleicht würde
einmal ein Forscher, ein Archäologe zu dem versunkenen Wrack
vorstoßen und staunend ihre umschlungenen Gerippe finden.
Die Eltern würden ein bisschen weinen, der Donau die Schuld
geben und Blumen auf sie werfen.

Nachdem sie eine todestrunkene Nacht gemeinsam überstanden
hatten, wurde Josef klar, dass sein Bruder wahrscheinlich vor ihm
sterben und er dann mit einem Leichnam dasitzen würde, eine
Vorstellung, die ihm seinen Lebensmut umgehend zurückgab. Er
überzeugte Julius, dass es vielleicht doch besser wäre, die Eltern

zu holen und darauf zu hoffen, dass ihre Erleichterung über die Wiederauffindung der Söhne so groß war, dass sie auf die Abhaltung des Jüngsten Gerichtes noch einmal verzichteten.

Als Josef Ritschl senior mit Gebrüll auf das Wrack stieg und seinen Jüngsten herauszog, musste er feststellen, dass dieser einen offenen Oberschenkelbruch erlitten hatte, in dem bereits Fliegenlarven hausten. Es war ein Wunder, dass der Junge überhaupt überlebte, dass das Bein nicht abgenommen werden musste, dass die schreckliche Verwundung zusammenheilte und nichts weiter als diese Steifheit, das Hinken zurückblieb. Noch bevor es aber soweit war, verdrosch Josef Ritschl senior in Absprache mit dem Doktor Julius' linke Gesäßhälfte, so dass die Züchtigung auf den Heilungsprozess des rechten Beines keinen negativen, auf Julius' zukünftige Weitsicht jedoch einen positiven Einfluss nehmen konnte. Josefs Gesäß wurde beidhälftig verdroschen, jeden Sonntag nach dem Kirchgang, so lange, bis Julius das Bett verlassen und herumhumpeln konnte, also ein dreiviertel Jahr.

»Wir sind wie die Brüder in ›Nis Randers‹!« pflegte Josef zu sagen, als er die Ballade in einem Lesebuch entdeckte. »Krachen und Heulen und berstende Nacht, Dunkel und Flammen in rasender Jagd«, zitierten sie einander verschwörerisch, und nur sie beide wussten, was damit gemeint war. Der Bruder, der seinen Bruder nicht aufgab, ihn im Sturm von einem Schiffswrack rettete unter Lebensgefahr! Als »hohes, hartes Friesengewächs« wurden die mutigen Männer in der Ballade beschrieben, Julius wäre auch gerne ein solches Gewächs gewesen.

Der Krieg schließlich entzweite sie. So wie Julius Ritschl beim Eintritt in den Polizeidienst sein Hinkebein geschickt heruntergespielt hatte, so betonte und übertrieb er es nun, was ihn vor der Assentierung bewahrte. Josef verachtete ihn, er ging stolz in den Krieg, »um noch ein paar Brüder zu retten.« Als im Krieg alles knapp zu werden begann, hatte man sogar das Wrack ausgeschlachtet, die Metallteile eingegossen, das Holz weiterverarbeitet oder verheizt. Aber dieses sein Hinkebein, erklärte Julius

Ritschl Beck, zeugte von überragender Lebenskraft, gelungenem Daseinskampf, Überdauern des Stärkeren, unverwundbarem, grundgutem Blut!

Dabei wäre Marianne beinahe getauft worden! Hätte Beck diesem Übermolch die Geschichte erzählen sollen? Dass er noch einmal betrunken durch Wien taumeln würde, wer hätte das gedacht. Gott sei Dank war er den Überbischof, den Hinkemolch noch losgeworden, so dass er wenigstens ein paar Straßenzüge in Ruhe und allein torkeln konnte. Also, du Gottes-Ritschl, sagte Beck in Gedanken zu dem Losgewordenen, ist es wahr, was man erzählt, dass du immer in der Bibel liest und man nicht weiß, ob es jeder sehen soll oder du es verheimlichen willst? Weißt du denn, wie gefährlich schnell es gehen kann, dass man vom Juden zum Katholiken wird, und das, ohne vorher gefragt zu werden? Die Geschichte war die – sie war in Mariannes Familie oft mit einem Lachen, das Gänsehaut erzeugte, erzählt worden: Nachdem Marianne auf die Welt gekommen war, hatte die Hebamme sie aus dem Zimmer getragen. Zuerst dachte man sich nichts dabei, zu groß war die Aufregung, zu zahlreich die weibliche Verwandtschaft und Dienerschaft, die im Entbindungszimmer ihre Aufwartung machte, Wasserschüsseln hin- und hertrug, Parfum zerstäubte, die Stirn der jungen Mutter befeuchtete oder abtrocknete, einander Anweisungen und Ratschläge zurief, Kissen aufschüttelte und, obwohl doch alles gut gegangen war, noch einmal die Hände rang. Als man die kleine Sidonie hereinholen wollte, um ihr das neue Schwesterchen zu zeigen, bemerkte man, dass der Säugling von der Hebamme noch immer nicht zurückgebracht worden war. Man hielt den Atem an: War irgendwo im Haus das Weinen eines Neugeborenen zu hören? Sie würde schon wieder zurückkommen. Weit konnte sie ja nicht sein. Wo sollte sie auch hingehen. War ihr etwas zugestoßen? Ein Unfall auf der Treppe, die Hebamme bewusstlos gestürzt und das Kleine dazu?

Die ersten Mitglieder der Verwandtschaft und Dienerschaft verließen möglichst unauffällig, um die junge Mutter nicht zu beunruhigen, den Raum und machten sich auf die Suche. Nach einer Weile entschloss man sich, am Herrenzimmer anzuklopfen und Herrn Abramovicz davon in Kenntnis zu setzen, dass sein neugeborenes Töchterchen, das er noch gar nicht gesehen hatte, mitsamt der Hebamme, wie es schien, abhanden gekommen war. Herr Abramovicz, der die Tür mit einem mühsam zurückgehaltenen Lächeln und erwartungsvollen Funkeln in den Augen geöffnet hatte, rannte auf der Stelle hinunter ins Erdgeschoß zur Haustür, riss sie auf und starrte die nächtliche Straße (es war zwei Uhr in der Früh) hinauf und hinunter. Plötzlich hörte man aus dem oberen Stock Frau Abramovicz laut aufheulen – es war wohl nicht länger möglich gewesen, sie hinsichtlich des Verschwindens ihres Kindes mit kleinen Unwahrheiten zu trösten. Herr Abramovicz stürzte die Treppe hinauf, drang unter Missachtung jeglicher Etikette in das Entbindungszimmer ein und befahl seiner Frau sowie allen anderen Anwesenden, auf der Stelle still zu sein. Dann stellte er sich an den Treppenabsatz und lauschte. Nichts. Einer plötzlichen Eingebung folgend, machte er die Tür des Zimmers auf, das ihm am nächsten lag: es war ein unbenutztes Gästezimmer. Der Legende nach hatte die Hebamme gerade die Finger in das geweihte Wasser getaucht und war im Begriff, die Worte: »Ich taufe dich« usw. zu murmeln, als ihr Herr Abramovicz in einem einzigartigen Sprung die Hand samt dem Weihwasserbehältnis wegschlug und gleichzeitig das selig schlafende Kind an sich raffte, das daraufhin wie am Spieß zu brüllen anfing. »Vater unser!« schrie die Hebamme, »erbarme dich heilige Mariamuttergottesgebenedeit...!« Einen richtigen kleinen Altar hatte sie auf dem Nachtkästchen des Gästezimmers aufgebaut, mit brennenden Kerzen, einem Kruzifix, Marienbildnis und Spitzendeckchen!

Das also war die Geschichte, wie Marianne beinahe zur Katholikin geworden wäre. Man war sich nicht ganz darüber im Klaren, was geschehen wäre, wäre der Anschlag der Hebamme geglückt. Sie hätte wohl die Taufe dem Pfarramt gemeldet und die Behörden hätten das Kind – das nun, da getauft, nicht in einer jüdischen Familie aufwachsen durfte – in ein Nonnenkloster verbracht. Aber das, lieber Ritschl, sagte Beck in Gedanken zu dem Losgewordenen, hätten Sie wohl nicht akzeptiert, was? Denn bei Ihnen geht es ja nur um das Blut, Sie Bischofsanthropologe!

GUARNERI DEL GESÙ

Dass er noch einmal familienartig an einem Sonntag im Augarten spazierengehen würde, wer hätte das gedacht. Zu seiner linken Marianne, zu seiner rechten Hexerl, links von Marianne, an ihrer Hand, Aimée. Es sei keine leichte Entscheidung gewesen, sagte Marianne, mitten im Krieg, als man nicht einmal mehr reinen Herzens »Crêpe lavable« sagen konnte oder »comme il faut«, einem Kind einen französischen Namen zu geben. Der Standesbeamte habe den Kopf geschüttelt und sie gefragt, ob sie denn ihrem eigenen Mann, der an der Front gegen den alles umzingelnden Feind stünde, in den Rücken fallen wolle. Sie habe sich fürchterlich geschämt, aber sie habe doch immer schon einer Tochter diesen Namen geben wollen, schon damals, als über Clemenceau in den Zeitungen noch »großer Staatsmann«, »beeindruckende Ausstrahlung« zu lesen stand. Beck versicherte ihr, dass sie ihm nicht in den Rücken gefallen wäre.
Es fing leicht zu schneien an, der erste Schnee. Aimée und Hexerl sprangen herum, um Flocken aufzufangen. Dunkle Versammlungen von Krähen erhoben sich müde krächzend von den Kieswegen und den brachliegenden Äckern, die von den einstigen Blumenrabatten geblieben waren. Plötzlich fiel Beck ein bestimmter, unbedeutender Moment ein, der sich hier, genau hier, vor dieser Bank und diesem Kastanienbaum vor vielen Jahren ereignet hatte. Ein Spätsommertag, strahlende Sonne. In seiner Hand ein mürbes Kipferl, das er in kleine Stücke riss. Eine Krähe mit ihrem lustigen, hüpfenden Gang. Sie lachten, denn rechts von ihm auf der Bank saß eine Dame, aber er konnte sich nicht erinnern, wer. War es Marianne gewesen? Oder eine andere? In seiner Erinnerung sah er nur ein weißes, duftiges Kleid mit kleinen blauen Dingern an den Rüschen, Stickereien vielleicht oder

aufgenähte Glasperlen. Deutlich vor sich aber sah er die Krähe, ihren schlauen, schiefgelegten Kopf, den scharfen Schnabel, mit dem sie allzu große Kipferlstücke in zwei Teile hackte, bevor sie sie mit einem Satz verschlang. »Sie kauen nicht!« rief die Dame, er konnte nicht erkennen, wer sie war. Schon nach kurzer Zeit schien die Krähe satt zu sein und begann die Krumen zu verstecken: unter einem Busch Kapuzinerkresse, die man wegen der leuchtend orangen Blüten angepflanzt hatte und nicht, um sie als Salat zu verzehren. Der zierliche weiße Sonnenschirm rechts von Beck drehte sich im Kreis, von der aufgeregten Dame gezwirbelt: »Ob sie das alles wiederfinden wird?« Die Krähe versuchte nun die Krumen mitten auf dem Kiesweg zu begraben, legte sorgsam Steinchen und trockenes Laub darüber, rupfte Gras ab zu demselben Zweck. Die Sonne schien und sie lachten, und Beck war gleichzeitig dort und hier, wo Aimée lachte, weil der Schnee fiel, wo die Krähen müde aufflogen, die niemand mehr fütterte, weil jeder Reiche, der ihnen ein Stück Brot gegeben hätte, auf der Stelle von einem Armen erwürgt worden wäre, wo Marianne in einem grauen Wintermantel neben ihm ging, von dessen Kragen und Ärmelaufschlägen sie den Pelz abgetrennt hatte, um ihn zu verkaufen. Wenn sie nur »Weißt du noch?« sagen würde. Dann wäre sie es gewesen, er würde aufschauen in seiner Erinnerung und in ihr Gesicht sehen, das ihn anlächelte, blutjung, unter einem schattigen Hut.

Stattdessen kam dieser Szivary daher. Beck sah ihn einige Sekunden früher als Marianne und versuchte noch, das gesamte Familienglück unauffällig in die nächste Kastanienallee abbiegen zu lassen, doch es war schon zu spät, Szivary hatte sie gesehen. Er war in Begleitung eines distinguierten, stattlichen Herren, der wie ein Kommerzialrat aussah, den er aber als »Genosse Stojadinović« vorstellte. Während seine Frau und die Genossen revolutionäre Höflichkeiten austauschten, wanderten Becks Gedanken in die Zukunft, die nahe Zukunft, denn das Weihnachtsfest rückte näher und er hatte große Pläne für Aimée. Bei einem

Altwarenhändler hatte er ein Kindergrammophon der Marke »Bingola« gesehen, auf dessen Blechkasten eine Bärenfamilie lithografiert war: Vater, Mutter und ein kleines Bärenmädchen, das auf einer Schaukel saß. (Bären waren groß in Mode gekommen in der Welt der Kinder, auch Aimée besaß einen sogenannten »Teddybären« aus Stoff, mit Holzwolle gefüllt und mit beweglichen Gliedern. Er hieß Berberi, sie durfte ihn herumtragen, so viel sie wollte, er würde nie als Nadelkissen enden wie Dunkelmus, der kleine Filzelefant. »Ist es wahr, dass die Kinder früher keine Teddybären hatten?« pflegte Aimée mit Schaudern zu fragen.) Dazu gab es zwei Packungen mit Nadeln zum Wechseln und einige Schellackplatten mit Kinderliedern, von denen ihm insbesondere die »Parade der Zinnsoldaten« im Gedächtnis geblieben war. Als Szivary eine Frage an Beck richtete, antwortete er: »Nein, gewiss nicht«, ohne zu wissen, was die Frage gewesen war. Der Altwarenhändler hatte das Grammophon von einem anderen Altwarenhändler erworben, der krankheitsbedingt seinen Laden schließen musste, und jener hatte es der Hausdame einer den »höheren Ständen« angehörenden Familie abgekauft, die erzählte, sie hätte bereits seit Monaten keinen Lohn mehr erhalten, wisse aber nicht, wohin sonst gehen. Die Kinder der höheren Stände, ein Bub und ein Mädel, hätten bitterlich geweint, als man ihnen das Grammophon wegnahm, aber es helfe eben nichts. Die Altwarenhändler aber, der erste wie der zweite, waren bislang darauf sitzen geblieben, da offenbar in dieser »eisernen Zeit« und ihren Nachwehen wenig Interesse an Kindergrammophonen bestand, und so war Beck konkurrenzlos in Verhandlungen getreten. Er wollte Aimée mit etwas eine Freude machen, das nach gegenwärtigen Maßstäben als »nutzlos« einzustufen war. Sie liebte Musik, immerhin war sie die Enkelin eines Instrumentenbauers! Der gestorben und seiner Familie nichts als einen Haufen wertloser Kriegsanleihen und uneintreibbarer Wechsel hinterlassen hatte, und selbst die Guarneri del Gesù, die in einer gläsernen Vitrine im Abramoviczschen Salon so viele Jahre lang verehrt worden war, hatte sich nach seinem Tod als Fälschung herausgestellt. Alles verborgt hatte er, der gute Mensch, und auf guten Glauben eine falsche Guarneri gekauft.

Aimée warf Beck einen Blick zu, der besagte, dass sie sich genauso mit den Genossen langweilte wie er. War das ihr erster verschwörerischer Blick gewesen? Man musste sich langsam vorarbeiten, ihr beweisen, dass man kein Kriegsgespenst war. Ganz normale Dinge tun, ein Weihnachtsgeschenk kaufen zum Beispiel. Alles auslöschen, was zwischen den damaligen und den jetzigen Krähen im Augarten geschehen war. Nie wieder davon reden, nicht daran denken. Als Szivary »Auf Wiedersehen« sagte, erwiderte Beck: »Ich hoffe nicht.« Als er Szivary nachblickte, tat ihm dieser fast leid, weil er nur einen Genossen an seiner Seite hatte und keine Familie. Plötzlich bemerkte er, dass Marianne gekränkt war.

»Es tut mir leid«, sagte er, »vielleicht ist es Eifersucht. Mir scheint, dass du ihm ein bisschen zu sehr gefällst.«

Marianne ließ ein verschnaubtes Lachen hören: »Ihm gefallen überhaupt keine Frauen. Hast du das nicht bemerkt?«

Doch die fürchterlichste Frage, die eigentlich eine Aufdeckung war, hatte Marianne sich an diesem Sonntag für den Abend aufgehoben, so wie sie sich stets die fürchterlichsten Fragen und Aufdeckungen für die Zeit kurz vor oder nach dem Schlaf aufhob, wenn Aimée schon oder noch schlief. Und so saß sie an diesem Abend im Bett, das Kissen in ihrem Rücken aufrecht gegen das Betthaupt gestellt, gemütlich also, und knöpfte sich langsam das Bettjäckchen zu, und sagte ganz beiläufig: »Ich verstehe dich nicht. Was hast du nur gegen die Revolution? Wo du doch selbst in der Roten Armee gekämpft hast!«

Diese Roten, so international waren sie also schon. Das ist dieser Szivary gewesen, dachte Beck wütend, der hat das über seine Moskauer Drähte herausgefunden.

»Der Szivary?« fragte er, das Gesicht abgewandt.

»Nein, der Karl, der Moldawa hats mir erzählt.«

LIEBESGABEN

Ein großes Heer, die ganze Weiße Armee, samt angeklammerten Frauen und Kindern, hatten sie nach Osten verjagt, und manchmal hatte Beck das Gefühl, er hätte sie alleine verjagt. Als hätte er die Professoren, Richter und Honoratioren, das gesamte russische Bürgertum, vom Adel ganz zu schweigen, die Lyzeumstöcher und -söhne, die Popen, die hochwohlgeborenen Damen samt ihren Klavieren und Ölgemälden alleine nach Osten verjagt. Sie klammerten sich an die Weiße Armee, die in den sibirischen Winter einen Pfad schlug, sie klammerten sich an ihre Schlitten, Kibitkas und Troikas, an ihre letzten Ringe und Pelze. Wolfspelze, Eisbärpelze, Biberpelze, Rentierfelle, Krimmermützen und Silberfuchsmuffs. Ein Heer von Weißgardisten, aus deren Pelzpapachas noch so manche gelbe Seide blitzte, hatte Beck alleine immer weiter nach Osten gejagt, er hatte sie überfallen, es wurden auf beiden Seiten keine Gefangenen gemacht.

Natürlich hatte er seine Befehle, natürlich hatte er Kameraden, die mit einem Mal alle Russen waren, er selbst war ein Russe geworden, mit einer Revolutionärsuniform, einer roten Binde am Arm, einem roten Stern auf der Pelzmütze. Er wollte endlich wieder kämpfen, nach Jahren der handzahmen Gefangenschaft, in denen er nur gegen Ratten und Krankheiten und Selbstverfall gekämpft hatte, und er kämpfte gegen dieselben, gegen die er damals im Weltkrieg ausgezogen war – nur einige von diesen kämpften nun mit ihm, oder er mit ihnen. Er musste viele töten, es wurden keine Gefangenen gemacht. Es machte ihm auch nichts aus, solange es mit Gefechtslärm und Gebrüll und in einer gemeinschaftlichen Tobsucht geschah. In einer gemeinschaftlichen Tobsucht mit dem Gegner, der genauso brüllte und schoss

und aus dem Hinterhalt hervorbrach, kurz, es war das Töten
»im Felde«, wie man es nannte, das ihm nichts ausmachte, da
er gelernt hatte, dass dieses ehrenvoll sei. Da er sich weismachte,
dass dieses ehrenvoll sei, zumindest solange diese Form des Tötens im Gange war. Das Ehrgefühl konnte allerdings zu wanken
beginnen, wenn man am nächsten Morgen entdeckte, dass das,
was man da im Dunkeln niedergemacht hatte, nebst Soldaten
ein Haufen von Greisen und Kindern war. Wenn man sah, dass
ein Schuss durch eine junge Mutter und ihren Säugling gegangen
war, dass der Schuss sie auseinandergefetzt hatte, so dass sie mit
entsprechender Distanz voneinander im Schnee lagen, und man
doch sah, dass es ein und derselbe Schuss gewesen sein musste,
der sie getötet und auseinandergerissen und den man vielleicht
selbst in der gemeinschaftlichen Tobsucht, im Finstern abgegeben hatte.

Dann sprach man einander gut zu: Es geht um eine Idee. Es geht
um ein Ideal. Es geht um eine gute Sache. Um die beste Sache,
um etwas Heiliges. Es geht um das Wohl der Allgemeinheit. Es
geht um die Rettung der Menschheit, nicht weniger. Es müssen
Opfer gebracht werden, es müssen Opfer geopfert werden. Man
muss anständig bleiben, man muss Härte, Hingabe, Haltung beweisen, wenn man die Frau und den Säugling sieht, die man für
die Idee auseinandergeschossen hat. Man darf seinen Glauben
nicht verlieren. Die Idee und der Glaube, die Hingabe, Härte
und Haltung lassen einen das alles aushalten, wenn man das Ziel
nicht aus den Augen verliert, das weit hinter diesem Schnee,
weit hinter diesen Auseinandergeschossenen, weit hinter der
eigenen Person liegt, die man mit unverletzbaren Grundprinzipien zusammenhalten hatte wollen. Man muss diese unverletzbaren Grundprinzipien opfern, so wie die eigene Person, so
wie alle anderen Personen, die im Weg der Idee stehen. Man
muss anständig bleiben. Nicht wanken, sondern weitermachen.
Mit unbeugsamer Zuversicht, mit eherner Entschlossenheit,
mit zäher Härte, mit straffer Unnachgiebigkeit, mit tadelloser

Disziplin. Der toten Frau den Ring vom Finger ziehen, ihr die Kette vom Hals nehmen, ihr den Pelz ausziehen. Man muss die tote Frau, die halbnackt im Schnee liegt, noch ansehen können im Lichte der Idee, man muss sie von der Idee überlagert und unter ihr verschwinden sehen, und wenn man das geschafft hat, muss man sich den Säugling ansehen, dem man im Allgemeinen nichts abnehmen kann außer ein paar nutzlosen Deckchen, und das ist der endgültige Härtebeweis. Das ist die endgültige Feuerprobe, denn wenn man auch noch den Säugling ansehen kann, der halbnackt und halbzerschossen im Schnee liegt, mit einem Gesicht, das von wochenlangem Hunger zeugt, einem Gesichtsausdruck, der eigentlich der eines Selbstmörders ist, und sagen kann: Er stand auf der falschen Seite, er musste eben geopfert werden für eine, für die, für unsere Idee, dann hatte man es geschafft, dann war man, redete man einander gut zu, endgültig anständig geblieben.

Mit ein paar Schluck Wodka ging es leichter. Beck schluckte den Wodka und wurde immer unempfänglicher für die Idee, er sah die deutschen Kameraden, die auf der roten oder weißen Seite kämpften und immer inniglicher von der Idee sprachen, wobei die Idee im einen Fall der »Internationalismus«, im anderen die »Bekämpfung der bolschewistischen Gefahr im Hinblick ihres Übergreifens auf Deutschland« war. Die einen wollten die Klassen und Länder mit aller Macht einander angleichen, die anderen sie mit derselben Macht unterscheiden. Allen ging es um ein gemeinsames Wollen, da niemand besser wusste als ein Soldat, wie unerträglich es war, sich auf dieser Welt mutterseelenallein die Füße abzufrieren. Niemand wusste besser als ein Soldat, dass man sich nur mehr an einer Idee aufrichten konnte, wenn man nass, übermüdet, hungrig, dreckig, verlaust, krank und an einem völlig unbekannten Punkt auf dem Globus hinausgespuckt war. Manche wollten sogar den Sozialismus und den Nationalismus zu einer einzigen Idee verschmelzen, die Synthese über die Analyse stellen, sie wollten das gemeinsame Wollen noch größer und gewaltiger und für alle gültig machen – das heißt, für alle innerhalb eines auserwählten Volkskörpers –, auf dass der Mensch zu einer großen Masse zusammengeschweißt würde und nicht länger unter der Vereinzelung leide.

Auch Becks Bedürfnis nach einem Anschluss war groß. War er im selben Sinne »deutsch« wie die Reichsdeutschen, nun, da seine ehemaligen Kameraden rumänisch, polnisch, italienisch oder Angehörige des SHS-Staates geworden waren – unter Umständen auch, wenn sie deutscher Muttersprache waren? Die Ungarn waren, so sie konnten, nach Hause gegangen, in ihre neue Räterepublik oder was immer dieser gefolgt war. Die Tschechen hatten eine Legion gebildet, die die Transsibirische Eisenbahn unter ihre Kontrolle gebracht hatte und angeblich auf Seiten der Weißen stand, wohl aber zumeist ihren eigenen, undurchschaubaren Geschäften nachging.

Anders als in der deutschen Sprache gab es in der russischen für Deutsche wie Beck eine Unterscheidung: er war »nemeckij« im Gegensatz zu »germanskij«.

Auch die Russen waren beileibe nicht allesamt Russen. Da gab es Baschkiden, Tataren und Finnen, Turkmenen, Balten und Burjaten, Georgier, Ukrainer und Tscherkessen. Die Idee vom Selbstbestimmungsrecht der Nationen hatte etwas Freundliches an sich – aber was machte man mit einer Stadt wie Lemberg, in der Polen, Ruthenen, Deutsche, Armenier und Juden so nah beieinander lebten, dass man unmöglich Staatsgrenzen zwischen ihnen einziehen konnte? Beck verstand Wilson nicht, diesen amerikanischen Präsidenten, der es sicherlich so gut meinte wie ein Kaiser. Wilson hatte nie in einer viersprachigen Garnison gedient. Wilson hatte nie ein Alpendorf besucht, dessen Deutsch so eigentümlich war, dass man sich mit Bewohnern des Nachbartales, deren Deutsch wiederum eigentümlich, aber ganz anders war, auf Italienisch zu verständigen pflegte. Wilson hatte das Selbstbestimmungsrecht der Völker verlangt und damit eine Grenze mitten in die Dörfer geschlagen. Und dann hatte er es gebilligt, dass die südslawischen Völker, die er doch voneinander getrennt haben wollte, in ein gemeinsames Königreich Jugoslawien zusammengeschlossen wurden. Wilson hatte also nichts weiter als getrennte Dörfer in gemeinsamen Staaten erreicht. Obwohl er die Ideen und Strömungen, die Anschlussmöglichkeiten und Glaubensrichtungen noch lange nicht geordnet hatte – so wie vermutlich auch sonst noch niemand sie geordnet hatte –, hatte Beck aus persönlichen Gründen fürs Erste den internationalen Sozialismus vorgezogen. Er war der einzige deutschsprachige Nicht-Reichsdeutsche in seiner Einheit, er wollte nur in den Krieg ziehen, da er doch Jahre zuvor in den Krieg gezogen war, er kämpfte gegen dieselben zaristischen Truppen in ihren historischen Kostümen, gegen die er damals im Weltkrieg gekämpft hatte, er jagte sie ganz alleine immer weiter nach Osten, so wie er selbst als Gefangener immer weiter nach Osten transportiert worden war. Ganz alleine schlug er eine breite Spur von gestürzten Pferden, Schlitten und Geschützen, von Erfrorenen, Gefallenen und Typhustoten in den Schnee. Noch vor dem Frühjahr würde man die Erde aufsprengen müssen, um all die Leichen zu bergen, zu verbergen, denn die Leichen würden beim ersten Tauwetter Rache nehmen und die Idee, das Wasser und die Luft zu verseuchen beginnen.

Beck hatte seine Befehle und verhörte, wenn Gefangene gemacht wurden, dieselben, bevor er sie erschoss, insbesondere wenn es sich um ehemalige deutsche Kriegsgefangene handelte, die auf der weißen Seite kämpften oder mitgeschleppt wurden, wie sie behaupteten. Dabei wurde ihm einmal ein Deutsch-Österreicher vorgeführt, der nunmehr auf der gegnerischen Seite stand, was angesichts der ursprünglichen Kriegsausgangssituation als durchaus skurriles Ergebnis betrachtet werden konnte. Da stand also Beck, nach demokratischen Prinzipien gewählter Zugsführer im Dienst der Roten Armee, im Schnee und verhörte einen Gefangenen mit vom Siebenbürger-Sächsischen unterlagertem wienerischem Akzent, der als ehemaliger k.u.k. Leutnant im Dienst der Weißen Armee weitergekämpft hatte, da er für einen Kaiser weiterkämpfen hatte wollen und somit für die Kaiserlichkeit. Er hatte weitergekämpft für eine gewisse Gesellschaftsordnung und althergebrachte Ideen, was Beck durchaus verstehen konnte, da es genauso folgerichtig war, wie gegen die Kaiserlichkeit zu kämpfen und für die kommunistische Idee. Auch wenn der Zar samt seiner Familie schon längst ermordet worden war und es somit streng genommen gar keine Kaiserlichkeit mehr gab, gab es dennoch die Ideen der Klassengesellschaft, des Anti-Kollektivismus und der Konterrevolution, die den Reiz der Tradition aufwiesen, der, wie Beck durchaus einleuchtete, ebenso groß wie der Reiz der radikalen Neuerung sein konnte.

Er hatte also diesen Mann zu verhören, der ihm vielleicht noch vor einigen Jahren unbekannt in einem Wiener Kaffeehaus gegenübergesessen oder auf einem Ball an ihm vorbeigetanzt war, man stand da also einander gegenüber hinter einer sibirischen Schneewechte, Beck die Nagan im Anschlag, und wusste, es ging um Leben und Tod.

»Wer ist Ihr Kommandant?« fragte Beck.

»Koltschak«, stammelte der Mann.

»Sie wissen, was ich meine«, sagte Beck.

»Admiral Koltschak«, wiederholte der Mann und starrte in die Mündung der Nagan, »die Konterrevolution – habt ihr was zu essen? Ich trete sofort über!«

»Bist du ein Söldner? Kämpfst du für jeden, der dir etwas zwischen die Zähne schiebt?«

»Auch für Sie«, sagte der Gefangene und lächelte bemüht.

Beck starrte ihn an. Das Mondlicht schien einen dröhnenden Schall auszusenden, der Wind aber kreiselte leicht über der Schneedecke und weckte nur ein paar lautlose Flockenwirbel auf. In der Ferne sah man dunkle Haufen: umgesunkene, schneeverwehte Pferde der Weißen Armee.

»Haben Sie Kinder?« fragte Beck.

»Sechs Stück«, sagte der Mann. »Ich kann nur hoffen, dass meine

Frau sie ordentlich haut, sonst weiß ich nicht, was aus denen wird.«

»Kennen Sie den Augarten in Wien?« fragte Beck.

»Zu Befehl!« sagte der Leutnant. »Habe dort 1914 an der Pferde-Assentierung mitgewirkt.«

»Hör gut zu, du Depp«, sagte Beck, »wenn ich los sage, läufst du so schnell du kannst dorthin zu den Pferdekadavern, zu deiner Armee!«

Wortlos starrte der Leutnant in die Nagan, bis Beck sie senkte.

»Los jetzt!« zischte Beck. Der Leutnant begriff endlich und rannte los, so schnell es über die einbrechende Schneedecke ging. Beck sah, dass er geschwächt war, immer wieder niederstürzte und sich aufrappeln musste, stehenblieb, die Hände auf den Knien abgestützt, um wieder zu Atem zu kommen. Ein seltsames Geräusch erklang in Becks Ohren, als würde ein Insekt dort seine Flügel verwirbeln. Er schüttelte den Kopf, aber das Geräusch verschwand nicht. Als wären Motten an sein Trommelfell geschwirrt. Als der Leutnant nicht mehr zu sehen war, rief Beck ein paar Flüche, hob die Nagan und schoss in die Luft: der Gefangene war entkommen, *nitschewo*.

Von diesem Tag an konnte Beck nur mehr aus großer Entfernung töten. Er war ein Mal weich geworden, die Weichheit war in seinen Armmuskeln hängengeblieben und bis in die Fingerspitzen vorgekrochen – wenn er die Nagan entsicherte, zitterten seine Hände nicht nur: es schüttelte sie. Er hatte den Leutnant nicht etwa am Leben gelassen, weil er ein ehemaliger Österreicher war, sondern weil das Maß voll war, er konnte nicht mehr, es schien ihm, als hätte er all die von ihm Getöteten verschluckt und sie würden in seinem Leib weiterleben, seine Bauchdecke ausbeulen: als müsste er sie jeden Augenblick wieder erbrechen.

Seltsame Dinge geschahen. Eines Abends, als sie gerade in einem der wenigen Bauernhäuser, die noch nicht niedergebrannt waren, um den Tisch saßen und die müden Glieder ausstreckten, ging plötzlich die Tür auf und der Leutnant, den Beck laufen hatte lassen, kam herein. Beck sah die anderen Offiziere an: sie rauchten, tranken, unterhielten sich weiter, als hätten sie nichts bemerkt. Nur ein großer Hund, der auf dem Fußboden lag, hob kurz die Schnauze von den Pfoten und spitzte die Ohren.

Der Leutnant der Weißgardisten hatte offenbar nicht die geringste Angst, wieder gefangengenommen zu werden, und es machte auch niemand Anstalten, ihn gefangenzunehmen. Auf dem Tisch flackerte und rauchte eine Ölfunzel, die stotternde Geräusche von sich gab. Die Gesichter der Kameraden waren gut beleuchtet; weiter hinten im Raum, wo die Bauersfamilie zusammengedrängt auf einem Bett saß, wurde es schattig und grau. Dennoch konnte Beck den Leutnant deutlich erkennen, er streifte an der dafür vorgesehenen Schwellenkante seine Katinkis, die Filzstiefel, ab, trat herein und schloss hinter sich sorgfältig die Tür. Wie war er nur an der Mannschaft vorbeigekommen, die draußen im Hof und in den Ställen lagerte? Er trat herein, als wäre er vorhin schon dagewesen und nur eben kurz hinausgegangen, sein Blick traf den Becks, als ob er genau wüsste, wo dieser sitzen würde, und er nickte ihm freundlich zu. Es war still um den Tisch geworden, zwei lasen gemeinsam in einem zerfledderten Buch, der Rest starrte rauchend vor sich hin, ohne etwas zu sagen. Das Knarzen der Dielen, über die der Leutnant ging, war deutlich zu hören, selbst das Rascheln seiner Montur. Er ging hinter den Männern vorbei, die sich nicht stören ließen, und blickte ihnen über die Schulter. Nur einer hob die Hand und kratzte sich im Nacken, als hätte ihn dort etwas irritiert. Als der Leutnant am gegenüberliegenden Tischende angekommen war, drehte er langsam den Kopf, bis er sein linkes Profil Beck zugewandt hatte. Knapp über dem Ohr war an seiner Schläfe ein Einschussloch zu sehen, das linke Auge lag schief in seine Höhle hineingesogen, an Wange und Haaren klebte schwarzverkrustetes Blut. Beck staunte, dass jemand mit einer solchen Verwundung noch aufrecht einherging, dass er überhaupt noch am Leben war. Dann sagte der Kamerad zu seiner Rechten etwas zu ihm, er wechselte mit ihm ein paar Sätze, und als er wieder aufblickte, war der Leutnant nicht mehr zu sehen.

Beck stand auf, ging nach draußen und fragte die Wachen, ob sie jemanden aus dem Haus kommen gesehen hätten, doch sie schüttelten den Kopf. Sie hatten auch niemanden hineingehen gesehen, sie hatten überhaupt nichts gesehen, alles war ruhig. Trug der Leutnant eine Tarnkappe? Mit einem solchen Kopfschuss konnte man nicht mehr am Leben sein, oder doch? War der Schusskanal durch günstige, für das Überleben nicht maßgebliche Gehirnzonen hindurchgegangen?

Als Beck sich wieder an den Tisch setzte, sah er der Reihe nach seine Kameraden an und fragte sich, ob sie noch am Leben waren. Wie oft hatte er sich gedacht: Ein Wunder, dass wir noch alle am Leben sind, verblüffend, was man alles überleben kann. Er packte den Mann zu seiner Rechten hart am Arm, als müsse er ihm etwas Dringliches mitteilen, und versuchte, durch den Ärmelstoff hindurch Fleisch und Wärme oder sogar einen Pulsschlag zu erfühlen. Um seinen warmen Atem zu spüren, beugte er sich ganz nah zum Gesicht des Mannes, der so erschöpft war, dass er nicht einmal zurückwich. Es schien alles beim Alten, Fleisch und Atem waren vorhanden. Aus den Nasenlöchern des Mannes sickerten zwei dünnflüssige Tropfen, die er immer wieder aufzog. Da war alles beim Alten, am Leben, normal. Und er selbst, Beck, war er in einem unbemerkten Moment der gemeinschaftlichen Tobsucht hinübergegangen und doch hiergeblieben als ein Schatten, der mit dem Krieg nicht aufhören konnte? Er spürte die raue Oberfläche des Tisches, in die immer wieder einfallende Soldaten Schichten von Markierungen hineingeschnitzt hatten, Schriftzeichen, Zahlen, obszöne Bildchen, geometrische Muster. Er konnte seine Zehen bewegen, von denen wie durch ein Wunder noch keine einzige abgefroren war. Konnten das die Toten auch? Hatten sie so wie er noch einen entfernten Kontakt zu den Dingen, abgeschwächt, verschleiert, gelähmt, gepolstert, gedämpft, und schrieben dies ihrer Müdigkeit zu?

In dieser Nacht hatte er Angst zu schlafen, Griff und Blick loszulassen von dieser Welt, er meldete sich freiwillig zur Wache, hatte um vier Uhr früh ein Rudel Wölfe abzuwehren, das in den von aneinandergekrümmten Soldaten übersäten Hof eingefallen war, und fühlte sich nach Geschrei, Aufruhr und Schüssen wieder gesund.

Doch es kam noch schlimmer. Beck sah einen Mann umhergehen, der schon 1915 in Galizien gefallen war, dann einen an Flecktyphus Umgekommenen aus dem Lager von S. Doch auch vollkommen fremde Tote begegneten ihm, Angehörige der Roten und Weißen Armeen, immer schrecklicher, immer unzweifelhaft tödlicher wurden ihre Verwundungen, manche waren schon halbverfault oder von Wölfen angefressen, die blanken Knochen traten hervor. Sie standen einfach da beim Essenfassen, gingen herum, wenn die Pferde abgeschirrt wurden, manchmal saß einer von ihnen auf einem Schlitten. Beck wurde klar, dass er im Begriff war, wahnsinnig zu werden, nach all den Jahren im Lager, in denen er ständig gefürchtet hatte, wahnsinnig zu werden, aber nicht wahnsinnig geworden war, drohte er nun im Feld, von dessen Freiheit und Aufpeitschung er eine nachhaltige Seelenstärkung erwartet hatte, wahnsinnig zu werden, und er konnte es sich nicht erklären. Aber es mussten Maßnahmen getroffen werden, jemand anderer musste justifizieren, den Nahkampf vermied er, wo immer es ging.

Doch auch das Töten aus der Entfernung barg seine Tücken. Einmal lag Beck im Hinterhalt und beobachtete mit dem Feldstecher einen Schlittenkreis, hinter dem sich der Feind notdürftig verschanzt hatte. Einer der Kosaken hatte sich hervorgewagt, wohl, um für ein paar Minuten alleine zu sein, sich die Beine zu vertreten. Durch den Feldstecher konnte Beck deutlich sein Gesicht sehen, er schien nervös, immer wieder suchten seine zusammengekniffenen Augen die Umgebung ab. Als stünde er neben ihm, konnte Beck seine gerunzelte Stirn sehen, die Eisklumpen an Augenbrauen und Bart. Er musste an das Schlaflied denken, mit dem ihn seine Mutter in die allabendliche Schreckensstarre gesungen hatte: »Schlaf, Kindchen, lange, der Tod sitzt auf der Stange, er hat einen gelben Schlitten mit und nimmt die bösen Kinder mit.«

Schließlich senkte der Mann seinen Blick, um sich eine Zigarette anzuzünden, schützend hielt er die Handflächen um die kleine, vom Wind immer wieder niedergeworfene Flamme des Streichholzes, dabei lag etwas Trauriges, Resigniertes um seine Augen, vielleicht auch in den Mundwinkeln. Das über die Flamme gebeugte Gesicht schien von innen her nach unten gedrückt zu werden. Beck spürte förmlich, wie weich diese Haut war, wie sanft der Mund.

Er legte den Feldstecher weg und zielte sehr genau. Er sah nun nur mehr eine Gestalt, die sich schwarz vom Schnee abhob und die er nach Möglichkeit in der Herzgegend treffen wollte. Er legte das Gewehr an die rechte Wange, bohrte die Ellbogen in den Schnee der Böschung hinein, um besseren Halt zu haben, kniff das linke Auge zusammen und konzentrierte sich auf die schwarze Form, deren Abmessungen er problemlos zwischen Daumen und Zeigefinger einspannen konnte. Seine Hände zitterten nicht. Es ging um eine schwarze, sich nur geringfügig bewegende, nicht einmal eine Spanne große Form, die es mit einem sauberen Schuss umzuwerfen galt. Eine solche Konzentration, der ein Knall und ein Umfallen der Form folgten, hatte immer etwas Befriedigendes an sich, und so war es auch dieses Mal.

Dieses Mal stand der Tote auch nicht wieder auf und ging mit seinem Herzschuss zwischen Becks Männern spazieren, vielmehr schlich sich sein lebendiges Gesicht, so wie es durch den Feldstecher ausgesehen hatte, Tage später in Becks Denken ein, erst flüchtig, dann immer öfter, bis er zwanghaft, qualvoll an überhaupt nichts anderes mehr dachte. Plötzlich fiel ihm auf, dass die

Toten, die ihm leibhaftig begegnet waren, allesamt nicht von ihm getötet worden waren, auch der Leutnant mit dem siebenbürger-sächsisch-wienerischen Akzent war ja nicht von ihm, sondern offenbar nach seinem Entkommen von jemand anderem getötet worden, aber dieses Gesicht, das nun sein Denken und sein geistiges Auge beschäftigte, hatte er höchstpersönlich entseelt. Er hatte einen Fehler gemacht. In jenem Moment der Weichheit, die der andere zeigte, als er sich eine Zigarette anzündete, hatte Beck keine Barrikaden, sondern eine Beziehung aufgebaut.

Die Gewissheit, am Rande des Wahnsinns zu stehen, hatte Beck einmal zuvor, wenngleich in wesentlich milderer Form, in dem Lager am Rande der Mandschurei gehabt. Eines Tages hatte er festgestellt, dass sein Geruchs- und Geschmackssinn verloren-gegangen waren. Vielleicht hatte er Geruchs- und Geschmacks-sinn bereits seit geraumer Zeit verloren gehabt, doch die Er-kenntnis, das Bewusstsein des Verlustes überfielen ihn plötzlich. Eines Tages aß er den üblicherweise stinkenden Brei aus Mais-mehl und stellte fest, dass er weder etwas schmeckte noch roch. Er griff nach den Fußlappen eines Kameraden, die dieser auf seine Pritsche hingeknüllt hatte, roch daran – und roch nichts. Der Zustand war zunächst angenehm, eine enorme Belastung war weggefallen. Er roch an seinen Achselhöhlen, seinen Füßen – nichts. Ekel und Selbstekel waren weggefallen. Die üblicherweise stinkende Fischsuppe konnte gegessen werden in einem Zustand der Sachlichkeit: nicht schön, aber auch nicht schrecklich, Nah-rungsaufnahme, sonst nichts. Beck ging zum Leichenschober, wo man die Leichen sammelte, bis man wieder ein Massengrab aushob, und wo man üblicherweise halb wahnsinnig wurde von dem Geruch, aber Beck wurde nicht halb wahnsinnig, sondern ging unbeschadet vorbei. Er ging bis zum Lagerzaun und sei-nen Stacheldrahtknäueln, dort standen oft die Gefangenen, einzeln, mit einem gewissen Abstand voneinander, nie sah man am Lagerzaun zwei Gefangene miteinander reden, jeder blickte für sich auf die Steppe hinaus, wo die Wolken riesige Schatten warfen, die über die Ebene dahinrollten wie dahinter das Licht. Aus der Steppe kam ein Duft von tausenderlei Kräutern, man rätselte, ob wohl Pfefferminze dabei war, Salbei oder Kamille. Der Duft der Steppe war so stark, dass man mit niemandem sprechen konnte, da er einen wie die Freiheit durchfuhr: so, wie die Welt gemeint war. So, wie die Welt eigentlich geschaffen war, mit ihren Steppen und Kräutern, Winden und Meeren, hätte man glücklich sein können, ekstatisch sogar – wenn da nicht dieser Zaun gewesen wäre, der Leichenschober und die Aussichtslosigkeit. Beck roch auch dort nichts mehr. Er spürte den Wind, aber ob dieser etwas mit Majoran zu tun hatte oder mit Malven, berührte ihn nicht. Ein Verlust, gewiss, aber Beck fühlte sich stark. Er war nun wie ein Bollwerk, das nicht umgeweht werden konnte durch eine leichtfertig hereingelassene Emotion. Außerdem würde diese seltsame Disposition bald vorübergehen wie ein Schnupfen.

Als Beck Wochen später noch immer weder Tabak noch Wodka roch, machte die Erleichterung nach und nach der Gewissheit Platz, am Rande des Wahnsinns zu stehen. Es konnte keine physiologische Erklärung geben, oder doch? Beck sprach mit einem der gefangenen Ärzte, der ihm riet, froh zu sein, da andere blind oder taub würden ohne physiologischen Grund. Sogar wahnhafte Lähmungen gäbe es, die nicht einmal mit elektrischen Stößen weggebracht werden konnten. Beck habe also allen Grund, dankbar zu sein und die positiven Auswirkungen seiner neuen Verfassung zu genießen. Heilung gäbe es wohl keine, man könnte es höchstens mit Eisbädern versuchen.

Das war im Frühjahr, wo die Steppe zwar bereits duftete, aber die Temperatur nachts noch immer unter den Gefrierpunkt sank. Beck beschloss, seine Eisbäder in einem Fass zu nehmen, das mit undefinierbarem Inhalt, vermutlich faulendem Regenwasser, an einer Barackenwand stand. Frühmorgens schlug er die Eisschicht auf der Brühe auf, hievte sich mit den Armen hoch, wobei er feststellte, dass seine Muskulatur wohl infolge der vernachlässigten Klimmzugübungen zittrig geworden war, und tauchte hinein. Der Boden des Fasses war glitschig. Nur sein Kopf schaute heraus aus der vermutlich übelriechenden Flüssigkeit, sein Kinn lag an der Wasseroberfläche auf. Der Hof war vollkommen leer, in den Baracken rührte sich nichts. Eine unsichtbare Nachtigall sang, obwohl die Sonne bereits aufgegangen war. Beck betrachtete den Haufen seiner Kleider, die einige Meter von dem Fass entfernt lagen. Er konnte die furchtbare Kälte der Brühe fühlen, was gut war und von seiner geistigen Gesundheit zeugte, aber riechen konnte er nichts. Vielleicht lag das daran, dass die Kälte gemeinhin viele Gerüche verschluckte. Seien Sie doch froh, Mann, hatte der Arzt gesagt, dass Sie nichts mehr riechen und schmecken können, es gibt hier doch ohnehin nichts, was riechens- oder schmeckenswert wäre. Und wenn man ein Mensch bleiben wollte? Wie lange sollte denn ein solches Eisbad dauern? Die Kälte verbreitete sich durch Becks Körper und er wusste, er würde sich bald nicht mehr rühren können. Genaugenommen konnte er sich jetzt schon kaum mehr rühren. Mit letzter Kraft griff er nach dem Fassrand, stürzte sich kopfüber hinaus. Lag splitternackt auf dem festgetrampelten Lehmboden, roch an seinen Achseln, seinen Lumpen, roch immer noch nichts. Beck überprüfte seine Abschürfungen, er würde eine andere Strategie anwenden müssen, er hatte schon eine Idee.

Im Lager von S., als er seinen Hund Simjon adoptiert hatte, war ihm die Idee gekommen, dass man ein anderes Wesen brauchte, um das man sich kümmerte, um menschlich zu bleiben und nicht wahnsinnig zu werden. »Etwas Warmes«, wie es manche nannten und wie man es bei einem Ulanenregiment immer in Gestalt seines Pferdes zu haben pflegte, das einen bei Sinnen hielt, weil man es striegelte, fütterte und tränkte, weil man Pausen einlegte, um es zu schonen, die man für sich selbst nicht eingelegt hätte. Weil man alles tat, um es vor Dingen zu bewahren, vor denen man sich selbst nicht bewahrt hätte. Im Schlaf

schmiegte man sich an »etwas Warmes«, im Krieg legten sich die
Pferde, die normalerweise nur im Stehen schliefen, zum Schlafen
sogar hin. Als Beck gefangengenommen wurde, hatte man sein
Pferd von ihm weggeführt. Sein Wallach Petronell, den er Peter-
le nannte, hatte zu ihm zurückgeblickt, wie ein Kind, das von
seiner Mutter weggeführt wurde. Kein Wort konnte jemals das
Auseinanderreißen bezeugen, das in dieser allerletzten Augenver-
bindung bezeugt worden war. Und dann Simjon, dieser steinalte,
verlauste Köter, den er erst von sich weggetreten hatte. Wie alt
Simjon wirklich war, wusste natürlich niemand, vielleicht war
sein Bart erst infolge des ständigen Weggetretenwerdens ergraut.
Glücksgefühle hatte dieser gelbe Köter, der aus unerfindlichen
Gründen nur ihm, Beck, zugetan war, in ihm ausgelöst, wahr-
hafte Glücksgefühle. Eines Nachts war Simjon nicht heimgekehrt in seine Heimatbaracke, auf seine Heimatpritsche. Er war
verschwunden von einem Tag auf den anderen, wahrscheinlich
in einem Kochtopf. Zu diesem Zeitpunkt hatte Beck bereits die
Grundlagen seiner Theorie ausgearbeitet, dass man sich um ein
anderes Lebewesen kümmern musste, um den Verstand nicht zu
verlieren. Seine Wahl war schließlich auf einen jungen Typhus-
kranken gefallen, einen Handwerker aus der Mannschaft, den
er lange durchbrachte, obwohl damit nicht mehr zu rechnen
gewesen war. Monatelang hatte Beck sich bemüht, diesen jungen
Mann bei Zutrauen und Kräften zu halten, nur diesen einzigen,
unter Hunderten, die es genauso verdient gehabt hätten. Irgendwann aber ging es nicht mehr, der junge Mann starb, und Beck
musste sich einen anderen suchen. Sich selbst hatte er zu retten
versucht, und das fiel ihm wieder ein, als er aus dem vermutlich
stinkenden Brühefass rollte.

Nicht einmal eine Stunde nach seinem Eisbad begann Beck
sich vermehrt an Knien, Armen und Rippen zu kratzen. Das
war nichts Besonderes, ständig juckte es einen irgendwo, man
war schmutzig, man war von einem Film aus Außenstaub und
eigenen Porenausscheidungen bedeckt, man war in ungewa-

schene, kratzige Kleidungsstücke gehüllt, und auch, wenn es im
Offizierslager, das hier vom Mannschaftslager durch einen Stacheldraht getrennt war, keine Läuse gab, hatten viele aufgekratz-
te Stellen am Körper, Schrunden, Schwären, Pusteln; manche
kratzten sich auch, weil es sonst nichts zu tun gab, tiefe Krätzen
in die Haut. Beck aber lehnte eine solche Sichtbarmachung des
eigenen Elends ab, denn aufgrund der kälteabwehrenden dichten Bekleidung waren die Selbstaufkratzer gezwungen, sich am
Hals, den Wangen, den Handrücken zu betätigen, und vielleicht
wollten sie ja auch, dass jeder sah, wie es an ihnen eiterte, blutete,
verkrustete und vernarbte, nicht aber Beck, der sich immer neue
Methoden einfallen ließ, seine Fingernägel zu pflegen und seine
Gesichtsbehaarung in Form zu bringen.

Da er also beobachtet hatte, wie schnell es geschehen konnte,
dass man begann, sich die Haut aufzukratzen und die Kopfhaare
auszureißen – schleichend begann es, mit kleinen Verlegenheits-
gesten, die immer mehr vertieft wurden, eine Angewohnheit,
sich die Nasenflügel zu reiben, konnte hier im Lager verstärkt
und konzentriert werden und zu verschorften Nasenflügeln
führen –, da er also darauf bedacht war, nicht an sich selbst
»herumzufummeln«, wie es die Österreicher nannten, beziehungsweise »herumzumachen«, wie es die Deutschen nannten,
war Beck über die Maßen beunruhigt, als es ihn nach seinem
Eisbad immer mehr juckte, brannte und peinigte, so dass er
immer mehr an Knöcheln, Ellbogen und Schlüsselbeinen her-
umzureiben begann. Natürlich war es die beste Methode, eine
solche Veränderung zu ignorieren, solange es ging; es ging solange, bis am frühen Nachmittag rote Flecken aus Becks Ärmel auf
den Handrücken hinauswuchsen. Flecktyphus? Das Todesurteil?
Noch hatte es keine Fälle in diesem Lager gegeben, das Lager am
Rande der Gobi war ungewöhnlich seuchenfrei, wenn man von
der Syphilis absah, vor der Beck sich vorgesehen hatte.

Selbst in seiner Jugend hatte er es vorgezogen, zu verheirateten
Frauen zu gehen anstatt »zu den Mädchen«, unter dem großen

Hut und Schirm der bürgerlichen Ganzwelt schien ihm seine Gesundheit geschützt (wenn er den Ehemann der betreffenden Dame zu Gesicht bekam, stellte Beck ihn sich als Wächter der Haushaltsgesundheit vor). Man wusste ja, dass es selbst im durchlauchtigsten Erzhaus einen treffen konnte, der »zu den Mädchen« ging, die ja sicherlich nur die besten und rotwangigsten waren, man munkelte ja, dass Kronprinz Rudolf lange vor seinem Freitod zu husten und dahinzusiechen begonnen hatte und seine Frau deshalb nach dem ersten keine weiteren Kinder mehr bekam. Auch ein Neffe des Kaisers, der »schöne Erzherzog« Otto, hatte zuletzt eine Prothese aus Kautschuk anstelle seines venerisch zerstörten Nasenskelettes getragen. Im Krieg aber galt doppelte und dreifache Vorsicht: niemals hatte Beck auch nur irgendetwas getan, und wenn er am Rande der inneren Explosion war, was ihn an den Rand der Syphilis bringen hätte können. Nicht einmal die k.u.k. Feldpuffs mit ihren angeblich gesundheitskontrollierten »Offiziersmenschern« hatte er frequentiert, geschweige denn, dass er später, nach seiner Gefangennahme, eine der raren Möglichkeiten wahrgenommen hätte, die innere Explosion in eine äußere zu überführen. Zu eindringlich war Beck das Bild von den vereiterten, entstellten, zerlöcherten Gesichtern seiner Offizierskameraden, oder eigentlich: zu nachhaltig war ihm das Wort eines Arztes in Przemyśl in Erinnerung, der sich darüber geäußert hatte, wie angewidert, angeekelt, abgestoßen er von der Tatsache sei, dass ein guter Teil der k.u.k. Offiziere nicht von Verwundungen, Malaria oder Cholera, sondern von der Syphilis frontunfähig gemacht worden seien.

Was es bedeutete, über Jahre hinweg den inneren Explosionen ausgesetzt zu sein, davon konnte sich wohl nur ein Priester oder Mönch ein Bild machen, der aber auch den Beistand seines Gottes hatte, wohingegen Beck nur den Entschluss hatte, sich selbst eines Tages von Asien nach Europa, von der Enthaltsamkeit in die Ehe zurückzutransportieren. Er war ein Idiot. Er war so intelligent, behutsam und bedacht, dass ihn die Wirklichkeit natürlich einholen musste, niemand konnte vor irgendetwas bewahrt bleiben, je mehr man sich wehrte und einkapselte, desto mehr wurde man überwältigt und aufgebrochen. Dann bereute man es, dass man nicht gleich alles über Bord geworfen hatte. Im Moment des Todes würde man es sogar bereuen, dass man einem hübschen Fähnrich, der allerlei mädchenhafte Anstalten gemacht hatte, nicht doch erlegen war. Wozu?

Es gab die, die immer auf eine Zukunft bedacht waren, die sich immer sahen, Jahre später, in einer Normalität, die hofften, davon berichten zu können, was sie erlebt hatten, gerade dazustehen in einer gerade wiederhergestellten Welt. Diese schrieben sehr viel, jeder zweite hatte in der Gefangenschaft begonnen, unendliche Tagebücher zu verfassen oder Briefe zu schreiben an daheim. Es gab einen Feldwebel, der vollkommen verschimmelte Mehlspeisen erhalten hatte von seiner Ehefrau, er hatte Cremeschnitten und Esterhazyschnitten und Mohnstrudel erhalten, die monatelang durch Europa und Asien gereist waren. Eine dichte, grüne Schimmelschicht lag auf den Mehlspeisen, den Liebesgaben, als sie endlich ankamen, ein Wald von märchenhaften Sporen, blaugrünen Kratern, käsigen Safthöhlen, der Feldwebel aber hatte alles gegessen, um seiner Frau in die Normalität zurückschreiben zu können, es hätte sehr gut geschmeckt. Es hatte ihm auch keine Probleme gemacht, da sein Magen ohnehin allerhand gewohnt war, bis ein Apfelkompott ankam, er hatte sogar die darin schwimmende Zimtstange zerkaut. Das grüne Zeug aber, das auf dem Apfelkompott schwamm, und das von der Ewigkeit allen Lebens zeugte, hatte ihn umgebracht, nach einer kurzen Kolik und etwas Diarrhö war der Feldwebel verschieden, er hatte zu sehr geliebt, er hatte zu sehr vertraut.

Als Beck den Hosenbund umkrempelte, um zu sehen, was ihn so sehr juckte, blickte er auf ein phänomenales Geschwür, das aber, als er daran zu riechen versuchte, keinerlei Geruch freigab. Er ging zu einem der russischen Posten, um in Erfahrung zu bringen, was in dem Fass war, einem jungen Burschen, zu dem er eine Zuneigung gefasst hatte, weil dieser immer wegsah, wenn man ihn ansprach, mit einem hübschen, braungebrannten Gesicht.

»Wissen Sie, was in diesem Fass ist?« fragte Beck auf Russisch, im unangenehmen Bewusstsein, dass er auf einleitende und ableitende Höflichkeitsfloskeln aus Mangel an Sprachkenntnissen verzichten musste. Der junge Russe, dessen Adamsapfel in der Frühlingssonne glänzte und den Beck jederzeit geküsst hätte, hätte ihm dies nicht Konvention, Anstand und der Gedanke an die Zukunft hier am Rand der Gobi und des Todes verwehrt, gab etwas zur Antwort, das er nicht verstand.

Später, als Beck die blühenden Geschwüre dem österreichischen Arzt zeigte, der ihm die Eisbäder empfohlen hatte, erfuhr er von einem Verdacht. Natronlauge? So mancher österreichische Soldat habe sich damit befeuchtet, um die Symptome der Syphilis vorzutäuschen. Alles nur Trug, alles nur Schein, vor nichts schreckten die Tachinierer zurück. Die Frontfeiglingsschweine, die Heimatschussratten, die C-Befund-Tachinierer. Defaitisten, Fahnenflüchtige, Hochverräter! Tabaksaft hatten sie verwendet, gepulverte schwarze Senfsamen, Kaliumbichromat, Pikrinsäure und Seifenwasser, um nur irgendwelche Geschwüre und Krankheiten vorzutäuschen! Wie erfindungsreich sie waren, die Tschechen und Juden ganz besonders, die Schulterblätter hatten sie einander auszurenken gelernt, und wie mittelalterliche Hexenmeister wussten sie, wie man den Hahnenfuß sammelt, zerkleinert und zubereitet, damit er, auf die Haut aufgetragen, entsetzliche blutende Blasen erzeugt. Sogar die echten Krankheiten hatten sie absichtlich auf einander übertragen, nur um nicht mit der Schwarmlinie weiter vorrücken zu müssen, in ihrem erbärmlichen Mangel an Manneszucht nehmen sie gar das echte Trachom, den echten Tripper, die echte Erblindung in Kauf!

»Also Natronlauge könnte in diesem Fass sein?« unterbrach Beck.

Der Arzt hob die wässrigen braungrünen Augen, und Beck konnte es regelrecht fühlen, wie den Mann das Heureka durchfuhr. Genau, dachte er wohl, warum bin ich darauf nicht früher gekommen? Erst Verlust des Geruchs- und Geschmackssinnes – ich bitte Sie! Dann seltsame Geschwüre: da bereitete sich wohl jemand auf den nächsten Invalidenaustausch vor! Alles abgesichert durch ärztliche Konsultationen, natürlich, natürlich. Mich missbrauchen? Also!

Dieser Idiot, dieser Arzt, der selbst keine Chance hatte, hier herauszukommen, der sich dadurch aufpeitschte, dass er noch eine letzte vermeintliche Macht ausübte, während er selbst keine Chance hatte, je die »Kommission zur Entgegennahme der Rechtfertigung der aus der Kriegsgefangenschaft rückgekehrten Unverwundeten« zu durchlaufen, ohne vom Vaterland in die Gefangenschaft zurückgeschickt zu werden, selbst wenn ihm die Flucht gelungen wäre, da kein Arzt aus der Gefangenschaft nach Österreich zurückkehren konnte, ohne als Vaterlandsverräter und Soldatenimstichlasser abgeurteilt zu sein.

Gefangene, die sich bis zur March durchgeschlagen hatten, waren von den eigenen Truppen zurückgeschossen worden, hatte Beck etwa sieben- oder achttausend Kilometer von der March entfernt gehört, und deutsche Gefangene, denen die Flucht gelungen war, waren von den deutschen Kameraden an der deutschen Grenze zurückgeschossen worden, da man befürchtete, sie seien Bolschewiki oder Russen geworden, so wie die Russen befürchtet hatten, ihre Zarin sei eigentlich eine Deutsche, und überhaupt alles verworren und grenzenlos war.

Es dauerte geraume Zeit und Beck musste eine gehörige Zahl an umherwandelnden Toten zur Kenntnis nehmen, bis er begriff, was er eigentlich getan hatte. Bis es ihm sozusagen wie Schuppen von den Augen fiel. Mitten in einer Flucherei, als es gerade darum ging, ob man ein Feuer anzünden und dadurch Gefahr laufen sollte, dem Feind die eigene Position zu verraten, als Beck ein steinhart gefrorenes Stück Fleisch auf den Boden schleuderte, um zu demonstrieren, dass er seinen Männern keinesfalls schon wieder eine solche Menage verabreichen würde, als er einen jungen Soldaten herbeizerrte, der sich in Magenkrämpfen wand, weil er rohen Hafer gegessen hatte, und einen weiteren, der sich tatsächlich den Penis abgefroren hatte, mitten im Fluchen und Herbeizerren und Auf-den-Boden-Schleudern von allem und jedem, das nur irgendwie für das Anzünden eines Nachtfeuers sprach, war es ihm wie Schuppen von den Augen gefallen. Plötzlich, und noch während er weiterfluchte, gellten ihm die Worte in den Ohren, die er mit dem ehemaligen k.u.k. Leutnant mit dem von Siebenbürger-Sächsisch unterlagertem wienerischen Akzent gewechselt hatte.

»Habt ihr was zu essen? Ich trete sofort über!« hatte dieser gesagt. Und er, Beck, hatte darauf: »Bist du ein Söldner? Kämpfst wohl für jeden, der dir etwas zu fressen gibt!«, oder so etwas Ähnliches erwidert.

»Ja, auch für Sie!« hatte der andere gesagt, und Beck hatte es nicht gehört, wochenlang nicht, bis zu diesem Moment, als er eine gefrorene Hirschkeule auf den Boden schlug. Der Mann hatte überlaufen wollen! Warum nur hatte Beck es nicht gehört, es ihm dadurch verwehrt? Sein Verständnis dafür, dass der andere für die andere Seite kämpfte, war so groß gewesen, dass er nicht verstand, dass dieser die Seite zu wechseln bereit war. Wie konnte das nur geschehen? Sie hatten ständig Überläufer aufgenommen, ganze Bataillone der Weißen hatten ihre Offiziere füsiliert und geschlossen die Farbe gewechselt, und gerade die ehemaligen Kriegsgefangenen rechneten sich zunehmend bessere Chancen aus, über den Umweg der Roten Armee nach Hause zu kommen. Warum nur war Beck so überzeugt gewesen, dass der Leutnant für eine Idee zu sterben bereit war, so dass er ihm das Leben schenkte, damit er doch noch für diese Idee starb? Er hatte ihn umgebracht. Er hatte ihn laufen lassen, damit er ein paar Tage später doch erschossen wurde. Er hatte gewollt, dass der andere, der ein ehemaliger Kamerad war, dem er einst in einem Kaffeehaus oder auf einem Ball in Wien begegnen hätte können, ehrenvoll für eine Idee starb, er hatte ihm Essen, Heimkehr und Überlaufen verwehrt. Beck hatte ihn auf dem Gewissen, obwohl er wochenlang nichts davon gewusst hatte, bis zu dem Moment, als er den Sack mit den Haferkörnern auf den Boden schleuderte und dazu den jungen Soldaten, der wahrscheinlich in dieser Nacht noch sterben würde, weil seine Eingeweide aufgestochen waren von den spitzigen Hüllen des Korns.

»Wir müssen den Hafer kochen!« brüllte Beck, obwohl er genau wusste, dass auch die Recht hatten, die kein Feuer aus schneenassem Birkenholz machen wollten, das über die Tundra rauchte, dass man es kilometerweit sah. Aber dass darüber überhaupt gestritten wurde – soweit kam es, wenn Abstimmungen im Militär erlaubt waren. Zum Glück hatte es den Parteideputierten erwischt.

Beck hatte seine Gründe, weshalb er sich den Bolschewiki anschloss, und die lagen Jahre zurück in der Vergangenheit, im Krieg. Schon nach drei Tagen im Krieg hatte man begriffen, dass am Krieg nichts Herrliches war, manche mussten es schon nach drei Stunden begreifen. Man war ausgezogen mit einem Blumensträußchen im Gewehrlauf, man fuhr im Zug, man marschierte oder man ritt, bis man endlich am Ziel, an der Front, also mitten im Krieg war, und das hieß: in einem Haufen von Menschen, die unter den schrecklichsten, nie gesehenen Verwundungen schrien. Manche mussten es schon nach drei Sekunden begreifen. Sie stiegen hinein in den Krieg und in einen Haufen von zugerichteten Leichnamen, in ein Chaos, wo verheizt und gehetzt und standrechtlich erschossen wurde und binnen Sekunden jegliches Vertrauen in die Befehlshaber verloren ging, die nicht einmal wussten, wo sie waren, oder wussten, was sie taten, die selbst noch nie zuvor ein Maschinengewehrfeuer erlebt hatten, in dem jeder zweite, der hineinstürmte, oder mehr noch, beinahe jeder Mann fiel. Sie wollten es nicht glauben und hießen immer mehr in das Maschinengewehrfeuer hineinstürmen, sie zwangen die Hälfte der Männer, die andere Hälfte mit vorgehaltenem Gewehr zum Hineinstürmen in das Maschinengewehrfeuer zu zwingen, von hinten wurde jeder erschossen, der sich nicht von vorne erschießen ließ. Ganz am Anfang gab es auch viele Offiziere, die ihren Truppen voranstürmten, die sich selbst mit leuchtendem Beispiel in die Schlacht warfen, so wie sie es gelernt hatten, die als erste und mit dem lautesten Gebrüll, dem unbeugsamsten Todesmut in das Maschinengewehrfeuer hineinrannten – aber von diesen war bald keiner mehr übrig.

Beck war an der serbischen Front aus dem Zug ausgestiegen und hatte sein Pferd Petronell in Empfang genommen, das im Viehwaggon mitgereist war. Noch während er Begrüßungen aussprach und entgegennahm, hatte er Verwundete sehen und hören müssen, die mit ihrem Geschrei und Gestöhne und ihrem entsetzlichen Anblick alles Entsetzliche, das er bisher gekannt hatte, bis ins Unerträgliche vermehrten. Als Kriminalinspektor hatte er bereits so manches gesehen, aber nicht in diesem Chaos, nicht in diesem Ausmaß. Er hatte noch niemals Hunderte Tote, Tausende Verwundete gesehen, auf einen Schlag ein Umherirren und Stöhnen und Verzweifeln – es genügte der Anblick eines einzigen Achtzehnjährigen, dem der gesamte Unterleib weggeschossen war, um alles, um nichts mehr zu verstehen.

Medizinstudenten im zweiten Semester führten Schädeloperationen durch, ehrwürdige Chirurgen dagegen beschäftigten ihre zitternden Hände damit, läppische Streifwunden mit Jodtinktur zu bestreichen. Alle irrten durcheinander, suchten ihre Instrumente, erklärten hier einen für unrettbar verloren und stürzten sich dort auf einen, der ihnen nach gutem Krankengut aussah und zehn Minuten später unter ihren Händen starb. Einen weißen Kittel trug keiner. Wenn das Narkosemittel ausgegangen oder durch ein Versehen in den Sumpf statt auf den Hilfsplatz geschafft worden war, wurde eben ohne Narkose operiert. Binnen zehn Minuten nach seinem Eintreffen an der Front hatte Beck den ersten Kriegsirren gesehen, das war drei Tage nach der Kriegserklärung. Einen Mann, der so tobte und zitterte und schrie, dass er weder mit Ohrfeigen noch mit Morphium zu beruhigen war. Binnen drei Tagen nach der Kriegserklärung verstand man nichts mehr, oder alles, je nachdem.

Im darauffolgenden Jahr in Galizien traf Beck einmal in einem Feldlazarett ein und fragte den Oberarzt während einer Amputationspause, ob er denn wisse, wo man geographisch überhaupt sei. Der Arzt sah ihn, der immerhin Oberleutnant war und etliche Männer zu führen hatte, entsetzt an und schenkte ihm eine der Generalstabskarten, die er auf eigene Rechnung angeschafft hatte. An diesem Punkt wurde Beck klar, wie absurd es war, dass er nicht einmal eine Karte besaß und seine Männer mehr oder weniger blind durch das Gelände zu führen hatte.

Nach den ersten Schneefällen und abgefrorenen Zehen traf eine Ladung Schuhe aus dem Hinterland ein, die Beck glücklich und unbesehen ausgeben ließ. Schon nach einer Stunde trat die Katastrophe ans Licht: die Schuhsohlen waren aus Pappkarton, lösten sich in den knöchel- oder kniehoch mit Schneematsch gefüllten Stellungen auf, mit bloßen Fußlappen standen die Soldaten im Schnee, das Schneewasser umfror die Füße, die Füße wurden schwarz. Niemand konnte noch ein Held sein, wenn ihm die Nekrose durch Füße und Schenkel wanderte, da half der ehernste Wille nichts mehr. Und all die Stahlhelme, die man in Deutschland bestellen musste! Wann endlich würden die Stahlhelme, die Österreich offenbar nicht selbst herstellen konnte, eintreffen? Weshalb konnte Österreich, das geliebte, heilige Vaterland, keine Stahlhelme, Schuhe, Gasmasken, Generalstabskarten organisieren?

Dabei hatte Beck selbst hervorragende Stiefel. Er aß seine Offiziersmenage, in der durchaus gebratene Hühner, gedünstete Forellen und ein paar Gläser Portwein enthalten waren, während seine Männer aus Fässern verschimmeltes Trockengemüse oder vor Fäulnis aufplatzende Fleischkonserven vorgesetzt bekamen. Beck hatte das Trockengemüse gekostet, es war mit Trockenobst, das man in einem Marzipanmäntelchen einer Dame durchaus in der Oper überreichen konnte, nicht zu vergleichen. Zwischen einer getrockneten Marille und einer getrockneten Steckrübe lagen Welten. Klassen lagen dazwischen, zwischen dem Offizier, der frischen Karfiol mit Butter in einer halbwegs erträglichen Gaststube genoss, und dem gemeinen Soldaten, der unter ständigem Beschuss und mit gefrorenen Fußlappen Trockenkarfiol in sich hineinwürgen musste. Halbverdorbenes Fleisch ohne Salz, das einen ähnlichen Geruch wie die gefallenen Kameraden ausströmte. Es genügten drei Wochen Hunger, Schlaflosigkeit und Frost, um einen Menschen von Grund auf zu demoralisieren. Kein einziger Schuss musste dafür gefallen sein. Am schlimmsten trieben es die Herren von der Intendantur, die in Pelzen und geheizten Automobilen anreisten, vor den Augen der demoralisierten Mannschaft Schneebälle für ihre Foxterrier warfen oder sich mit Rodelpartien unterhielten. Beck hatte versucht zu hungern, hatte es aber keinen einzigen Tag lang durchgehalten. Er wäre wahnsinnig gewesen, hätte er die Rindsrouladen und Topfenpalatschinken abgelehnt. Musste er sich nicht bei Kräften halten, für seine Männer? War das nicht eben der natürliche Lauf der Welt? Es war unmöglich, einzelnen Soldaten eine Bruschetta zuzustecken: für alle hätte es nicht gereicht, wenige zu bevorzugen hätte Moral und Gerechtigkeit zerstört. So landete die übriggebliebene Bruschetta bei den Hunden.

SOLE

Der Tote schwamm. Er trieb, schwebte auf dem Wasser wie ein Wasserläufer, dessen Beine nur eine kleine Einbuchtung in der Wasserhaut hinterließen. Mit dem Kopf lag er Richtung Wand, besonders gut sah man seine Schuhe. V-förmig auseinandergefallen, schwarz. Kaum eingesunken im Wasser die Absätze. Die Kleidung angesoffen, weiße Krusten am Bauch, den Knien, an hochstehenden Stofffalten, wo das Salz herausgetrocknet war. Weiße konzentrische Schlierenmuster wie Baumschwämme.

In einer Reihe standen sie vor dem Solebecken wie Schwimmer, die sich zum Hineinspringen und Wettschwimmen aufgestellt hatten. Er selbst, Dr. Prager, Ritschl, Schneyder. Dieser Kiselak. Der Daktyloskop, die Hilfspolizisten. Der Obmann des Vorstandes der »Vereinigten Eisfabriken der Approvisionirungs-Gewerbe in Wien«, der das verlängerte Wochenende anlässlich des Geburtstages seiner Tante in Kaltenleutgeben überstürzt abgebrochen hatte und in die Fabrik zurückgekehrt war. Ein offenbar übergeordneter Werktätiger der Eisfabrik in einem grauen Arbeitsmantel, einige offenbar untergeordnete Werktätige in bescheidener Privatkleidung, von denen einer eine leere Eisbutte aus wattierter und mit schwerem Isoliermaterial unterlegter Jute auf dem Rücken trug. Entsprechend dem Gewicht der leeren Butte stand er nach vorne geneigt, machte aber keine Anstalten, sie abzulegen.

Der Tote schwamm in einer Schleuse, die durch das Abheben der als Kälteisolierung auf dem Solebecken liegenden Bretter entstanden war. Die abgehobenen Bretter lagen auf einem unordentlichen Stapel am Rand, so dass der Mann im grauen Arbeitsmantel geneigt war anzunehmen, dass sie nicht von seinen stets zur geradlinigen Ausrichtung der Bretter angehaltenen Untergebenen entfernt worden waren, ganz aber hatte die Frage noch nicht geklärt werden können. Das ansonsten schmucklose Generatorenhaus wies einen Fußboden aus ziegelroten Kacheln auf, die in Varianten mit geriffelten und glatten Oberflächen schachbrettartig angeordnet waren.

Die Oberflächenmaße des Solebeckens betrugen 20 x 7 Meter. Es war 1 ½ Meter tief.

Der Tote war an Knien und Fußgelenken mit einem Seil gefesselt, die Hände waren wohl, wie die nach hinten gedrückten Schultern vermuten ließen, auf dem unter Wasser liegenden Rücken straff zusammengebunden. Der Kopf war weit überstreckt, so dass an der Kehle ein spitzer Adamsapfel hervorstand, der Mund offen und mit einem beträchtlichen, dunklen Knebel gestopft, die Wangen vom selben Knebel aufgestopft, rund wie Hamsterbacken, die Augen, weit aufgerissen, blickten kopfüber an die kahle, gegenüberliegende Wand. Aus hohen Bogenfenstern fielen Lichtläufer über die Kacheln, die polierte Fläche der Bretter.

Die Temperatur der Sole betrug – 6 °.

Draußen standen die gelb angestrichenen Eisauslieferungswagen. Auch in der Sensengasse kamen sie regelmäßig vorbei, um Eisblöcke zur Kühlung der Leichen zu liefern.

Ein Eisblock war 90 cm lang und 25 kg schwer.

Ein Eistransportwagen konnte 100 Block Kristalleis fassen.

Die Schrift auf den gelben Wagen war rot. Es waren immer zwei verschiedenfarbige Pferde zusammengespannt: ein Falber und ein Brauner, ein Rappe und ein Fuchs. Mit der erhöhten Aufmerksamkeit des Fachmannes am Tatort, das wussten sie alle, begann man stets auch Dinge zu registrieren, die höchstwahrscheinlich nicht von Bedeutung waren. Ein Gespann bestand aus zwei mächtigen Ochsen (braun und weiß): »Die haben wir im Krieg eingestellt, als die Pferde assentiert waren! Wir haben noch immer nicht genug Pferde.«

Es gab Dampfmaschinen, Kessel, Kondenswasser, Brunnen und Dieselmotoren. Es gab Kohlensäure-Doppelkompressoren, Gleichstromgeneratoren und Reserve-Zentrifugalwasserpumpen. Es gab eine Pferdeschwemme und Arbeiterduschräume, Kochsalzberge und Kohlenrutschen.

Der Tote hatte eine bläuliche Gesichtsfarbe und schwarzblaue Lippen.

Ein Eiszellenrahmen hatte sechzehn Zellen und wurde mittels eines Laufkranes bewegt. Das Kristalleis selbst wurde aus reinem Hochquellwasser hergestellt, das Brunnenwasser brauchte man nur für die Abkühlprozesse. Wenn man das gefrierende Wasser mit Rührflossen umrührte, vertrieb das die Luftbläschen und es wurde glasklar. Ab einem gewissen Punkt musste man die Rührflossen herausziehen, damit sie nicht miteingefroren wurden, und so entstand in der Mitte des Eisblocks ein weißer Kern. Im Augenblick waren die Eiszellen leer. Man hätte sie, soweit Beck verstand, normalerweise in die Sole getaucht und das Hochquellwasser wäre im unterkühlten, aber immer noch flüssigen Salzwasser gefroren.

Der Tote war beleibt.

Wenn man in einer Flüssigkeit lag, die kälter als Eis war, konnte es nicht allzu lange dauern, bis das Herz stehen blieb. Obwohl es, wie Beck wusste, Menschen gab, die unglaublich zäh waren und denen von der Nasenspitze bis zu den Zehen schon allerlei abgefroren war, ohne dass sie selbst erfroren wären. Bei bestimmten Wind- und Wetterverhältnissen hatten die Menschen dicke weiße Reifkristalle an Wimpern und Augenbrauen, was lustig aussah, wie eine Faschingsmaske. Mit zunehmendem Gewicht der Reifwucherung an den Wimpern fiel das Blinzeln immer schwerer.

Ein Arbeiter holte den Toten mit einem Eishaken zum Beckenrand und man zog ihn vorsichtig heraus. Schnell bildete sich ein System aus Pfützen und Rinnsalen auf den ziegelroten Kacheln. Es war sehr still, man hatte in diesem Teil der Anlage die Maschinen wohl abgeschaltet. Die von der Morgensonne gebildeten Lichtläufer verschoben sich und schienen fahler zu werden, als verdüstere sich der fortschreitende Tag.

»Es ist nicht so schlimm«, sagte der Obmann mehr zu sich selbst als zu den Umstehenden, »im Winter können wir einen Produktionseinbruch verkraften.« Der Tote lag auf der Seite, steifer als die meisten Toten, ein Eiszapfen. Man konnte nun tatsächlich am Rücken die blauen, gefesselten Hände sehen.

»Sieht nicht gerade aus wie ein Armer«, sagte Kiselak und deutete auf die trotz Nässe und Salzkrusten deutlich als exquisit zu erkennende Kleidung des Toten. Während Dr. Prager und Ritschl sich über den Leichnam beugten, blickte Beck aus dem Fenster. Er hatte gestern Abend auf dem Nachhauseweg das Leinentuch mit den eingestickten kyrillischen Buchstaben, das er in einer Lade im Kommissariatsbureau aufbewahrt hatte, einem sehr erbärmlich aussehenden Hausierer geschenkt. Weihnachten näherte sich und man musste reinen Tisch machen. Es lohnte sich nicht, etwas aufzuheben, das nicht mehr wichtig war und damit etwas aufs Spiel zu setzen, das wichtig war. Mit diesem kleinen Tüchlein, den in dunkelgrünem Garn daraufgestickten Buchstaben war alles verschwunden, gelöscht. Es gab Dinge, die man Marianne letztlich doch erzählen konnte, wie das mit der Roten Armee, und es gab Dinge, die man ihr nicht erzählen konnte, nie. »Eben weil ich dabei war«, hatte er im Hinblick auf das Revolutionäre gesagt, »will ich es nicht mehr!« und: »Die ganze Zeit, seit 1914 schon, hatte ich das Gefühl, hier wird Geschichte geschrieben, bis ich sie nicht mehr mitschreiben wollte!« und: »Irgendwann muss doch Schluss sein mit der Kämpferei, sonst kommt man ja nicht mehr zum Leben!« und sogar: »Ihr habt ja Recht, ›mein‹ Kaiser hat einen Weltkrieg angefangen, nie wieder soll ein Österreicher einen Krieg anfangen, keinen Bürgerkrieg, und schon gar keinen Weltkrieg!« Aber es müsse doch ein Fortschreiten geben in der Entwicklung der Zivilisation, hatte Marianne entgegnet, eine natürliche lineare Aufwärtsbewegung… »Am Höhepunkt der Zivilisation«, hatte er gesagt, »tritt das Fürchterlichste im Menschen zu Tage. Alles, was im Namen der Zivilisation begonnen wird, endet in der fürchterlichsten Barbarei.«

Ein Klimpern wie von Münzen riss Beck aus seinen Gedanken. Tatsächlich, da kullerte etwas über den Boden, das wie kleine, goldene Münzen aussah. Dr. Prager hatte dem Toten den Knebel, ein blaues Tuch, aus dem Mund gezogen, und mit dem Tuch war das davonspringende Kleingold herausgefallen. Man beeilte sich, die seltsamen Sterntaler einzufangen und aufzuhalten, einer jedoch rollte in das Solebecken hinein. Am Grund des Beckens war nichts zu sehen, die Sole war trüb und von der Verschalung beschattet. Fast jeder hatte nun eines der goldenen Dinge in der Hand. Es waren alte Uniformknöpfe, Doppeladler, wahrscheinlich Artillerie. Insgesamt waren es acht Stück, mit dem, der in das Becken gerollt war, also neun. Man war sich aber auf einmal nicht mehr sicher, ob es nicht doch mehr Knöpfe waren, die man im Becken verschwinden gesehen hatte.

»Sie müssen ohnehin das Becken auslassen«, sagte Ritschl zu dem Obmann, »Da drinnen könnte noch alles Mögliche sein.«

Der Obmann schüttelte entschieden den Kopf und begann etwas von kluger Umsicht und unverantwortlichem Produktionsausfall zu erklären.

»Was meinen Sie«, sagte Ritschl, »wie groß ihr Produktionsausfall erst wäre, wenn wir jeden einzelnen ihrer Arbeiter zum mehrstündigen Verhör auf das Kommissariat bestellten.« Der Obmann winkte dem Graubemäntelten und dieser dem Arbeiter mit der Butte, der sie in eine Ecke stellte und davonging, um den Auftrag auszuführen. Der Obmann entschuldigte sich, er müsse dringend in die Verwaltung, um Vorkehrungen zu treffen.

Ihm nachblickend sagte Ritschl zu Beck: »Es wird eine Zeit kommen, wo die Eisfabriken verschwunden sein werden, weil jeder Mensch in seiner Küche eine Kleinkühlanlage betreibt. Und auch die Juden werden vom Antlitz der Erde verschwunden

den sein.« Rasputin, fiel Beck ein, der nicht umzubringen war, angeblich hatte man ihn vier oder fünf Mal töten müssen. Und selbst, als man ihn vergiftet und erschossen zu guter Letzt in der Newa ertränkte, war es ihm vor dem Ertrinken noch gelungen, seine Fesseln zu lösen. Dieser Ritschl hatte keinen dämonischen Blick. Helle Kinderaugen. Der Obmann war Jude, ein Faktum, an das Beck bis zu Ritschls Satz nicht gedacht hatte. Aber es war Beck, den Ritschl einschüchtern wollte, denn es ging doch um Marianne, die vom Antlitz der Erde weggerissen werden sollte, vielleicht ging es sogar um Aimée. Hatte Ritschl die Sache mit der Roten Armee herausgefunden, hatte er Kiselak darauf angesetzt und das Ergebnis an Moldawa weitergemeldet? Oder wurde man paranoid?

Dr. Prager erklärte, dass sie die Todesursache Ertrinken für unwahrscheinlich hielt. Sie war eine nette Person, adrett trotz ihrer Hosen, hätte sie Zöpfe getragen und Ritschl an der Hand gehalten, hätten sie als Hänsel und Gretel durchgehen können. Mit einem kleinen Skalpell schnitt sie sorgsam die Handfessel des Toten durch. Sie roch immer ein bisschen nach Karbol. Sorgsam löste sie die Hände des Toten aus der gefrorenen Fessel, die sich in das Fleisch eingedrückt hatte. Die linke Hand des Toten benahm sich wie die einer Puppe ohne Kugelgelenke, als Dr. Prager sie auf seine Hüfte legen wollte, machte sie ein Geräusch, als wolle sie brechen, schnellte immer wieder zurück. Endlich gelang es und langsam, sorgsam drehte Dr. Prager den Toten auf den Rücken. Sie strich ihm das nasse Haar aus dem Gesicht, nahm es in beide Hände wie das eines Geliebten. Sie drückte den Unterkiefer nach oben und schloss ihm den Mund. In diesem Moment wurde Beck klar, dass er das Gesicht kannte. Es war einmal viel hagerer gewesen und weniger blau. Die Haare waren dunkel gewesen, nicht grau.

»Das ist tatsächlich kein Armer«, sagte Beck, »das ist Major Romanini.«

Er sah, dass Ritschl und Kiselak einander einen Blick zuwarfen, als hätte er sich gerade sein eigenes Grab geschaufelt, sich selbst den Strick um den Hals zugezogen, den Ast durchgesägt, auf dem er saß. Gleichzeitig sah er Schneyder, der mit ausgebreiteten Armen auf ihn zuzufliegen schien wie ein Schutzengel. »Tu es nicht!« schien er zu rufen, »Warum hast du das getan?« Sie hielten doch nicht etwa ihn für den Mörder? Man wurde paranoid!

»Ein Armeekamerad?« fragte Dr. Prager, als hielte sie die Bekanntschaft mit Mordopfern für völlig normal. »Kaum vorzustellen, dass jemand von solcher Statur…«

»Er war natürlich viel dünner«, sagte Beck, »er war sogar auf Haut und Knochen herabgehungert. Muss zu fressen angefangen haben, als er nach Hause kam. Viele können da nicht mehr aufhören zu essen. Wer einmal gehungert hat, gewöhnt sich an, nichts mehr übrig zu lassen. Wenn er dann nach Hause kommt und die Mittel vorfindet, sich viel Fett und Essen zu leisten…«

»Deshalb haben Sie ihn nicht gleich erkannt?« fragte Ritschl. Beck sagte sich, dass er zu beherrscht gewesen war, dass er seiner Überraschung nicht genügend Ausdruck verliehen hatte. Er war ja überrascht, in dem Toten Romanini zu erkennen, nichts hätte ihn mehr überraschen können, aber durch seine Beherrschung wirkte er wohl wie ein hölzerner Schauspieler, der den Überraschten gab. Er sah Ritschl fiebern, er sah ihn schon fiebrig zu Moldawa hineinstürmen. Als unter ihren Füßen ein schlürfendes Geräusch ertönte, glaubte Beck, die Erde würde über ihrem flüssigen Kern kollabieren, doch es waren nur die Abflüsse des Solebeckens, die geöffnet worden waren.

Man ging in das Verwaltungsgebäude, um zu warten. Man trank außergewöhnlich aromatischen Kaffee. »Wir haben einige Kaffeesieder unter den Mitgliedern unseres Aufsichtsrates«, erklärte der Obmann. Nach einer Weile, als die Wolken über dem Mittag schon gänzlich zugezogen waren, kamen Schneyder und Kiselak. Schneyder sah Beck an, als überlege er, wie er ihm zur Flucht verhelfen könnte. Kiselak warf einen klimpernden, vergoldeten Uniformknopf auf den Tisch und daneben etwas Schwarzes und

Nasses, das auf den ersten Blick aussah wie ein kleines, ertrunkenes Tier. Beck nahm es in die Hand und aus dem nassen Tier wurde eine kurze Peitsche, aus deren Kopf neun Lederriemen wuchsen. An das Ende der Riemen waren kleine, aschenfarbene Kugeln geknüpft.

»Das wäre dann wohl die gesuchte Nagaika«, sagte Beck.

WINTERHALTER

Der alte Kaiser hatte angeblich folgendes Denk-, Lebens- und Erlösungssprüchlein auf seinem Schreibtisch liegen (oder stehen) gehabt: »In jedem Ding der Welt, ob es tot ist oder atmet, lebt der große weise Wille des allmächtigen und allwissenden Schöpfers. Wie alles ist, so muss es sein in der Welt. Und wie es auch sein mag, immer ist es gut im Sinne des Schöpfers.« Neben dem Schreibtisch, auf einer Staffelei, stand das die Herzen ganz Europas schmelzende Portrait der Kaiserin Elisabeth von Winterhalter, das der Kaiser stets mit Rührung verabschiedete, bevor er zur Hofschauspielerin a. D. Schratt auf ein Paprikahendel ging. Von Winterhalter ließ sich die Kaiserin besonders gerne portraitieren, weil er so schnell malte wie kein anderer und sie nicht so lange stillsitzen mochte, ohne durch Gymnastik und Reitsport ihre Figur bis an die Grenze des Verschwindens zu formen.

Der Vater hatte Balthasar den angeblichen Leitspruch des Kaisers auf ein Stück Kanzleipapier aufgeschrieben, das von da an über seinen Schreibtisch flatterte, bisweilen unter Büchern und Heften verschwand, immer mehr Eselsecken, Flecken und Knitter ansammelnd, ohne je einen rechten Platz und eine Verwendung zu finden. (Ein solcher Irrläufer auf dem Schreibtisch des Kaisers war nicht vorstellbar, wohl war der Spruch bei ihm hinter Glas und gerahmt.) Wann immer der Vater eine für Balthasar unglückliche Entscheidung traf, wies er ihn darauf hin: »Wie alles ist, so muss es sein in der Welt.« Es schien, als würden Seine Apostolische Majestät der Kaiser und Seine Apostolische Majestät der Vater ihre Befehle direkt von Gott erhalten, denn sie entschieden nichts, sondern »es geschah«.

Es war schön, sich in das gemachte Bett apostolischer Verfügung schmiegen zu können, man bemühte sich ja. Einmal, schon als

Erwachsener, hatte Beck über den Kaiser einen schrecklichen Gedanken gehabt: der Kaiser war in einem offenen Landauer vorübergefahren, es war mindestens Mai gewesen, wenn nicht gar Juni. Zugegeben, es pfiff ein bisschen der Wind und nicht jeder wäre in einem offenen Landauer gefahren. Auf dem Kopf trug der Kaiser seinen Generalsstulphut mit dem grünen Federbusch, von dem Beck sich nicht merken konnte, ob er aus Geier- oder Reiherfedern bestand, der Kaiser fuhr also vermutlich zu einer öffentlichen, feierlichen Funktion, wie es sie im kaiserlichen Leben in beträchtlicher Anzahl gab. Auf seinen Knien aber lag eine dicke, rotkarierte Decke, und dieselbe Decke lag auf den Knien seines Leibadjutanten, der neben ihm saß und auch nicht mehr der Jüngste war, zwei alte, schlohweißhaarige Herren sah Beck auf einmal, Schwächlinge, zittrige, sabbernde Greise, Decken um die Knie gewickelt, als würden sie schon auskühlen vom nahenden Tod! Die Decke war es, die Beck den Kaiser plötzlich in furchtbarster Weise verachten ließ, hätte sich ein Apostolischer Herrscher nicht mutiger der Witterung ergeben müssen? Musste ein Kaiser nicht alles aushalten können und frühmorgens schon in Eiswasser baden?

Da hatte der Untergang begonnen, mit dem Gefühl des Kaisers, dass er selbst keine Entscheidungen treffe, und damit, dass er über seinen Knien eine Decke trug. Im Krieg hatte es nicht lange gedauert, bis Beck zu einem Feldkuraten – da er diesen für in Gottes Ratschlägen bewandert hielt – sagte: »Wenn Gott der Allmächtige das alles hier gutheißt, dann will ich mit ihm nichts mehr zu tun haben«, und der Feldkurat, der in diesem Moment nicht wusste, ob ihn sein altes Rheuma oder seine neue Nierenentzündung mehr plagte, hatte, wenn auch nicht zustimmend, so doch verständnisvoll genickt. Am achtzehnten August aber, als man im Krieg und in der Gefangenschaft wie früher den Geburtstag des Kaisers feierte, auch als der Kaiser schon längst tot war, so wie man auch am dreizehnten Mai den Geburtstag Maria Theresias feierte, einfach, weil man etwas feiern musste, das einem wie Weihnachten und Ostern die Treue hielt, da konnte es vorkommen, dass Beck anstatt mit sich selbst mit dem Kaiser Mitleid bekam. Der Kaiser schien ihm dann ein apostolischer Hiob zu sein, über dem der Tod wie ein Raubvogel kreiste, auf ihn herabstieß, knapp verfehlte und jemand anderen traf. Seine Tochter Sophie (ungarisches Fieber). Seinen Bruder Maximilian (Hinrichtung). Seine Mutter Sophie (Lungenentzündung, nachdem sie im Abendkleid auf einem Balkon der Hofburg eingeschlafen und erst am nächsten Morgen wieder erwacht war). Seinen Sohn Rudolf (Selbstmord). Seinen Bruder Karl Ludwig (religiöser Wahn gipfelnd im Genuss verseuchten Wassers aus dem Jordan). Seine Gattin Elisabeth (Mord). Dann auch noch seinen Neffen Franz Ferdinand (Mord) – vielleicht war dem Kaiser einfach der Kragen geplatzt? Vielleicht wollte er auch einmal etwas selbst entscheiden und nicht Gottes Ratschluss überlassen und hatte deshalb den Krieg erklärt? Aber dann, sobald er einmal »ausgebrochen« war, war der Krieg ja wieder von Gott gegeben und gut.

Beck hatte das Bedürfnis, seiner Tochter etwas mitzubringen. Vielleicht konnte er ihr etwas sagen, etwas, das für ihr ganzes Leben nützlich war. Er musste ihr etwas mitbringen, auch wenn noch nicht Weihnachten war, man konnte nicht auf Weihnachten warten.
Seinen Vater, ihren Großvater, den Richter, hatte sie nie kennengelernt. Marianne hatte ihm anlässlich Aimées Geburt geschrieben, den Brief aber mit dem Hinweis »unbekannt verzogen« zurückerhalten. Später erfuhr sie, dass er tatsächlich verzogen war, nach Graz, wie alle Pensionisten. Sie hatte eine Heidenangst vor ihm, aber darauf gewartet, dass er ihr eines Tages depechieren würde und sie fragen, ob sie etwas brauche. Nachdem ihre eigenen Eltern gestorben waren, deren Pfandbriefe und Schuldscheine sich als wertlos erwiesen hatten, und der Versuch, die Guarneri zu verkaufen, mit einem Lachkrampf des Begutachters

im Dorotheum geendet hatte, war es für Marianne unmöglich geworden, dem Schwiegervater zu schreiben. Er würde sie für heruntergekommen, erbärmlich, geldgierig halten – lieber verhungern als das. Ob Beck ihn von seiner Rückkehr in Kenntnis setzen sollte?

Nicht einmal ein Blümchen gab es zu dieser Jahreszeit zu pflücken. Und wenn er etwas kaufte, das nicht für Weihnachten war, würde Marianne zu Recht protestieren. Konnte er sein Wissen, seine Erfahrung in einen einzigen Satz gießen? »Erinnere dich gut, und vergiss ebenso gründlich.« Deutlicher konnte er nicht werden. Etwas Süßes? Er hätte es von Mariannes Geld kaufen müssen, selbst hatte er noch keinen Lohn bekommen. Wenn man sich vorstellte, dass sein Vater einmal mitten in der Nacht in sein Zimmer gekommen war, das Fenster geöffnet und in den Nachthimmel hinauf eine Pistole abgefeuert hatte, um ihn »abzuhärten« – da war er ungefähr so alt gewesen wie Aimée jetzt. Der Knall hatte ihn mit der Überzeugung aus dem Schlaf schrecken lassen, dass er tot sei. Er schlotterte tagelang. Er war so bleich, dass ihn seine Mutter zwang, rohe Eier zu trinken, um ihn wieder »aufzupäppeln«.

Schließlich stand Beck mit leeren Händen vor Aimée, die allein zuhause war und schon auf jemanden gewartet zu haben schien. Nicht auf ihn persönlich, nur auf einen Erwachsenen, der nach Hause kam.

»Ich weiß es jetzt!« sagte sie ganz aufgeregt und deutete auf die Prinzessinnenbilder, die sie auf dem Küchentisch ausgebreitet hatte. »Die ganzen Muster da. Warum ich sie so male. Verstehst du? Das ist so wie Aufräumen. Verstehst du?«

Beck verstand nicht allzu viel. Es traf ihn unvorbereitet, so ins Vertrauen über die Bedeutung der Muster gezogen zu werden. Und während er auf dem Heimweg die ganze Zeit an Aimée gedacht hatte, schien es nun, da sie vor ihm stand, als könne er sich nicht auf sie konzentrieren. Sie plapperte etwas von »die

Welt aufräumen«, »alle Formen, die durcheinander in der Welt
herumliegen«, zu sortieren und in Zeilen zu zeichnen und erklärte ihm, wo diese oder jene Form »in der Welt herumlag«, anstatt
mit anderen, gleichartigen Formen in Reih und Glied gebracht
zu sein. »In Reih und Glied« war seine Formulierung, aber sie
passte, denn um nichts anderes ging es beim Exerzieren, als einen Haufen, der »in der Welt herumlag«, in eine symmetrische,
rechtwinklige, abzählbare Ordnung zu bringen. (Und durch ein
einziges Artilleriegeschoß war der Haufen wieder durcheinandergebracht, schlimmer als zuvor.) Wohl hatte Marianne das
Kind zu oft aufräumen lassen, ständig hieß es ja: »Räum das
weg!«, »Mach Ordnung hier!«, »Heb das auf!«, was ja ganz normal war, wenn man keinen Platz und keine Dienstboten hatte,
aber dass das Kind an dem einzigen Ort, wo es noch Unordnung
machen hätte können, nämlich auf einem Blatt Papier, auch
nichts Besseres wusste, als Regelmaß und geordnete Borten zu
zeichnen? Zum Glück brachte die Einschränkung durch den
Rand des Papieres zumeist etwas Schiefes hinein. Die Zacken
kippten, die Kleeblätter neigten sich, die Wellen legten sich flach
auf den Boden.
Manchmal war Ordnung der letzte Notnagel. Man räumte seine
Adjustierung auf, seine Habseligkeiten, Kind und Kegel, seine
sieben Sachen, sieben Zwetschken, die oft noch viel weniger
waren. Man legte vor sich das Menagegeschirr auf, den Löffel,
die Papiere, man faltete ein Tuch. Das Zigarettenpapier, irgendwelche Schätze, ein Stück Seife, Souvenirs. (Ein Stück Seife war
es auch, das ihm damals nach einigen Wochen den Geruchssinn
wieder zurückgegeben hatte. Gewohnheitsmäßig hatte er es an
die Nase geführt, ehe er sich wusch, und gerade, als ihm einfiel,
dass die Geste nun überflüssig war, fing die Seife an zu riechen.
Er biss in sie hinein, verzog das Gesicht – auch der Geschmacks-
sinn war wieder da.) Im Feld legte man den Patronengurt dazu,
in der Gefangenschaft eine nützliche Kleinigkeit, die man selbst
hergestellt hatte. Man beglich die Abstände zwischen den Din-

gen, richtete sie aus, versuchte eine Beule im Blechnapf auszuklopfen. Man putzte das Koppel, während rundherum Schlamm spritzte. Man richtete seinen Strohsack rechtwinklig aus. Über ganze Wochen konnte man sich hinwegretten, wenn man über der Herstellung einer Bürste grübelte, mit der man sich die Kleider ausbürsten konnte.

Plötzlich war aus Aimées plapperndem Mund ein Wort gekommen, das ihn in die Gegenwart, an den Küchentisch, zurückriss: »Vater«. Er hatte bestimmt richtig gehört, sie sah ihn an mit schiefgelegtem Kopf und schwarzen, wie Lack glänzenden Augen. Das Wort »Vater« hatte auf einer höheren Note geendet, war also zum Fragezeichen gebogen, sie wartete. Ihr kleiner Zeigefinger mit dem ganz kurz geschnittenen Nagel lag mitten im Gesicht einer Prinzessin und rutschte darin hin und her.

»Ja ja«, sagte Beck, ohne zu wissen, was er bejahte.

Offenbar war das eine zufriedenstellende Reaktion, denn sogleich rief Aimée: »Ich hab dir auch etwas zu essen gemacht!« und sprang auf. Sie hüpfte wie ein Füllen, ein Zicklein, ein Lamm, aber nicht, wie Beck erwartet hatte, zur Küchenkredenz, sondern hinaus auf den Flur, durch das Schlafzimmer, ins Kabinett. Sie hatte Essen im Kabinett gekocht?

Es hatte sich doch gelohnt, sie nicht zu bedrängen. Man hatte sie einfach in Ruhe gelassen und so oft wie möglich zum Lachen gebracht. Man hatte sie mit seiner Vaterexistenz nicht verfolgt und den Rest Hexerl erledigen lassen. Man hatte alle Kunststücke vorgeführt, die Hexerl noch immer beherrschte und die Aimée noch nie gesehen hatte. Bis zu acht Schritten auf zwei Beinen gehen, Zirkussprünge, versteckte Dinge auffinden, am Boden rollen, toter Hund spielen. Man hatte in allem das Gegenteil vom eigenen Vater getan. Man hatte sogar »bitte« gesagt: »Könntest du die Tür zumachen, bitte?« Schlimmer noch! Erst kürzlich hatte Beck sich vor dem Kind wieder restlos zum Narren gemacht, so sehr, dass sein Vater in Graz es wahrscheinlich körperlich spürte und unwillkürlich nach Luft ringen musste.

»Spielst du mit mir?« hatte die Kleine gefragt. An sich schon eine Frage, die man einem Erwachsenen nicht stellte, aber Beck hatte genickt. Da er an Schach oder Domino gedacht hatte, war seine Überraschung groß, als Aimée sich kokett einen Fächer vors Gesicht hielt und erklärte: »Ich bin die Prinzessin und du bist der böse Drache.« Seinen nach Luft ringenden Vater links liegen lassend, ging Beck in die eigene Kindheit zurück: hatte er da nicht Zauberer, Piraten, alles Mögliche verkörpert?

Er fletschte die Zähne. Er machte einen Buckel. Er spreizte seine Finger zu schrecklichen Klauen.

»Na warte!« donnerte er im Drachenbass. »Ich bin der böse Drache Gödöllö!« (Warum ihm ausgerechnet der Name eines ungarischen Schlosses einfiel, das durch häufige Aufenthalte der seligen Kaiserin Elisabeth berühmt geworden war, wusste er nicht – es schien ihm bloß ein schöner Drachenname zu sein.) »Nimm ja nicht deinen Fächer herunter, sonst blase ich dir meinen Feueratem ins Gesicht!« Hinter dem Fächer hervorschielend gab Aimée entzückte Laute des Flehens von sich, so dass Beck vollends übermütig wurde und etwas sagte, das seinen Vater in Graz direkt auf die Récamière werfen musste: »Außerdem stinke ich ganz pestilenzialisch!«

»Stinkst du so wie ein voller Coloniakübel?« jubelte Aimée.

»Ich stinke so wie hundert volle Coloniakübel!« donnerte Beck. Aimée kreischte und zitterte und flüchtete, aber es war eine gespielte Angst, und sollte ein Kind nicht richtige Angst haben vor seinen Eltern? Beck konnte nicht anders. Da er vor sich selber genug Angst hatte, wollte er nicht, dass auch noch sein Kind Angst hatte vor ihm.

Zurück ging Aimée langsam, sie hatte wohl etwas zu balancieren. Winzigkleine Häppchen hielt sie in den Händen, als sie in der Küchentür stand. Sie strahlte und kam näher, waren das Kekse? Drei kleine Scheiben aus Pappkarton legte sie vor Beck auf den Tisch, hübsch bemalt wie Teller. Darauf lagen Speisen aus Hölzchen, Sägespänen, Papierkügelchen. Ein paar Kiesel stellten, wie sie erläuterte, Kohlrabigemüse dar. Beck tat, als würde er kosten und vor Entzücken die Augen verdrehen. Aimée lachte und hüpfte.

»Einmal«, erzählte Beck, »sind wir über ein Gefechtsfeld gegangen und haben bei jedem zweiten gefallenen Russen Holzgewehre gefunden! Verstehst du? Attrappen! Sie mussten darauf hoffen, dass ein Kamerad mit einem echten Gewehr fiel, das sie dann übernehmen konnten!«

Aimée nickte, als würde sie den Zusammenhang zwischen Kieselkohlrabi und Attrappengewehren ohne weiteres verstehen, ihre Augen waren weit aufgerissen, bereit, noch mehr Vatererfahrung aufzusaugen, aber ihr Lächeln war heruntergekommen zu einem starren, halb geöffneten Mund.

Beck durchfuhr es, als hätte er Gift geschluckt. Bis in die entlegensten Körperregionen verteilte es sich binnen Sekunden. Alles, was aus seinem Mund kam, war grauenvoll und brachte Kinder zum Erstarren. In seinem Körper war das Grauenvolle gespeichert, aus jeder Pore trat es hervor. Er würde für den Rest seines Lebens jede Fröhlichkeit, jede Leichtigkeit zum Ersterben bringen. Er würde Leben vergällen, Tanzende lähmen.

Das Telefon schrillte.

Beck sah Aimée fragend an. Sie erwiderte seinen Blick, als würde sie erwarten, dass er zum Telefon ging. Beck ging auf den Flur hinaus, nahm den Hörer ab, hielt ihn sich ans Ohr, sagte aber nichts.

»Hallo? Mit wem spreche ich bitte?« fragte eine vertraute und doch verfremdete Stimme. Es war der Karl, der Moldawa.

»Marianne?« fragte er. »Keine Angst, ich ruf nicht dich an, gib mir deinen Mann!«

»Bin am Apparat«, sagte Beck. Nun schwieg Moldawa. Als wäre es eine Schrecksekunde. Aber nicht länger.

»Wir haben den Schiffsmühlentoten identifiziert. Es gab eine Vermisstenanzeige. Der Mann war Handelsvertreter, Fußboden-

302

wachs, darum hat seine Frau erst jetzt Alarm geschlagen. Vor ein paar Tagen hätte er von seiner Tour nach Hause kommen sollen. Wir haben gleich den Daktyloskopen hingeschickt, um den rechten Zeigefinger zu vergleichen: Treffer. Ehemaliger Berufsoffizier, Oberst sogar. Ist tief gefallen, musste sich im letzten Jahr vor einer Kommission zur Erhebung militärischer Pflichtverletzungen verantworten. Ist aber nichts dabei herausgekommen, betont seine Frau. Ludwig Jenisauer hieß er.«

»Jenisauer?«

»Jenisauer. Oberst Ludwig Jenisauer.«

Sie schwiegen.

»Also dann…«, sagte Moldawa.

»Warte«, sagte Beck.

»Ja?«

»Einen Augenblick…«

»Ja?«

»Du musst etwas überprüfen. Ich glaube, in Linz. Nein, in Graz. Etwas mit z. Nein, Linz, ganz sicher. Es geht um einen Mann namens Schob. Egon Theophil Schob.«

»Wer ist das?«

»Ich kenne ihn von früher. Als er noch Oberleutnant war. Will jetzt nicht mehr dazu sagen. Überprüf ihn einfach.«

»Ohne Begründung?«

»Es ist nur eine Idee, eine Möglichkeit. Ich will dich nicht beeinflussen. Es ist besser, wenn man nicht erwartet, etwas Bestimmtes zu finden.«

»Und den Jenisauer? Kennst du den auch?«

»Ja. Ich werde morgen übrigens etwas später kommen, wahrscheinlich erst zu Mittag. Ich muss da etwas nachforschen.«

»Worüber du mir nichts sagen willst?«

»Es ist nur eine Idee, eine Fährte, möglicherweise eine falsche. Es könnte auch alles ein Zufall sein.«

»Dass du zwei Mordopfer kennst und im Hof deines Hauses ein Gerippe abgelegt wurde?«

»Du verdächtigst doch nicht mich? Ich muss erst zwei und zwei zusammenzählen. Ich möchte nicht jemanden in Schwierigkeiten bringen, der vielleicht gar nichts damit zu tun hat.«

»Du weißt, dass dir nicht jeder wohl gesonnen ist.«

»Ist das eine Drohung?«

»Bist du verrückt? Mach, was du willst. Ich schicke dir morgen um acht den Ritschl vorbei, der geht mit dir.«

»Karl…«

»Morgen früh um acht steht er vor deiner Tür. Es wäre sinnvoll, wenn er in den Zweck deiner Erkundung eingeweiht würde. Adieu.«

LAMETTA

Es hatte die ganze Nacht hindurch geschneit, von den Dächern wehte der Wind weiße Schleier, mitten auf der Straße gab es unberührte Schneeflächen, auf denen noch niemand gefahren oder gegangen war, eine winterliche Ödnis, unter der das Tenochtitlán einstiger Hochblüte versank. Man sah Briefträger, die wie angewurzelt stehen geblieben waren und nicht wussten, wie sie ihre Last weiterschleppen sollten. Nur ein paar Kanalgitter hatten sich freigeatmet, aus ihnen dampfte es, als würde unterirdisch gekocht. Der Himmel war grau, die Turmfalken machten verstärkt Jagd auf Tauben.

Als Beck und Ritschl die Straßenbahnstation erreichten, sahen sie eine lange Reihe von zum Tageslohn eingestellten Arbeitslosen, die damit beschäftigt waren, die Schienen freizuschaufeln. Man hatte das Gefühl, dass mit jeder Schaufel voll Schnee, die sie hinter sich warfen, die gleiche Menge wieder vom Himmel fiel. Der himmlische Nachschub war unerschöpflich. Bis zum Horizont sah man die Schneeschaufler, die lange gerade Ottakringer Straße hinauf, und wenn man näher kam, sah man, dass sie bis auf die Haut nass waren. Manche hatten anstelle von Handschuhen Lumpen um die Hände gewickelt, manche nicht einmal das. Auch konnte man, wenn man näher kam, so manche militärische Auszeichnung sehen. Das Karl-Truppen-Kreuz zum Beispiel kam häufig vor oder die Verwundetenmedaille, an deren Band rote Streifen von der Zahl der Verwundungen kündeten. Hier war ein »Einfaches Eisernes«, dort ein »Eisernes mit Krone«. »Lametta« nannte man das, der Schnee fiel, man dachte an Weihnachten und wurde doch nicht lustig dabei.

Straßenbahn war keine zu sehen. Man beschloss, sich zu Fuß

durchzuschlagen. Beck ging mit gesenktem Kopf voran, in der Hand einen kleinen Zettel, auf dem mit jeder Schneeflocke ein Schriftzug weiter verschwamm. Beck schämte sich, dass er Koutensky und Fischer nicht früher besucht hatte, dass er sie nicht eingeladen, sich mit ihnen verabredet hatte, erst jetzt, wo es Probleme gab, fielen sie ihm wieder ein und wollte er sie besuchen, sogar besonders grausig, so schien es, mussten die Vorzeichen sein, unter denen er sich ihrer erinnerte.

Ein schiefes Gittertor führte zu einem mit unregelmäßigen Stufen versehenen Weg, der zwischen zwei Häusern eingeklemmt war. Das Tor ließ sich nur schwer bewegen, da es in einer Schneewechte steckte. Offenbar hatte an diesem Morgen noch keiner der Bewohner des am anderen Ende des Weges liegenden Mietshauses dieses verlassen. Manchmal stolperte man über etwas im Schnee: bis auf den Stumpf abgeschnittene Reste von Weidensträuchern, die man vermutlich verheizt hatte. An der Hauswand lehnte ein hölzerner Verschlag, den ein aus der Tür herausgeschnittenes Herz als Abort kennzeichnete. Zwischen Haustür und Aborttür war eine Spur in den Schnee getreten.

Im Hausflur roch es nach Essen, doch erregte der Geruch keinerlei Appetit. Ein Geruch nach verrottetem, armseligem Essen, der sich mit dem Käsegeruch ungewaschener Körper vermengte. Kohl, Knoblauch, trübe Pfützen von Eintopf, ranzige Butter, sauer gewordene Milch. Hinter einer Tür im Erdgeschoß hörte man eine Frauenstimme »Himmelkruzitürkennocheinmal!«, »Sakramentfixvermaledeites!« und »Hirnederl, bedientes!« schreien, dazwischen wimmerten Kinder. An der Bassena stand ein halbwüchsiges Mädchen und übergab sich. Aus dem ganzen Haus hörte man es husten, in jedem Stockwerk, hinter jeder Tür hustete es, bellend, asthmatisch, schleimig, trocken, ein ganzer von überanstrengten Lungen kündender Chor.

Wie Haremsdamen ihre Schleier hielten Beck und Ritschl ihre hochgeklappten Mantelkrägen vor die Nase. Beck klopfte bestimmt, die Frauenstimme verstummte. Als sie die Tür öffnete, hatte die Frau ein zuvorkommendes Lächeln im Gesicht. Im Halbdunkel des Treppenhauses versuchte Beck die Zimmervermieterin vom Nordbahnhof wiederzuerkennen, sie war es wohl, wenngleich nicht annähernd so herausgeputzt wie beim Kundenfang, die Haare wirr hinaufgesteckt, eine Spur von frisch aussehenden gelblichen Flecken auf der Schürze.

Ob die Herren Fischer und Koutensky noch hier wohnten? Ja natürlich! sagte die Frau, warum sollten sie denn nicht mehr hier wohnen, warum sollten sie eine so günstige und angenehme Unterkunft aufgeben? Dabei führte sie sie durch ein winziges Zimmer wie durch ein fürstliches Gemach. In dem Zimmer purzelten eine Handvoll halbnackter Kleinkinder durcheinander, zerknüllte Kleidungsstücke und Windeln lagen auf dem Fußboden, kaputte Gegenstände auf dem Bett und dem Tisch. Obwohl der Herr Fischer seit einigen Tagen nicht mehr nach Hause gekommen ist! Es wird ihm doch nichts zugestoßen sein? Die Polizei? Und Herr Koutensky hat sich heute noch nicht gerührt.

Die Frau klopfte an der Tür zum Kabinett, als keine Reaktion erfolgte, öffnete sie die Tür und schob Beck und Ritschl einfach hinein.

Koutensky lag mit den Schuhen auf dem Bett. Obwohl er den Mund weit geöffnet hatte, war kein Schnarchen zu hören. Auf seinem Kinn lag die Öffnung einer Flasche, die er mit beiden Armen an sich gedrückt hielt. Offenbar hatte er den letzten Tropfen noch feinsäuberlich herausgesogen, bevor er in den Dämmer gefallen war. Neben dem Bett stand ein Wald von grünlich, bräunlich und bläulich durchscheinenden Flaschen, aus denen es sauer nach vergorenen Weinresten roch. Auf dem Fußboden waren eine Menge Zigaretten ausgetreten worden.

Ritschl öffnete das Fenster, aus dem düsteren Lichthof kam ein eisiger Zug. Beck setzte sich auf das Bett und tätschelte Koutensky die Wangen. Einen Moment lang dachte Beck, dass Koutensky nicht mehr atmete, und er fühlte sich, als ob er das verschuldet hätte mit seiner Nichterinnerung, seinem Nichtbesuchen, der Nichtbenützung des Zettels mit der Ottakringer Adresse. Koutensky stöhnte, aber auch bei kräftigeren Ohrfeigen schlug er die Augen nicht auf. Als hätten sie so etwas schon hunderte Male zusammen gemacht, richteten Ritschl und Beck den Betrunkenen auf, schoben seine Füße über die Bettkante und ihren Nacken unter jeweils eine seiner Achseln, um ihn vom Bett herunterzubekommen und zum Gehen zu bewegen. Ohne einen Schritt gemacht zu haben, öffnete Koutensky die Augen und sagte: »Herr Oberleutnant.«

»Wo ist Fischer?« fragte Beck.

»Weiß ich nicht«, antwortete Koutensky weinerlich, »hat mich allein gelassen.«

»Seit wann?«

»Weiß ich nicht. Paar Tage.« Sie ließen ihn sich niedersetzen.

»Warum?«

»Weiß ich nicht.«

»Wo ist er hin?«

»Weiß ich nicht!«

»Wo könnte er denn hingegangen sein?«

»Bitte, verhören Sie mich nicht, Herr Oberleutnant, ich halte das nicht aus!«

»Schon gut, Koutensky, niemand will Ihnen etwas Böses.« Sie schwiegen eine Weile, starrten vor sich hin, bis sich Ritschl räusperte: »Vielleicht, wenn er ausgeschlafen ist…« Beck nickte, beinahe dankbar.

Nun half es nichts mehr, »das Wrack«, wie Ritschl Beck insgeheim nannte, musste reden. Was für eine Geschichte. Da tauchte so ein Wrack in Wien auf, Gebeine wurden aus ihren Gräbern gehoben und andere in frische Gräber gefüllt. Moldawa kaute abwechselnd an seinem Stift in der rechten und dem Zigarillo in der linken Hand und fragte Ritschl, ob er schon orientiert worden sei. Er schüttelte den Kopf, er hatte den Auftrag erhalten, sich von dem Wrack orientieren zu lassen, aber wie sollte man auch beharrliche Fragen stellen, wenn man jemandem im kniehohen Schnee hinterherstolperte. Unabhängig von den für Moldawa und den Fall zu stellenden Fragen hätte er gerne eine private Frage gestellt: »Ist Ihnen da drüben jemals ein Josef Ritschl begegnet? Josef Ritschl. Mein Bruder. Ja.«

»Was denken Sie!« hätte das Wrack wohl gesagt, »bei zwei Millionen Gefangenen!« Und außerdem, er hätte es bestimmt schon einmal erwähnt: »Ritschl, Ritschl....«, hätte er überlegt, »ich kannte da mal einen Josef Ritschl im Lager – ein Verwandter von Ihnen?« Ganz bestimmt hätte das Wrack schon längst etwas Derartiges gesagt.

»Zunächst zu Herrn Egon Theophil Schob aus Linz«, sagte Moldawa. »Die Kollegen vor Ort haben ihn überprüft, vor einer halben Stunde ist der Anruf gekommen. Er ist vor knapp zwei Jahren eines natürlichen Todes gestorben, Herzversagen.«

»Kein Zweifel?« fragte Beck.

»Absolut überhaupt kein Zweifel, er wurde obduziert.«

»Weshalb?«

»Seine Frau wollte sichergehen, konnte es wohl nicht glauben. Er war jahrelang in russischer Kriegsgefangenschaft gewesen, sie hatte schon nicht mehr mit seiner Rückkehr gerechnet. Dann kehrte er zurück und kam eines Tages aus der Toilette nicht mehr heraus. Man musste die Tür aufbrechen undsoweiter, auf jeden Fall Herzversagen ohne eine Spur von Gift.« Moldawa und Ritschl sahen Beck erwartungsvoll an, Beck starrte angestrengt vor sich hin. Über seiner Nasenwurzel durchstachen die beiden vertikalen Linien der Zornesfalte die unterste der horizontalen Stirnfalten, so dass in die Haut zwei tiefe Kreuze eingeritzt schienen.

»Balthasar«, sagte Moldawa, »wer sind, oder vielmehr waren, Romanini, Jenisauer und Schob? Wo wart ihr heute Vormittag, und was hat das mit der Geschichte zu tun?«

Nun half es nichts mehr.

SEELCHEN

Es gab da ein Offizierskomitee im Lager von S., erzählte Beck, dem die drei Genannten, Jenisauer, Schob und Romanini angehörten. Das war lange her, eine schwierige Zeit, die schwierigste überhaupt, man konnte sich nicht mehr so gut erinnern. Man musste sich manchmal doch erinnern und dann fielen einem auf einmal Belanglosigkeiten ein, wie die Katze, die man eines Tages vom Lagerkommandanten geschenkt bekommen hatte zur Rattenbekämpfung. Plötzlich wurde die Tür zur Erdbaracke – aus ungeschälten Birkenästen zusammengezimmert, natürlich blies es da durch – aufgetreten von einem russischen Posten und er warf eine ziegelrote Katze hinein: »Geschenk vom Kommandanten!« Und schon trat er die Tür wieder zu. Man richtete sich auf von seinen Pritschen, man hob die Köpfe, man ließ die Hände sinken. Die Gefangenen starrten die Katze an, und die Katze starrte die Gefangenen an.

»Der Kommandant schenkt uns ein Kaninchen«, sagte jemand plötzlich. Ja, so war das. Kopf ab, Haut ab, hinein in den Kochtopf. Schade dennoch wegen der Ratten.

Das Offizierskomitee wurde von allen gefangenen Offizieren gewählt und sollte die internen Belange des Lagerlebens organisieren sowie die Interessen der Gefangenen gegenüber der Lagerleitung vertreten. In anderen Worten, es sollte um Dinge bitten, die nicht zu bekommen waren, um sie dann, wenn sie denn jemals eingetroffen wären, gerecht zu verteilen. Medikamente, Kleidung, eingelegtes Kraut gegen den Skorbut. Sehr sorgfältig legte sich das Offizierskomitee jeden Monat seine Anliegen zurecht, trug sie zum festgelegten Termin mit allem gebührenden Nachdruck der Lagerleitung vor, um dann erschöpft, aber guten

Mutes, in die Baracken zurückzukehren. Man hatte sein Bestes getan. Man hatte von Rechten, Menschenwürde, Unzumutbarkeiten und dringenden, nein, unabdinglichen Notwendigkeiten gesprochen. Man würde sicherlich nicht gleich am nächsten Tag Quarantänebaracken für die an Flecktyphus Erkrankten bekommen, und vielleicht wäre das auch ganz sinnlos, da ja im Grunde alle Baracken bereits verseucht waren, aber man hatte mit Nachdruck darauf bestanden und langfristig würde und musste doch etwas geschehen. Seltsam, sagte Beck, wenn man daran zurückdenkt, kommen einem dann doch ganz plötzlich sehr eindringliche Bilder, die gesenkten Köpfe von Romanini, Jenisauer und Schob, wenn sie von ihrer Vorsprache zurückkehrten, ernst, beherrscht, die geballten Fäuste in den Taschen vergraben, man sah sie dann, als würde man ganz weit weg stehen oder über ihnen schweben wie ein Engel, der sich ohne das geringste Herzklopfen alles von oben besah. Als wäre man nicht mit seinem irdischen Körper dabeigewesen, sondern unsichtbar durch das Lager gegangen oder über dem Lager geschwebt.

Ein überaus merkwürdiges Gefühl. Als wäre man abgeschnitten von der Welt, sagte Beck. Es gab Gerüchte, dass dieses Lager ein illegales sei, das ohne Wissen der russischen Zentralbehörden benutzt wurde. Es hätte einen Befehl gegeben, die verseuchten Typhusbaracken zu räumen, sagte man, und nie wieder zu benutzen. Ein paar Monate lang waren sie leer gestanden, und dann… Es gab einfach zu viele Gefangene, man wusste nicht mehr, wohin mit ihnen. Zu Tausenden konnten Gefangene verloren gehen, und ihr Fehlen fiel niemandem auf. Man wurde aber natürlich auch paranoid vor Kälte und Fieber und Hunger, man machte sich auch gegenseitig verrückt, indem man immerzu rätselte, Thesen spann und Theorien entwarf. Man hatte das Gefühl, die Befehlskette würde beim Lagerkommandanten enden, es gab keinen Generalgouverneur, keine Hauptverwaltung, niemanden, der von diesem Lager Notiz nahm. Der Kommandant war also sozusagen Gott.

Auffällig war, und das bildete sich schließlich niemand ein, dass es keine Inspektionen gab. Keine Rot-Kreuz-Delegation kam vorbei, keine Schwester Romanowa, keine Gräfin Kinsky und schon gar nicht Elsa Brändström, der »Sibirische Engel«. Der YMCA ließ sich nicht blicken, kein Schwede, kein Däne, auch kein russisches Organ. In den anderen Lagern hatte es stets »Potemkinsche Zonen« gegeben, Musterbaracken mit bestochenen Gefangenen, die apfelbäckig von der hervorragenden Kost und gut bezahltem Arbeitsdienst berichteten, wenn sich ein Inspizierender an sie wandte. In S. wurde nichts verborgen. Das Schicksal schien verantwortlich für dieses Lager, niemand sonst. Das Komitee konnte seine Wünsche dem Kommandanten, seinem Stellvertreter und dem russischen Lagerarzt vortragen, diese notierten sich alles sorgfältig und warfen ihre Aufzeichnungen, sobald sich die Komiteeoffiziere wieder verabschiedet hatten, in das Feuer, das in der Kommandantur von besonders dicken Baumstämmen genährt und so heiß war, dass man sich tatsächlich die Ärmel aufkrempeln musste. Natürlich hatte das nie jemand gesehen.

Mehrfach fragte das Komitee nach den Delegationen, würde denn keine kommen? Mit Liebesgaben vielleicht, Spenden und Kompetenzen. Und siehe da, eines Tages kam eine Delegation! Eine sehr steif wirkende junge Frau in Schwesterntracht mit einem russischen Offizier als Begleiter. In einem Deutsch, das seine Färbung in ganz Europa oder vielleicht sogar Asien erhalten haben konnte, stellte die angebliche Schwester immer nur die eine Frage: »Wie geht es Ihnen?« Dann nickte sie, wenn man ihr wortreich seine Bedrängnisse schilderte, antwortete nichts darauf und fragte den nächsten: »Wie geht es Ihnen?« Ihr Name war nicht in Erfahrung zu bringen. Manche überreichten ihr Briefe, die sie ratlos an ihren Begleiter weitergab, der sie später, ebenso ratlos, dem Kommandanten in die Hand drückte. Kurz, sagte Beck, eine Potemkinsche Delegation, davon war man überzeugt.

Der Kommandant, von dem Wohl und Wehe abhingen, war nicht immer derselbe. Er konnte grausam sein, gleichgültig, und dann wieder freundlich, ja, beinahe liebenswert. Wenn er freundlich war, konnte er Geschenke schicken wie die Katze, willkürlich an eine oder mehrere bestimmte Baracken, an andere nicht. Er konnte plötzlich organisatorische Meisterschachzüge vollbringen, die das Leben der Gefangenen zumindest vorübergehend erleichterten, bis sein Engagement wieder abgeklungen und alles in die alte Fahrlässigkeit zurückgeschnalzt war. Er konnte seine Gefangenen mit den zärtlichsten Diminutiven überschütten, deren die russische Sprache fähig war, er nannte sie seine Menschlein, seine Seelchen, seine Kinderlein.

Über die Grausamkeiten brauchen wir gar nicht zu sprechen, sagte Beck. Wie auch immer. Indem man den Kommandanten, von dessen Wohl und Wehe alles abhängig war, genau beobachtete, hatte man feststellen können, dass er wie ein Gestirn funktionierte. Die wechselnden Phasen schienen sich berechnen zu lassen wie Mondphasen. Jemand brachte den Begriff »zirkuläres Irresein« auf, ein anderer »manisch-depressives Irresein«. Die Phase der aktiven Grausamkeit, in der es zu kunstreichen Repressalien, Retorsionen und Torturen kam, dauerte zwischen sechs und acht Tagen. Darauf folgte eine Phase der Gleichgültigkeit, während der sich der Kommandant einschloss, gedämpft und apathisch wirkte und sehr wenig sprach. Wenngleich verhältnismäßig angenehmer als die Phase der Grausamkeit, war diese Zeit für die Gefangenen doch sehr problematisch, da auch sein Stellvertreter die Zügel schleifen ließ, der Arzt sich seiner jungen Frau widmete und sämtliche Untergebenen in irgendeiner Weise aus dem Ruder liefen, auf die Essensausgabe vergaßen, auf Gefangene in Isolationshaft vergaßen, die Ausgabe von Chlorkalk zur Desinfektion vergaßen. Diese Phase war die längste, sie dauerte etwa drei Wochen, während der man oft glaubte, der Kommandant würde sich nie wieder erholen, wurde aber stets von der Phase der Freundlichkeit abgelöst. Sie währte drei bis vier Tage, der Kommandant schien dann Bäume ausreißen zu wollen und vor Lebensfreude, Überschwang und Rührung über seine geliebten Lämmchen und Täubchen schier zu bersten, bis ihn unweigerlich etwas oder jemand enttäuschte, etwas oder jemand seiner ausschüttenden Güte unwürdig war und er mit unverminderter Energie in die Phase der Grausamkeit eintrat.

Manche Dinge sind eine Frage der Arithmetik, sagte Beck. Bei einem Fluchtversuch würde jeder Zehnte erschossen, sagte der Kommandant. Er wollte seine Kinderlein, seine Menschenskinderlein nicht verlieren! Und wozu fliehen? Da draußen war es kalt, unwirtlich, ein riesiges Land, das Fremdlinge und Verirrte in seinen Falten verschluckte. In so einem Fall jeden Zehnten zu erschießen, das entsprach wirklich der allgemeinen Usance. Manches ist auch eine Frage des Alphabets, sagte Beck. Jeder Zehnte würde so ermittelt werden, dass man alphabetisch antreten ließ, Mannschaften und Offiziere getrennt. Ja, meine Herren, auch jeder zehnte Offizier würde erschossen werden, sagte der Kommandant! Die Reihung konnte sich sehr schnell ändern, da so viele krank wurden und starben. Meistens dachte man gar nicht daran, sagte Beck. Nur manchmal, um die Zeit totzuschlagen – denn Zeit hatte man genug, und wenigstens sie wollte man totschlagen – ging man die Namen der Reihe nach durch und versuchte festzustellen, an welchem Platz man sich gerade befand. Keine leichte Aufgabe, wenn man zur Mannschaft gehörte und Scharfetter hieß. Hatte man Platz siebzig, zweihundertundzehn oder sechshundertundachtzig, hoffte man, dass ein Chalupka, Hladny oder Bartunek starb. Wenn man Beck hieß, musste man auf einen Amselmeier hoffen. Das waren natürlich nur geistige Übungen, sagte Beck, denn tatsächlich hatte keiner Lust zu fliehen und da draußen von den Wölfen zerrissen zu werden.

Bis eines Tages einer kam und einen Fluchtplan verriet. Es gehörte zu den expliziten Aufgaben des Offizierskomitees, jeglichen Fluchtplan, von dem es Kenntnis erhielt, umgehend der

Kommandantur zu melden. Und somit von den Kameraden Schlimmeres abzuwenden. Elf Mann hatten sich zusammengerottet und einen absurden Fluchtplan ausgeheckt, sehr junge Kerle und noch halbwegs gesund, sie hielten sich für robust genug, es zu schaffen. »Durchschlagen« wollten sie sich, sagte Beck. Sie waren so liebenswürdig, ihre Flucht für den Beginn der apathischen Phase des Kommandanten zu planen, so dass man vielleicht auf die Erschießung jedes Zehnten vergaß und dann, in der freundlichen Phase, eine herzliche Begnadigung ausgesprochen wurde. Dabei war der Anführer ein sehr kluger Mann, in gewisser Weise, hatte Medizin studieren wollen und hätte das auch, wenn er nicht wegen einer Dummheit in der Mittelschule an die Front geschickt worden wäre. Ein gewisser Lintschinger. Hätte nicht so zu enden brauchen. Einen von den Elf jedenfalls packte das Gewissen und er rapportierte alles dem Offizierskomitee. Selbstverständlich versuchte man auf die Fluchtbande einzuwirken, einzeln nahm man sie sich vor: Willst du wirklich ein Kameradenschwein sein? Ihr Argument war, dass ohnehin alle an der Seuche sterben würden. Ihre Jugend und Gesundheit wirkten sich ungünstig aus, sagte Beck, denn sie machten sie stur. Schweren Herzens, wie man sagt, sagte Beck, mussten die Fluchtwilligen am Tag vor der geplanten Flucht der Lagerkommandantur gemeldet werden, nur den Judas nannte man nicht. Der Kommandant unterbrach seine apathische Phase, die eigentlich eine traurige war, durch unerwartete Aktivität. Blitzartig ließ er seine Spezial-Nagaiken hervorholen oder herstellen. Die Nagaika, die wir in der Sole gefunden haben, sagte Beck, scheint mir ein exaktes Replikat zu sein. Man errichtete eine kleine Bühne am Exerzierplatz, damit auch alle Gefangenen einen guten Blick auf die Züchtigung hatten. Dem Kommandanten rollten die Tränen über die Wangen und es sollte zwei Monate dauern, bis er wieder eine freundliche Phase hatte. Ich will nicht ins Detail gehen, sagte Beck. Als alle Verschwörer zusammengebrochen waren, warf man sie hinaus vor den Lagerzaun, um sie ausbluten zu lassen. Die Kälte ist ein sehr verlässliches Anästhetikum, es war wirklich nicht so schlimm. Abends konnten wir beobachten, wie ein Posten dort vorbeiging und dem einen oder anderen, der sich noch rührte, mit dem Bajonett den Gnadenstoß versetzte. Für die Tierwelt war das bestimmt ein Festmahl, sogar einen Bären wollte man gesehen haben.

Den Verräter biss wohl schon wieder das Gewissen und vermutlich hatte er beim Exempelstatuieren viel zu genau hingesehen. Man musste mit seinem Gewissen im Reinen sein und sich an einfache Rechnungen halten: Lieber zehn tot, als jeder Zehnte tot. Lieber zehn verraten, als jeden Zehnten verraten. Aber er war ein einfacher Mann, und obwohl er sich moralisch verhalten hatte, war ihm wohl im Endeffekt selbst die einfachste Moral zu komplex. Er wurde jedenfalls verrückt, war nicht mehr ernst zu nehmen. Eine große Verantwortung zu tragen ist für kleine Leute nicht immer ideal. Man fand keinen schönen Begriff wie »manisch-depressives Irresein« für seine Verrücktheit, es war aber deutlich, dass er unzurechnungsfähig geworden war. Manchmal einfältig und infantil, manchmal sehr aggressiv, und dazwischen durchaus normal. So normal, dass man glauben hätte können, er simulierte und vergaß dann wieder darauf. Dieser Mann heißt Fischer und ist gleichzeitig mit mir in Wien angekommen.

In S. war es wirklich sehr kalt, sagte Beck.

ROSENBLÄTTER

Später hatten sie Koutensky da, ausgenüchtert und sehr melancholisch. Er habe sich so darauf gefreut, nach Hause zu kommen, jahrelang habe er sich darauf gefreut, davon geträumt, an nichts anderes gedacht. In einem gewaltigen Triumphzug, sagte Koutensky, habe er gedacht, würden sie unter dem ohrenbetäubenden Jubel des dankbaren Volkes über den Ring ziehen (an einem lauen Frühsommertag), bei der Oper in die Kärtnerstraße einbiegen, den Graben hinunter- und wieder hinaufmarschieren und schließlich unter gewaltigem Glockengeläut in den Stephansdom hinein, wo drei purpurn gewandete Kardinäle das Hochamt lesen und prismatische Sonnenstrahlen als sichtbares Halleluja die Weihrauchnebel durchstechen würden. Jauchzende Mädchen in eng geschnürten Dirndlkleidern würden die nach dem Hochamt aus dem Dom herausströmenden Heimkehrer in Empfang nehmen, sie mit aus der Busenspalte hervorgezogenen Rosenblättern überstreuen und ihnen kleine, parfümierte Briefchen zustecken. Man hatte sich vollkommen umsonst gefreut, sagte Koutensky.

»Mit Ihrer Verlobten war nichts mehr zu machen?« fragte Beck.

Koutensky schüttelte den Kopf: »Die ist grad schwanger mit dem zweiten Kind von diesem… Hat mich angesehen wie eine eklige Nacktschnecke.«

»Aber wenigstens sind Sie frei, können gehen, wohin Sie wollen…«, meinte Beck aufmunternd.

»Ich will nirgends hingehen«, erwiderte Koutensky störrisch, »ich will, dass jemand zu mir kommt.«

»Sie haben seit Ihrer Ankunft in Wien mit Fischer zusammengewohnt?« mischte sich Ritschl ein. Das Wrack und der Jammerlappen gingen ihm auf die Nerven.

»Ja, ich hab ihm sogar seinen Anteil vom Zins mitbezahlt in den letzten Wochen. Es zieht sich hin mit seiner Begutachtung, insgesamt muss er, wie es scheint, vier Kommissionen durchlaufen.« Koutensky hatte Ritschl nicht einmal angesehen, sondern weiter zu Beck gesprochen, als hätte dieser die Frage gestellt.

»Es ist wohl besser, wenn ich hier alleine weitermache«, sagte Ritschl scharf. Koutensky, der vor diesem jungen Mann mit den eisig hellen Augen und der Kasernenhofstimme Angst hatte, sah Beck flehentlich an.

»Es geht nur um Fischer«, sagte Beck beruhigend.

»Vorläufig«, schnarrte Ritschl.

»Was ist mit Fischer?« fragte Koutensky.

»Hat er denn schon eine Begutachtung durchlaufen?« fragte Beck. »Ist er nun offiziell als verrückt eingestuft oder nicht?«

»Ja, das ist seltsam«, sagte Koutensky, »die erste Kommission hat ihn als schwer pathologisch gestört bezeichnet, die zweite ihn aber für geistig vollkommen gesund erklärt. Zur zweiten habe ich ihn ja hingebracht, weil er schon ein paar Stunden vorher so starke Zuckungen bekam, vor Nervosität, als wenn man ihm Stromstöße versetzt hätte. Dabei schrie er immer ganz laut: ›Schweine! Schweine!‹ Als ich ihn fragte, wen er denn meine, sagte er, niemanden, er müsse das einfach sagen, wisse aber nicht warum. Jedenfalls war er hinreichend verrückt, als er bei der Kommission eintraf. Ich wartete dann vor der Tür, über eine Stunde. Als er wieder herauskam, schien er ganz ruhig zu sein, erst als wir um die nächste Ecke bogen, fiel er in Krämpfen zu Boden und spuckte Schleim. Schweine, Schweine undsoweiter. Vor der Kommission hatte er ›einen vernünftigen und besonnenen, wenngleich nicht sonderlich intelligenten Eindruck‹ gemacht. Wenn die nächsten beiden Kommissionen das bestätigen, und angeblich tun sie das im Allgemeinen, heißt das: keine Aussicht auf Versicherungsleistung.«

»Was tun sie im Allgemeinen?« fragte Beck.

»Bestätigen, dass einer normal ist, wenn eine vorausgegangene

Kommission das festgestellt hat, weil dann ja schon Verdacht auf Versicherungsbetrug besteht.«

»Das heißt, die lassen so lange begutachten, bis spätestens die vierte Kommission Normalität konstatiert?«

»Ich weiß nicht ... Meinen Sie?«

»Wie lange kennen Sie den Mann?« fragte Ritschl.

»Rund sechs Jahre.«

»Und Sie?« wandte sich Ritschl an Beck.

»Dito«, sagte dieser.

»Haben Sie beide ihn schon gekannt, bevor er ›verrückt‹ geworden ist?« Nun verstand Beck, der Bleichling wollte ihn mitausquetschen, ihn in die Position des Verhörten bringen, ihn auf den Stuhl setzen, während er selbst auf dem Tisch saß, eine Unverschämtheit sondergleichen. Auch wenn man sich weiß Gott nie erwartet hatte, mit Rosenblättern überstreut und von Kardinälen beweihräuchert zu werden – das hatte man nun auch nicht nötig, das war zu viel. Beck starrte Ritschl an, ein einziger Zornesblitz, der jederzeit losschnellen konnte, Sätze schossen durch seinen Kopf wie: »Es wäre wohl besser, wenn *ich* hier alleine weitermache«, oder: »Ich schlage doch vor, erst *den Zeugen* zu vernehmen«, oder: »Verzeihen Sie, mir scheint...« Allesamt höfliche Sätze, mit denen man den anderen das Gesicht wahren ließ und ihn nicht vor den Augen des Zeugen herabsetzte. Und während kein einziges Wort von Becks Gehirn auf die Lippen übersprang, breitete sich auf Ritschls Lippen ein Grinsen aus, so unauffällig und zart, dass niemand außer Beck es bemerken hätte können, für den es ja auch gedacht war.

Koutensky hatte von all dem nichts mitbekommen und plapperte vor sich hin: »Ja, ich habe Fischer eine ganze Weile gekannt, bevor er verrückt wurde. Ein dreiviertel Jahr, schätze ich. Er war völlig normal. Man erkannte ja sehr schnell damals, wenn einer plemplem wurde. Diesbezüglich war man ja ständig auf der Lauer. Ich meine, man rechnete damit. Viele wurden ja auch nur vorübergehend plemplem, ein paar Tage oder Wochen lang vielleicht, und dann pendelte sich das wieder ein. Fischer jedenfalls war völlig normal bis zu dieser tragischen Geschichte. Danach nur mehr vorübergehend. Ich meine, er hatte seine normalen Stunden, aber in Summe war er öfter verrückt. Was die genannte tragische Geschichte betrifft…«

»Die ›tragische Geschichte‹ ist mir bekannt«, unterbrach ihn Ritschl. Koutensky sah Beck an und dieser nickte.

»Seit Sie wieder in Wien sind, ist Fischer da öfter ohne Sie weggegangen?« fragte Ritschl.

»Nein, ganz und gar nicht, wir waren schon fast wie Zwillinge. Das Alleinsein ist schwer zu ertragen, wenn man sich jahrelang danach gesehnt hat.«

»Seit wann genau ist er verschwunden?«

»Ich kann es nicht sagen. Warten Sie. Wir wollten uns in einem Lokal treffen, um zusammen etwas zu trinken, bevor wir nach Hause gingen. Das Trinken im Zimmer ist zwar billiger, aber doch vom Gesellschaftlichen her nicht so… Er ist nicht gekommen. Ich hab dann alleine was getrunken bis zum Zapfenstreich und die nächsten Tage dann durch. Ein paar Tage ist es her, kann auch eine Woche sein. Ich wollte nicht darüber nachdenken, ob ihm was zugestoßen ist oder ob er mich im Stich gelassen hat.«

»Ihre Wirtin sagt auch, ein paar Tage«, bestätigte Ritschl. »Haben Sie nach ihm gesucht?«

»Nein. Ich fühlte mich zu schwach dafür.«

»War er irgendwie verändert, bevor er verschwunden ist?«

»Nein, ganz normal: Mal verrückt, mal normal.«

»Sie können jetzt nach Hause gehen«, sagte Beck, »wenn Fischer auftaucht, müssen Sie das umgehend melden!«

»Kann ich nicht bei Ihnen wohnen, Herr Oberleutnant?« fragte Koutensky hoffnungslos.

»Sie müssen jetzt die Stellung halten«, sagte Beck und kam sich dabei genauso erbärmlich vor wie damals, als es noch Stellungen gab.

SCHNABELTIER

Seitdem die Sache mit Becks Manneskraft im positiven Sinne erledigt beziehungsweise wieder eingerenkt war (gut, dass man nicht eine Sekunde lang darüber gegrübelt hatte, sondern einfach bei nächster Gelegenheit »ins kalte Wasser« gesprungen war), schien sich Mariannes nächtliches Gesprächsbedürfnis mehr und mehr zu steigern. Da man ja wirklich nichts vor dem Kind besprechen konnte, was nur irgendwie mit den die Erwachsenen beschäftigenden Themen Krieg, Mord und Fortpflanzung zu tun hatte, musste mehr und mehr in der Nacht besprochen werden, und zwar vorzugsweise dann, wenn Beck gerade seine Manneskraft bewiesen hatte und am Einschlafen war. Während Beck aus redlicher und wohlverdienter Erschöpfung in den Schlaf zu sinken begann, schien Marianne erfrischt und entlastet aus der Umarmung hervorzugehen, als hätte er seine Kraft ausgegossen, die nun in sie fuhr wie das Wasser in eine Schnittblume, die man endlich in eine Vase gestellt hatte. Sie richtete sich auf, sie dehnte sich, sie wurde prall und saftig, sie redete und redete. Wie ein Wasserfall oder, wie man neuerdings sagte: wie ein Maschinengewehr. Während Beck gerade noch an Fischer denken konnte, an die Zahl Neun oder an die Frage, was Ritschl wohl im Schilde führte, begann Marianne dieses und jenes, das vor dem Kind nicht zu besprechen war, mit Beck zu besprechen. Einmal kam sie mit einer Geschichte über Frösche daher, in der auch noch ständig das Wort »Urin« vorkam. Marianne hatte auf Frösche gepinkelt?

Im Halbschlaf sah Beck seine Frau, wie sie barfuß und in ihrem Nachthemd eine Art Stall betrat, wo vom Boden hunderte Frösche aufsprangen, noch hundert Mal dichter als in den galizischen Sümpfen. Marianne ging hindurch, und obwohl sie so vorsichtig wie möglich schritt und die Frösche in Panik davonsprangen, musste sie doch immer wieder einen zertreten, so dass zwischen ihren Zehen gelbliche, grünliche Froscheingeweide hervorquollen. Schließlich raffte sie ihr langes, weißes Nachthemd nach oben, unter dem Nachthemd hatte sie nichts an, sie hockte sich hin, man sah deutlich ihren nackten Hintern und die weit auseinander gespreizten Schenkel, und plötzlich ergoss sich aus ihr ein dampfender Schwall, der die davon erfassten Frösche zu lähmen oder zu töten schien.

Aus seinem Traum riss ihn nach und nach Mariannes Stimme, die erzählte, die Frösche seien in einem riesigen Kellergewölbe gehalten worden, in Glaskästen, und die weiblichen, befruchteten Frösche seien dazu dagewesen, am Rücken mit menschlichem, weiblichem Urin »präpariert« zu werden – woraufhin sich, wenn die Frau schwanger war, der Froschrücken verfärbte und die Fröschin ihre Eier ablegte. Ihren Laich. Wegen des Hormons. So ungefähr.

»Du hast auf einen Frosch draufgepinkelt?« fragte Beck, plötzlich hellwach.

»Du hörst überhaupt nicht zu«, sagte Marianne im Schmollton. »Also, wie ich schon sagte: da war dieser riesige Keller, alles voll mit Fröschen. Im Wasser, die Behälter waren mit Wasser gefüllt, und die graubraunen Frösche glotzten daraus hervor. Wenn sie nicht tot waren, viele lagen mit ihren hellen Bäuchen nach oben in einem Eck. Aber andere, sagte der Frauenarzt, würden bis zu dreißig Jahre lang leben, die zähen, die mit der härtesten Natur.«

»Und du hast auf sie draufgepinkelt?« fragte Beck.

»Nein, ich habe in eine Phiole gepinkelt! Zum hundertsten Mal. Morgenurin, nüchtern, und der Frauenarzt hat ihn dann den Fröschen unter die Haut gespritzt. Was weiß ich, da war ich nicht dabei. Ich hab nur die Phiole abgegeben und ein paar Stunden später die Fröschin und ihren Laich angesehen.«

Beck schloss wieder die Augen und sah vor sich seinen Unterschenkel mit dem Heimatschuss, dem Tausendguldenschuss, um den ihn jeder beneidet hatte. So ein unendliches Glück, einen so tadellosen Wadendurchschuss zu bekommen, der einem eine gemütliche Zeit im Lazarett und anschließend drei Wochen Fronturlaub einbrachte. Alle hatten ihm auf die Schulter geklopft, mit Tränen in den Augen gratuliert: Du Glückspilz! Du Sonntagskind! Eine schöne Fleischwunde, die schnell heilte und jede Menge Luxus bescherte. Die drei Wochen Fronturlaub waren vergangen wie eine Sekunde: einer von diesen Träumen, in denen sich ganze Romane abspielten, obwohl ein Blick auf die Uhr erwies, dass man nur ganz kurz eingenickt war. Noch nie in seinem Leben hatte Beck so viel geküsst, ständig hatte er ein Stück von Marianne im Mund, als ob er sie damit dauerhaft in sich aufnehmen könnte. Später, als sich die Zeit wieder endlos hinzog, kam dieser Brief: »Wir bekommen ein Kind, das steht ABSOLUT FEST. Woher ich das weiß, werde ich Dir eines Tages in aller Ausführlichkeit erzählen – darauf freue ich mich schon, es ist eine unglaubliche Geschichte! Nur so viel: Hedi von Bruckweg – mit der ich mich in letzter Zeit öfter getroffen habe (ich glaube aber nicht, dass das eine wirklich tiefe Freundschaft wird) – hat in Erfahrung gebracht, dass es da einen Frauenarzt gibt, der nach einer ganz REVOLUTIONÄREN und HOCHMODERNEN Methode mit ABSOLUTER SICHERHEIT feststellen kann, ob eine Frau schwanger ist oder nicht. Und zwar mit Hilfe von AUS SÜDAMERIKA importierten FRÖSCHEN!!! Wie er es genau gemacht hat, kann ich Dir hier nicht mitteilen, jedenfalls ERWARTE ich ein KIND. Leider geben die Frösche keinerlei Auskunft darüber, ob es ein Bub oder ein Mädel wird, in diesem Punkt musst Du Dich noch gedulden. Es küsst, umarmt und vergöttert Dich...«

Der Brief war verloren gegangen und Beck hatte Angst bekommen, dass er diesem verrückten Schweden in die Hände fallen könnte, den er einmal einen ganzen Tag lang »unter seine Fittiche« nehmen hatte müssen. Angeblich ein berühmter

Anthropologe, wollte er ein Buch über diesen Krieg schreiben, den »der Schweden germanische Brüdervölker« (zu denen er Tschechen und Kroaten anstandslos hinzurechnete) gegen die »wilde Sturmflut aus dem Osten« führten. Er reiste mit Automobil und Chauffeur, der auch als Diener fungierte und ihm die Stiefel aufpolierte, bevor er sich gemeinsam mit irgendwelchen Generalfeldmarschällen fotografieren ließ. Die Fotografien wollte er in sein Buch aufnehmen, ebenso wie die Zeichnungen, die er von ruthenischen Bäuerinnen, jüdischen Kaufmännern und ungarischen Honvédhusaren anfertigte. Da man sich von seiner Publikation großen Nutzen versprach, war von höchster Stelle Anweisung gegeben worden, dem schwedischen Wissenschaftler so weit als nur irgend möglich zu Diensten zu sein und ihn nach Kräften zu unterstützen.

Mitten im Krieg war der Mann vom Krieg begeistert wie kaum einer von denen, die kämpften: er hatte ein anderes Auge dafür! »Sehen Sie nicht die Kinder dort am Straßenrand, neben dem Pferdekadaver? Denken Sie nicht, dass sie sich wie alle rechten Lausejungen ihrer Freiheit freuen, nun, da ihre Schule abgebrannt ist? Hätten wir nicht in unserer Kindheit weiß Gott was dafür gegeben?«

Man musste ihm zugestehen, dass er mit seinem enthusiastischen Feuer die Moral der Truppen hob. Diese prachtvolle Röte dort am Horizont, der Flackerschein des Weltenbrandes, das Farbenspiel der Waberlohe! Der aufsteigende Rauch, gewaltige Weben und Ballen, sich ständig verformend und verfärbend, ein apokalyptisches Gemälde! Das nächtliche Glitzern zersplitterter Fensterscheiben, eine kristallene Landschaft. Die weißen Schrapnellwolken, die regungslos in der Luft standen wie die Gestalten von Feen.

In Kürze kam sich Beck, dem alles schwer geworden war, wie ein Defaitist vor. Neben dem Fotografieren, Zeichnen und Bewundern legte der Schwede insbesondere Wert darauf, die Schlachtfelder abzugehen und die Gefallenen beider Seiten nach

Briefen zu durchsuchen. Er wollte das Private dieser »Namenlosen« kennen und dokumentieren, sich die letzten Schätze, die sie bei sich trugen, aneignen und öffentlich machen, wissen, welche Worte der Eltern, der Kinder, der Frau noch zu ihnen gedrungen waren, bevor sie in einem schlammigen Acker »hingemäht« wurden. Und auch, wenn die Eltern, die Kinder, die Frau in diesem Moment noch nicht wussten (und es vielleicht auch nie erfahren würden), was aus dem Menschen geworden war, dem sie Geld und warme Socken und die heißesten Segenswünsche schickten – der Wissenschaftler wusste es bereits! Beck war der Gedanke unerträglich, Marianne könnte eines Tages ein Buch lesen, in dem ihr eigener Brief abgedruckt war, und feststellen, dass sie wie Dronte oder Schnabeltier zum Gegenstand der Wissenschaft geworden war.

Es wurde weiter gebohrt. Dr. Pragers Untersuchungen ergaben, dass Major Romanini beim Sturz in die eisige Sole sofort einen »reflektorischen Herzstillstand« erlitten hatte und – abgesehen von den streng angelegten Fesseln – weder misshandelt noch verstümmelt worden war. Ein im Vergleich zu dem, was Oberst Jenisauer erlitten hatte, geradezu angenehmer Tod. Konnte es sich also um denselben Mörder handeln? Die Nagaika sprach dafür, sie entsprach einem schriftlichen Hinweis, der Mörder wollte sich mitteilen. Er bediente sich einer Art Ausdruckskunst, eines quälerischen Tanzes aus Verschlüsselung und Enthüllung – erst zögerte er die Auflösung eines Rätsels hinaus, etwa indem er Jenisauers Gesicht unkenntlich machte, dann wieder konnte es ihm nicht schnell genug gehen: ehe er darauf wartete, dass die Polizei die Nagaika aus eigener Anstrengung fand, legte er sie gleich an den Ort, wo sie die Funktion eines Zaunpfahls erfüllen konnte.

Die beiden Toten hatten eine heikle gemeinsame Vergangenheit, die aufzudecken ohne Becks Hilfe wohl beträchtliche Zeit in Anspruch genommen hätte. Der Mörder also musste von Becks

Wissen wissen, er hatte es mit ins Kalkül gezogen, er hatte es regelrecht auf Beck abgesehen. Oder handelte es sich um einen Zufall, eine von diesen Fügungen, die die Menschheit immer wieder zu der Annahme verleitete, ein Gott hätte die Hände im Spiel? Dann aber: das Deutschmeistergerippe vor Becks Haustür war erstens ein Zufall zu viel und zweitens von derselben Art luxuriöser Gemälde, die dieser Kunsthandwerker des Tötens hinterließ.

Gehörte Oberleutnant Egon Theophil Schob ebenfalls zu der Serie? Was dafür sprach: es gab noch einen weiteren von Mörderhand herbeigeführten Herzstillstand und Schob teilte mit den beiden Mordopfern die heikle Vergangenheit. Das Hinscheiden hinter verschlossener Toilettentür konnte einerseits von der exotischen Fantasie des Täters zeugen, kam andererseits bei Herzinfarkten häufiger vor (»Vermutlich die Anstrengung bei Konstipationsproblemen«, erläuterte Dr. Prager). Was dagegen sprach: Gift war ausgeschlossen worden, tödliches Erschrecken durch einen anderen unwahrscheinlich, wenn nicht gar unmöglich (zum Todeszeitpunkt befanden sich nur Schobs Ehefrau und seine bettlägrige Mutter im Haus, Einbruchsspuren hatte man nicht gefunden), die Zahl Neun war nicht als offenkundige Chiffre hinterlassen worden und der Tod war lange vor der Rückkehr Becks und seiner Kameraden erfolgt, die den Beginn der Serie Deutschmeisterschändung – Schiffsmühlenmord – Eisfabrikmord ausgelöst zu haben schien.

Einen Moment lang, als in Moldawas Zimmer gerade alle zu Boden blickten oder ins Leere starrten, also Beck keineswegs ins Auge fassten, hatte dieser die schreckliche Vision, er führe ein ihm selbst unbekanntes Doppelleben. Was, wenn er wie dieser Dr. Jekyll aus der Schauergeschichte gefährliche Verwandlungen durchlief, die in seinem Gedächtnis keinen Abdruck hinterließen? Gab es Dinge, an die er sich ebenso wenig erinnerte wie an die eigene Geburt, seine ersten Schritte oder sein erstes Wort? Hatte er nicht sein ganzes Leben lang geübt, unerwünschte

Erinnerungen so fest wegzuschließen, dass das unterirdische Klopfen aus ihren Särgen kaum noch zu vernehmen war? Und hatte er diese Kunst in den letzten Jahren nicht zur Vollendung gebracht?

Was für ein Unfug. In allen drei Fällen (wenn man das Gerippe mit einschloss) hatte er in Marianne ein Alibi, das zumindest in seinen eigenen Augen etwas galt. Oder erinnerte er sich falsch? War er jeweils verschwunden und Marianne hatte – ihrer Gewohnheit entsprechend – keine Fragen gestellt? Beck sah sich in einer Art Geysir, der aus Jenisauers Leiste schoss, baden, ja, er fühlte sogar die Wärme des Blutes an seinen Oberschenkeln, er kniete neben Jenisauer und genoss das furchtbare, warme Bad, so wie er es als Knabe auf perverse Art genossen hatte, den heißen Urin aus sich heraus in das Bett rinnen zu spüren. Unvermittelt fühlte Beck kühle Uniformknöpfe mit reliefartiger Oberfläche zwischen den Fingern, die er immer wieder in ein blaues Tuch hinein abzählte, als könne man sich bei der Zahl Neun auf tausenderlei Weisen irren. Ein Lachen riss ihn zum Glück aus diesen krankhaften Vorstellungen heraus: Ritschl und Dr. Prager hatten über etwas gelacht, das sich offenbar auf ihre Bluse bezog.

Der Daktyloskop! rettete Beck sich endgültig in Moldawas Zimmer zurück: In keinem Fall hat er verwertbare Spuren gefunden, auch nicht von mir! Das hatte man doch mit Sicherheit hinter seinem Rücken überprüft, seine Fingerabdrücke waren ja leicht zu bekommen, auch wenn es der Anstand vorläufig verbot, sie ihm offiziell abzunehmen. Der Daktyloskop (Vertreter einer »ebenso jungen, wie zum baldigen Aussterben verurteilten Wissenschaft«, wie Moldawa zu sagen pflegte) hätte ihn überführt – oder hätte er, Beck, als Mr. Hyde nichts ohne Handschuhe angefasst? Aber wenn man schon Polizisten verdächtigte, warum nicht auch Moldawa? War er nicht in irgendeiner konfusen Weise von der Annexionskrise und Österreichs Kriegsschuld besessen – als ob es dabei um eine Auszeichnung ginge, die es für das Vaterland zu reklamieren galt –, so dass ihm sogar die

Schändung eines Deutschmeistergrabes als logisch begründete Handlung erschien? Und hatte er nicht genug berufliche und private Rivalitäten aufgestaut, um Beck schnellstens wieder in eine Gefangenschaft zu wünschen? Er würde sich aber nicht selbst die Hände schmutzig machen. Er würde jemanden engagieren – Ritschl? Dass der Beck etwas am Zeug flicken wollte, war überdeutlich. Aber die Finger schmutzig machen würde auch er sich nicht – Kiselak? Man durfte nicht paranoid werden, man sah ja schon ganze Verschwörungen vor sich.

Es war Beck zuwider, Moldawa, der ihm kein Zigarillo angeboten hatte, um eines zu bitten – um sich besser sammeln zu können, tat er es aber doch. Fischer, man musste sich auf Fischer konzentrieren. Der exakte Zeitpunkt seines Verschwindens war nicht zu rekonstruieren, Koutensky und die Wirtin wollten sich partout nicht festlegen, er konnte somit vor dem Mord in der Eisfabrik, am selben Tag, aber auch erst danach vermisst worden sein. Fischer war der Haupttatverdächtige, erstens wegen seines Verschwindens, zweitens, weil man bei ihm am ehesten ein Motiv ausmachen konnte: Schuldgefühle wegen des Verrats an seinen Kameraden, Rache an den vermeintlich Schuldigen des Offizierskomitees, die den Verrat weiterverrieten und somit Fischers Tat erst in die eigentliche Tat umsetzten. War Fischer nun verrückt oder nicht? Wenn er verrückt war, sprach das dafür, dass er die Taten begangen hatte, oder dagegen? Wenn er seine Verrücktheit nur vorgetäuscht hatte – sprach das dafür oder dagegen?

Als Moldawa Beck fragte, welchem Beruf Fischer vor dem Krieg nachgegangen wäre, konnte er sich nicht erinnern. Schreiner vielleicht, oder Schuster? Etwas mit »Sch«. Hatte Fischer jemals etwas gesagt oder getan, was man einem Schreiner oder Schuster nicht zugetraut hätte?

»Ja«, sagte Beck, »einmal hat er ganz plötzlich Französisch gesprochen.«

»Was hat er gesagt?« fragte Moldawa.

»Manger la manchette«, antwortete Beck.

»Manger la manchette?«

»Ja genau.«

»Sonst noch etwas?«

»Nein, das war alles.«

»Manger la manchette?«

»Manger la manchette, genau.«

»Das ist doch nicht Französisch, das ist idiotisch«, sagte Moldawa ärgerlich. Man war sich nicht einig, ob es sich beim Täter zwangsläufig um eine komplexe, gebildete Persönlichkeit handeln musste, oder ob man es auch mit einem verwirrten Simpel zu tun haben konnte.

»Was meinen Sie, Frau Dr. Prager?« fragte Moldawa.

»Ich bin kein Psychiater«, erwiderte sie bescheiden.

»Ritschl?«

»Eher intelligent. Sorgfältige Planung in mehreren Etappen. Kreativ.«

»Balthasar?«

»Fischer hat oft schon den Faden verloren, wenn es darum ging, den…«

»Grundsätzlich. Nicht Fischer.«

»Jeder könnte das. Fesseln, knebeln, stechen, peitschen – dazu braucht man kein Diplom.«

»Aber das Ausgeklügelte, das Künstlerische?« warf Ritschl ein.

»Selbst kleine Kinder können Ornamente erfinden«, erwiderte Beck kryptisch, stolzdurchflutet, dass allein er Zugang zu derlei Informationen hatte, der einzige der Anwesenden, der ein Kind hatte, das mussten sie wohl hinnehmen. In das solchermaßen entstandene Schweigen fügte er hinein, dass man Koutensky nicht außer Acht lassen dürfe.

Koutensky war zwar ebenfalls zur Zeit der Flucht- und Komiteegeschichte Gefangener im Lager von S. gewesen, dabei aber nicht besonders aufgefallen oder hervorgetreten, soweit Beck sich erinnerte. Er hatte sich nie dazu geäußert, eine Meinung ausgesprochen, eine Handlung gesetzt. Genaugenommen war Beck stets davon ausgegangen, dass Koutensky, ebenso wie jedes andere brauchbare Mitglied der Mannschaft, die Entscheidung des Offizierskomitees sowie die daran anschließende Folterung und Hinrichtung der (bedauerlicherweise ihre Kameraden in Gefahr gebracht habenden) Fluchtwilligen für unumgänglich hielt. Man hinterfragte so etwas nicht. Außerdem: die eigene Haut war ja gerettet – wer sollte etwas dagegen haben? Beck konnte sich nicht erinnern, bei der fraglichen Folterung Koutensky überhaupt gesehen zu haben, was aber bei über siebenhundert anwesenden Personen (für die man sogar eigens improvisierte Tribünen errichtet hatte!) nicht weiter verwunderlich war. Unter normalen Umständen, also noch vor wenigen Jahren, hätte Beck für Koutensky die Hand ins Feuer gelegt. Angesichts des Überhandnehmens von Aufruhr und Umgrabens der gesellschaftlichen Ordnung aber (welcher Fabriksbesitzer hätte je gedacht, dass seine Arbeiter eines Tages die Arbeit niederlegen und Parolen skandieren, sich zu bedrohlichen Massen zusammenrotten und billigere Butter einfordern könnten?), also angesichts der Tatsache, dass es sogar zu Szenen gekommen war, wo brave Offiziersdiener plötzlich ihre Offiziere ohrfeigten, konnte man für niemanden mehr die Hand ins Feuer legen. Was also, fragte Beck, wenn Koutensky mit der Entscheidung des Offizierskomitees nun doch nicht einverstanden gewesen war?

An diesem Punkt setzte Ritschl sein unverschämtes Grinsen auf und zitierte: »Aber viele, die da sind die Ersten, werden die Letzten und die Letzten werden die Ersten sein.«

Koutensky, fuhr Beck fort, den biblischen Einschub ignorierend, habe sich später, also nach der leidigen, heiklen Geschichte, sehr an Fischer angeschlossen, der in dieser Geschichte eine tragende Rolle gespielt hatte, irgendwann schienen sie geradezu unzertrennlich geworden zu sein. Insofern hatte Koutensky, wenn man es sich recht überlegte, dann doch letztlich in Zusammenhang mit dieser Geschichte ein auffälliges Verhalten an den Tag gelegt – denn warum sollte man sich freiwillig an jemanden anschließen, der unzuverlässig, wirr, neurasthenisch und zeitweilig aggressiv ist?

»Meinst du, er hat Fischer etwas angetan?« fragte Moldawa.

Beck schüttelte nachdenklich den Kopf: »Dazu hätte er hundert Mal bessere Gelegenheiten gehabt. Kein Hahn hätte danach gekräht, wenn Fischer in den Wäldern am Amur verlorengegangen wäre.«

»Aber dann hätte Koutensky kein Publikum gehabt! Der Mörder will doch offenbar eine Bühne, ein Publikum...«, wandte Ritschl ein.

»Was haben diese Orte zu bedeuten: die Schiffsmühle, die Eisfabrik?« fragte Moldawa. »Es ist doch sehr mühsam, seine Opfer an solchen Orten zu präsentieren.«

»Die Eisfabrik kann ich mir erklären«, sagte Beck, »eine symbolische Anspielung auf Sibirien, das Erfrieren der Gefolterten... Es ist eine Art Reinszenierung auf Raten, 1. Akt Auspeitschen, 2. Akt Erfrieren...«

»Hätte er den Romanini nicht genauso gut in die Alte Donau werfen können? Es ist doch Winter, kalt genug hier!« rief Ritschl.

»Die Schiffsmühle kann ich mir nicht erklären«, sagte Beck.

Auch Marianne bohrte weiter. Mit den Worten: »Wie weit nach Osten bist du denn gekommen?« eröffnete sie das nächtliche Plauderstündchen erfrischter denn je, nachdem Beck – überzeugender denn je, wie ihm schien – seine Manneskraft unter Beweis gestellt hatte.

»Bis ganz nach Osten«, sagte er, »Wladiwostok.«

»Wladiwostok«, wiederholte sie ehrfürchtig. Beck sprach es ihr noch einmal in der richtigen Aussprache vor und erklärte: »Das heißt so viel wie: Beherrsche den Osten!«

»War der Bürgerkrieg da schon vorbei?«

»Alles erledigt.«

»Erzähl doch was!«

Beck grübelte: »Ich habe dort Seespinnen gegessen!« Eine Weile neckte er sie in ihrem ungläubigen Ekel (»Spinnen??«), um sie schließlich darüber aufzuklären, dass es sich dabei um eine Krabbenart handelte. Immer wieder mussten sie einander ermahnen, nicht zu laut zu lachen, um Aimée nicht zu wecken. Die Geschichte von dem Tschuktschen fiel ihm ein.

»Was ist ein Tschuktsche? Ist das ein Beruf?« fragte Marianne.

»Genauso wie k. k. Hofkerzenanzünder oder k. k. Hofbüchsenspanner«, bestätigte er.

»Nein, ernsthaft.«

Der Tschuktsche, Angehöriger eines nur wenig zivilisierten Volksstammes, der irgendwo an der Beringsee beheimatet war, war nach Wladiwostok gekommen, da man ihm gesagt hatte, dass im dortigen Anthropologischen Museum die Gebeine seines Großvaters aufbewahrt würden. »Begräbnisstätte eines Tschuktschen-Schamanen«, sei dort auf dem Schild zu lesen. »Grabbeigaben: Schamanentrommel, heilige Gefäße«. Von älteren Stammesangehörigen, die miterlebt hatten, wie die Anthropologen in das Dorf einfielen und alles mitnahmen, was nicht nietund nagelfest war, hatte er das erfahren.

Der Tschuktsche hatte sich von Beck nicht auf einen Schnaps einladen lassen wollen, er befürchtete, vom Alkohol entstellt, verwandelt zu werden, durch seinen Einfluss eine andere – unheimliche, zerstörerische, selbstzerstörerische – Identität anzunehmen, sein eigentliches Wesen zu verlieren und Dinge zu tun, die sehr böse Geister ausgeheckt hatten. Bei dieser Form der Abstinenz handelte es sich, wie Beck Marianne erläuterte, wohl weniger um ein religiöses Gebot wie bei den Muselmanen (denn davon, dass ihm ein Gott den Alkoholgenuss untersagt hätte, hatte der Tschuktsche nichts erwähnt), als vielmehr um Aberglauben in seiner reinsten und ursprünglichsten Form, der die Kinder der Wildnis alles Neue, Unbekannte sofort mit magischen Tabus belegen ließ. Nichtsdestoweniger erwies sich der Tschuktsche als unterhaltsamer Geselle, er sprach leidlich Russisch, möglicherweise sogar besser als Beck, vor allem, nachdem dieser einige Schnäpse getrunken hatte.

In Mariannes Augen sah Beck das Glitzern von Tausendundeiner Nacht, und aus seinem Gedächtnis lockerten sich weitere Brocken. Eine Geschichte des Tschuktschen fiel ihm ein, die dieser in anregender Art pantomimisch untermalt hatte, er hatte dabei sehr lachen müssen, vielleicht würde auch Marianne lachen. Wie der Eisbär Robben fängt: Wenn alles zugefroren ist, halten die Robben sich Löcher in der Eisfläche frei, wo sie auftauchen und Luft holen können. Für den menschlichen Jäger wie für den Eisbären ist es von elementarer Wichtigkeit, diese Löcher zu finden, da sie im Winter die einzige Möglichkeit darstellen, Robben zu erbeuten. Natürlich muss der auf der Lauer Liegende für die auftauchende Robbe möglichst unsichtbar sein, da sie bei der geringsten Ahnung von Gefahr abdreht und ein anderes Luftloch aufsucht. Der Eisbär legt sich ganz flach auf den Bauch – weiß ist er ja – um mit der Umgebung zu verschmelzen. Auch den Kopf presst er auf den Untergrund, die Augen kneift er zusammen, bis sie im weißen Gesicht beinahe verschwinden. Allein die Nase ist ein schwarzer, dreieckiger Fleck und könnte die Robbe warnen, so dass der schlaue Bär sie mit seinen weißen Pranken bedeckt.

Tatsächlich lachte Marianne, als Beck, flach auf dem Bauch liegend, die Hände über der Nase, einen sich tarnenden Eisbären spielte. Wäre das nicht eine Geschichte für Aimée? Endlich einmal eine Geschichte, die man bedenkenlos einem kleinen Kind erzählen konnte, er würde seine Vorführung für sie noch perfektionieren.

»Warum hast du in Wladiwostok nicht einfach ein Schiff genommen und bist nach Hause gefahren?« wechselte Marianne unvermutet das Thema.

»Was meinst du, wo ich dann gelandet wäre – Australien, Japan, irgendwo. Die Schiffe waren auch alle voll, da würde ich heute noch warten.« Beck drehte sich auf die Seite, um kundzutun, dass er nun einschlafen werde. Einige Minuten vergingen schweigend, aber Marianne blieb aufrecht in ihren Kissen sitzen. Gerade als Beck sicherheitshalber »Gute Nacht« sagen wollte, sagte sie: »Du wolltest auf dem Landweg zurück?«

»Ja.«

»Denselben Weg, den du gekommen warst?«

»Ja. Mehr oder weniger.«

»Wie viele Kilometer? Sechstausend? Achttausend?«

»So ungefähr.«

Marianne schwieg, legte sich aber noch immer nicht hin.

»Wie hast du das eigentlich mit deiner Uniform gemacht?« fragte sie plötzlich, »du hast doch nicht in deiner österreichisch-ungarischen Uniform im russischen Bürgerkrieg gekämpft?«

Beck spürte heiße Blutströme von der Brust ausgehend seinen Hals hinauflaufen. Er rührte sich nicht. Zielsicher, instinktsicher und in urweiblicher Art über die Bekleidungsfrage hatte sie die Schwachstelle entdeckt. Nichts Unwichtigeres war ihr eingefallen, als die Frage, welchen Stoff er auf seinem Körper trug! Und stieß dabei noch auf Erz. Er versuchte, ruhig weiter zu atmen, während er sich die Antwort durch den Kopf gehen ließ.

Möglichkeit 1 – Anlügen: »Selbstverständlich, mein Kind. Wir haben einfach rote Armbinden dazu getragen. Glaubst du, in einer Revolution hat man Zeit, für alle Rekruten Monturen zu schneidern?«

Möglichkeit 2 – Ablenken durch vorgetäuschten Wutanfall: »So lass mich doch endlich schlafen! Bin ich ein Auskunftsbureau?« usw.

Möglichkeit 3 – So nahe wie möglich an die Wahrheit herankommen, ohne sie zu berühren, so viel wie möglich erzählen, nur das Wesentliche nicht. Vermutlich die beste Variante.

»Deshalb musste ich ja auf dem Landweg zurück«, sagte Beck. »Wollte doch so halbwegs in der Uniform heimkommen, in der ich ausgezogen war. Auch wenn die Bluse eines Türken und die Stiefel eines Deutschen dabei waren. Ich hatte die Uniform bei Bauersleuten deponiert, in der Nähe des Baikalsees. Außerdem war mit Koutensky und Fischer vereinbart, dass wir dort aufeinander warten würden. Du weißt schon, die beiden, mit denen ich nach Wien zurückgekommen bin. Fischer ist ja jetzt verschwunden, das habe ich dir doch erzählt? Dabei will ich zu Hause wirklich nicht über die Arbeit sprechen! Nach einem halben Jahr sind sie dann mit diesem Sesta aufgekreuzt, den man nie wiederzusehen gehofft hatte. Hatten sich einfach einen Rittmeister geangelt, nachdem ich mich von ihnen getrennt hatte. Weißt du, so ein einfacher Soldat ist es eben gewöhnt, sich an einen Ranghöheren anzulehnen. Die können oft gar nicht mehr ohne. Und jetzt lass uns schlafen.«

Marianne schwieg. Nach einer Weile legte sie sich hin und die Hand schüchtern auf seine abgewandte Schulter.

»Bauersleute« war eine gelungene Formulierung, beglückwünschte sich Beck. Kein Wort von »Bäuerin«. Kein Wort von Valentina.

OBSEQUIEN

Der Tod in Wien war auch nicht mehr so schön wie früher einmal. Noch vor wenigen Jahren wäre Major Romanini in einem beeindruckenden Kondukt zu Grabe getragen worden, man hätte weder an Goldgespinst noch an schwarzer Seide gespart, ein Vierer-, wenn nicht gar Sechserzug hätte ihn die Simmeringer Hauptstraße hinaus zum Zentralfriedhof gefahren, gefolgt von seinem trauernden Pferd sowie Kranzwägen und Trauerkutschen ohne Zahl. Aufgeraute schwarze Wollstoffe, Samt oder Krepp hätte man getragen (nichts hätte glänzen dürfen), die Damen Jetschmuck und schwarze Perlen, die Herren Portepees aus schwarzem Zwirn und Flore aus Seidenplissée. Gemessenen Schrittes wäre die Militärkapelle marschiert und hätte eine Trauermusik gespielt, die selbst zufälligen Passanten vanitas vanitatum-Tränen in die Augen getrieben hätte. Dumpf hätten die Trommeln geklungen, da sie mit schwarzen Tüchern überzogen gewesen wären. Man hätte einen letzten Salut geschossen, man hätte bewegende Reden gehalten, man hätte über die Pracht der Trauerwaltrappen und Kranzschleifen gestaunt. Man hätte den Teergeruch der Fackeln gerochen, das leise Klicken der Rosenkränze gehört, Weihwasserspritzer auf den Wangen gefühlt. Die Rappen wären so ruhig gewesen, dass man über sie gesagt hätte: Als wüssten sie, dass hier Schnauben und Tänzeln nicht angebracht sind. Nicht von einer Trauerfeier hätte man gesprochen, sondern von Obsequien.

Nichts an der Villa Romanini verriet, dass hier vor kurzem jemand verstorben war. Kein schwarzer Teppich führte die Stiegen zur Eingangstür hinauf, es gab keinen Trauerportier in spanischer Gala, keine Beflaggung, keine Draperien. Allein eine winterlich kahle Trauerbuche ließ theatralisch ihre Zweige hängen, was dem Haus jedoch weniger etwas Feierliches, als vielmehr etwas Unheimliches verlieh. Auch Nussbäume standen im Garten, und instinktiv suchten Becks Blicke den Boden ab, doch die Walnüsse waren allesamt feinsäuberlich aufgesammelt worden. Der ganze Schnee der vergangenen Tage war wieder geschmolzen, der ungepflegte Kiesweg von Pfützen durchlöchert. Eine Art hellenischer Frauenstatue im faltenreichen Sandsteingewand war von schwarzen Moos- oder Schimmelspuren befleckt. Auf der anderen Seite des hohen Zauns war Beck vor nicht allzu langer Zeit regelmäßig vorbeigegangen: der Villa Romanini gegenüber lag der Türkenschanzpark.

»Ist Romanini eigentlich schon begraben?« fragte Beck Ritschl, mit dem er hier einen Augenschein machen sollte.

»Müsste schon erledigt sein. Der Sohn hat verfügt, dass er direkt auf den Friedhof soll, sobald er von der Gerichtsmedizin freigegeben ist. Wollte im Haus keinen Aufbahrungskrimskrams«, antwortete Ritschl.

»Der Alte?«

»Nein, der Junge.«

Das Dienstmädchen im Alter einer Urgroßmutter öffnete ihnen die Tür: »Der junge Herr erwartet Sie bereits.« Sie nahm ihnen die Mäntel ab und mit einer Geste zur mit keinerlei Trauerschmuck verzierten Eingangshalle hin entschuldigte sie sich: »Nicht, dass sie glauben, es liegt an mir. Nicht einmal die Spiegel hab ich verhängen dürfen.« Während Beck und Ritschl sich in den reichlich vorhandenen Spiegeln betrachteten, erklärte sie, ganz bestimmt niemandem einen Vorwurf machen zu wollen, aber fürchterlich sei es doch, dass der Tote nicht ordentlich »versehen« worden sei. Kein schwarz ausgeschlagenes Zimmer, keine silbernen Kerzenleuchter, kein Katafalk, keine Blumen, keine Nachbarn, die flüsternd um den Toten herumstehen.

»Ich nehme an, Sie waren auf dem Begräbnis?« fragte Beck.

»Ja freilich! Wenn diese ganzen Kriegergedenkvereine nicht

gewesen wären, wäre es ein echtes Trauerspiel gewesen.« Beck wollte Ritschl zuschmunzeln, aber dem war das unfreiwillige Wortspiel nicht aufgefallen.

Romanini Junior empfing sie in der »Bibliothek«, die sich nur durch zwei zierliche, verglaste Bücherschränke als solche auswies und ansonsten mit Ölgemälden, die allerlei mittelmäßige Sujets von Landschaften über Stillleben bis zu Mädchenakten darstellten, vom Boden bis zur dunkelbraunen Kassettendecke hinauf zugepflastert war. In einer weiteren Vitrine sah man ein Chinoiserie-Teeservice aus böhmischer Manufaktur, geschmückt mit bezopften Chinesen vor Mandarinenbäumen und Pagoden, zwischen denen es erfundene chinesische Schriftzeichen schneite. Auf keinem der zahlreichen Tischlein und Konsolen hätte man zwischen all den Vasen, Uhren, Silberschalen und Porzellanfigürchen Platz gefunden, etwas abzulegen. Auf Augenhöhe hingen ringsum zweiarmige Kerzenleuchter an den Wänden, dahinter Spiegel, die, wenn die Kerzen angezündet waren, deren Schein verdoppeln sollten. Kein einziger Docht war schwarz, so dass zu vermuten war, dass sie entweder täglich ausgetauscht oder nie angezündet wurden. Obwohl der Raum nach Kampfer und Lysol roch, hatte man das Gefühl, man könne sich schmutzig machen, wenn man irgendwo anstreifte.

»Unsere Anna hat sich sicherlich bei Ihnen beschwert, dass wir von mittelalterlichen Gebräuchen Abstand genommen haben«, begrüßte sie der junge Romanini. Und hinter vorgehaltener Hand: »Wir werden sie leider nicht mitnehmen können.«

Es stellte sich heraus, dass der junge Romanini bereits »auf dem Sprung« nach Übersee war. Anstatt »tiefer Trauer« trug er nur eine schwarze Armbinde (»Damit meine Tanten nicht auch gleich vor Schreck das Zeitliche segnen!«) und wirkte frisch wie ein Krokus.

Die Romaninis hatten ihr Vermögen mit Immobilienhandel gemacht und dank umsichtiger Treuhänder auch während des Krieges zum Großteil bewahren können. Als der alte Romanini

1918 aus der Gefangenschaft zurückkehrte, hatte er eigentlich
nichts zu beklagen, beklagte sich aber trotzdem. Jeden nur erdenklichen Verrat hatte die Familie in seiner Abwesenheit an ihm
begangen, nirgendwo zeigte sich der Dolchstoß der Heimatfront
deutlicher als in seinem eigenen Haus. Die Gemahlin war entgegen seinem Willen verstorben, die drei Söhne waren groß
geworden, ohne ihn zu fragen, und einer stand kurz davor, ohne
seinen Segen zu heiraten. Aus dem »Sturme der Läuterung« hatte
der alte Romanini zwei nagelneue, scheinbar widersprüchliche
Eigenschaften mitgebracht: außerordentliche Fresssucht und
außerordentlichen Geiz. Die Walnüsse im Garten etwa, die
früher an Einrichtungen für die Bedürftigen verschenkt worden
waren, mussten nun von der Köchin geknackt und in allerlei
Kuchen und Strudeln verarbeitet werden. Die Verwaltung der
Finanzen riss er an sich, kürzte hier und kürzte da. Die alte Anna
musste ohne das Extramädel auskommen, die Köchin mit den
Lieferanten mit aller Macht feilschen, der Gärtner wurde nicht
mehr bestellt. Das einzige Vergnügen, das den Söhnen noch erlaubt war, bestand in möglichst fettreichen Banketten.
»Esst«, sagte der alte Romanini, »was man auf den Rippen hat,
kann einem keiner mehr nehmen.«
Der älteste Sohn erklärte, die Erfahrung der Ohnmacht habe den
Vater wohl zum Tyrannen werden lassen, ging die ungesegnete
Ehe ein, wurde prompt enterbt und zog nach Boston, um dort
sein Glück zu machen. Ein Jahr darauf war das Glück gemacht
und sein Immobilienhandel so gewinnbringend, dass er sich mit
dem Gedanken trug, sich zusätzlich als »Baulöwe« seine Sporen
zu verdienen. Der mittlere Bruder reiste als Kompagnon nach.
In der Villa Romanini wurde gegessen, was das Zeug hielt, dabei
wurde an Krägen und Schnürsenkeln gespart.
»Da könnte man fast meinen, dass Ihnen der Tod Ihres Vaters
gerade recht gekommen ist?« fragte Ritschl den jüngsten Romanini, der offenbar nicht schnell genug seine Zelte abbrechen
konnte, um ebenfalls in die »Neue Welt« zu gelangen.

»Ich trauere«, schüttelte Romanini den Kopf, »aber ich schleppe meine Trauer nicht auf einer Lafette herum. Neu anfangen, alles vergessen, nie zurückschauen – so will ich es machen. Sehen Sie sich das an« – er deutete auf einen mit Papieren wüst bedeckten Schreibtisch –, »mein Vater hat sich nur mehr mit dem Gedenken beschäftigt. Mahnmale, Kriegerdenkmäler, Heldenkapellen, Gedenktafeln. Sehen Sie diese Skizzen? Tempel, Pyramiden, Thermopylenepigramme, Lorbeerkränze, bronzene Stahlhelme, Fäuste mit Schwertern – das ganze Land wollte er damit übersäen. Eine Gedenkfeier nach der anderen, eine Spendensammlung nach der anderen. Wo man hintritt in diesem alten Europa, scheppert es von der Erinnerung. Wenn wir im Mittelalter anfangen mit der Erinnerung, können wir gleich jeden Flecken Erde mit Gedenkplaketten pflastern. Überall war er dabei, Frontkämpfervereinigung, Offiziersbund, Kameradschaftsverein, sogar beim Kriegsinvalidenverband – obwohl er gar nicht invalid war. Wenn drei Heimkehrer zusammentreffen, gründen sie gleich ein Kriegerdenkmalkomitee. Ewig grübeln sie über den Namenslisten von Gefallenen, kennen sich bei Marmorsorten aus wie Frauen bei Stoffen. Die Zukunft interessierte meinen Vater nur mehr hinsichtlich seines Speiseplans. Es ist nicht leicht, mit einem lebenden Denkmal zusammenzuwohnen.«

Während Beck die Papiere auf dem Schreibtisch durchsah, erkundigte sich Ritschl nach dem Umfang der zu erwartenden Erbschaft. Der junge Romanini berichtete offenherzig: Er, der vor wenigen Tagen noch am Zigarettenpapier sparen hatte müssen, war nun ein wohlhabender Mann. Tatsächlich sah er so jung und unverbraucht aus, wie man sich einen Amerikaner vorstellte. Er glänzte geradezu vor Frische, Optimismus und Tatkraft, in dem düsteren Haus wirkte er wie eine Perle auf welkem Laub.

»Ihre Abreise wird sich leider etwas verzögern«, sagte Ritschl und weidete sich still an dem Schreck des jungen, optimistischen Mannes. Auch wenn seine Unschuld ohne den geringsten Zweifel erwiesen wäre, würde Ritschl noch sein Möglichstes tun, um seine Ausreise zu verhindern – das war das Mindeste, was man einem antun musste, der reicher war als man selbst.

»Da ist ein Brief von Jenisauer«, sagte Beck plötzlich, »er stand also mit Romanini in Verbindung.« Er überflog das kurze Schreiben: »Scheint um Geld für irgendeine Stiftung zu gehen…«

Ritschl sprang hoch: »Herr Romanini, ich muss Sie ersuchen, sich sofort von diesem Schreibtisch zu entfernen. Alles ist konfisziert. Dieser Raum wird versiegelt.« Verblüfft war der junge Romanini aufgestanden und hatte sich zur Tür hin bewegt.

»Wo ist Ihr Telefon?« sagte Ritschl zu ihm, und zu Beck: »Das Beste ist, ich bestelle Kiselak her, der soll sich das alles in Ruhe durchsehen.«

»Und Schneyder«, fügte Beck hinzu.

Nachdem telefonisch alles geregelt war, ließen Beck und Ritschl den jungen Romanini mit seinen zerschmetterten Plänen und der versiegelten Bibliothekstür zurück und begaben sich zur Dienstbesprechung in ein Kaffeehaus. Beck hatte Lust auf ein Nussbeugerl bekommen, bestellte aber nur heiße Milch, da ihm das abschreckende Beispiel des fresssüchtigen alten Romanini noch zu frisch im Gedächtnis war. Wenn man schon das Hungern gelernt hatte, warum sollte man sich diese nützliche Fähigkeit durch ständiges Sattessen und Mehr-als-Sattessen verderben?

»Darf ich Sie etwas Persönliches fragen?« fragte Beck.

Misstrauisch blickte Ritschl von seinem Himbeerwasser auf, machte aber keinen Einwand.

»Man nennt Sie doch … ich meine … Sie wissen?«

»Hinkebischof«, sagte Ritschl, »was drucksen Sie da so herum?«

»Heißt das, Sie sind tatsächlich…? Man merkt es Ihnen nämlich gar nicht so an.«

»Ein braver Katholik?« fragte Ritschl. Beck nickte.

»Ich lese gerne in der Bibel, dem Katechismus«, lächelte Ritschl,

»man kann viel daraus lernen.« Der spöttische Unterton war
Beck nicht entgangen.

»Was genau kann man daraus lernen?«

Ritschl wurde ernst: »Wie man Menschen führt.«

»Sie meinen, so wie Jesus die Apostel?«

»Nein, breiter gesteckt«, sagte Ritschl. »Das Christentum ist eine
der mächtigsten Religionen der Welt. Der Glaube ist mächtiger
als das Wissen. Ganz von sich aus laufen die Menschen dem
Glauben nach. Man muss ihnen nur etwas geben, Halt, Ordnung, Geborgenheit. Einen Vater, einen Sternenmantel, einen
Stall. Ganz habe ich es noch nicht heraußen. Das Prinzip scheint
Zuckerbrot und Peitsche zu sein. Man muss die Menschen
wie Kinder behandeln, das ist ihnen am liebsten. Ist das Kind
brav, bekommt es ein Wunder, ist es schlimm, folgen Donner
und Blitz. Manchmal bekommt auch ein schlimmes Kind ein
Wunder, aber nur, wenn es sich danach bekehrt. Man muss
die Gefühle im Menschen zu lenken wissen, Angst und Glückseligkeit. Wer Angst und Glückseligkeit nach Belieben verteilen
kann, der führt. Man darf sich nicht scheuen, alles umzuwerfen,
man geht in den Tempel und wirft die Tische der Händler einfach um. Man muss Magie anwenden, man muss einen Orden
gründen. Der Ehrbegriff dieses Ordens muss dann durch die
Magie der Treue ehern und ewig an seinen Führer verschworen
sein. Das müssten doch Sie am besten wissen – waren Sie nicht
auch einem Kaiser, einem Orden, einem Ehrbegriff verschworen?
Vergehirnung ist das, was die Menschen fürchten, diese unselige
Mode, alles auf dem Verstand aufzubauen. Wo bleibt dann die
Magie? Die wahren, blutvollen Gefühle? Jeder muss darauf bedacht sein zu erraten, was der Führer wünscht, und dann seine
Überraschung erleben. Worte sind Magie, man darf sich vor den
kräftigsten, gewalttätigsten, blutigsten Worten nicht scheuen.
Man muss aufräumen. Tabula rasa. Man muss das große Gefühl,
das eine große Gemeinschaft erzeugt, erzeugen.«

»Opium für das Volk?« fragte Beck.

»Man muss das Opium durch ein echtes Gefühl ersetzen«, sagte
Ritschl, »eines, das jeder fühlen muss, ob er will oder nicht: das
Nationalgefühl! Vergehirnung führt zu Vereinzelung. Es gibt da
in München eine neue Bewegung – keine Partei, sondern ein Ti-
denhub, der direkt aus dem Volke kommt. Nicht etwas Künstli-
ches, Gegründetes, Gedachtes, sondern etwas Organisches. Es ist
ein fruchtbarer Boden dort im Westen! Die Saat breitet sich aus.
Jenseits der bayrischen Grenze, in Salzburg, hat das Volk bereits
für die Aufhebung dieser Grenze und den Anschluss an Deutschland gestimmt. Da weht ein ganz frischer Wind. Sie hatten Recht,
als Sie etwas von Berggipfeln sagten. Da herrschen Reinheit und
Heimatgefühl, nicht diese dekadente Völkervermischung wie in
den sogenannten Weltstädten! Die neuen Führer werden direkt
aus dem Volke kommen und müssen sich auf ihre große Aufgabe
vorbereiten. Das Volk will mit einem großen Gefühl in der Brust
geführt werden. Als diese Republik gegründet wurde, da hat man
uns den Anschluss versprochen! Und jetzt? Worauf wartet man
noch? Schluss mit dem rabulistischen Gerede. Die Politiker gehören weg und wahre Führer gehören her. Ausradiert, ausgemerzt,
dezimiert werden muss das Gesindel. Galgen müssen aufgestellt
werden ohne Wenn und Aber. Und eines kann man sich von
den Juden tatsächlich abschauen: Das auserwählte Volk nennen
sie sich! Nur dass die Natur ein ganz anderes Volk auserwählt
hat. Eines, das straff, stramm und zielstrebig ist. Die Bibel ist
Kriegspropaganda. Propaganda ist ein heiliges Instrument! Neue
Bücher müssen geschrieben werden und die alten verbrannt. Alles
Jüdische, dem Goldenen Kalb des Zynismus' Geopferte muss aus-
geschwitzt werden. Das Jüdische ist die Skepsis, das Deutsche die
Begeisterung! Die Herzen müssen vom reinen Leben durchsäftet
werden, nicht die Gehirne vom Intellektuellendreck verödet.«
Ritschl nahm einen tiefen Zug aus seinem Himbeerwasserglas.
Beck zuckte die Achseln: »Ich habe schon vor geraumer Zeit be-
schlossen, mich nicht mehr für Politik zu interessieren.«
»Natürlich muss man sich die Kirche zunutze machen, wo es

geht«, philosophierte Ritschl weiter, »und wo es nicht mehr geht, muss man den Pfaffen die Soutane über die Ohren ziehen oder die Haut.« Er schwenkte den verbliebenen Rest des Himbeerwassers im Glas. Beck knurrte der Magen.

»Übrigens, da wir schon von weihevollen Anlässen sprechen...« Ritschl zog ein offenes Kuvert aus der Tasche.

»Hätte ich beinahe vergessen, der Romanini mit seinem Heldengedenkfimmel hat mich wieder erinnert.« Er hielt es Beck hin: »Ist für Sie abgegeben worden.«

Beck nahm das Kuvert mechanisch entgegen und starrte Ritschl weiter an.

»Schauen Sie ruhig hinein!« sagte dieser aufmunternd, »ist nichts Besonderes. Habe mir erlaubt, einen Blick hinein zu werfen.«

Beck wendete das Kuvert, sein Name samt militärischem Rang stand dort in blasser Schreibmaschinenschrift.

»Keine Angst«, sagte Ritschl ironisch, »es ist bestimmt nicht vergiftet. Ich habe es auch schon angefasst.« Zu seiner Verblüffung packte ihn Beck am Arm und zog ihn ganz nahe zu sich her, so dass sich beinahe ihre Nasen berührten.

»Haben Sie«, sagte Beck und schob mit zwei spitzen Fingern das Kuvert zwischen die Nasen, »haben Sie das nach Fingerabdrücken untersuchen lassen?«

Ritschl befreite seinen Arm, indem er vorgab, nach etwas in seiner Jackettasche zu suchen.

»Wozu um alles in der Welt?« fragte er. »Wir können doch nicht jedes Stück Papier mit Graphitstaub einpudern. Was haben Sie denn?«

Da es nun ohnehin schon egal war, nahm Beck auch die anderen Finger zu Hilfe und zog aus dem Kuvert ein Billet. Es handelte sich um eines jener vorgedruckten Billets, wie man sie bei Druckereien erwerben konnte; in schwarzer, umschnörkelter Schrift stand das Wort »Einladung« darauf. Im Inneren des Billets lag ein Zettel, der wiederum mit der blassen Schreibmaschinenschrift beschrieben war:

Die VEREINIGUNG EHEMALIGER PLENNYS
Beehrt sich
Herrn OBERLEUTNANT BALTHASAR BECK
Zu einem FEIERLICHEN EHRENGEDENKEN
Für die TAPFEREN KRIEGER
Welche in TREUER PFLICHTERFÜLLUNG
Ihr Leben auf dem ALTAR DES VATERLANDES
GEOPFERT HABEN
Zu laden.

Ort: HELDENBERG, Klein-Wetzdorf, Mausoleum.
Zeit: 23. Dezember 1922, pünktlich SIEBEN UHR abends.

NICHT WIR, DIE GESCHICHTE, DIE DIE WAHR-
HEIT AN DEN TAG BRINGT, BLEIBT UNSER RICH-
TER, UND ES GIBT NICHTS ERHEBENDERES AUF
ERDEN, ALS EIN VORLEUCHTENDES BEISPIEL ZU
WERDEN. DES LEBENS HÖCHSTES IST DIE THAT.

»Na, beruhigt?« fragte Ritschl.

»Wer hat das abgegeben?« wollte Beck wissen.

»Weiß ich nicht. Irgendjemand. Ihr Freund Schneyder hat es mir gegeben.«

»Hat er es selbst entgegengenommen?«

»Weiß ich nicht! Vermutlich nicht! Der Kerl, der Journaldienst hatte, wird es wohl entgegengenommen haben.«

»Warum hat Schneyder es mir nicht selbst gegeben?«

»Herrgott… Bin ich…«

»Wann hat er es Ihnen gegeben?«

Ritschl grübelte: »Das muss wohl an dem Tag gewesen sein, als wir unseren herrlichen Ausflug nach Ottakring unternah-men…«

»Was?!«

»Ja – was?«

»So lange tragen Sie das schon mit sich herum?«

»Was regen Sie sich denn so auf? Das Ganze ist doch erst am Dreiundzwanzigsten. Ich sagte doch, dass ich hineingeschaut habe – zur Sicherheit. Da brennt doch jetzt wirklich nicht der Hut.«

Beck lehnte sich schnaufend zurück, als müsste er beim Erklimmen eines Berggipfels eine Pause einlegen. Vielleicht hatte Ritschl ja Recht. Man war schon wie einer von diesen Tirailleurs, die beim harmlosesten Laut, der geringsten Bewegung das Gewehr in Position rissen und sich nur mit Gewalt davon abhalten konnten zu feuern. Man musste doch noch mit Alltagsbanalitäten zurande kommen. Man konnte ja nicht bei jedem Stück Papier gleich an die Decke springen.

»Was sind überhaupt Plennys?« fragte Ritschl.

»Kriegsgefangene«, antwortete Beck.

»Dachte ich mir schon«, sagte Ritschl.

WALHALLA

Wie jeder vernünftige Wiener Antisemit war auch Becks Vater, der Richter, stets bereit gewesen, die eine oder andere Ausnahme zu machen. Ausnahmen widerlegten eine Regel ja nicht, sondern bestätigten sie. Es konnte vorkommen, dass man auf einen Juden traf, bei dem man ein oder zwei Augen zudrückte und dem man die Hand drückte, man hatte durchaus seine Renommierjuden an der Hand, mit deren Hilfe man beweisen konnte, dass es einem ums Prinzip ging und nicht um eine Unmenschlichkeit. Wenn ein Jude etwas Ordentliches geleistet hatte und mit seinen Leistungen der Allgemeinheit – oder einem selber – diente, wenn er Einfluss besaß und sich mit den richtigen Leuten umgab, dann stand ein gebildeter Antisemit selbstverständlich nicht an, in seiner Gegenwart Gespräche über das Henken, Erschießen oder Köpfen von Juden zu vermeiden.

Auch bei dem Halbjuden Pargfrieder – den der alte Beck nie persönlich kennengelernt hatte, da er in dessen Todesjahr 1863 gerade einmal vier Jahre alt war – handelte es sich um einen solchen Fall. Über seine Herkunft war ja nichts Genaues bekannt, aber niemand zweifelte ernsthaft daran, dass er der illegitime Spross aus einer Verbindung Kaiser Josephs »mit einer schönen Jüdin« war. Warum sollte ein Kaiser sich nicht einmal kurzzeitig mit einer schönen Jüdin verbinden, die Schönheit einer Jüdin ließ ja so manchen kurzzeitig über ihr Judentum hinwegsehen, Hauptsache, sie verhielt sich diskret. Deutlich zeigte sich Pargfrieders jüdische Abstammung nach allgemeiner Ansicht an seinem Händlergeschick, das ihn zum Armeelieferanten, reichen Mann und Duzfreund hoher Generäle machte. Schuhe, Tuch und dergleichen lieferte er – ein jüdischer Fetzentandler, spottete man, und wenn er hundertmal in einem Schloss wohnte.

Aber das war alles längst passé, als der alte Beck seinen halbwüchsigen Sohn Balthasar mit der bedeutendsten Hinterlassenschaft Pargfrieders bekannt machte: dem Heldenberg in Klein-Wetzdorf in Niederösterreich. Gemeinsam mit einigen Freunden und deren ebenfalls halbwüchsigen Söhnen organisierte man eine Exkursion zu dieser Gedenkstätte habsburgischen Ruhmes, die sich Kaiser Franz Joseph von Pargfrieder nur widerwillig als Geschenk hatte aufdrängen lassen. Eine österreichische Walhalla würde sie erwarten, hatte man den Burschen erzählt, und so fuhr man mühsam mit der Bahn fünfzig Kilometer in die Einöde nordwestlich von Wien. Berg war weit und breit keiner zu sehen. Eine durchaus freundliche Sonne beleuchtete dieses trostlose, zugewucherte, sich schlampig und ohne Effekt dahinwellende Land. Zwar war es nicht so schlimm wie die asiatische Steppe, die laut einem Metternichschen Bonmot an der Landstraße begann und unerträglich flach, von vereinzelten Ziehbrunnen, Windmühlen, Herden seltsam behörnter Rinder und riesige Staubwolken aufwirbelnden Reitern bevölkert war, aber im Vergleich zur Wachau...

Aus der Ferne konnte man den »Heldenberg« nicht ausmachen, auch aus der Nähe nicht, erst wenn man an der Nordwestseite des ins Unkraut geduckten Schlösschens Wetzdorf vorbeigegangen war, stellte man fest, dass man sich am Fuße einer sanften Anhöhe befand. Im dichten Gehölz standen Statuen, Büsten, dorische Säulen und steinerne Löwen. Die Kieswege waren bestreut mit braunen Föhrennadeln und flatternden, papierenen Blättern. Buntbemalte Grenadiere leuchteten auf, in hautengen, blauen, gelbbetressten Hosen und schwarzzotteligen Bärenfellmützen, die aussahen wie eine hohe Frisur. Einige waren vandalisiert worden, hatten abgeschlagene, eingeschlagene Stellen. Um ihre Sockel wuchsen lindgrünes Himbeergestrüpp, düstere Aronstäbe, fetter Sauerklee. Kniende nackte Jünglinge aus

Eisenguss mit abwehrend erhobenen Händen, über denen der
Eichelhäher rätschte. Heldenallee, Kaiserallee, Löwengruft. Die
hellen Zinkgüsse der Büsten blitzten in den Sonnenstrahlen, die
von den Durchlässen in den Baumkronen zu starken Bündeln
zusammengepresst wurden.

Die Väter waren bester Laune. Zum Gedenken an die Jahre 1848
und 1849, erklärten sie, sei diese Stätte errichtet worden, als
allerlei niedergeworfen worden war: die Italiener, die Ungarn,
das liberale Bürgertum, die Revolution, die Anarchie und die
Subversion. Und eines musste man dem Pargfrieder lassen: nachdem der Kremsierer Reichstag die Errichtung einer Gedenkstätte
für diese Niederwerfungen abgelehnt hatte, sagte er: Jetzt erst
recht! So einen Refus lass ich mir nicht gefallen! Schöner wärs
noch, wenn uns etwas peinlich wär! Und errichtete das Unge-
wünschte ganz einfach privat. Sogar die Radetzky-Leich' und
die Wimpffen-Leich' und die weniger bedeutende des Feldzeug-
meisters Baron d'Aspre hat er sich unter den Nagel gerissen, der
Tausendsassa. Und selbst hat er sich gleich dazulegen lassen – so
kommt auch ein Fetzentandler zu seiner Kapuzinergruft, das ist
wahre Demokratie! Dabei war ja doch mancherlei letztlich für
die Katz gewesen, da hat sich der Radetzky umsonst abgemüht.
Die Lombardei, Venetien, alles perdu.

Die Söhne wurden angehalten, sich möglichst viele der Namen
auf den Büsten zu notieren und ein Verständnis zu entwickeln.
Hier ging es um jede Einzelheit: Wappen, Geharnischte, Reichs-
äpfel, Jahreszahlen, Goldene Vliese und Maria-Theresien-Orden.
Zu beachten waren auch die prächtigen Bärte der Helden des
Italienischen Feldzuges, die auf die vom Kaiser nach der Schlacht
von Novara zur Belohnung gewährte »Bartfreiheit« hinwiesen.
Kanonen, Adler, Fahnen, geheime Rosenkreuzersymbole und
viele In- und Umschriften, die man sich ebenfalls zu notieren
hatte. Balthasar schrieb italienische, deutsche, französische,
tschechische, ungarische und sogar englische Heldennamen auf
– ein einziges Europa schien dieses Österreich zu sein.

Aus dem Gipfel der Anhöhe war ein ovaler Platz geschoren, hier hatte es besonders »griechisch« ausgesehen, soweit Beck sich erinnerte – leuchtend weiße Treppen, Architrave und Säulen, auch Klio stand da, die Muse von irgendwas. Dann der »Höhepunkt«, das Mausoleum, zu dem man über eine schmale Wendeltreppe hinunterstieg und sich dabei besonders herzhaft unterhielt. Während dieser besonders herzhaften Unterhaltung prägten sich dem jungen Beck merkwürdigerweise die nachhaltigsten Bilder von diesem Ausflug ein: die in Nischen stehenden Statuen weinender Frauen, die mit einer Hand die Augen bedeckten, in der anderen einen goldenen Kranz hielten. So sehr man sich auch bemühte und den Kopf drehte und von allen Richtungen schaute, man konnte ihre Gesichter nicht sehen: Sie hatten kein Gesicht.

In der Gruft unten, wo die kostbaren Feldmarschallsleichen Radetzky und Wimpffen hinter der Wandverkleidung lagen, gab es noch mehr Inschriften, unheimliche, bedrohliche Andeutungen wie: »Wir sind nicht todt, weil wir schweigen« – das stand ganz sicher dabei. Auf der Gruftplatte Pargfrieders, die durch eine geöffnete Falltür zu sehen war, stand etwas besonders Makabres, »Hier verrichten Würmer ihre Arbeit«, »Hier wird ein Mensch von der Natur verdaut« – was war es noch gleich? Angeblich lag er dort drinnen in einer Ritterrüstung, manche behaupteten auch: in seinem Schlafrock.

Das war alles. Mehr hatte Beck in seinem Leben mit dem Heldenberg nicht zu tun gehabt. Eigentlich war es ja vollkommen naheliegend und natürlich, auch nach dem Weltkrieg an diesem Ort Gedenkfeiern abzuhalten. Ja, es war alles ein wenig verwirrt, man wusste nicht genau, wofür eigentlich gestorben worden war. »Gefallen für Gott, Kaiser und Vaterland« war jetzt in der Republik nicht mehr aussprechbar – umso mehr konnte man »Gott« und »Vaterland« betonen. Natürlich existierte nichts mehr von der Glorie, die der Heldenberg in die Ewigkeit überführen hätte sollen, aber konnte man ihn nicht trotzdem noch als Kulisse heranziehen? Andererseits: Wie kam es, dass die Republik noch nicht daran gedacht hatte, die Walhalla des verjagten Erzhauses wegzuräumen? Hatte man die Geisterarmeen beim großen Einschmelzen übersehen?

Worüber man sich Gedanken machte, bloß weil man einmal vor langer Zeit, in einem anderen Leben sozusagen, den Spruch von der »Geschichte, die die Wahrheit an den Tag bringt«, gehorsam in sein Notizbüchlein hineinkopiert hatte.

Die Erinnerungen konnten einen krank machen, die Angst vor dem Kommenden auch; man hatte keine Gegenwart. Vor dem Krieg hatten die Leute gesagt: Wie langweilig, das ganze Leben ist vorgezeichnet, mit Zwanzig weiß man schon, wo man mit Fünfzig stehen wird. Keine Überraschungen, Abenteuer, Unwägbarkeiten, nur die träge Laufbahn mit vorgezeichnetem Avancement. Nichts schlimmer als das für Seelen, die es nach Aufpeitschung verlangte. Und dann diese herrliche Idee, ein Krieg als inneres Erlebnis. Doch wenn das innere Erlebnis zum äußeren wurde... Das Köpfen, Henken und Erschießen, von dem man so gedankenlos daherredete... wenn es zum äußeren Erlebnis wurde...

Das ganze Kriegsrotwelsch mit seinen Abnutzungsschlachten, Sperrfeuern und Feuerpausen, den hieb- und stichfesten Argumenten, dem Durchfallen mit Bomben und Granaten... Schützenhilfe leisten. An vorderster Front stehen. In die Schusslinie geraten. Ein Schuss ins Knie. Ein Schuss, der nach hinten losgeht. Sich verfranzen. Vor den Bug schießen. Bombenfest. Im Stich lassen. Ohne Rücksicht auf Verluste. In den Rücken fallen. Man konnte gar nicht mehr anders sprechen, auch Beck nicht, er schon gar nicht. Auch er musste den Spieß umdrehen, in Stellung gehen und sein ganzes Pulver verschießen. Erbarmungslos. Gnadenlos. Sich ständig gegen etwas ralliieren. Ehr und Wehr. Vaterland und Feindeshand. Krieg und Sieg. Heldentum und Ruhm. Blut und Wut. Treue ohne Reue. Es reimte sich alles zusammen. Die Inschriften und Umschriften, die Plakate, die

Schlagzeilen, die Feldpostkartengedichtlein, die einem das Blut
in Wallung trieben, solange, bis es tatsächlich floss... Bei einem
selbst oder jemandem, dem man es nicht zugemutet hätte, sogar bei jemandem, dem man es gegönnt hatte – das tatsächlich
fließende Blut war eine unheimliche Sache. Man bekam eine
Blutaversion, man begann sich schon an den blutigen Worten zu
stoßen. Nicht jeder natürlich, beileibe nicht, so mancher konnte
ohne das Blutrotwelsch, wenn es einmal ins Fließen gekommen
war, nicht mehr leben. Man gewöhnte sich daran, man musste es
wöchentlich verstärken, um die eigene Blutwallung aufrechtzu-
erhalten. Man berauschte sich daran, »Köpfen!«, »Henken!« und
»Erschießen!« zu schreien.

Moldawa konnte es nicht gewesen sein. Er besaß großes Geschick
darin, Dinge herauszufinden und die entlegensten Informationen zu beschaffen, aber von einer so speziellen Nagaika konnte er
nichts wissen. Es musste jemand sein, der im Lager von S. gewesen war. Einer von den Hunderten, die stumm auf den Tribünen
gesessen hatten, als die verratenen Kameraden bestraft wurden.
Eisfabrik, Nagaika, Schiffsmühle, wirres Zeug. Ein übrig geblie-
bener Finger, neun Uniformknöpfe. Deutschmeisterknochen.
Jenisauer, Romanini, Schob. Fischer verschwunden. Na und? Er
konnte sich in einen Zug gesetzt haben und zu irgendeiner längst
Verflossenen nach Mürzzuschlag gefahren sein.
Nach Tirol waren bei Kriegsende mit den Zügen unglaubliche Horden von der Südfront zurückgeflutet, hatte Marianne
erzählt, der es ihre Schwester Sidonie geschrieben hatte, die
mit ihrem Urologen nach Innsbruck gezogen war. Überall an
den überfüllten Zügen hingen die schmutzigen, zerlumpten
Soldaten, die einmal ganz normale Männer gewesen waren.
Auf den Trittbrettern, den Stoßdämpfern, dem Dach hingen
sie, nur nach Hause wollten sie und fielen ab von den Zügen
wie Heuschrecken, überfielen Dörfer, stopften geraubten Rahm
in sich hinein. Man fürchtete sich vor ihnen, den Helden des

Vaterlandes. So mancher wurde noch in den Tunneln vom Zug heruntergerissen, nachdem er Jahre in von Sprengladungen umdonnerten Hochgebirgskavernen überstanden hatte, vereist und versteinert in Gletscherspalten, mumifiziert nach der Doktrin: »Die Höhen müssen gehalten werden!« Und so einen riss es dann vom Zugdach, einzelne Glieder kamen in Innsbruck an.

Am Nordbahnhof hatte Beck sich gemeldet. Seine Heimkehr war amtlich. Man hatte sich registriert, war ordnungsgemäß erfasst. Warum war die Einladung zum Heldengedenken nicht an seine Wohnadresse zugestellt worden? Diese hatte er angegeben. Die Wege der Bürokratie waren unergründlich. Hatten ein paar Beamte in Ärmelschonern seine ehemalige und jetzige Dienstadresse ausfindig gemacht, an Vereine und Bünde weitergegeben? Waren Karteikarten ineinandergeklappt, Akten ins Lot gefallen? Wer wusste schon, was mit all den Umbrüchen und Umstürzen für eine Satrapenwirtschaft ausgebrochen war.

Zwei Dinge mussten auf jeden Fall überprüft werden: Existierte eine »Vereinigung ehemaliger Plennys«? War tatsächlich ein Ehrengedenken am Heldenberg geplant? Weihnachtlich, am Abend vor Heiligabend, man glaubte fast daran. Man dachte an gregorianisch tiefe Adventbässe, Trompeten und Posaunen, man dachte an die Waffenruhe, die jeder christliche Mensch zu Weihnachten, Neujahr und Ostern einhielt. Am Dreiundzwanzigsten wurde noch geschossen, am Vierundzwanzigsten sicherlich nicht.

ARABESKEN

Der Vormittag begann damit, dass Schneyder und Kiselak über ihre Sichtung der Papiere auf und in Romaninis Schreibtisch Bericht erstatteten und Ritschl, Beck und Moldawa in dessen Zimmer interessant erscheinende Fundstücke vorlegten. Die Ausbeute war gering. Von Jenisauer gab es mehrere Schreiben, offenbar war er von Romanini wiederholt um Geldspenden angegangen worden, die er angesichts seiner finanziellen Malaise wohl nicht aufbringen konnte. Das aber wollte er nicht einfach so zugeben, so dass er zu kühnen rhetorischen Arabesken Zuflucht nahm, um sich aus der unmittelbaren Verpflichtung herauszureden und Romanini zu vertrösten. Wenig Persönliches kam in diesen Schreiben vor, keine privaten Erinnerungen wurden ausgetauscht, nur allgemeine Phrasen. In einem älteren Ordner war auch ein Brief von Schob gefunden worden, der – möglicherweise ebenfalls um sich der Schnorrerei zu entziehen – ausgiebig über seine rührige ehrenamtliche Tätigkeit in Linzer Veteranenzirkeln berichtete. Die Korrespondenz schien nicht weiter fortgesetzt worden zu sein, Kiselak sprach die Vermutung aus, dass Romaninis Hartnäckigkeit sich proportional zur räumlichen Entfernung vom Adressaten verringerte. Stichprobenartig untersuchte man die Kisten mit den Papieren, tatsächlich schienen sich Romaninis Aktivitäten auf »Wien und Umgebung« zu konzentrieren.

»Gibt es Unterlagen von einer ›Vereinigung ehemaliger Plennys?‹« fragte Beck und schaute dabei Schneyder in die Augen. Dieser blinzelte, schürzte nachdenklich die Lippen, gab aber kein Zeichen des Erkennens. Falls er nicht ein hervorragender Schauspieler war, hatte er die Einladung zum Ehrengedenken am Heldenberg wohl nicht verfasst.

»Kann mich nicht erinnern... Natürlich hab ich nicht alles im Kopf...«

»Warum willst du das wissen?« fragte Moldawa. Beck legte das Billet mit der Einladung auf den Tisch, Moldawa las sie durch.

»Was sind Plennys?« fragte er.

»Kriegsgefangene«, antwortete Beck.

»Dachte ich mir«, sagte Moldawa. »Und?«

Beck fasste zusammen, wie er an das Billet gekommen war, dann richteten sich aller Augen auf Schneyder.

»Wer hat Ihnen das gegeben?« fragte Moldawa. Nervös rieb sich Schneyder den Hals.

»Niemand. Es ist auf dem Empfangstisch gelegen. Ich dachte...«

»Gehen Sie sofort, finden Sie heraus, wer das entgegengenommen hat und von wem.«

»Sehr wohl.« Schneyder eilte davon.

»Warum glaubst du, dass etwas faul daran ist?« wandte sich Moldawa wieder an Beck.

»Ich kenne keine ›Vereinigung ehemaliger Plennys‹.«

»Das kommt vor, dass jemand an einen herantritt, den man nicht kennt.«

»Wenn, dann hätte ich erwartet, eine solche Einladung an meine Wohnadresse...«

»Du bist doch verzeichnet, bei unzähligen Stellen, die miteinander kommunizieren, oder kommunizieren können, wenn sie wollen.«

»Irgendetwas kommt mir komisch... Es lässt mir keine...«

Unvermittelt wechselte Moldawa das Thema: »Gibt es noch etwas zu Romaninis Schriftverkehr zu sagen?« Er deutete auf die verstreuten Briefe auf seinem Schreibtisch und die am Boden stehenden Kisten. Kiselak räusperte sich, trat einen Schritt vor und suchte etwas in den bereits vorgelegten Papieren, die Moldawa, Ritschl und Beck durcheinandergebracht hatten, indem sie sie abwechselnd aufhoben und überflogen. Endlich schien er das Gesuchte gefunden zu haben.

»Eine Kleinigkeit, sicher belanglos… Wollte nur der Vollständigkeit halber… nicht verabsäumt… Hier.« Als er Moldawa den Briefbogen hinhielt und mit dem Zeigefinger die fragliche Stelle bezeichnete, schien von seinen Händen ein ganz leichtes Zittern auszugehen, das man an diesen selbst nicht bemerkte, wohl aber an dem Papier, das in der Luft zuckte. Moldawa nahm es ihm aus der Hand, las und hielt es dann Beck hin. Moldawas Zeigefinger wies auf zwei Sätze, die Beck mehrfach lesen musste, bevor er begriff.

»Hast du eigentlich etwas von OL Beck gehört? Ist er je heimgekehrt?« stand da in Jenisauers Schrift, mitten in einer langen Passage, die sich mit allgemeinen philosophischen und ethischen Fragen befasste. Ungerührt gab Beck das Papier an Ritschl weiter.

»Weshalb halten Sie diese Zeilen für besonders erwähnenswert?« fragte Beck Kiselak mit herausforderndem Unterton. Kiselak wurde kalkweiß um die Nase, während sich gleichzeitig violette Flecken von seinen Schläfen her ausbreiteten, was einen grellen Kontrast ergab. Er glich einem Schüler, der einen Kameraden verpetzen hatte wollen und nun anstelle des Verpetzten die Rüge selbst empfing.

»Bitte verstehen Sie mich nicht falsch. Auf keinen Fall wollte ich…« Zu seinem Glück unterbrach ihn ein zögerliches Klopfen an der Tür.

»Herein!« brüllte Moldawa. Es war Schneyder, dessen Nerven ebenfalls angegriffen schienen.

»Niemand hat gesehen, wer das Billet auf den Empfangstisch gelegt hat. Keiner kann sich an irgendetwas erinnern.«

»Der, der Journaldienst hatte?«

»Kutschera. Er erinnert sich, dass er sehr viel herumgelaufen ist an diesem Tag.«

»An den Tag erinnern Sie sich?«

»Mir scheint, dass es der Tag war, an dem dieser Koutensky zum Verhör gekommen ist.«

»Ihnen scheint?«

»Bin mir ziemlich sicher. Vollkommen. Vollkommen sicher.«

»Kutschera?«

»Erinnert sich, dass da ein ziemlicher Trubel war. Man sitzt ja nicht immer an seinem Platz, nur weil man Journaldienst hat. Außerdem, Sie wissen ja, er hat diesen Tick, dass er sich ständig die Hände waschen muss. Kaum hat er etwas von hier nach da getragen, macht er Zwischenstation am Waschbecken, weil er sich säubern muss. Trägt immer ein Stück Seife in der Rocktasche, in Zeitungspapier gewickelt. Das weicht sich natürlich auf, er hat immer einen nassen Fleck am Rock.«

Kutschera war einer von denen, die Beck noch aus der Zeit vor dem Krieg kannte. Er hatte im Krieg an allen drei Fronten gekämpft, war bei jeder Dislozierung mit tausend anderen in plombierte Güterwaggons gesperrt worden, ohne zu wissen, wohin die Reise ging, um nach dreißig oder vierzig Stunden fensterloser Fahrt festzustellen, dass er von Albanien nach Galizien oder von Wolhynien an den Isonzo transferiert worden war. Als die vier Jahre Krieg um waren, stellte er zu seinem Erstaunen fest, dass er immer noch am Leben war, und das, ohne größere Verluste an Gliedmaßen oder Sinnen erlitten zu haben. Im Gegenteil, pflegte er zu sagen, er hatte sogar einen neuen Sinn dazubekommen: den Reinlichkeitssinn!

»Auch sonst erinnert sich keiner?« fragte Moldawa.

»Keiner«, bestätigte Schneyder.

»Sie wollen also sagen, dass es möglich ist, in dieses Kommissariatsbureau einzudringen und Gegenstände zu hinterlegen, ohne dass es irgendjemand bemerkt?«

»Es sollte nicht möglich sein, keinesfalls. Andererseits…«

»Andererseits was?«

»Es kommen so viele Leute vorbei, Parteien, Zeugen… Da liegen auch so viele Dinge herum auf dem Empfangstisch, dass man leicht den Überblick…«

»Die Zeitschriftenleserei wollte ich schon lange verbieten«, sagte Moldawa, »wir sind ja hier kein Kaffeehaus.«

Beck überlegte, ob es möglicherweise Koutensky gewesen war, der das Billet auf dem Weg zu seinem Verhör in einer heimtückischen Defraudantengeste aus dem Ärmel geschüttelt hatte. Aber war ihm eine solche Geschicklichkeit zuzutrauen? Ein Säufer, kaputt. Eine solche Berechnung? Ritschl hatte noch kaum etwas gesagt, er schien in sich versunken wie eine indische Gottheit, die ruhig und ohne einzugreifen zusieht, wie sich das Schicksal zu ihren Füßen verwirrt, entwickelt und entspinnt. Hatte er...? Advocatus diaboli...? Außerdem sollte man heute endlich seinen Lohn ausgezahlt bekommen. Diese ganze I-Tüpfel-Reiterei. Schreibtische voller Papiere, da verzettelte man sich. Lustig, die Polizei verhörte sich selbst. Mit dem Geld konnte man direkt zu dem Altwarenhändler gehen und das Kindergrammophon abholen, solange es noch da war. Mittlerweile war angeblich Konkurrenz aufgetaucht. Altwarenhändler behaupteten zwar immer, dass es andere Interessenten gab, aber was, wenn es stimmte? Schad um die Zeit. Der Schneyder wird sich nie wieder um eine Zustellung bemühen. Wenn er das nächste Mal auf ein herrenloses Billet trifft, wird er es im Papierkorb verschwinden lassen. Wozu sich die Finger schmutzig machen? Wozu sich in die Nesseln setzen? Früher hatte der Lohn in ein Kuvert hineingepasst, jetzt brauchte man wahrscheinlich Schachteln. Es war ohnehin ratsam, alles sofort auszugeben, bevor es die Inflation aufgefressen hatte. Für Marianne musste man sich natürlich auch ein Geschenk einfallen lassen. Eher etwas Praktisches. Oder? Und Tante Melie – großer Gott, die saß jetzt wohl am Heiligabend mit dabei.

»Dann vielen Dank fürs Erste, meine Herren«, sagte Moldawa und erhob sich. Nachdem alle bei der Tür draußen waren, hielt er Beck noch zurück.

»Auf eine Zigarette«, sagte er. Sie zündeten sich Zigaretten an und rauchten stehend.

»Verschweigst du mir etwas?« fragte Moldawa.

Beck schwieg. Als Kind hatte er seinen Vater, den Richter, zur

Weißglut bringen können, weil aus ihm nichts herauszubringen war. Während man anderen Kindern alles aus der Nase ziehen konnte, war aus Balthasars Nase rein gar nichts herauszuziehen. Nicht mit Bitten, Bestechen, Prügeln, Einsperren, Hungernlassen und Drohen hatte man Balthasar von seinem Schweigen, wenn er sich einmal dazu entschlossen hatte, wieder abbringen können. Oft war es das zu Verschweigende gar nicht wert, für belanglose Nichtigkeiten ging er das höchste Risiko ein. »Renitent wie ein Maulesel!« hatte der Richter gebrüllt. In einem Buch hatte Balthasar gelesen, dass sich Maulesel eher zu Tode prügeln ließen, als einen einzigen Schritt gegen den eigenen Willen zu tun, was ihm große Bewunderung für diese Equiden eingeflößt hatte.

»Schau«, lenkte Moldawa ein, »du musst mich auch verstehen. Man schaut mir auf die Finger. Du bist doch hier höchstgradig involviert.«

»Wenn es etwas gibt, das ich verschweige, erstaunt es mich, dass gerade du es noch nicht herausgefunden hast«, sagte Beck ironisch.

Müde winkte Moldawa ab. Wusste er, dass Beck wusste, dass Marianne von der Sache mit der Roten Armee wusste, weil sie davon von ihm, Moldawa, erfahren hatte?

»Verschweigst *du* mir etwas?« fragte Beck und kam sich dabei etwas kindisch vor.

»Also gut«, sagte Moldawa, als hätte er sich mit etwas zufrieden gegeben, »Also gut. Wie wichtig ist dir die Sache mit dem Billet?«

»Zwei Dinge müssen überprüft werden. Erstens: gibt es eine ›Vereinigung ehemaliger Plennys‹? Zweitens: findet am dreiundzwanzigsten Dezember am Heldenberg eine Gedenkfeier statt? Das ist alles. Nur zur Sicherheit. Dann legen wir das zu den Akten.«

»Ich werde mich damit beschäftigen, ein wenig herumtelefonieren«, versprach Moldawa. »Unsere Burschen werde ich einzeln befragen. Dass keiner den Überbringer des Billets gesehen haben will, glaube ich nicht. Die wollen nur ihre Ruhe, nur nirgends anstreifen, in ja nichts verwickelt sein. Wenn aber bis heute Abend nichts herausgekommen ist…« Seufzend drückte Moldawa seine Zigarette aus.

»Ich dank' dir, Karl«, sagte Beck.

Am späten Nachmittag bat Moldawa Beck und Ritschl wieder zu sich.

»Etwas Merkwürdiges«, sagte er, dabei ein Glas Wasser an seine Lippen haltend, an dem er in winzigen Schlucken nippte, als müsste er, um weiterreden zu können, nach jedem Halbsatz seine Zunge befeuchten.

»Also«, hob Moldawa wieder an. »Ich habe Kiselak und Schneyder die ganzen Romanini-Kisten noch einmal durchgehen lassen, mit gezielter Suche nach einer ›Vereinigung ehemaliger Plennys‹. Nichts dabei. Dann die üblichen Stellen angefragt – es scheint keine Vereinigung dieses Namens zu geben. Zumindest nicht offiziell. Scheint in keinem Vereinsverzeichnis auf. Auch die anderen Verbände, Bünde und Vereine wissen nichts. Es sind verschiedenste vorweihnachtliche Gedenkfeiern geplant, aber keine am Heldenberg. Mit dem Verwalter des Heldenbergs habe ich ebenfalls am Telefon gesprochen, er sagte, für den dreiundzwanzigsten sei ganz sicherlich keine Feier geplant, und wenn irgendwer eine illegale Feier plane, dann würde er ihm höchstpersönlich den Kragen umdrehen.«

Erwartungsvoll schaute Moldawa zu Beck und nippte an seinem Glas Wasser. Da weder Beck noch Ritschl etwas sagten, fuhr er fort: »Unsere Burschen habe ich mir einzeln vorgenommen, ganz besonders den Kutschera, und siehe da, er ist zusammengebrochen.«

Moldawa sprang auf, rannte zur Tür, riss sie auf und brüllte in den Gang hinaus: »Kutschera! Sofort!«

Kutschera trat ein, gesenkten Hauptes wie ein armer Sünder.

»Los, mach's Maul auf«, fuhr ihn Moldawa an.

»Melde gehorsamst, habe das fragliche Billet entgegengenommen von einem mir unbekannten Herrn, mittlere Größe, mittelbraunes Haar, Schnurrbart, sehr freundlich, gut gekleidet, grauer oder beiger Havelock, angenehme Stimme, habe ihn bitteschön nur ganz kurz wahrnehmen können, dann war er wieder draußen, großer Trubel, bitte gehorsamst und untertänigst um Verzeihung«, stieß Kutschera hervor, wohl, um mit seinem Wortschwall noch etwas Zeit herauszuschinden, bevor ihn das Jüngste Gericht in den tiefsten Abgrund der Verdammnis hinabstieß.

Ritschl, der ein solches Schauspiel stets genoss, stellte fest: »Sie haben also gelogen.« Da Kutschera darauf keine Antwort gab, setzte er nach: »Weshalb haben Sie gelogen?«

»Ich dachte, ich hätte etwas falsch gemacht, und wollte nicht… Ich wollte doch nur eine Gefälligkeit, aber eine Unannehmlichkeit, nein…«

»Wenn jetzt schon ein Polizist der Polizei gegenüber lügt, wissen Sie, was das bedeutet?« fragte Ritschl.

Kutschera schüttelte den Kopf.

»Das bedeutet«, fuhr Ritschl fort und hob dramatisch die Stimme, »den Untergang des Abendlandes!«

Kutschera nickte einsichtig.

»Wie alt war der Mann?« fragte Beck.

»Schwer zu sagen, wenn einer mit Schnurrbart und Hut…«

»Wie alt?« fuhr ihn Ritschl an.

»Zwischen fünfundzwanzig und fünfunddreißig«, gab Kutschera an und duckte sich.

»Was genau hat er gesagt?« fragte Beck.

»›Grüß Gott, wären Sie wohl so freundlich, dieses Billet Herrn Kriminalinspektor Beck auszuhändigen, herzlichen Dank.‹«

»Um welche Uhrzeit war das?«

»In der Früh, als Herr Kriminalinspektor Beck mit Herrn Kriminalinspektor Ritschl außendienstlich unterwegs waren, daher habe ich das Kuvert einfach auf dem Empfangstisch liegen gelassen, um es nicht zu vergessen, und später war es dann plötzlich weg und ich dachte, Herr Kriminalinspektor Beck hätten…«

»Raus mit dir, Malefizlump, elendiger!« knurrte Moldawa und Kutschera begab sich dankbar zur Tür, doch gerade, als er sich schon in Sicherheit wähnte, hielt ihn Ritschl noch einmal auf: »Halt! Hiergeblieben!« Kutschera erstarrte.

»War der Havelock nun grau oder beige?« fragte Ritschl.

»Ich denke, grau. Oder beige. Bitte um Vergebung.«

Mit einer Geste, die tiefsten Ekel vor einem solchen Ausmaß an Blödheit kundtat, winkte Ritschl ihn hinaus.

Kaum hatte sich die Tür hinter Kutschera geschlossen, sagte Beck: »Die Beschreibung ist zu ungenau. Ich habe keine Ahnung, wer das sein könnte. Aber etwas anderes muss ich euch sagen.«

Moldawa streckte die Hand zu der Tabatière mit den Zigarillos aus, erstarrte aber mitten in der Bewegung, so dass die Hand wie auf einer Fotografie regungslos in der Luft schwebte.

»Ich habe euch doch von dem Offizierskomitee im Lager von S. erzählt.«

Wortlos starrten ihn Ritschl und Moldawa an.

»Dem Jenisauer, Romanini und Schob angehörten.« Beck glaubte zu spüren, wie gerne Ritschl eines Tages ihn verhören würde, wie sehr er darauf wartete, wie sehr er sich danach sehnte. Beck auf dem Verhörstuhl vor sich zu haben, in seiner Macht, wie die Eidechse im Einmachglas, die kleine Buben mit Holzspießchen quälten.

»Auch wenn Schob eines natürlichen Todes gestorben sein mag, scheint es doch so, als ob es jemand auf die Komiteemitglieder abgesehen hätte. Ich meine, dass jemand die Komiteemitglieder auslöschen möchte.«

Die beiden anderen schwiegen noch immer, Moldawas Hand schwebte vergessen über der Tabatière.

»Es gab noch ein weiteres Komiteemitglied. Mich.«

HEIRATSMÄRKTE

Tante Melie hatte ein »tragisches Jungfernschicksal« hinter sich, oder noch nicht ganz, da sie ja bis zum Tod aus der Jungfernschaft nicht mehr herauskommen würde und aus dem Schicksal schon gar nicht.

Sie war zwölf Jahre älter als ihre Schwester, Mariannes Mutter, und als diese heiratete, war es für sie bereits vorbei. Sie war weder hässlicher, bösartiger, launischer, schüchterner, unbeholfener, hysterischer, noch kränklicher oder sonstwie abstoßender als andere junge Mädchen, sie brachte eine vernünftige Mitgift mit (oder hätte sie mitgebracht), war in allen Künsten des belanglosen Konversierens, hübschen Gesangs samt Klavierbegleitung, des Stickens, der Aquarellmalerei und der Aufsicht über Dienstboten versiert, ihre Mutter hatte sich selbstverständlich in zahllosen Besuchen, Gegenbesuchen, Arrangements und Teetuscheleien um ihre Verheiratung bemüht, es war nicht gespart worden an Kleidern, Spitzen, Handschuhen, Pelzen und Hüten, nicht an Ausfahrten in den Prater, dem Besuch von Opern, Frühlingskorsos, Redouten, Paraden, Segelregatten und Tennistournieren, auch nicht an Sommerfesten samt Blumen- und Coriandolischlachten, und doch musste Melie, die nie etwas »überstürzen« hatte wollen, im Alter von dreißig Jahren feststellen, dass sie »übriggeblieben« war. Dann nämlich, als ihre jüngere Schwester im Alter von achtzehn Jahren heiratete, mühelos, ohne langes Hin und Her, ohne Dafür und Wider, ohne Wartefrist und Bedenkzeit, den ersten Besten, der auch der Beste war, Abramovicz, den Instrumentenbauer, in den sie sich verliebt hatte wie im Roman, und mit dem sie zusammenbleiben würde wie in der Bibel.

Melie hatte sich in ihrem ersten Jahr »in der Welt«, auf dem offiziellen Heiratsmarkt und den Bällen, ebenfalls verliebt, allerdings in einen Mann, der ihr abgesehen von insgesamt zwei Aufforderungen zum Walzertanzen in den darauffolgenden Jahren nicht allzu viel Aufmerksamkeit entgegenbrachte, und ehe sie begriff, dass er sein hinreißendes Lächeln nicht nur ihr, sondern jedem, inklusive dem Fiaker schenkte, war sie bereits Mitte zwanzig gewesen. Sie betrachtete sich in Folge dieser Enttäuschung als lebenserfahren und gereift und beschloss, von nun an in ihrer Auswahl vernünftig vorzugehen und nur mehr erstklassige Bewerber, die auch das nötige Engagement (samt Kamelienbouquets und einfühlsam poetischen Briefen) an den Tag legten, in Betracht zu ziehen.

Die nächsten beiden Bewerber (genaugenommen die ersten) kamen für sie nicht in Frage. Klein und dürr, groß und dick, blödes Geschwätz, enervierende Gestik, Augen, die ihr nicht in die Augen sehen konnten, schlechter Geschmack, rohe Manieren, von Seelenverwandtschaft keine Spur. Schreckliche Wohnungen, fürchterliche Möbel, grauenvolle potentielle Schwiegermütter. Von Liebe keine Spur, nicht einmal von banalster Achtung. Zwei Thaddädel, die Galimathias von sich gaben! Dann plötzlich war sie dreißig gewesen, ihre Schwester stand mit flammenden Wangen mitten in ihren Hochzeitsvorbereitungen, es wurde über Tischdecken, Tischkärtchen und Tafelaufsätze diskutiert, mit der Inbrunst der Gesegneten konnte ihre Schwester sich über die Fältelung ihres Hochzeitskleides echauffieren, über Farbe und Umfang der Kerzen auf dem Fest. Das Papier für die Einladungen musste handgeschöpft und aus Florenz sein, die Mitglieder der Kapelle von identischer Statur. Und wenn auf der Torte nicht zweihundert Seerosen und Libellen aus Marzipan anzubringen waren, dann würde sie eben auf die Torte verzichten!

Melie wohnte noch immer zu Hause bei ihren Eltern und das in einem Alter, in dem sie sich selbst beinahe schon als »jenseits von Gut und Böse« ansah. Kinder waren ihr nie abgegangen, ein eigener Haushalt durchaus. Was für ein Gefühl es sein musste, mehr als nur ein Zimmer zu beherrschen! Sie träumte davon, selbst einen Speiseplan zu bestimmen und ungeliebte Gerichte zu eliminieren. Sie tröstete sich mit der Legende, dass Hochzeiten Heiratsmärkte seien. Auf der Hochzeit ihrer Schwester hatte sie alle Hände voll damit zu tun, für einen reibungslosen Ablauf zu sorgen, erst nach Mitternacht gelang es ihr, mit einem attraktiven Junggesellen ihres Alters ins Gespräch zu kommen, der jedoch nicht die Absicht hatte, sich in den nächsten zehn Jahren zu binden, und auch dann nur an ein blutjunges Mädel von allerhöchstens sechzehn Jahren, wegen der Erziehbarkeit, wie er ihr im Schwung von Sekt und Walzer brüderlich gestand. Melie wartete noch zwei Jahre, in denen ihre Schwester ihr erstes Kind gebar und mit dem zweiten schwanger wurde, dann zog sie sich, wie sie erklärte, »aktiv vom Heiratsmarkt zurück«. Sie machte aus der Tugend eine Not, zog sich schwarze Kleider an und redete mit Männern so, als ob sie hundert Jahre alt, geschlechtsloser Stein, eine Nonne wäre. Mit zweiunddreißig Jahren hatte sie noch nie einen Mann geküsst, und sie würde auch keinen mehr küssen. Sie trug Krägen, die so hoch waren, dass sie sie am Kinn kitzelten. Sie würde niemals vor irgendjemandem nackt erscheinen, nicht einmal vor ihrem Arzt. Manchmal träumte sie davon, zum Katholizismus zu konvertieren, um in einer Vision ihr Haupt an Jesu Christi Schulter betten zu können. Was für ein Gefühl es sein musste, die Schläfe an die Schulter eines Mannes zu schmiegen.

Dass er eines Tages Tür an Tür mit Tante Melie wohnen würde, war etwas, womit Beck nicht gerechnet hatte. Noch eher hätte er damit gerechnet, eines Tages mit Sidonie, Mariannes Schwester, zusammenzuleben, aber nicht mit der Schwester von Mariannes Mutter. Wenn Sidonie eines Tages verwitwet wäre – was angesichts des fortgeschrittenen Alters ihres Ehemannes durchaus zu erwarten war –, und da sie ja keine Kinder bekam (angeblich wegen eines »Frauenleidens«), also auch nicht im Kindbett sterben konnte beziehungsweise später, nach ihrer Verwitwung, bei ihren erwachsenen Kindern wohnen, war es alles in allem im Bereich des Möglichen, dass Sidonie eines Tages zu ihnen ziehen würde. Alleinstehende weibliche Verwandte nahm man bei sich auf, das verstand sich von selbst. Während sich Beck aber Sidonies Schicksal als alleinstehende weibliche Verwandte unter seinem Dach als überaus reizvollen Roman vorstellte, erschien ihm Tante Melies Schicksal weit weniger glanzvoll zu sein. Wie ein schwarzer Schatten hatte sie den fröhlichen Abramoviczschen Haushalt verdüstert, war im Weg herumgestanden, hatte unerklärliche Schuldgefühle und unstatthafte Verachtung ausgelöst. Natürlich war man höflich zu ihr, über die Maßen höflich. Sie hatte ja auch ihren Nutzen: am Beginn seiner Bekanntschaft mit Marianne hatte diese die Tante stets als »Deckung« mitgeschleppt; so konnte man zu dritt ein paar Schritte schlendern, ohne die allgemeine Schicklichkeit zu verletzen. Es hatte etwas Peinliches, mit geheucheltem Interesse mit der mitgeschleppten Tante zu konversieren, die doch genau wusste, worum es in Wirklichkeit ging. Und man konnte nicht umhin, sich auch die Tante nackt vorzustellen und sich zu fragen, ob sie nicht auch gerne geküsst werden wollte.

Jetzt waren Tante Melies Haare grau wie das Trottoir. Da Aimée natürlich »Großtante« sagte, sagte man selbst auch immer öfter »Großtante«. Nach seiner Rückkehr war es Beck manchmal vorgekommen, als ob nunmehr, aus der Sicht Tante Melies, *er* das fünfte Rad am Wagen wäre, als ob ihr stummer Vorwurf an Marianne besagte: »Solange dein Mann weg war, war dir meine Gesellschaft gut genug, und jetzt, wo er wieder da ist, kümmerst du dich nicht mehr.«

Der Altwarenhändler, der von seiner Behauptung, dass sich neuerdings ein weiterer Interessent um das Kindergrammophon der Marke »Bingola« bewürbe, nicht abgehen wollte, hatte seinen Aufschlag erhalten. Das Grammophon war in braunes Papier eingewickelt, aber dennoch als solches erkennbar, so dass Beck auf dem Nachhauseweg der Gedanke kam, dass er es bis zum Heiligen Abend wohl besser bei Tante Melie unterbrächte. Da musste man durch, Augen zu und ins kalte Wasser.

»So eine Überraschung!« sagte Tante Melie, als sie ihm die Tür öffnete, gerade so, als wäre er schon wieder nach jahrelanger Irrfahrt in fernen Weltgegenden zurückgekehrt. Es blieb ihm nichts anderes übrig, als die Schuhe abzutreten, hineinzukommen, das Geschenk für Aimée auszuwickeln und vorzuführen. Die Schellackplatten waren in gutem Zustand, die Kinder der höheren Stände waren wohl angewiesen worden, sie sorgsam zu behandeln. Tante Melie war gerührt, beim Klang der »Parade der Zinnsoldaten« hatte sie Tränen in den Augen. Dass sie so eingeweiht wurde in das Geheimnis!

»Ach Balthasar, ich könnte dir erzählen…«

Beck musste sich setzen und ein Glas Wasser akzeptieren.

»Das ist immer noch das Gesündeste und direkt von der Hochquellleitung.«

Beck starrte auf das Sternparkett, das früher einmal der Stolz seines Salons gewesen war. Vorgetäuschtes Flechtwerk, Intarsien, ein Effekt, der einen stolpern ließ, scheinbar dreidimensional. Eine optische Täuschung – wenn man genau hinsah, stolperte man, nur wenn man darüber hinwegblickte, nicht. Da war seine Hinrichtung also für den dreiundzwanzigsten vorgesehen – was für ein Unfug. Glaubte der Irre, wer immer es war, Beck würde ungeschützt zu seiner eigenen Hinrichtung gehen? Da stimmte etwas nicht daran. Der Irre war doch intelligent genug zu erwarten, dass Beck dem Billet nicht trauen würde. Dass er, selbst wenn er am dreiundzwanzigsten zum Heldenberg führe, der Menschenleere dort nicht trauen würde und niemals alleine in das Mausoleum hinabstiege… Man hatte mancherlei Aberglauben gelernt in den Jahren der Irrfahrt, man musste das Schicksal überlisten, bestechen und umgarnen. Wenn für Dienstag ein gefährlicher Patrouillengang vorgesehen war, musste man sich für

Mittwoch etwas vornehmen, und sei es auch nur, einen Knopf anzunähen. Dadurch stiegen die Überlebenschancen. Durch den Erwerb eines Geschenkes für den vierundzwanzigsten war seine Hinrichtung am dreiundzwanzigsten in Frage gestellt.

»Wenn du wüsstest, was wir alles gegessen haben, während du weg warst!« hörte er Tante Melie sagen. Das ärgerte ihn. Beinahe hätte er erwidert: »Was weißt du, was *wir* alles gegessen haben?«, aber er beherrschte sich und zog nur fragend eine Augenbraue hoch.

»Elefanten vielleicht, weißt du's?« sagte Tante Melie neckisch, »oder südamerikanische Untiere!«

Beck hätte gerne von den von Felsen abgekratzten Flechten erzählt, die selbst beinahe so hart waren wie Fels und unerträglich bitter schmeckten. Oder von den Tieren, die man im Eis eingefroren fand, dieses seltsame Murmeltier etwa, von einer Art, wie sie noch nie jemand gesehen hatte. Man aß es auf und wunderte sich und dachte, es wäre ein halbes Jahr alt, gut konserviert und auf jeden Fall essbar, bis jemand sagte: Vielleicht ist es ein Urzeittier, hunderttausend Jahre alt, oder Millionen. Oder von den Fingernägeln, als man sich selbst aufzuessen begann, in der Hoffnung, ein Perpetuum mobile zu bilden, den eigenen Urin trinkend, die eigenen Hautfetzen verschluckend, ein selbsterhaltendes System. Aber es hatte auch Dinge gegeben, die geradezu köstlich schmeckten, Igel zum Beispiel, die man nach Zigeunerart in Lehm packte und in der Glut schmorte. Nach sechs Stunden war der Lehm hart und das Igelfleisch weichgebacken, man konnte die in der Lehmkruste eingebackene Stachelhaut abziehen, darunter schmurgelten Fett, kleine Knöchelchen und kaninchenartiges Fleisch.

»Wir haben die halbe Menagerie in Schönbrunn aufgefressen«, sagte Tante Melie und schob ihre verschränkten Arme sowie den dahinter eingekerkerten Busen so weit wie möglich über den Esstisch hin zu Beck, der sah, wie winzige Spucketröpfchen von ihrem Mund auf die dunkle Tischplatte sprühten.

Irgendwann, mitten in der höchsten Not, erzählte Tante Melie, war ihr der Geduldsfaden gerissen. Ihr Schwager war gestorben, ihre Schwester war ihm nachgestorben, Geld hatten sie keines hinterlassen, dafür aber Schulden. Alle zogen sich aus der Affäre, indem sie einfach starben, genau wie der alte Kaiser. Und wer blieb übrig? Marianne, ihr Kind und die alte Tante Melie, bislang als überflüssig erachtet wie die schweren, langen, abstehenden Schmuckfedern eines Paradiesvogels, die ihn bei jeder Bewegung behinderten, unpraktisch, eine Laune der Natur. Die alte Tante Melie hatte ihr eigenes kleines Vermögen halbwegs gut bewahrt, bezahlte den Umbau der Beckschen Wohnung und für ihre Hälfte einen symbolischen Zins. Marianne frettete herum, frettete sich durch, kam aus der Fretterei nicht heraus. Mit Männern, die vermisst waren, konnte man nichts anfangen. Andererseits: wenn man wusste, wo sie waren in so einem Krieg, dann musste man auch noch Geld für sie sammeln und ihnen Packerln mit Fäustlingen und Lebensmitteln schicken – das musste Marianne wenigstens nicht. Man konnte es so oder so sehen, nur eines stand fest: dass nie genug von irgendwas da war.

Nachdem sich also alle durch Sterben oder Verschwinden aus der Affäre gezogen hatten, entschloss sich Tante Melie, eine Arbeit anzunehmen, die ihr zufällig angeboten worden war: als Kalkulantin in der Menagerie von Schönbrunn. Als wäre sie quasi der Mann im Haus, erklärte Tante Melie Beck mit vielsagenden Blicken, hatte sie einen Gutteil ihrer Einnahmen Marianne und dem Kind überlassen. Offiziell jedoch, um niemanden zu demütigen, formulierte man, sie habe den Zins aufgestockt. Es sollte sich herausstellen, dass sie noch mehr tun konnte, denn überall wütete die Not, auch unter den verhätschelten kaiserlichen Tieren.

Es begann damit, dass aus der Futterküche immer häufiger Kübel mit Futtergetreide verschwanden. Nur die Körner, die Schimmel, Moder und Gestank angesetzt hatten, blieben zurück. Dadurch gab es Probleme mit den Tieren, viele mochten gar nicht mehr fressen, vor allem die Hühnervögel fielen vom Fleisch. Und sollte man warten, bis so ein Perlhuhn jämmerlich verhungert war, oder sollte man es rechtzeitig und barmherzig notschlachten? Nun gab es ein altes kaiserliches Dekret, wonach alle verendeten Tiere der k. k. Menagerie in Schönbrunn an das k. k. Naturhistorische Hofmuseum abgegeben werden mussten, wo sie der wissenschaftlichen Konservierung und Verwertung zugeführt werden konnten. Aber da musste man seinen Hausverstand benutzen. Was sollten die schon mit Perlhühnern anfangen, das war doch gewiss keine seltene Spezies, davon gab es doch sicher Bälge und Präparate und Skelette genug? Und das Fleisch? Wollten sie das in Spiritus einlegen? Das würden sie doch bestimmt auffressen, die Herren Hofzoologen, da wäre es doch noch anständiger, es den menagerieeigenen hungrigen Löwen vorzuwerfen.

Nach und nach verweigerten die Strupphühner, die Crève-cœur-Hühner, die Gold-Bantams, Sultanshühner, Seidenhühner, Cochinchina-Hühner und Silberhalsigen Zwergkämpfer die Nahrungsaufnahme. Natürlich lieferte man an das Hofmuseum, wo es nur ging. Froschlurche, Schlangen, Alligatoren, Flusspferde, Schildkröten – für die Wissenschaft blieb noch genug. Tante Melie achtete darauf, dass das Fleisch, das sie nach Hause brachte, soweit zugeschnitten war, dass Marianne nicht allzu viele Fragen stellen musste. War es Rindfleisch, das von einer für die Panther bestimmten Ladung übriggeblieben und an die Angestellten der Menagerie verteilt worden war? Es gab Futterfische vom Balaton, übriggebliebenes Obst und Gemüse. In einer eisernen Zeit musste sich auch ein Affe bescheiden und mit Verfaultem anfreunden. Man hatte ja eine Verantwortung. Für die Fleischfresser gab es Wasenmeisterkost. Und war es ein Wunder, dass man die vom russischen Zaren gespendeten Wisente nicht mehr mit vollem Elan durchfüttern wollte, oder die Alpensteinböcke, dereinst ein Geschenk des Königs von Italien?

Natürlich kam auch immer wieder mal ein Wissenschaftler

vorbei, sagte Tante Melie, der von der förderlichen Wirkung des Hungers auf die Gesundheit erzählte. Schon vor Jahren habe man festgestellt, dass Tumore in fetten Mäusen schneller wüchsen, die Lebenserwartung magerer Mäuse hingegen um ein Drittel höher liege! Gab es denn keine ähnlichen Beobachtungen in der Menagerie, nun, da quasi das Schicksal eine Versuchsreihe anstellte? Es würde die Moral der Bevölkerung nicht unbeträchtlich steigern, wenn man auch in neueren Studien zweifelsfrei nachweisen könnte, dass strenge Diät die durchschnittliche sowie die maximale Lebensdauer signifikant erhöht! Keine Angst vor Schmalhans!

All diese Tiere, sagte Tante Melie, wir mussten doch Abstriche machen. Da war eine Gazelle am Verhungern, man musste sie notschlachten. Und dann kostete man sie. Ja, wir haben ein Schnitzel herausgeschnitten und es in der Futterküche auf den Herd gesetzt. Mit etwas Salz. Schmeckte tadellos, ein bisschen wie Gämse. Manche Teile sogar wie Kalb. Und dann die Entscheidung: weiterverfüttern an die Raubkatzen und Wölfe – oder selber essen. Nach dem Krieg waren alle Raubkatzen tot. Natürlich dachte man, dass Tiere eher mit verdorbenem Fleisch auf den Beinen zu halten wären als Menschen. Die Raubkatzen waren die ersten, die krepierten, die Wölfe hielten noch eher was aus. Aasfresser sozusagen. Das Heu kam aus Laxenburg. Wir hatten keinerlei Mangel an Maden. Manche Futtertiere konnten wir züchten, Mäuse oder Schaben. Aber eine erstklassige junge, frische, notgeschlachtete Gazelle, wer hätte die an Tiere verfüttern können?

Wir hatten doch auch Hunger. Es gab Kinder, die Hunger hatten. Hätte man vielleicht zu Weihnachten die ganzen Karpfen, Karauschen, Brachsen, Rotfedern, Döbel, Plötzen, Rapfen, Bissgurren und Bitterlinge noch mit Brot füttern sollen, anstatt sie aus dem Ententeich zu fischen und à la meunière zu verzehren? Beck verneinte. Da hatte er sich etwas eingebrockt. Da war also aus der alten Tante Melie ein ganzer Kerl geworden, ein Jäger und Sammler sozusagen. Sollte er ihr jetzt danken, dass sie seiner Familie afrikanische und madegassische Untiere, vielleicht auch noch ein paar Purkersdorfer Regenwürmer, heimgebracht hatte? War er ihr vielleicht etwas schuldig? Jetzt arbeitete sie ja gar nicht mehr und der Zins, den sie zahlte, war schon lange wieder heruntergegangen.

»Willst du heute Abend bei uns essen, Tante Melie?« fragte Beck.

ZUCKER

Wenn etwas wahr wird, von dem man lange Zeit geträumt hat, muss das nicht immer angenehm sein. Vor allem dann, wenn der langgehegte Wunsch sich zum völlig falschen Zeitpunkt erfüllt. Als Marianne die Wohnungstür öffnete und den »geheimnisvollen Fremden« vor sich stehen sah, blieb ihr das Herz stehen, während gleichzeitig eine Art Herzattrappe oder Surrogatherz zu beiden Seiten ihres Unterkiefers zu schlagen anfing, so dass sie glaubte, ihrer Kehle müsste jeden Moment das »Riwitt« eines sich rhythmisch aufblasenden Frosches entfliehen.

Auf den Schultern seines beige-grauen Havelocks lagen ein paar Schneeflocken, ebenso wie auf der Krempe seines eleganten Filzhutes. Er war nur wenige Zentimeter größer als sie, wenn man die hohe Hutkappe abzog. Unter dem Arm trug er eine schöne braune Aktentasche. Er hielt den Kopf leicht geneigt und sah sie an aus seinen mächtigen, allgewaltigen, herrlichen Augen (so hätte sie sie einer Freundin geschildert), ganz fest hielt er sie mit seinem Blick. Oft genug hatte sie sich diese Szene ausgemalt, wie er eines Tages anläuten würde… Und als ob sie einander schon seit Jahrhunderten kannten…

Mit der linken Hand war sie sich an die Kehle gefahren, mit der rechten hielt sie sich den Bauch, als könnte sie sich so am Vornüberkippen hindern. Da war noch etwas in seinen Augen, ein Gefunkel von Spott – oder Triumph? Nun holte er etwas aus seiner Aktentasche hervor: ein Stanitzel aus braunem Papier.

»Gnädige Frau«, ertönte plötzlich eine Stimme, und an den Mundbewegungen erkannte sie, dass es die seine sein musste, »früher hätte ich Ihnen wohl Blumen mitgebracht, aber in solchen Zeiten, dachte ich, ist Ihnen mit ein paar Deka bestem Kristallzucker sicherlich eine größere Freude gemacht.« Marianne nahm das Stanitzel entgegen und starrte auf das braune Papier, als wäre es mit den Weissagungen eines Orakels beschriftet.

»Möchten Sie nicht hineinsehen?« fragte er. Marianne, die keinerlei Zweifel daran hatte, dass sich tatsächlich Zucker in dem Stanitzel befand, faltete es auf, tauchte den angefeuchteten Zeigefinger in die weißen Körner und steckte ihn sich in den Mund.

»Danke«, murmelte sie. Während ihr noch die Süße zu Kopf stieg wie die linden Brisen Arkadiens, spürte sie Hexerls fordernde Zunge an der Hand, die die Zuckertüte hielt.

»Pfui Hexerl!« rief sie, erleichtert, dass es etwas zu tun gab, und schlug dem Hund auf die Nase.

»Ohne Sie belästigen zu wollen…«, sagte der Fremde und machte eine Geste, aus der hervorging, dass er einzutreten wünschte. Als ob es keine andere Möglichkeit gäbe, als ihm jeden Wunsch zu erfüllen, trat Marianne zur Seite und ließ ihn ein.

Nun stand er also in ihrem Flur. Wenn sie die Hand ausgestreckt hätte, hätte sie die Wassertropfen und den rauhen Wollstoff an seiner Schulter berührt. Was dachte er sich? Was wollte er? Hatte er nicht bemerkt, dass Balthasar zurückgekehrt war? Oder doch? Würde er sich schlagen wollen, hier in der Wohnung? Wie konnte er nur. Sie hatte ihm doch nie Anlass gegeben. Nicht im Geringsten! Das war doch alles nur eine dumme Kinderei gewesen, ein bisschen Herumlächeln, Zunicken, lächerlich. Hätte sie bloß nicht auf Balthasar gehört und seine Fotografie wieder abgehängt, dann hätte der da sie jetzt gesehen! Da hängte er seinen Hut auf den Kleiderrechen und knöpfelte sich den Havelock auf, seelenruhig…

»Bitte, legen Sie doch ab«, hauchte Marianne. Er hatte sich nicht vorgestellt, oder hatte sie etwas überhört? Wenn er jetzt etwas Falsches glaubte! Wie fürchterlich wurde man bestraft, nur weil man in seiner Einsamkeit einmal ein bisschen übermütig gewesen war. Unverhältnismäßig bestraft! Er konnte doch nicht allen Ernstes glauben, dass sie *so eine* war? Ein fescher Kerl, auch aus der Nähe. Nicht einmal seinen Namen zu nennen!

»Bitte einzutreten«, sagte Marianne und wies den Weg in die Küche. Am Tisch saß mit beleidigt verschränkten Armen Aimée, der es kürzlich untersagt worden war, »wie der Hund« mit zur Tür zu rennen, wenn es läutete.

»Meine Tochter Aimée«, sagte Marianne und verbesserte sich: »Unsere Tochter.«

Na, wenn er es jetzt nicht verstanden hatte! Sollte sie noch dazu sagen: »Mein Mann wird jede Minute...«? Aber dieses Misstrauen, hysterisch. Er hatte ja wirklich nichts getan, was man ihm vorwerfen... War sicherlich nervös, hatte deshalb auf das Vorstellen vergessen. Ja, fühlte eine gewisse Vertrautheit, die keiner Worte bedurfte...

Mit dem Gesichtsausdruck eines Menschen, der in den düstersten Wüsten sein Dasein fristen musste, stand Aimée auf, reichte ihr Händchen und machte einen Knicks.

»Aimée, ein schöner Name«, sagte der Fremde und ließ die Hand des Kindes nicht los. »Weißt du, dass ich mich schon oft gefragt habe, wie du wohl heißen magst?«

Aimée blickte hilfesuchend zu ihrer Mutter, aber der Fremde fuhr fort: »Ich habe dich nämlich schon oft gesehen, wenn du mit der Frau Mama...«

»Darf ich Ihnen etwas anbieten?« unterbrach Marianne, der das Gespräch eine bedenkliche Richtung einzuschlagen schien.

»Einen Moment noch«, sagte er und holte etwas aus der braunen Aktentasche, wobei er ein verschmitztes Zirkuszaubererlächeln aufsetzte, das zumindest ein Riesenkaninchen erwarten ließ. Es war jedoch ein Zuckerstanitzel en miniature, das er der Kleinen überreichte, das genaue Pendant zu Mariannes Geschenk! Eine entzückende Idee, wirklich kinderlieb. Da waren plötzlich gar keine Steifheit und Verlegenheit mehr in der Küche, man setzte sich hin, nahm den Gast in die Mitte, stellte das Teewasser auf.

Nachdem zu den Themen »Tee« und »Zucker« alles gesagt worden war, wollte sich Marianne ein Herz fassen und ihn fragen, was er denn hier in ihrer Küche suche. Man musste doch irgendwie auf den Punkt oder einen grünen Zweig kommen, er würde schon nichts Unpassendes, sie in Verlegenheit Bringendes sagen – oder doch?

In diesem Moment fuhr Hexerl hoch und lief hinaus zur Wohnungstür. Balthasar! Schon waren die vertrauten Schlüssel- und-Schloss-Geräusche zu hören, so ein Glück, sonst hätte sie beinahe noch etwas Dummes gesagt. Aber mit wem redete er da? Tante Melie?

Als Balthasar in der Küchentür erschien, änderte sich alles, als spielte man in denselben Kulissen ein vollkommen anderes Stück. Die Hände des Fremden hatten sich blitzartig in eiserne Fesseln verwandelt, hielten Aimée an seiner linken und Marianne an seiner rechten Seite fest, um sie am Aufstehen zu hindern. Es war eiskalt geworden – ein Temperatursturz durch drei Jahreszeiten oder mehrere Breitengrade, der in einem knappen Augenblick vor sich gegangen war. Balthasar stand in der Bewegung des Eintretens festgefroren, seine Augen, die auf den Fremden gerichtet waren, blinzelten nicht. Das war nicht die Wirklichkeit, aber was war es? Was hatte sie nur angerichtet? So hatte sie sich die Berührung ihrer erotischen Schimäre nicht vorgestellt: schmerzhaft, niederdrückend, metallkalt. Und da war nun Aimée mit hineingezogen, ihre kleine Hand, die so leicht blaue Flecken bekam.

»Lintschinger«, sagte Balthasar und es klang, als zischte eine Schlange, »wieso leben Sie, Lintschinger?«

Der Fremde lachte, sein Griff aber lockerte sich nicht. Das Lachen klang falsch, hohl, hallend, als hätte er sich strikt vorgenommen zu lachen. Ohne Übergang hörte er wieder damit auf: »Nur keine Scheu, Gnädigste, kommen Sie herein.«

Tante Melie, die, im Schatten des Flurs stehend, neugierig an Balthasars Schulter vorbeigeschaut hatte, machte einen Schritt nach vorne, wurde von Balthasar aber zurückgehalten, bevor sie noch einen zweiten machen konnte. Schön langsam ärgerte sich Marianne. Da zerquetschte ihr und dem Kind ein Fremder, den Balthasar offenbar kannte, in rüpelhafter Art das Handgelenk, und er stand herum wie ein Eingeäscherter aus Pompeij, anstatt ihnen zu Hilfe zu eilen.

»Du rührst dich nicht«, sagte der Fremde zu Aimée, ließ sie los und hatte mit der nun freien Linken auch schon eine Pistole aus der Aktentasche geholt, die er vor sich auf den Tisch legte. Nun ließ er auch Marianne los und faltete die Hände über dem Pistolengriff.

Keiner rührte sich. »Möchten Sie Ihre Tasche nicht hier abstellen?« hatte Marianne noch gesagt und dabei auf die Kredenz gedeutet, aber nein, er hatte sich nicht von ihr trennen wollen. Wer weiß, vielleicht sind darin noch mehr Geschenke? hatte Marianne gedacht. So dumm, so leichtgläubig, so verachtenswert war sie! Timeo Danaos!

Da, hatte ihr der Fremde nicht einen verächtlichen Blick zugeworfen? Sah Balthasar mit Abscheu zu ihr her?

»Wollen Sie behaupten, Herr Oberleutnant, Sie hätten nicht schon längst erraten, dass ich auferstanden bin?« sagte der Fremde und schüttelte in ungläubiger Enttäuschung den Kopf.

»Aber woher hätte ich das denn wissen sollen?« sagte Balthasar. »Zuletzt habe ich Sie als dunklen Haufen in einer Schneewechte gesehen, an dem ein Posten mit einem Bajonett vorbeiging.«

»Ja, aber in mich hat er nicht hineingestochen, weil ich schon weg war!«

»Sie haben wegkriechen können? Trotz all der…?«

Lintschinger lachte wieder: »Offenen Wunden, Brüche und sonstigen Beeinträchtigungen, denen so ein Körper bei härtesten Strafmaßnahmen ausgesetzt ist, Herr Oberleutnant – es war in der Tat ein Wunder! Der Wille ist ein unheimliches Geschöpf. Man kennt sich selber nicht mehr.«

»Der Posten war wohl zu faul, euch abzuzählen«, überlegte

Balthasar. »Und dann in der Dämmerung… Man merkt es ja nicht unbedingt, wenn von zehn Mann einer fehlt.«

»Und später? Sind wir wenigstens begraben worden? Hat man uns dann gezählt?« fragte Lintschinger.

»Nein, Sie wissen doch, dass es in der Nacht dann wie verrückt schneite. Am nächsten Morgen lag so viel Schnee über euch…«

»Und im Frühling, als es taute?«

Balthasar schüttelte den Kopf: »Da waren so viele Tote… Man hat da nicht jedem ins Gesicht gesehen, das wissen Sie!«

»Ich bin also niemandem abgegangen?«

»Es hat doch keiner…«

»Das dachte ich mir schon. Wollte noch Grebler mitnehmen – erinnern Sie sich an Grebler, Herr Oberleutnant? Ein feiner Kerl! Konnte noch sprechen, als er neben mir im Schnee lag. Hab versucht ihn zu überreden, mit mir ganz langsam auf den Wald zuzurobben. Den Rücken mit Schnee bedeckt, um vom Lager her nicht allzu sehr aufzufallen. Aber Grebler wollte sich nicht noch einmal zusammenreißen. Lass mich in Ruhe krepieren, sagte er.«

»Lintschinger, das ist alles eine schreckliche…«

»Habe ich Ihnen denn nicht mit allen erdenklichen Zaunpfählen zugewunken? Neun abgeschnittene Finger? Neun Uniformknöpfe? Neun Tote – und der zehnte lebt?«

Balthasar schüttelte wieder den Kopf: »Die Nagaika, die Mordopfer… Es war klar, dass hier jemand… Ich hatte Fischer in Verdacht.«

Lintschingers Lachen klang hysterisch. Mit den Fingern betupfte er den Abzug der Pistole, deren Lauf im Augenblick etwa eineinhalb Meter entfernt von Balthasar auf die Wand gerichtet war. Marianne versuchte hinter seinem Rücken Aimées Blick einzufangen, doch er schaukelte ständig vor und zurück und es gelang ihr nicht.

»Fischer? Den Verräter? Dieses Schwein?« Lintschinger bekam einen Hustenanfall.

»Wollen Sie wirklich noch einmal darüber diskutieren?« fragte
Balthasar und machte einen Schritt auf den Tisch zu. »Wir haben
doch wirklich genug darüber diskutiert.« Er streckte die Hand
aus, sprach wie ein Hypnotiseur: »Geben Sie mir jetzt die Pistole,
Lintschinger. Lassen Sie es gut sein.«

Lintschinger ergriff die Pistole und richtete sie auf Balthasar – im
selben Moment war Tante Melie vorgesprungen und hatte sich
schützend vor ihn gestellt. Es sah komisch aus, da sie ihm nur bis
zur Brust reichte, die Arme hatte sie ausgestreckt wie ein Wach-
telweibchen seine Flügel, wenn es sich bei Gefahr über sein Nest
hudert. Was war nur in sie gefahren? Hatte sie ihre große Stunde
kommen sehen, indem sie eine für den Pater familias gedachte
Kugel abfing?

Auch Lintschinger war so verblüfft, dass er diesmal nicht lachte.
Nur seine Mundwinkel verzogen sich spöttisch, als er langsam
die Pistole anhob, um damit auf Balthasars Kopf zu zielen. In
diesem Moment erklang ein schrilles Geräusch, ein sirenenarti-
ges Pfeifen, das alle zusammenzucken ließ.

»Abstellen«, fauchte Lintschinger in Mariannes Richtung, sobald
ihm klar war, dass es sich um den Teekessel handelte.

Sie erhob sich und ging langsam auf den Herd zu. Das ganze
Blut hatte sich aus ihren Gliedmaßen zurückgezogen und war im
Rumpf zusammengeklumpt. Ihr Kopf baumelte wie eine Papier-
laterne, wenn bei einem Sommerfest plötzlich Sturm aufkam. So
war es also, wenn einen der Tod bedrohte: Man glaubte es nicht.
Man erwartete, jeden Moment zu erwachen.

»Und Sie, meine Gnädigste«, hörte sie Lintschingers Stimme
hinter sich wie aus einer tiefen Schlucht kommen, nachdem sie
den Kessel vom Herd genommen hatte, »treten Sie zur Seite. Sie
machen sich lächerlich.«

Tante Melie senkte das Haupt, faltete die Hände und machte
ein paar Trippelschritte, bis sie wieder neben Balthasar stand.
Beinahe schien sie erleichtert zu sein, dass ihr Opfer nicht angenommen worden war.

»Darf ich zu meiner Mama?« fragte Aimée und war schon fast
aufgestanden, ehe Lintschinger »Nein!« brüllte und sie wieder
auf ihren Sitz drückte.

»Hinsetzen!« brüllte er Marianne an, die sofort gehorchte. In
ihrem Kopf hörte sie ein unerträgliches Rauschen, Windstöße,
Röcheln – doch es war nur ihr eigener Atem, oder der Atem
Lintschingers, der neben ihr saß.

»Sie meinen also, wir hätten genug diskutiert, Herr Oberleutnant? Erinnern Sie sich genau, was ich Ihnen sagte?«

Balthasar zögerte. »Sie würden von Ihrem Standpunkt nicht ab-
weichen. Sie würden auf jeden Fall fliehen, egal was…«

»Und was noch? Was habe ich über Sie gesagt?«

»Ich sei… Es ging doch darum, wenn von mehr als Siebenhundert jeder Zehnte erschossen würde…«

»Was sagte ich über Sie? Über Leute wie Sie?«

»Ich erinnere mich nicht.«

»Sie erinnern sich nicht? Sie führen ein Gespräch mit einem, den
Sie dem Tod zu weihen gedenken, und Sie erinnern sich nicht?«

»Ich habe doch versucht, Sie davon abzubringen, Lintschinger,
Ihnen das Leben zu retten! Siebzig sind mehr als Zehn! Die Gesamtheit ist wichtiger als der Einzelne!«

»Aber ein Einzelner kann die Gesamtheit ganz schön drangsalie-
ren, nicht wahr?« Balthasar sagte darauf nichts.

»Bitte, darf ich mich hinsetzen?« fragte Tante Melie, deren Mut
und Kreislauf nun offenbar doch versagten. Lintschinger deutete
auf einen Stuhl, sie sank darauf zusammen. Plötzlich griff er nach
Mariannes Hand und knetete vertraulich ihre Finger.

»Wissen Sie, Herr Oberleutnant, dass Ihre Frau mir schöne Augen gemacht hat?«

Marianne wünschte, dass endlich die Decke einstürzte, sich der
Boden auftat, die Wände zerbröselten wie Sägespäne und der
Wind, das große Rauschen, alles davontrug. Balthasar warf ihr
einen leeren Blick zu und rührte sich nicht. Hätte er sich nicht
auf diese Canaille stürzen müssen, die Ehre seiner Frau verteidi-

gen, irgendetwas tun? En visière ouverte angreifen! – hatte er das nicht immer gesagt?

Seufzend zog Lintschinger seine rechte Hand zurück, die von der linken wieder die Pistole übernahm

»Ich habe gesagt, Herr Oberleutnant, Leute wie Sie werden bald so ausgestorben sein wie Schiffsmühlen oder Eisfabriken. Erinnern Sie sich?«

Balthasar schüttelte den Kopf.

Lintschinger ballte die Linke zur Faust und schlug damit auf den Tisch: »Darauf hat meine ganze Strategie aufgebaut! Und Sie erinnern sich nicht?«

»Warum haben Sie mich nicht als Ersten getötet? Vor Jenisauer und Romanini? Und Schob – haben Sie den auch getötet?« fragte Balthasar.

»Aber es ging mir doch um Sie, Herr Oberleutnant! Mit Ihnen habe ich doch auf Leben und Tod diskutiert! Sie haben die anderen Komiteemitglieder davon überzeugt, uns zu verraten!«

»Das habe ich nicht!«

»Sie waren die treibende Kraft! Und Sie erinnern sich wirklich nicht?«

»Nicht an Schiffsmühlen und Eisfabriken, nein.«

Lintschinger schnaufte eine Weile in sich hinein, dann sagte er müde: »Schob war schon tot, als ich ihn ausgekundschaftet hatte. Dummer Zufall. Ich hoffte inständig, Sie würden zurückkehren, bevor die anderen auch noch eines natürlichen Todes starben. Hab Ihren Hauseingang und Ihre schöne Frau hier monatelang beschattet.«

Balthasar schien fieberhaft zu überlegen: »Warten Sie. Als der Schiffsmühlenmord entdeckt wurde, war ich doch noch gar nicht wieder offiziell bei der Polizei. Das wussten Sie doch nicht, dass ich an jenem Tag im Kommissariatsbureau auftauchen würde. Das wusste ich ja selber noch nicht.«

Lintschinger lächelte: »Ich gebe zu, da waren Hasard und Vabanque mit im Spiel. Natürlich war ich Ihnen gefolgt, als Sie gleich am Tag nach Ihrer Heimkehr ins Kommissariatsbureau gingen. Ganz abgesehen davon, dass ich es vorausgesehen hatte. Ich kenne Sie doch! Ich habe Sie doch studiert! Was sollten Sie denn sonst tun, als an Ihren alten Posten zurückzukehren? Für Sie würde sich durch den Krieg nichts geändert haben, Sie würden mit allen Mitteln versuchen, genauso weiterzumachen wie davor. Heim zur Frau, zurück an die Arbeit. Als Sie dann aber Ihre Arbeit nicht antraten, wurde ich unsicher. Hatte man Ihnen den Posten verwehrt? Einsparungen? Waren Sie ersetzt worden und man brauchte Sie nicht mehr? Bei der Demonstration vor dem Parlament verlor ich Sie aus den Augen, hätte schon beinahe aufgegeben und wäre nach Hause gegangen, als ich Sie plötzlich wieder entdeckte, wie Sie einen Burschen, der einen blutigen Fleischklumpen in den Händen hielt, abführten, ganz polizistenhaft! Da war ich mir wieder sicher, dass Sie Ihren Dienst wieder antreten würden – Intuition! Dann kam mir der Einfall nachzuhelfen, anstatt mit dem ersten Mord noch zu warten. Ein komplizierter Mord, für dessen Aufklärung man unbedingt auf Sie zurückgreifen musste, würde Ihre Wiedereinstellung vielleicht beschleunigen.« Listig schmunzelte Lintschinger in die Runde, als würde er auf Applaus warten.

»Es war Zufall, dass ich an dem Morgen im Kommissariatsbureau erschien. Man hatte mich nicht geholt«, sagte Balthasar.

»Aber von diesem Tag an waren Sie wieder bei der Arbeit«, insistierte Lintschinger.

»Ja, aber das war faktisch schon…«

»Sie meinen noch immer, ich hätte keinen Einfluss auf Ihr Leben, Herr Oberleutnant?« fragte Lintschinger gekränkt. Mit der Linken öffnete er wieder seine Aktentasche, kramte fahrig darin herum und holte zwei schmutzigweiße, unregelmäßige Stäbe hervor.

»Das hier gehörte einmal dem Rittmeister Moritz Wilhelm Freiherr von Ledig«, sagte Lintschinger und versuchte wieder zu lachen, brachte aber nur eine Art tremolierendes Schnauben hervor.

»Auseinandergebrochen!« rief er schrill und zuckte in seinem forcierten Gelächter.

Freiherr von Ledig? War das nicht der Name jenes hocherwürdigen Skeletts gewesen, das kurz nach Balthasars Rückkehr in ihrem Innenhof aufgetaucht war? Marianne erkannte nun, dass es sich bei den Stäben um die Hälften eines großen Knochens handelte, eines Oberschenkelknochens wahrscheinlich. Die Polizei hatte damals die Hausbewohner befragt, ob sie »etwas« von dem Skelett entfernt hätten – dann war das wohl jener Teil, den man vermisst hatte. Die eine Knochenhälfte hatte den normalen kugelförmigen Gelenkkopf, die andere jedoch war spitz zugeschnitzt wie eine Lanze.

»Da draußen im Flur hängt ein beige-grauer Havelock. Ein Mann mit einem so ähnlich beschriebenen Kleidungsstück soll für mich im Kommissariatsbureau eine Einladung abgegeben haben«, sagte Balthasar.

»Geduld!« rief Lintschinger, »darauf komme ich ja gerade! Ich habe mich in meiner letzten Konstruktion von Edgar Allan Poe inspirieren lassen, aber den kennen Sie wohl nicht, Herr Oberleutnant, ist Ihnen gewiss zu morbid. Am Heldenberg sollte das Ereignis stattfinden, am dreiundzwanzigsten Dezember, damit es für Ihre Familie ein recht vergälltes Weihnachtsfest würde. Der Herr Papa! Kaum hatte man ihn wieder, hatte man ihn schon wieder verloren! Der Gruftraum im Mausoleum am Heldenberg. Dort, wo in den Ecken die vier schwarzen, gusseisernen Ritter stehen und so tun, als würden sie etwas bewachen. Was mir vorschwebte, war Folgendes: Sie, Herr Oberleutnant, mit einer Drahtschlinge um den Hals an der Wand. In Ihren Händen ein Tau, das mit Fett eingeschmiert ist, damit es Ihnen gefährlich entgleitet. Das Tau hält etwas Schweres hoch, eine marmorne Grabplatte, einen gusseisernen Ritter, was man so findet. Darunter befestigt« – er griff nach der zugespitzten Hälfte des Knochens – »der präparierte Oberschenkelknochen des Herrn Rittmeisters Freiherr von Ledig. Je weiter Ihnen das Tau aus den

Händen rutscht, desto tiefer senkt sich der Knochendolch auf die Brust eines Gefesselten. Wissen Sie, wen ich meine, Herr Oberleutnant?«

»Fischer«, sagte Balthasar, ohne die Endsilbe des Wortes in eine höhere, fragende Note zu schleifen.

»Ja!« jubelte Lintschinger. »Endlich haben Sie einmal eines meiner Rätsel gelöst! Schade, dass es bald vorbei ist, jetzt, wo Sie auf den Geschmack kommen. Den Fischer habe ich mir schon länger geschnappt, da er ja so selten ohne den Koutensky anzutreffen und die Gelegenheit günstig war. Aber man ist dann doch sehr belastet mit so einem Privatgefangenen. Man muss ihn füttern, vom Schreien abhalten, die Exkremente entsorgen – schauerlich. Im Heimversuch habe ich meine Konstruktion anhand eines Polsters getestet, der den weichen Fischerkörper darstellen sollte – und was ist passiert?« Anklagend schüttelte er die zugespitzte Knochenhälfte in der Luft.

»Alles morsch! Ich bin dann sehr müde geworden. Ich wollte auch etwas konstruieren, das die Drahtschlinge um Ihren Hals zuzieht, während der Knochenspeer Fischer durchbohrt, war mir diesbezüglich aber nicht sicher. Es hätte dann alles zu schnell gehen können, wenn Sie etwa ohnmächtig würden und gar nicht mehr miterlebten, wie Sie per Versagen den Fischer ermorden. Wie finden Sie meine Idee?«

»Haben Sie auch Ihren ehemaligen Klassenlehrer eingeplant?« fragte Balthasar zurück. »Der, der Sie an die Front schicken hat lassen?«

»Ja, das ist eine seltsame Geschichte. Sie erinnern sich doch, dass das fatale Aufsatzthema, das mich die Matura kostete, lautete: Welcher unserer Feinde ist am hassenswertesten? Ich habe den Herrn Professor natürlich gesucht, aber er ist jetzt gar kein Österreicher mehr, sondern Italiener! Ausgerechnet! Hatte offenbar friulische Wurzeln und sich nach dem Krieg dorthin zuteilen lassen. Allerdings ohne Beine. Ist in seiner Begeisterung ein Jahr nach mir freiwillig eingerückt. Manchmal nimmt einem Gott in seiner Gerechtigkeit ja alles ab.« Lintschingers Lachen hatte nun zum ersten Mal einen überzeugenden Klang.

»Aber, Herr Oberleutnant«, fügte er tadelnd hinzu, »es ist doch sehr feige, einen anderen für die eigene Schuld büßen lassen zu wollen. Dafür, dass Sie ein Kameradenschwein sind, kann der Herr Professor nichts.«

Balthasar machte einen wütenden Schritt auf Lintschinger zu, nachdem er keinen Finger gerührt hatte, als Marianne beleidigt worden war. Jeder kämpfte hier nur für sich. Wenn er selbst beleidigt wurde, ging Balthasar ein Risiko ein. Da war er rücksichtslos. Er hatte ihr diesen Irren an den Hals gehetzt, indem er irgendetwas verschuldet hatte dort in der Walachei oder wo immer das war. Er war es, der den Fremden angelockt hatte, nicht sie. Was für eine Rolle spielte man als Frau noch in einer Welt, in der sich die Männer mehr für ihre eigenen Händel interessierten als für die weibliche Anziehungskraft?

Und jetzt richtete der Irre die Pistolenmündung auf sie.

»Für ein paar Handvoll Zucker hat sie mich eingelassen, Ihre Frau Gemahlin«, höhnte Lintschinger, »wie leicht ist doch ein Weiberherz zu gewinnen!«

»Lassen Sie meine Frau aus dem Spiel«, flüsterte Balthasar, wieder reglos geworden, »nehmen Sie mich!«

Lintschinger ließ die Pistolenmündung in einem Kreis durch die Küche schweifen.

»Die ganze Familie hier versammelt, so ein Glück. Das ist ja viel besser als mein ursprünglicher Plan. Wie ich bereits sagte, bin ich während meiner Vorbereitungen sehr müde geworden. Wenn man jahrelang so komplizierte Schachzüge und minutiöseste Feinheiten entwirft... Irgendwann wird man dann auch ungeduldig und will es zu einem Ende bringen. Weißt du, was das für eine Pistole ist, mein Kind?« Lintschinger richtete die Mündung auf Aimée, die den Kopf schüttelte. Marianne, um die sich eben noch alles gedreht hatte wie kurz vor einer befreienden Ohnmacht, sah es in unerträglicher Deutlichkeit. Und Balthasar, das spürte sie quer durch den Raum, ging es genau wie ihr selbst.

»Eine Parabellum«, sagte Lintschinger, »du lernst doch Latein?«
Aimée schüttelte wieder den Kopf.

»Man soll die Mädchen ruhig Latein lernen lassen! Diese Pistole
ist nach einem berühmten Feldherrenwort benannt: Qui desi-
derat pacem praeparat bellum. Bedeutet: Wer Frieden wünscht,
bereitet den Krieg vor. Wirst du dir das merken?« Aimée nickte
langsam.

»Ich denke, so ist es viel besser«, sagte Lintschinger und richtete
die Pistole nun auf Tante Melie. Dann auf Marianne, dann noch
einmal auf Aimée, schließlich auf Balthasar. Plötzlich war ein
Schuss zu hören und eine warme, dunkelrote, schleimige Masse
spritzte in Mariannes Gesicht. Lintschinger hatte sich die Waffe
an die eigene Schläfe gesetzt.

BÜHNENBLUT
(Epilog)

Man ließ sich das Weihnachtsfest nicht verderben, schließlich hatte man es sich sauer verdient. Wenn man sich vor Augen hielt, was die Familie alles durchmachen hatte müssen, um ein erstes gemeinsames Weihnachtsfest zu feiern…

Für Fischer hatte man nichts mehr tun können. Man fand ihn in einer verlassenen, fensterlosen Steinkeusche auf der hinteren Seite des Heldenbergs, wo sich niemand hintraute, da man sagte, dass es dort spukte. Man sagte, dass sich dort noch viel ältere und unheimlichere Gespenster herumtrieben als auf der Gedenkstättenseite. Fischers Schultern waren blauviolett, da er offenbar in unzähligen Anläufen versucht hatte, die Eichentür der Keusche aufzubrechen. Letztlich aber war er verdurstet, wie Dr. Prager feststellte. Lintschinger hatte ihn wohl nicht weiter versorgt, nachdem der Deutschmeisterknochen zu Bruch gegangen war.

Da Aimée nun schon vor der Wirklichkeit nicht zu beschützen gewesen war, musste man sie wenigstens mit der Wahrheit verschonen. Sie davon zu überzeugen, dass ihnen ein Bekannter einen exaltierten Streich gespielt hatte, war nicht ganz einfach. Ein Schauspieler! Verrückte Leutchen, diese Künstler. Er hatte der Familie nur einen gehörigen Schrecken einjagen wollen, sozusagen als Nachtrag zum Krampusfest. Alles Theater! Eine Requisitenpistole, Bühnenblut, eine rechte Sauerei. Nachher, als Aimée schon aus der Küche gebracht worden war, ist er natürlich wieder aufgestanden. Was hatten sie nicht gelacht!

Danksagung

Hanno Pinter danke ich für die Inspiration zum Plot dieses Buches.

Für ihre unschätzbare Hilfe bei den Recherchen danke ich Mag. Renate Burger, Martin Wieland und Benedikt Zsalatz.

Das medizinische Fachlektorat übernahm dankenswerterweise Dr. Regina Kroiss.

Maria und Josef Fuchs, den engagierten ehrenamtlichen Betreuern des »Friedhofs der Namenlosen« in Albern, danke ich für viele interessante Auskünfte und Details.

Ebenso ergeht ein besonderer Dank an Egon Guth und Dipl. Ing. Karl Schubert von den Vereinigten Eisfabriken und Kühlhallen in Wien, die mich über die Geschichte der Nutzeisproduktion anschaulich informierten.

Wertvolle Einblicke in die Geschichte der Schiffsmühlen erhielt ich bei der Schiffsmühle Orth an der Donau, heute die einzige noch voll funktionierende Schiffsmühle auf der Donau.

Die Arbeit an diesem Buch wurde mit einem Robert-Musil-Stipendium des Bundeskanzleramtes unterstützt.

Bettina Balàka
Der langangehaltene Atem
Roman

2000, 152 Seiten, geb., ISBN 3-85420-533-3, 19 €

»Ich denke, die Aufgabe der Kunst ist es, aus dem Leben eine Melodie herauszusägen, eine Folgerichtigkeit. Aus Chaos und Verwirrung einen Faden zu ziehen, ihn zu verhäkeln zu einem Gewebe, zu Akkorden und Harmonien und Mustern.« Die Erzählerin, eine Malerin nach der Natur, führt einen Briefwechsel mit ihrem anonymen, unbekannten Auftraggeber, mit Freundinnen, Freunden und Geliebten. Im Zentrum stehen die diversen (männlichen) Entwürfe von Weiblichkeit, und daher spielen natürlich ihr schwuler Freund Alfred und ihre transsexuelle Freundin Venezuela die wichtigste Rolle.
Ein Roman, in dem die zeitgenössischen Inszenierungen von Geschlechterrollen, von Kunst und Natur, mit Eleganz und Leichtigkeit vorgeführt werden.

»Das hält einen unbedingt in Atem. Unter der überlegten Konstruktion dieses Buches und dem distanziert lakonischen Stil dieser Prosa stauen sich überall die gebändigten Ekstasen, die jeden Moment auszubrechen drohen, so wie die ausgestopften Tiere in den Museumshallen. Das macht die Lektüre dieses intelligenten Romans, der einem nebenher, ganz unaufdringlich, auch etwas über unsere Existenz zwischen den Oberflächen der modernen Medienumwelt erzählt, zu einem wirklich spannenden und genussvollen Erlebnis.« (FAZ)

Informationen zu weiteren Büchern der Autorin unter www.droschl.com

© Literaturverlag Droschl Graz – Wien 2006
2. Auflage 2007

Umschlag: & Co
Layout + Satz: AD
Herstellung: Finidr s. r. a.

ISBN 10: 3-85420-710-7
ISBN 13: 978-3-85420-710-8

Von diesem Buch gibt es 10 numerierte und mit einem Autograph der
Autorin versehene Vorzugsausgaben, Informationen dazu beim Verlag.

Literaturverlag Droschl A-8010 Graz Alberstraße 18
www.droschl.com